W0224044

Topsy Küppers

Alle Träume führen nach Wien

EIN TATSACHENROMAN

Ibera

1. Auflage

Die Deutsche Bibliothek – CIP-Einheitsaufnahme
Küppers, Topsy:
Alle Träume führen nach Wien / Topsy Küppers. – Wien :
IberaVerlag, 2001
ISBN 3-85052-105-2

© 2001 by Ibera Verlag / European University Press, Wien
Lektorat: G. Gazda, Dr. Klaus Henning
Fotos: Topsy Küppers und Mag. Kurt Brazda
Herstellung: Manz Crossmedia, Wien
Buchbinder: Papyrus, Wien

ISBN- 3-85052-105-2
Alle Rechte vorbehalten, auch der auszugsweisen Wiedergabe
in Print- oder elektronischen Medien

INHALT

I. Kapitel
… worin man erfährt, dass Adel (keineswegs) verpflichtet.

Sonja Makinska, die verwöhnte Tochter einer Hofdame der Zarin, hatte einen unverzeihlichen Fehler begangen: Sie hatte sich verliebt. Das Resultat dieser Liebe konnte nicht den Segen eines Popen erhalten, weil der Vater längst Vater war. Der verheiratete Aristokrat, Konstantin Konstantinowitsch, ließ seine Geliebte im Stich. Sonja erwartete kein Wunschkind. In ihren Kreisen, wo man lieber französisch als russisch parlierte, nannte man so etwas „Malheur de Quetsch". Dienstmädchen jagte man fort, aristokratische Mädchen in ein Kloster. Je weiter weg, umso besser. Sonjas Eltern entschieden sich für ein Kloster in Perm.

„In Sibirien, zweitausend Kilometer von Petersburg entfernt, wird dir von den sibirischen Stürmen deine Verliebtheit weggeblasen werden", erklärte der alte Makinskij, „es ist das beste, wenn du das Resultat deines Verhaltens in Perm läßt."

Die Achtzehnjährige trat, begleitet von einer kleinen Zofe, ihre Reise von Petersburg nach Sibirien an. Weder Vater noch Mutter verabschiedeten sich von ihr am Warschauer Bahnhof. Nur der Kutscher zog stumm seine Pelzkappe, nachdem er das Gepäck im Coupé verstaut hatte.

Von ihrem Fensterplatz sah Sonja im Vorbeifahren das Palais der Tänzerin Kschessinkaja, der langjährigen Geliebten Nikolaus' II. Tränen der Wut und Enttäuschung schossen aus ihren Augen. Warum wurde im Leben immer mit zweierlei Maß gemessen? Warum wurde sie bestraft und die Tänzerin belohnt? Warum duldete die Zarin das Verhältnis des Zaren, und warum wurde ihr Verhältnis mit einem Adjutanten des Zaren zerstört?

Hilflos war sie vor ihrem Geliebten gestanden, als er ihr mit seiner ganzen Überlegenheit erklärte: „Du mußt mich verstehen, ich bin vierzig und habe drei Söhne, du bist achtzehn, ich kann mir das nicht leisten …"

Als auch das festgeschnürte Korsett nichts mehr verheimlichen und sie ihr Erbrechen nicht mehr mit einem verdorbenen Magen entschuldigen konnte, fiel das schmerzhafte Urteil: „Weg von Petersburg, fort aus dem Elternhaus, keine Verabschiedung von Verwandten und Bekannten."

Sonja Makinska müsse zu einer Kur, hieß es offiziell.

Sonja stöhnte auf. Sofort war die Zofe bei ihr. Obwohl jünger als Sonja, verfügte das kleine Bauernmädchen über einen gesunden Hausverstand und tatkräftige Entschlossenheit. Mit einem Griff schloß sie den Vorhang vor dem Coupé und öffnete mit flinken Fingern die zahlreichen Haken und Ösen an Sonjas Winterkostüm. Dann lockerte sie den gestärkten Kragen der Piquébluse und die Schnüre des Korsetts. Sonja fühlte sich erleichtert und spürte zum ersten Mal, daß körperliches und seelisches Wohlbefinden in einer engen Verbindung miteinander stehen. Es wurde ihr wohler um Herz und Magen. Das Mädchen knöpfte Sonjas Stiefelchen auf und massierte ihr die eiskalten Zehen. Dann rückte sie die Kupferpfanne mit den glühenden Kohlen in ihre Nähe und hielt ihr das silberne Flakon mit dem Duftsalz hin.

„Setz dich, Nanja", sagte Sonja und deutete mit einer müden Handbewegung auf den Polstersitz gegenüber. Die Zofe erhob sich vom Boden und setzte sich, indem sie es sorgfältig vermied, mit ihrem schweren Wollrock die Komtesse zu streifen. Wie gütig sie sein kann, dachte die Kleine, und wie gut geht es mir: ich bin nicht hungrig, mir ist warm, und ich darf sogar auf gleicher Höhe mit ihr sitzen … gepolstert, und neben dem Fenster …

Sie starrte hinaus und dachte an Petersburg. In der letzten Zeit war es im Palais der Makinskas aufregend zugegangen. In der Küche, wo das Gesinde auf die Glocke oder den Zuruf der Herrschaft wartete, wurde ständig leise gesprochen. Fremde junge Leute betraten durch den Hintereingang die Küche, und alle grüßten mit: „Semlja i Wolja!" *

Einmal hörte sie, wie man davon sprach, „zuerst die Kosaken von den Pferden und dann die Zaren vom Thron zu stoßen", und immer wieder fiel das Wort „Revolution".

Sie wußte nicht, was das alles zu bedeuten hatte, aber sie spürte, etwas war im Gange, etwas Bedeutsames, aber was? Die fremden Besucher waren bäuerlich gekleidet, aber sie sprachen nicht wie

---

* Land und Freiheit!

Bauern. Die jungen Frauen hatten keine rissigen, roten Hände, und die Männer spuckten nicht auf den Boden. Wenn sie sprachen, leuchteten ihre Augen, und auch Nanja wurde von einer inneren Aufregung gepackt.

Und ausgerechnet jetzt mußte sie mit ihrer Herrin nach Sibirien.

Man hatte ihr gesagt, es ginge nach Perm. Ein Bahnhofsschild zog vorbei. Warum konnte sie nicht lesen und schreiben? In der Küche hatte man davon gesprochen, daß bald alle Russen lesen und schreiben könnten und es allen gut gehen würde durch die Revolution. „Semlja i Wolja!" Revolution! Was bedeutete das? Und was war Revolution?

Sie schaute ihre Herrin an, die, den Kopf auf ihrem Zobelmuff, eingeschlafen war. Das glänzende, hellblonde Haar, das sie jeden Abend bürsten mußte, hatte sich gelöst und umrahmte das blasse Gesicht mit den letzten Tränenspuren.

„Wie schön sie ist, wie eine Ikone", dachte Nanja und nahm eine Handvoll Sonnenblumenkerne aus ihrer Rocktasche. Während sie die Kerne zerbiß und die Schalen auf den Boden spuckte, sah sie draußen eine endlose, weißgraue Landschaft. Sie wußte nicht, welchen Tag und welchen Monat man schrieb. Sie wußte nur, es war eine Zeit zwischen Winter und Frühling.

Stunde um Stunde verging. Wie gerne wäre sie in einen anderen Waggon gegangen. Dort saßen junge Frauen und Männer, die unaufhörlich redeten und sogar lachten. Als sie ihre Notdurft verrichtet hatte, war sie beim Rückweg an der Tür des Coupés stehengeblieben. Sofort hatte man sie aufgefordert, sich zu setzen, und ihr Brot und Speck angeboten. Es waren keine Bauern, sondern junge Leute, die sich auszudrücken wußten. Sie hatten die gleiche Umgangsart wie jene, die durch die Hintertür in die Küche des Palais Makinska geschlichen waren. Sie sprachen freundlich mit ihr, ohne ihr gleichzeitig unter den Rock zu greifen, und sie grüßten ebenfalls mit „Semlja i Wolja!"

Obwohl sie ihre Herrin nur kurze Zeit allein gelassen hatte, war diese erbost gewesen und hatte sie an den Zöpfen gerissen: „Soll ich hier allein zugrundegehen, während du dich herumtreibst? Los! Sing etwas, ich langweile mich zu Tode!"

Die Kleine schluckte ihre Tränen hinunter und begann mit zitterndem Stimmchen:

„Der Krieg, der Krieg – Gedräng bei den Ikonen –
was kümmert mich der Sporenklang.
Was kümmert mich der Hader unter Herrschern,
was Völkerzank …“ *

„Hör auf! Schluß! Das hält ja kein Mongolenschwein aus!“ fluchte Sonja Makinska und reagierte wieder einmal ihren Haß und Ärger an ihrer Zofe ab. Dann versank sie in tiefes Selbstmitleid.

Die Zofe sah ihre Herrin an. Sie hätte gerne etwas Versöhnliches gesagt, aber sie wußte nicht, wie sie es ausdrücken sollte. Gerne hätte sie von den Menschen im hinteren Coupé des Zuges erzählt. Sicherlich hätte auch Sonja Makinska ihre Gespräche mit Neugier verfolgt. Trugen doch diese Leute Bücher bei sich und lasen daraus vor, wie selbstverständlich, als wäre Lesen das Einfachste auf der Welt.

Ihr fiel ein, daß sie ihre Herrin nie ein Buch lesen sah. Aber sie konnte lesen und schreiben, denn die kleinen Billetts, die sie Konstantin Konstantinowitsch heimlich bringen mußte, hatte Sonja Makinska oft vor ihren Augen geschrieben. „Vielleicht besteht ein Unterschied zwischen Bücherlesen und Briefeschreiben, aber in jedem Fall ist beides mühsamer als Stiefelputzen“, entschied sie, und während sie über dieses Problem nachdachte, döste sie ein.

Der Zug ruckelte und zuckelte, die Bremsen quietschten, der Dampf zischte und vernebelte die Fenster. Man sah nichts und hörte nur Stimmengewirr und die Rufe: „Perm!“, „Perm!“

Die Zofe sprang auf, um alle Gepäckstücke wieder zu ordnen. Sonja Makinska blieb regungslos sitzen. Sie war gerade zu dem Entschluß gekommen, bei nächster Gelegenheit in die Kama zu gehen. Sie malte sich das Entsetzen ihres Liebhabers und den Schmerz ihrer Eltern in den phantasievollsten Szenen aus. Ein Leben lang sollten alle leiden für das, was man ihr angetan hatte. Gleichzeitig mit einer Welle von Galle, die in ihren Mund schoß und die sie auf den Boden des Abteils spuckte, stieg ein Haßgefühl in ihr auf, wie sie es noch nie gespürt hatte.

„Ich hasse euch alle“, dachte sie. „Ich hasse dich, du Kerl, der die Schuld an allem trägt. Ich hasse dieses blöde kleine Ding mit seinen unterwürfigen Kuhaugen, und ich hasse meinen Bauch und das, was drinsteckt, ohne daß ich es wollte!“

---

* Marina Zwetajewa: Russische Romanze

Das blöde Ding küßte ihr die Hand: „Madame, bitte, wir müssen aussteigen.“

Wortlos gab Sonja der Zofe ein Zeichen. Diese ging sofort auf die Knie, um ihrer Herrin die Stiefel anzuziehen. Das Mädchen versuchte ein Lächeln: „Madame, wir sind angekommen, nun kann sich Madame ausruhen.“

„Schweig und such den Kutscher!“ Das Mädchen lief zu den Waggons und schrie: „Wo ist der Wagen für die Komtesse Makinska? Hierher der Wagen für die Komtesse!“

Aber niemand antwortete. Zitternd vor Angst, was jetzt wieder über sie hereinbrechen würde, lief die Zofe zu ihrer Herrin zurück.

„Madame, es ist niemand da, wir müssen einen Lohnkutscher nehmen.“

Sonja blieb ruhig. „Was macht es schon aus“, dachte sie, „in ein paar Stunden bin ich stumm und kalt wie ein Fisch.“

Es waren genügend Kutscher zur Stelle, um Reisende aufzunehmen. Mehrere Personen saßen bereits in den Pferdeschlitten, bis zu den Nasenspitzen eingewickelt in Decken und Wolfsfelle.

„Wir fahren allein“, entschied Sonja.

Sie bestiegen einen Schlitten. Der Kutscher wollte ihnen fürsorglich die Pelzdecken überlegen.

„Hände weg, Jude!“ fuhr Sonja den alten Mann an. Nanja wickelte ihre Herrin in die Decken und erinnerte sich, daß es bei den Makinskas immer geheißen hatte: „Juden und Arbeiter berührt man nicht.“

„Komisch“, dachte das Mädchen, „sie berührt mich doch, wenn auch nur, um mich zu schlagen oder an meinen Zöpfen zu reißen.“

Die frische, kalte Luft tat Sonja gut. Zum ersten Mal seit Stunden fühlte sie keine Übelkeit. Überrascht stelle sie fest, daß sich ein Gefühl einstellte, das sie seit Tagen nicht mehr empfunden hatte – gute Laune.

Es war windstill, und der Schlitten glitt fast lautlos dahin.

Manchmal hörte man ein Knirschen und Krachen, wenn sich die Eisschollen auf der Kama in die Quere kamen. Sonja stellte fest, daß es grauenhaft wäre, wenn ihr makelloser Körper unter den Eisschollen dahintreiben würde. Sie bekam Heißhunger auf Kaviar, der hier besonders frisch sein sollte. Die Störe und Belugas wurden auf ihren Laichzügen im Delta der Kama abgefangen, und daß der

Zar an erster Stelle den Namen „Fürst von Perm" trug, hatte gewiß nicht nur mit dem Kaviar zu tun. Sie kuschelte sich in die Wolfsdecke und dachte: „Wer weiß, vielleicht hat auch Perm seine Reize ..."

Sie entschloß sich, diese Geburt so rasch wie möglich hinter sich zu bringen. Es war wichtig, eine gute Amme zu finden und sich fest zu schnüren, damit ihr Körper hinterher keinerlei Spuren zeigte. Im übrigen würde sich das mit dem Kind regeln lassen – irgendwie.

Sie erinnerte sich an den Ausspruch einer Freundin: „Das erste Kind ist für die Schönheit, das zweite für die Gesundheit, das dritte kann alles verderben."

Sie würde sich nichts verderben lassen, schon gar nicht durch ein Kind! Unbändiger Lebenshunger erfüllte sie plötzlich, so daß sie über sich selbst lachen mußte. Selbstmord? Sonja Makinska ist in den Tod gegangen? Niemals! – eher gehen alle anderen, entschied sie, und ein böses Lächeln verzerrte ihren schönen, sinnlichen Mund.

Der Kutscher hielt vor dem Kloster „Zum Göttlichen Heiland". Eine Nonne trat heraus und begrüßte Sonja mit einer demütigen Neigung des Kopfes und süßlichem Lächeln: „Gelobt sei der Herr, wir beten für alle gefallenen Engel."

Sonja wandte sich ab und warf zehn Kopejken auf den Sitz des Kutschers. Wortlos steckte der alte Mann das Geldstück ein. Es hätte ihm nichts genützt, wenn er sich wegen des beschämend geringen Betrages beschwert hätte. Ein Jude hat kein Recht, sich zu beschweren, bei niemandem und nirgendwo. Die Zofe sah den Kutscher an und schämte sich für ihre Herrin. Hatte sie doch selbst mehrere kleine Säckchen mit Goldrubel und Schmuck in die Kleider und den Zobelmuff Sonja Makinskas eingenäht.

Auch für euch wird es einmal „Semlja i Wolja" geben, dachte das junge Mädchen und half dem Kutscher, die Gepäckstücke aus dem Schlitten zu heben.

Sonja betrachtete das Kloster, das in den nächsten Monaten ihr Zuhause sein würde. Über dem Tor prangte das Permsche Wappen. Im silbernen Feld ein roter Bär, welcher ein goldenes Evangelienbuch und ein silbernes Kreuz trug. Darunter die Jahreszahl 1783. Seit dieser Zeit besaß das Geschlecht der Stroganoffs fast die gesamte Westseite des Ural. Über 80 000 Leibeigene – die Frauen zählten nicht – gehörten dazu. Zwar war die Leibeigenschaft offiziell abgeschafft, aber wer kümmerte sich darum? Auf keinen Fall der Adel, und das Volk hatte sich nicht zu kümmern. Wer oben war, befahl.

Sonja kannte die Fürsten Stroganoff, wilde Burschen, die ihre Dienstmädchen schwängerten, um sie danach lachend in ein sibirisches Dorf zu verfrachten. Nun kam sie sich wie eine geschwängerte Zofe vor, und wiederum stieg dieses Haßgefühl in ihr hoch, von dem sie spürte, daß es sie zu allem fähig machte.

Zwei Nonnen kamen, um sie in ihre Zellen zu führen. Es waren einfache Frauen, die einen seltsamen russischen Dialekt sprachen. Sonja entnahm ihrem Sprachgemisch, daß Perm bereits über tausend Wohnhäuser und drei Kirchen habe.

Sie lächelte herablassend und antwortete in Französisch: „C'est très intéressant!" Sonja überragte die Klosterfrauen um Kopfeslänge. Stolz schritt sie zwischen ihnen den langen Gang des Exercitiums hinunter. Die Absätze ihrer Stiefelchen knallten auf den Steinboden und hallten als aggressives Echo von den Wänden zurück, während die Nonnen in ihren Filzkopanken verschüchtert neben ihr her schlurften. Sonjas hochmütige Haltung ließ die beiden noch tiefer in ihre abgetragenen Kutten versinken.

„Das würde euch so passen, daß ich meine Haltung verliere wegen der zwei Kammern, in denen ich hausen darf", dachte Sonja und warf ihren Pelz achtlos zu Boden. Laut rief sie: „Nanja! Auspacken!"

Dann wandte sie sich den Nonnen zu und sagte scharf: „Ihr betet also für gefallene Engel? Ihr solltet besser lesen lernen. In der Bibel steht, daß aus gefallenen Engeln Teufel wurden."

Die beiden Nonnen deuteten eine Verneigung an und flüsterten: „Die erste Messe ist um fünf Uhr früh."

„Nicht für mich, hier ist ein Rubel für die Madonna. Sie soll mich schlafen lassen."

„Wir werden für Sie beten, Komtesse", flüsterte die eine, und beide schlurften, die Hände in den Ärmeln ihrer Kutten, den Gang hinunter.

Langsam, sehr langsam wich der Winter dem Frühling. Erst Ende April wurde die Erde weich genug, daß die Nonnen ihre Kräuter im Klostergarten anpflanzen konnten. Auf der Kama herrschte reger

Schiffsverkehr. Sonja spazierte mit ihrer Zofe gerne zu den Anlegeplätzen, um zuzusehen, wie riesige Säcke mit Salzbrocken aufgeladen wurden. Hunderte Menschen arbeiteten in den Salinen. Sonja wußte, daß sich der Reichtum der Stroganoffs vorwiegend durch die Salzgewinnung ins Unermeßliche steigerte. Nanja wußte, daß die nicht heilen wollenden Schrunden an den Händen und die Triefaugen der Arbeiter diese nach ein paar Jahren bereits arbeitsunfähig machten, daß ihre Familien durch Krankheit und Hunger nur noch dahinvegetierten und daß niemand genug Lohn erhielt, um auch nur eine Kopejke sparen zu können.

„Wie dankbar bin ich, ein Dach über dem Kopf und eine warme Suppe im Magen zu haben", dachte sie. „Es gibt immer Menschen, denen es noch schlechter geht." Die Nonnen waren gut zu ihr. Als sie von Zahnschmerzen geplagt jammerte, hatte eine der Nonnen sie auf einen Stuhl gesetzt und einen Faden um den schmerzenden Zahn gewickelt. Dann hatte sie das Ende des Fadens an der Türklinke befestigt und die Tür mit einem Ruck geschlossen. Der Ruck und der Schreck hätten sie fast vom Stuhl gerissen, aber der Zahn war draußen und der Schmerz war weg. „Wenn man doch sein Leben ebenfalls mit einem Ruck ändern könnte", dachte sie, „aber wie, wenn man keinen Menschen hat, mit dem man reden kann?"

Auch Sonja Makinska hatte niemanden, mit dem sie ihre Gedanken austauschen konnte. Und so beschäftigte sie sich mit sich und ihrer Schönheit. Die Übelkeit und die Schwindelanfälle hatten aufgehört, dafür wölbte sich ihr Leib, so daß sie einen Sarafan* trug. Im Kloster gab es keine Spiegel, aber die Fenster der Kapelle gaben ihre Gestalt mit dem langen, blonden Haar, das sie manchmal offen über die Schultern fallen ließ, geheimnisvoll schön zurück.

Als sie wieder einmal ihr Spiegelbild in dem bunten Fenster, das im Gegenlicht ihr Haar wie Gold leuchten ließ, bewunderte, kam eine alte Nonne vorbei und erschrak: „Madonna! Solotaja Baba!"

„Was soll das? Was heißt das?" herrschte sie die Alte an. Sie erfuhr, daß „Solotaja Baba" das Bildnis der Goldenen Frau am Ufer des Ob war. Die vergoldete Steinsäule einer Frau mit einem Kind auf dem Arm. Seit Hunderten von Jahren opferten die Menschen dort kostbare Zobel- und Hermelinfelle oder bestrichen die

*weiter bäuerlicher Kattunhänger

Bildsäule mit dem Blut frischgeschlachteter Rentiere. Die Nonne bekreuzigte sich dreimal. „Auch heute noch“, wisperte sie und huschte verschreckt davon.

Sonja lachte selbstgefällig. Mit zwei Griffen und zwei Haarnadeln steckte sie ihr langes Haar zu einem lockeren Knoten im Nacken fest und ging in den Klostergarten, um Kräuter zu holen. Täglich pflückte sie einige Kräuter, zerstampfte sie in einem Köcher und vermischte sie mit Honig und Öl. Täglich mußte Nanja ihr mit diesem Gemisch Gesicht, Hals und Décolleté einreiben. Ihre Haut war schöner denn je geworden.

Als sie sich aufrichtete, stand ein Mann vor ihr. Er hatte eine herausfordernde Haltung und einen durchdringenden Blick. Sein Haar war blauschwarz und nach Bauernart in der Mitte gescheitelt. Seine Augen waren hellgrau und von intensiver Leuchtkraft.

„Sie sind schön, Madame, wunderschön“, sagte er in gutem Russisch. „Sie werden einen ebenso schönen Sohn zur Welt bringen. Er wird berühmt und reich sein und immer für Sie sorgen ...“

Zwei Nonnen kamen eiligen Schrittes hinzu: „Verschwinden Sie, Grigory Jefimowitsch, gehen Sie, hier ist kein Platz für Sie!“

Der Bauer deutete mit spöttischem Lächeln eine Verbeugung an: „Sie werden an mich denken.“

Sonja sah dem Mann nach. Er trug, wie alle Bauern, das übliche grobe Hemd, das bis zu den Schenkeln reichte und mit einem Strick zusammengehalten wurde. Nichts unterschied ihn von anderen, hätte er nicht diesen durchdringenden Blick und diese zwingende Sprache gehabt. Die hektische Reaktion der Nonnen hatte Sonja neugierig gemacht.

„Ich muß mehr über diesen Mann wissen“, entschied sie und rief Nanja.

Die Kleine, ohne Schuld, aber immer schuldbewußt, stotterte: „Nichts, Madame, ich weiß nichts, das heißt, man erzählt ...“

„Was und wo erzählt man was?“

„Auf dem Markt sagt man, er nenne sich Rasputin, er habe Kräfte und er bete nachts – im Wald – mit anderen.“

„Was heißt, er betet nachts mit anderen? Sprich alles aus, was du weißt, oder du bekommst nichts zu essen!“

„Man sagt, er nennt die Sterne die Augen Gottes. Nachts geht er mit Leuten in die Wälder. Dort zünden sie große Feuer an und werfen bestimmte Kräuter hinein. Dann tanzt Rasputin und ruft: Sündigt, um euer Heil zu sichern!"

„Weiter, sprich weiter", drängte Sonja.

„Man sagt, sie sündigen ... mit Vergnügen."

Sonja war amüsiert. Perm, das von Gott verlassene Nest im Ural, ein kleines Sündenbabel! Gerne hätte sie das nächtliche Treiben gesehen, aber die Nonnen hatten ihr gesagt, daß „es bald soweit sei", und ließen sie nicht aus den Augen.

„Wenn die Prophezeiung dieses Rasputin stimmt, werde ich mich rächen – an Konstantinowitsch und allen anderen Männern", dachte sie. „Aber zuerst bringe ich meinen Sohn zur Welt."

„Nie wieder ein Kind", stöhnte Sonja, als sie schweißüberströmt auf dem Gebärstuhl lag. Die Nonnen hatten zwar Räucherpfannen mit Kräutern angezündet und ihr warmen Wein zu trinken gegeben, aber die Schmerzen brachten sie fast um den Verstand. Eine wellenartige Konvulsion in ihrem Leib ließ sie aufschreien: „Ich will nicht mehr!" Sie spreizte ihre Schenkel, zog die Knie bis zur Brust, gleichzeitig zerriß sie das Leinentuch, das die Nonnen über sie gebreitet hatten, preßte alle Kraft aus ihrem Leib und schrie noch einmal: „Nein!" Ihr war, als würde sie in einen dunklen, warmen Bottich mit Wasser eintauchen. Von Ferne hörte sie das „Gelobt sei Jesus Christus"-Gemurmel der Nonnen, und eine wunderbare Ruhe überkam sie.

Als sie die Augen aufschlug, spürte sie, wie die Nonnen mit warmen, feuchten Tüchern zwischen ihren Beinen hantierten. Dann breiteten sie ein sauberes Leinentuch über ihren Körper, das sich diesmal angenehm kühl anfühlte. Sie wickelte sich ein und wollte nichts als schlafen. Ihr fiel ein, daß sie soeben ein Kind zur Welt gebracht hatte, und sagte in dem ihr eigenen herrischen Ton: „Wo ist mein Sohn? Bringt ihn mir."

Eine Nonne legte ihr ein puppenartiges Wesen in den Arm:

„Gelobt sei Jesus Christus – hier ist Ihre Tochter!"

Das war die Geburt von Vera Natascha Makinska.

2. Kapitel
... in welchem sich ein Genie mit „Ta Tataa Tataa Tatata Ta" ankündigt

In dieser Zeit steckten in der Redaktion der angesehenen Budapester Tageszeitung „Pesti Napló" der Börsen-Kálmán und der „besoffene Kálmán" wieder einmal die Köpfe zusammen. Der Börsen-Kálmán erklärte dem „besoffenen Kálmán" – der jedoch keineswegs besoffen war, sondern diesen Spitznamen erhalten hatte, weil er nach jeder Opernaufführung wie berauscht in die Redaktion kam – die neuesten Börsenkurse.

Der Börsen-Kálmán wunderte sich: „Imre, du hast doch keinen Pengö in der Tasche, was interessieren dich dann die internationalen Aktien?"

„Das verstehst du nicht. Mich interessieren die Zusammenhänge, und – wer weiß – vielleicht verdiene ich mit meinen Kompositionen einmal so viel, daß ich mir Aktien kaufen kann."

„Gemacht! Ich gebe dir die Tips, und du gibst mir die Provisionen!" lachte der Börsen-Kálmán.

In der Redaktion gab der Theaterkritiker Ferenc Molnár den Ton an. Was er bestimmte, wurde getan. Er konnte schon einige Erfolge als Bühnenautor aufweisen, er war witzig und schrieb messerscharfe Kritiken, die von den Künstlern gefürchtet wurden. Man munkelte, er sei „im Anmarsch auf Wien", denn nur wer in die deutsche Sprache übersetzt wurde und Erfolg hatte, wurde auch international anerkannt. Niemand zweifelte, daß Ferenc, der sich bereits Franz nannte, diesen Durchbruch schaffen würde.

Der „besoffene Kálmán" war der jüngste Mitarbeiter. Er wurde trotzdem geschätzt. Sein Vorstellungsgespräch mit dem Chefredakteur hatte sofort die Runde gemacht und ihm sogar die Achtung Molnárs, genannt „die Giftschleuder", gesichert.

„Ich will Musikkritiken schreiben, die das Publikum versteht. Sollte man mich auf Umwegen über den allmächtigen Inhaber dieser Zeitung kalmieren wollen, so ist das sinnlos. Ich werde mit schonungsloser Aufrichtigkeit berichten, denn ich weiß, wovon ich schreibe."

Der Chefredakteur hatte den Fünfundzwanzigjährigen verblüfft angesehen und vom Fleck weg angestellt. Seine umfassenden Musikkenntnisse, aber auch sein ruhiges, höfliches Wesen ließen ihn Aufnahme finden im engen Kreis der Vertrauten um Franz Molnár. Die Journalisten waren alle assimiliert. Jeder war Jude, aber das Judentum war kein Thema. Jeder wußte, daß Molnár als Neumann und Kálmán als Kopstein geboren wurden. Man war ungarischer als ein Ungar, und die Getauften christlicher als die Christen. Alle sprachen Deutsch und alle vermieden es, auch nur andeutungsweise ein jüdisches Wort zu verwenden.

Die geistige Elite der intellektuellen Achse Budapest–Prag–Wien–Berlin war eben jüdisch. Man schrieb und verlegte Bücher, Theaterstücke, Opern und Operetten. Eine Fülle jüdischer Talente bestimmte das kulturelle Niveau einer Stadt und sorgte für aufregende künstlerische Ereignisse. Zwar wurde ständig in antisemitischen Blättern gegen die geistige Elite gehetzt, aber die Ausfälle und Angriffe schienen weder die Betroffenen noch die Leser zu interessieren.

Warum mußten auch einige Unbelehrbare mit schwarzen Hüten, im Kaftan und mit Schläfenlocken herumlaufen? Warum hielten die Frommen verbissen an ihrer Jahrhunderte alten jiddischen Sprache fest? Man gab den frommen Juden die Schuld am Judenhaß und erkannte nicht, daß es vielmehr der Neid auf die Genialität in Kunst und Wirtschaft war, der den Haß schürte.

Die Assimilierten gingen glattrasiert mit kleinem Oberlippenbart. Jeder Zoll ein Magyar! Ganz Europa schien von dieser Assimilierungssucht betroffen zu sein. Nicht nur in den Großstädten, auch in kleinen Orten gab es Austritte aus den jüdischen Gemeinden, Taufen und Übertritte zu anderen Glaubensgemeinschaften. Man feierte Ostern mit „Mazzes"* und Weihnachten mit „Gefillte Fisch". Die Frommen schlossen sich eng in bestimmten Bezirken zusammen, die Assimilierten zogen in christliche Wohnviertel, um auch dort unter sich zu bleiben.

Die Familie Kopstein gehörte dazu. Sie trat zwar nicht aus ihrer Glaubensgemeinschaft aus, aber sie verzichtete darauf, ihr Judentum bewußt zu leben. Sie wohnten in Siófok, einem schönen, aber klei-

---

* ungesäuertes Brot

nen, verschlafenen Nest am Plattensee, das nur im Sommer von einigen Sonderlingen als Sommeraufenthalt bevorzugt wurde. Die Kopsteins vermieteten im Sommer ein Zimmer an ein Mitglied der Budapester Königlichen Oper, Professor Franz Liedl. Er war ein mürrischer, hagerer Musikgelehrter, der fast den ganzen Tag Geige übend in seinem Zimmer umherging. Täglich stand der vierjährige Imre vor dem offenen Fenster des Professors, und täglich jagte dieser das Kind weg.

Eines Tages wurde ihm die Beobachtung zuviel, er stürmte in die Küche der Kopsteins: „Das Kind stört mich beim Üben, ich fühle mich belästigt!" bellte er.

„Bitte, Herr Professor, entschuldigen Sie, aber der Kleine ist musikverrückt. Er wollte Sie gewiß nicht behelligen, er liebt die Musik über alles ..."

Imre lugte hinter dem Rockzipfel seiner Mutter hervor und begann zaghaft: „Taa tataa tataa tatata ta."

Die erregten Stimmen der Erwachsenen verstummten. Das Kinderstimmchen wurde lauter, und als gelte es einen Konzertsaal zu füllen, schmetterte der Vierjährige die ganze Ungarische Rhapsodie von Franz Liszt fehlerfrei und in genauer Intonation in die Küche der Kopsteins.

Niemand sprach ein Wort. Alle hatten Tränen in den Augen. Dann hob der Philharmoniker Professor Franz Liedl den Knirps hoch. Nie hatte man den Unnahbaren so warmherzig reden gehört: „Du darfst jeden Tag zuhören, aber nicht vor dem Fenster, du kommst in mein Zimmer."

Täglich stand für Imre ein Stuhl bereit. Täglich saß der Kleine ruhig und konzentriert und lauschte den Skalen, Etüden und Konzertstücken. Zwischen dem unzugänglichen Violinisten und dem Kind entstand eine tiefe Freundschaft, die sich nicht durch Worte, sondern nur durch Töne von Tag zu Tag vertiefte.

Zuhören können, über das Gehörte nachdenken, um es auch innerlich zu verarbeiten, wurde für Imre eine Selbstverständlichkeit. Er wurde der beste Schüler in der Dorfschule in Siófok. Neben der Sucht, Musik zu hören, verfiel er der Lesesucht, und als die kleine Bibliothek in der Schule von dem engstirnigen Lehrer gesperrt

---

* Jiddisch: Hintern

wurde, hatte er die Idee, eine Wohltätigkeitsveranstaltung für eine neue Schulbibliothek zu veranstalten. Der Lehrer schäumte vor Zorn, aber die Veranstaltung wurde ein großer Erfolg. Die Kinder tanzten, spielten und sangen für die Erwachsenen. Von den Einnahmen kaufte Imre alte und neue Bücher für die Bibliothek, in der er nun in Ruhe seiner Leseleidenschaft frönen konnte. Finanzielle Einnahmen sinnvoll anzulegen wurde von nun an für ihn zur Selbstverständlichkeit.

Karl Kopstein wollte seinem hochbegabten Sohn die Zukunft erleichtern. Zunächst änderte er den jüdischen Namen Kopstein in den alltäglichen ungarischen Namen Kálmán. Dann meldete er Imre zur Aufnahmeprüfung in das Budapester Evangelische Gymnasium an. Damit überschritt er die Grenze seiner finanziellen Möglichkeiten. Wenn er es auch nie aussprach, er wußte: Unter seinen sechs Kindern war Imre das Genie. Studieren war für Imre kein Problem – das Problem waren seine Mitschüler.

Geliebte Eltern,

ich wurde im Gymnasium als „jüdischer Provinzhusar" beschimpft. Wohl, weil ich noch meine Siófoker Röhrenstiefel trage. Aber Ihr kennt Euren Imre! Ich gab dem widerlichsten Schreihals einen Tritt in seinen christlichen „Toches" und schrie zurück: „Wenn ihr wollt, kommen noch ein paar ordentliche Siófoker Ohrfeigen nach!"*

Jetzt habe ich meine Ruhe vor ihnen. Manche suchen sogar ein Gespräch mit mir, aber ich bin vorsichtig. Alle Prüfungen mache ich mit sehr gutem Erfolg, und nebenbei gebe ich Klavierstunden. Ich weiß, meine hochverehrten Eltern, was es für Euch bedeutet, mich studieren zu lassen, und doch wünschte ich, Ihr wärt in Budapest und ich könnte Euch meine Melodien vorspielen.

Ehrlich gesagt, ich bin in der Fremde keine Minute glücklich. Sehnsucht und Heimweh quälen mich unentwegt. Mein Dasein ist ein ewiges Warten auf die Stunde des Wiedersehens mit Euch und dem Balaton.

Euer dankbarer Imre

Der Vater hatte seinen Sohn zu äußerster Sparsamkeit erzogen. Zwanzig Kreuzer Taschengeld, zwölf Kreuzer für die Fahrt zum

Gymnasium, sechs Kreuzer für die „Zehnerjause" in der Schule. Imre ging zu Fuß und aß statt einer Jause eine Scheibe trockenes Brot. So hatte er bald das Geld für die Heimreise zusammengespart.

„In spartanischer Enthaltsamkeit zu leben, bedeutet mir nichts", notierte er. Imre wußte, daß es für ihn nur eines gab: lernen, lernen, lernen!

Und er lernte und lehrte. Er lernte an der Landesmusikakademie von Budapest, schon damals eine der berühmtesten Musikschulen der Welt. Sein Lehrer war Professor Hans Koessler. Dieser stammte aus Regensburg und war ein enger Freund von Johannes Brahms gewesen. Es verstand sich von selbst, daß dieser große Musikpädagoge nur hochbegabte Schüler akzeptierte. Kálmán gehörte dazu. Koessler unterrichtete in Deutsch, denn er weigerte sich, Ungarisch zu lernen, und so lernte der junge Kálmán in einem Zug mit Komposition und Kontrapunktion auch die deutsche Sprache.

Er lehrte, um sein karges Taschengeld aufzubessern, in „besseren Häusern" Harmonielehre und bewies auch hier sein angeborenes Talent für finanzielle Transaktionen.

Als ihn ein reicher Industrieller zu sich rief, um die „geniale Komposition" seines Sohnes zu instrumentieren, saß Imre verzweifelt über dem dilettantischen Machwerk. Er wollte aber auf das Honorar von fünf Gulden, wenn es auch beschämend niedrig war, nicht verzichten. So machte er das Beste aus den musikalischen Gehirnfürzen des Millionärssöhnchens und setzte die Komposition in Triolen. Als er das Werk vorspielte, gerieten Vater und Sohn außer sich vor Begeisterung. „Großartig, Kálmán! Die Fassung nehmen wir!" sagte der Vater und warf fünf Gulden auf den Bechsteinflügel.

„Triolen kosten das Doppelte, denn die hat Ihr Sohn nicht komponiert", antwortete Kálmán.

Zögernd, als säße ein Skorpion in seiner Rocktasche, fingerte der Millionär noch fünf Gulden heraus und legte sie dazu.

Obwohl sich Kálmán mitunter resolut behaupten konnte, verließ ihn der Mut, wenn er sich vor dem Publikum verneigen sollte. Seine Kompositionen wurden mit Begeisterung akklamiert, aber er notierte:

„Ich fühle mich ekelhaft. Ein würgendes, unangenehmes Gefühl überkommt mich, es ist mir unsagbar peinlich."

Diese Hemmung sollte er ein Leben lang nicht verlieren.

Ebenso weigerte er sich, mit anderen jungen Leuten tanzen zu gehen. Als kleiner Junge war er einmal zusammen mit seiner Partnerin bei den ersten Tanzschritten der Länge nach auf das Tanzparkett gefallen. Alles bog sich vor Lachen. Der Komponist, der später wie kein anderer Csárdás, Walzer und Foxtrott komponierte, Melodien, die Millionen Menschen zum Tanzen animierten, hat sein Leben lang nie wieder getanzt.

Bei den von Molnár kommandierten nächtlichen „Mulatsag" der Journalisten durch die Budapester Nachtlokale war Kálmán der einzige, der nicht mittanzte und mittrank. In seinem Kopf tanzten berauschende Melodien. Während die Freunde tanzten und flirteten, saß er allein und notierte seine Einfälle auf Papierservietten. Dabei sehnte er sich nach seinem Klavier, um die Notenskizzen in Klänge zu verwandeln. Dem alles und jeden vereinnahmenden Molnár konnte er nicht widerstehen und war beglückt, als dieser ihm einen Text zum Vertonen gab. Das Lied wurde ein Schlager, aber als man Kálmán bejubelte, meinte er bescheiden: „Kunststück, mit Molnár?"

Kálmán fiel es immer schwer, sich der Faszination starker Persönlichkeiten zu entziehen. War jemand genial, originell oder nur witzig, er konnte ihm nichts abschlagen. So selbstsicher er in seiner künstlerischen Ausdrucksform war, so unsicher war er in privaten Entscheidungen. Mitunter hielt er sich an das alte Rezept: „Liegengelassene Dinge erledigen sich von selbst ..."

Und er konnte neidlos Kollegen bewundern. Im „Pesti Napló" schrieb er über Franz Lehár:

„Was für ein Komponist! Die feurigen ungarischen Melodien, die mit frivolen, fast „Offenbach'schen Rhythmen abwechselten, die Walzer ... ein Puccini der Operette!"

Kálmán klopfte an die Tür des Chefredakteurs: „Ich verlasse den 'Pesti Napló' ..."

„Warum? Weshalb?"

„Ich werde nur noch komponieren."

„Davon wollen Sie leben?" Der Chefredakteur hob erstaunt die Augenbrauen.

„Ich will dasselbe tun wie Franz Lehár, ich schreibe eine Operette."

„Größenwahnsinnig! Wer gibt in Zeiten wie diesen einen festen Posten auf? Meschugge!" so tönte es in der Redaktion.

Am 22. Februar 1908 hatten alle düsteren Prophezeiungen, wie „der größte Reinfall aller Zeiten", alle hysterischen Anfälle der Primadonna Berta Koronai, ja sogar die Magenkoliken des Direktors Beöthy vom Vigszinház-Theater nie stattgefunden, denn der Operette „Tatárjárás" von Imre Kálmán war der größte Erfolg seit Lehárs „Die lustige Witwe" beschieden.

Vormittags um elf Uhr waren alle Vorstellungen ausverkauft. Monatelang wurde die Abendkasse nicht mehr geöffnet. Man zahlte Phantasiepreise, um zu einer Eintrittskarte zu gelangen. Ganz Budapest war im Taumel der Kálmán-Melodien. Der Komponist blieb gelassen. Plötzlich hatte er Geld, viel Geld, und er dachte darüber nach, wie er es am klügsten verwenden könnte.

Zunächst würde er die Eltern und Geschwister versorgen. Die Schwestern Vilma, Rózsika, Milike und Ilonka sollten sich all die hübschen Dinge leisten können, auf die sie bislang verzichten mußten. Sein Bruder Béla, der immer kränkelte, sollte die besten Ärzte und eine Kur in Karlsbad bekommen. Er notierte die vorgesehene Summe in sein kleines schwarzes Büchlein und stellte fest, daß die Tantiemenflut von „Tatárjárás" ihm sogar erlauben würde, einige interessante Börsenaktivitäten vorzunehmen. Diese Art der Geldanlage faszinierte ihn. Er studierte die Börsenseite des „Pesti Napló" so intensiv wie einen Klavierauszug. Er schmunzelte, während er die Aktien und Börsenkurse der verschiedenen Länder verglich. Vorsichtig würde er investieren, behutsam und sensibel vorgehen, wie bei seinen Instrumentationen. Kein Risiko, keine atonalen Wirrnisse eingehen, weder beim Komponieren noch beim Spekulieren. Sein Tantiemensegen kam ihm vor wie eine schöne, lange ungarische Salami. Er würde davon abschneiden, aber immer nur sehr dünne Scheiben.

Neun Monate waren vergangen seit der Uraufführung von „Tatárjárás". Inzwischen hatten die Direktoren des Theaters an der Wien die Rechte von Kálmán erworben, die Übersetzung veranlaßt, und „Tatárájás" würde unter dem deutschen Titel „Herbstmanöver" in Wien Premiere haben.

Freunde waren plötzlich devot und Feinde stumm geworden.

Als Leo Fall, dessen Operette „Der fidele Bauer" 1907 im Mannheimer Nationaltheater mit sensationellem Erfolg uraufgeführt wurde, Kálmán in Budapest besuchte und ihn beglückwünschte, war er plötzlich „der Kálmán“ und in seinem Stamm-Café sogar „Herr von Kálmán.“

Er haßte dieses Herausstreichen seiner Person. Man sollte seine Musik anerkennen, nicht ihn. Die erste Zeile des ersten Liedes, das er komponiert hatte, kam ihm in den Sinn: „Geh fort von hier, weit fort von mir …“

Das tränenüberströmte Gesicht seiner Mutter würde er nie vergessen: „Weine nicht, Mamuskám, ich komme bald zurück“, hatte er sie getröstet, aber sie hatte gesagt: „Du kommst nie mehr zurück, mein Kind.“

Hatte ihm der Abschied von seiner Familie fast das Herz abgedrückt, so war ihm der Abschied von Budapest leichtgefallen.

Was und wen er zurückließ, wog leicht. Ein paar Freunde, ein paar Affären. Jede und jeder wurde unwichtig, wenn er eine Melodie im Kopf hatte. Seine Wurzeln hatte er in seiner Familie. Wie sehr rührte ihn sein Vater, wenn dieser immer wieder sagte: „Nicht weil er mein Sohn ist, aber die schönste Musik schreibt doch mein Imrike!“

Wie sehr würde er seinen Bruder Béla vermissen, seinen besten Freund, der mehr an ihn geglaubt hatte als alle anderen. Und seine Schwestern – die liebevollsten, aber auch strengsten Kritikerinnen. Wenn er seine Kompositionen vorspielte, standen sie aufgeregt und neugierig um den Flügel gruppiert. Erst sangen sie einzeln und schließlich alle zusammen, diskutierten jede Note und regten sich auf und ihn an, bis schließlich die Mutter aus der Küche kam, ihn umarmte und sagte: „Imrike, komm, iß etwas! Ich hab’ dir deine Krautrouladen gemacht.“ Diese Wärme, dieser Zusammenhalt, diese Herzlichkeit, all das würde ihm fehlen. Er war kein frommer Jude, aber er betete: „Gott beschütze sie alle!“

3. Kapitel
… worin bewiesen wird, dass Übertreibung zwar Abweichung von der Wahrheit ist, aber dennoch zum Ziel führt

Die Sonne stand wieder einmal im Zeichen des Löwen, und der Sommer, kurz wie alle Sommer in Sibirien, ging zu Ende. Nachts wurde Perm bereits von den feuchtkalten Nebelschwaden der Kama überzogen, aber tagsüber wurde Sonja noch immer von den Mückenschwärmen gequält. Millionenfach schwirrten sie herum, und Sonja litt entsetzlich, denn ihr schien, als hätten alle diese bösartigen, winzigen Vampire nur ein Ziel: in ihre Alabasterhaut zu beißen und diese mit blutroten, juckenden Flecken zu entstellen. Verständnislos sah sie auf alle anderen, die unbehelligt und ungestochen umhergingen. Sie allein war, trotz Fächer, Schirm, Kopftuch und hochgeschlossenen Kleidern, den Angriffen der blutgierigen Stechmücken ausgesetzt. Verärgert saß sie in ihrem Zimmer. Jetzt, wo sich Nanja und eine Amme um das Kind kümmerten, wäre sie gerne spazierengegangen. Sie hatte Lust, Leute und Plätze zu besuchen, die sie in ihrem schwangeren Zustand gemieden hatte. Befriedigt stellte sie fest, daß die Entbindung ihrem Aussehen nicht geschadet hatte. Im Gegenteil. Sie stellte sich vor, wie Konstantinowitsch über sie herfallen würde, wenn er sie jetzt sehen könnte. Ihr Verlangen nach seinen Zärtlichkeiten wurde unerträglich. Sie beschloß, wieder einmal die Bibliothek des Klosters aufzusuchen, um sich mit einem Buch von ihren sinnlichen Sehnsüchten abzulenken. Das gelang immer, denn die von Mönchen sorgsam notierten Geschehnisse des Lebens in Perm ödeten sie an, so daß sie bald ruhiger wurde. In der Bibliothek war es kühl, und keine Mücke verirrte sich in den Raum, in dem es nach altem Holz und altem Pergament roch. Durch die bunten Scheiben der Fenster, die nie geöffnet wurden, weil sie so hoch angebracht waren, daß man sie nur mit Leitern erreichen konnte, fiel gedämpftes Licht auf die Bücherwände. Die alten Bände wurden zwar von den Nonnen abgestaubt, aber niemals gelesen. Sonja griff wahllos in das Bücherregal. Auf vergilbtem Papier, von Bindfaden zusammengeschnürt, hatte jemand das Schicksal eines Mädchens aufgeschrieben, das von seinem Vater mit einer Eisenkette gefesselt und lebendig in die Kama geschmissen worden war. Ein Stroganoff hatte das junge Mädchen geschwängert. Sonja seufzte: „Wenn zwei das gleiche tun, ist es nicht dasselbe“, dachte sie und stellte das Bändchen auf seinen Platz zurück. Das nächste Buch beschrieb ausführlich die Arbeit der Seifensieder. Wer nicht in den Silberminen oder den Salinen der Stroganoffs Arbeit fand, mußte das Handwerk der Seifensieder ausüben. „Hier ist die Zeit stehengeblieben“, dachte Sonja, „es gibt Seife, aber sie waschen sich nicht. Alle stinken, bleiben sie vielleicht deshalb von den Stechmücken verschont?“ Ein großer, alter Globus stand in der Ecke des Raumes. Sonja drehte ihn spielerisch und schloß dabei die Augen. Dann hielt sie die Kugel an und sah auf die Stelle, wo ihre Hand lag. Sie las „China“ und lächelte.

Seit Sonja das hübsche Holzhaus am Berghang bewohnte, hatte sie ihre Tochter aus der Obhut der Nonnen genommen. Vera Natascha war ein schönes Kind. Sie hatte große, grüne Augen, und die schwarzen Locken des Vaters hatten in der Mischung mit dem Blondhaar der Mutter einen leuchtenden Kupferton auf das Köpfchen der Tochter gezaubert. Sie plapperte bereits französisch mit ihrer Mutter und russisch mit Nanja, und niemand, der in die Nähe des Kindes kam, blieb von seiner Anmut und Heiterkeit unberührt.

„Ich werde meine Tochter bei mir behalten“, entschied Sonja Makinska, „auch der Vater und meine Eltern werden sich diesem Kind nicht verweigern können.“

Sie dachte nicht daran, ihr Leben als Muttertier in Perm zu verbringen. Das Elend der Bauern, die, von Krätze und Syphilis geschunden, Erlösung im Alkohol suchten, die Verschlagenheit der Popen, die edelsteinbesetzte, goldene Ikonen aus den Kirchen stahlen und Reisenden zum Kauf anboten, das ständige Gerede von Revolution, alles widerte sie an. Man erzählte, daß wieder Tausenden die „Stolypinsche Krawatte“ umgelegt worden sei.

„Ministerpräsident Stolypin wird schon recht tun, wenn er den Chronisch-Unzufriedenen und Aufmüpfigen den Strick um den Hals legen läßt; welche Anmaßung zu glauben, diese versoffenen Analphabeten könnten Rußland beherrschen ...“, dachte sie, aber ein ungutes Gefühl signalisierte ihr: Unternimm etwas!

„Es gibt im Leben Situationen, die man mit zusammengebissenen Zähnen, aber mit erhobenem Kopf durchstehen muß. Ich werde sie durchstehen."

Die Zeichen für eine Rückkehr nach Petersburg standen nicht schlecht. Bereits dreimal hatte ihr Konstantinowitsch durch einen Kurier Geld und Briefe übermittelt. Sie hatte zwar alles angenommen, aber keine Reaktion gezeigt. Wenn er seine Liebe zu ihr wieder aktivieren wollte, na gut, sie war bereit, aber jetzt bestimmte sie den Preis, und der war hoch. Zunächst aber mußte sie ihre Eltern von der Notwendigkeit ihrer Rückkehr überzeugen.

An meine geliebten, schmerzlich entbehrten Eltern –

so begann der Brief, den Sonja Makinska nach Petersburg sandte und der zur Folge hatte, daß man sie mit ihrer Tochter nach Petersburg zurückbeorderte.

Ich habe für meine Schuld gebüßt und bitte, daß Sie mich wieder als Ihre Tochter in Gnade aufnehmen. Das Leben in Perm ist für uns unerträglich. Die Menschen, die in den Salinen arbeiten, verbreiten ansteckende Krankheiten, sie sind verdreckt, stehlen und verbreiten Angst und Schrecken. Nachts gehen sie betrunken durch die Gassen und schreien „Semlja i Wolja" und „Tod dem Zaren".

Wir fürchten uns sehr. Vera Natascha sollte eine Schule besuchen, denn die Nonnen im Kloster sind des Schreibens und Lesens nicht mächtig. Sie sprechen einen fast unverständlichen Dialekt. Die Enkelin der Makinskas und – ich bitte ergebenst um Verzeihung – auch der Konstantinowitschs sollte eine Erziehung erhalten, die ihr zusteht. Hier ist das Leben höhergestellter Personen nichts wert. Man sagt, daß unter den Bauern viele als Bauern verkleidete Studenten sind, die revolutionäre Parolen verbreiten und die Analphabeten aufhetzen. Natürlich – wie könnte es anders sein – sind darunter viele Juden, die von den Arbeitern „Aristokraten der Revolution" genannt werden.

Ich erbitte, verehrte Eltern, die Möglichkeit, Vera Natascha in das Smolny-Institut in Petersburg einschreiben zu lassen. Da ich mit ihr nur französisch spreche, sind ihre Kenntnisse dieser Sprache sehr zufriedenstellend. Mir bricht das Herz, wenn ich sehe, wie meine Tochter hier wie ein wildes Tier im Ural aufwächst, und bitte des-

halb nochmals um die Güte und die Erlaubnis, nach Hause zurückkehren zu dürfen.
Ihre unglückliche Tochter Sonja

Sonja war sicher, daß ihre Übertreibungen die gewünschte Wirkung haben würden. Tatsächlich benützte sie ihre Tochter als Mittel zum Zweck, denn Perm war ihr unerträglich langweilig. Es kostete nur einige Rubel, und der Kurier spielte den Inhalt von Sonjas Brief auch Konstantinowitsch zu. Ohne Wissen seiner Familie überschrieb er Sonja Makinska eines seiner Stadtpalais und sandte die auf Leinen gravierte Grundstücksübertragung, auf der das Innere und Äußere der Immobilie skizziert waren, an die Makinskas. Der alte Makinska wurde durch die generöse Gabe, die seiner Tochter und Enkelin zugeeignet war, versöhnlicher gestimmt.

„Mit goldenen Fäden näht man Mund und Gewissen zusammen", hatte er gemurmelt und damit zu verstehen gegeben, daß er die Liaison stillschweigend dulden würde. Mit Diskretion hatte Konstantinowitsch alles für seine Geliebte geregelt. Das Liebesnest auf dem Kaminostrowsky-Prospekt stand bereit, ebenso wie die Dienerschaft, die mit Geld und Drohungen mundtot gemacht worden war. Seit Sonja nach Perm verbannt worden war, hatte er kein Verhältnis gehabt, das ihn auch nur annähernd so gefesselt hatte wie die Nächte mit Sonja.

„Hoffentlich hat sie sich mit den Jahren nicht verändert", sinnierte er. Bei Frauen wußte man das nie. Er dachte an die entzückende Tänzerin, den zartesten Schwan im Ballett „Der sterbende Schwan". Nachdem sie seine Geliebte geworden war und nicht mehr tanzte, hatte sie sich zu einer fetten Gans entwickelt. Seine Kuriere hatten zwar die Schönheit der Komtesse gepriesen, aber was wußten diese Kosaken von Schönheit? Für sie galt eine Frau als schön, wenn sie den Hintern eines Panjepferdchens hatte. Er wollte die geringe Freizeit, die ihm seine Stellung erlaubte, genießen. Die Zustände am Zarenhof wurden immer unangenehmer. Der Kult, den die Zarin mit Rasputin trieb, wurde immer peinlicher. Sie saß unter einem Baum und stickte an einer Rubaschka* für den Bauernrüpel, und er, ein Konstantinowitsch, mußte zur Bewachung daneben stehen.

---

* russische Hemdbluse

Er dachte an Sonja, sie würde ihm viel Vergnügen bereiten und ihn für alles entschädigen. Intrigen und Attentate gab es am Zarenhof, seit es Zaren gab – er würde sich zu schützen wissen. „Jeder hat seinen Preis in Rußland“, dachte er, und er zahlte gute Preise. Er würde sich auch weiterhin zu informieren und zu schützen wissen. Nach Art der hohen Offiziere puderte er sein Gesicht und parfümierte sich stark. Er beschloß, bis zum Eintreffen der Makinska enthaltsam zu leben, um ihr seine Leidenschaft und Liebe stundenlang beweisen zu können.

Das Gepäck war gepackt, und die Makinskas waren in aufgeregter Aufbruchsstimmung.

Die Zofe war es nicht. Sie hatte im letzten Jahr junge Männer und Frauen kennengelernt, denen sie mehr zugetan war als ihren Eltern und Geschwistern. Jede Minute, die sie sich wegstehlen konnte, war sie zu den Bauern geschlichen, die keine Bauern waren. Es waren gebildete Menschen, die ihr Schreiben und Lesen beibrachten. Das fiel ihr unendlich schwer, aber ihre Mühe wurde belohnt mit Gesprächen, wie sie sie nie zuvor erfahren hatte. Man machte ihr klar, daß sie sich nicht von ihrer Herrin schlagen lassen dürfe, weil sie ein Mensch der gleichen Klasse sei. Das war ihr zwar unverständlich, aber der Gedanke allein hatte sie aufgerichtet. Als Sonja Makinska das nächste Mal heftig zuschlug, hatte sie sich nicht wie sonst wie ein Igel zusammengerollt, ihren Kopf mit den Armen geschützt und übertrieben laut gejammert. Sie war aufrecht stehen geblieben, hatte der Herrin in die Augen gesehen, während diese mit dem Elfenbeinknauf ihres Sonnenschirms auf sie losdrosch. Es tat weh – furchtbar weh, aber Nanja blieb standhaft und dachte: „Ich bin ein Mensch, ein Mensch wie du!“ Der stumme Protest brachte Sonja in noch größere Wut: „Verschwinde, du stinkendes Mongolenvieh!“

Nanja nahm alle Kraft zusammen und verließ das Zimmer. Sie kannte die Wutausbrüche, war daran gewöhnt, grundlos bestraft zu werden. Diesmal hatte sie die Strafe verdient, glaubte sie. Immer wenn sie ihre „blutige Woche“ hatte, mußte sie es Sonja Makinska melden. Sie hatte es vergessen, aber ihre Herrin hatte „ihre Zeit“ gerochen und getobt. Halb von Sinnen über sich selbst, weil sie zum ersten Mal gewagt hatte, ihrer Herrin zu trotzen, und vor Angst, von ihr davongejagt zu werden, schleppte sie sich zur Latrine. Das frische

Heu, das sie in Lumpen gepackt und zwischen ihre Beine gebunden hatte, war mit Blut vollgesogen. Es hing wie ein schwerer Ziegel unter ihrem Rock. Sie entledigte sich der stinkenden Last. Dann wusch sie sich am Ziehbrunnen, pflückte große Blätter von den Sträuchern, legte ein Blatt über das andere und befestigte das kleine Paket, indem sie die Hanfschnüre wieder um Hüften und Beine wickelte. Sie weinte, als sie ihren langen Rock ordnete. Was war los mit ihr? Was hatte sie dazu gebracht, unfolgsam zu sein?

Sie ging langsam, denn zwischen ihren Schenkeln brannte ihre Haut. „Wenn es allen gleich gut geht", dachte sie, während sie unbewußt den Weg zu ihren Freunden einschlug, „werde ich auch feine, wollene Tücher zwischen meine Beine legen können wie Sonja Makinska. Meine Haut wird nie mehr wund sein und brennen wie Feuer." Sie haßte ihre Herrin nicht. Seit ihre Eltern sie als Zehnjährige bei den Makinskas abgegeben hatten, war sie immer satt geworden. Sie hatte schwer arbeiten müssen, aber außer dem Jähzorn ihrer Herrin hatte sie nichts zu befürchten. Sie liebte die kleine Vera Natascha, und wenn diese ihre Ärmchen um sie schlang und „Nanja, Nanja!" rief, war sie glücklich.

Ossip stand vor der Scheune. „Wie siehst du denn aus?" Er nahm sie um die Schulter und führte sie ins Haus. Dort legte er ihr Kohlblätter auf das Gesicht, die er mit kühlem Wasser feucht hielt. Noch nie war jemand mit ihr so fürsorglich umgegangen. Ossip drückte die Breitseite seines Messers auf ihre Beule an der Stirn. „Das nimmt die Schwellung", erklärte er.

„Woher weißt du das alles?"

„Ich studiere Medizin, aber ich lerne, mit den Mitteln der Natur zu heilen, denn Medikamente können wir uns noch lange nicht leisten."

„Wenn wir alle gleich sind, werden wir dann auch alle die gleichen Mittel bekommen?"

„Gewiß, aber bis dahin ist noch ein langer Weg. Wir brauchen noch viele Gleichgesinnte."

„Ossip, es schmerzt mich sehr zwischen den Beinen, kannst du mir helfen?"

Scheu und verlegen schilderte sie ihre Hilfsmittel.

„Das Heu hat deine Haut aufgestochen. Winzige Insekten haben sich in den feinen Rissen festgesetzt und die Entzündung verursacht. Mach dir einen Salbeitee und wasche dich damit gründlich. Dann schmierst du die schmerzenden Stellen mit Honig ein. Ich gehe in den Stall und schere Schafwolle. Diese legst du ein und wechselst sie dreimal am Tag. Jeden Tag ißt du Knoblauch, soviel du verträgst. Das heilt jede Entzündung von innen. Hast du alles verstanden?"

Nanja nickte und griff nach Ossips Hand, um sie zu küssen.

„Tu das nie wieder!" Heftig entzog er ihr seine Hand.

„Warum, Ossip? Ich will dir danken. Noch nie ist ein Mensch so gut zu mir gewesen."

„Wir danken einander, indem wir füreinander da sind."

„Ich will auch für euch da sein."

„Du weißt nicht, was du sagst. Wir sind eine Organisation. Eine gefährliche Organisation. Wir bereiten eine Revolution vor. Unser Füreinander-Dasein heißt auch, wenn es sein muß, das Leben füreinander zu opfern."

„Die Kosaken werden euch töten. Sonja Makinska sagt, die Kosaken töten jeden, der gegen den Zaren ist."

Ossip biß sich auf die Lippen.

„Die Kosaken töten auch jene, die für den Zaren sind, wenn die Zeit reif ist."

Die Freunde kamen von der Feldarbeit zurück und begrüßten Nanja.

Die Mädchen brachten ihr saure Milch mit Knoblauch zu trinken. Nanja glaubte zu träumen. Noch nie hatte ihr jemand etwas gereicht oder sie gefragt, wie sie sich fühlte. Ohne ein Geräusch hockte sie sich auf den Boden, schlang die Arme um ihre Knie, legte den Kopf darauf und begann lautlos zu weinen. Ossip erklärte, was Nanja erduldet hatte, und ein Mädchen sagte: „Warum bleibst du nicht bei uns?"

Weinend rief Nanja: „Ich kann doch nichts, ich bin doch nichts, ich weiß doch nichts, und ihr seid alle so klug!"

Alle lachten und umarmten sie: „Du kannst sicherlich besser kochen als ich!" rief ein Mädchen. „Das ist keine Kunst!" rief eine andere, „ihr Essen ist nämlich ungenießbar!"

„Und besser flicken als ich!" rief ein junger Mann und zeigte seine durchlöcherte Hose.

Nanja, die seelisch und körperlich Geschundene, war plötzlich glücklich.

„Gebt mir, was ihr habt, ich koche jetzt und dann flicke ich deine Hose ..."

„Vorsicht! Er hat nur eine!“ Ossip lachte, und alle lachten mit.

Während Nanja das Gemüse putzte, fiel ihr ein, daß sie sich nicht erinnern konnte, wann sie das letzte Mal gelacht hatte.

Sonja Makinska war nach ihrer Rückkehr mehr als ernüchtert. Ihr geliebtes Petersburg hatte sich verändert. Schon zweimal hatte sie ihre Dienstmädchen weggejagt, da diese sich geweigert hatten, täglich fünfzehn Stunden zu arbeiten. Außerdem hatten sie neuerdings drei, ja sogar vier Rubel mehr verlangt, statt sich wie bisher mit Lebensmitteln und Kleidung zufriedenzugeben. Nanja blieb verschwunden. „Sie hat uns im Stich gelassen. Das hat man davon, wenn man gut zu diesen Untermenschen ist“, hatte Sonja ihre Tochter gewarnt.

Am Tag ihrer Abreise war ein Stein durch das offene Fenster in ihr Zimmer geworfen worden. An ihm war mit einem Bindfaden ein Zettel befestigt, auf dem in gutem Russisch stand: „Semlja i Wolja! Nieder mit der Autokratie! Gott schütze Veruschka! Nanja.“

„Zum Teufel mit ihr“, hatte Sonja geflucht und ihrer Tochter eine wirre Geschichte über das Verschwinden Nanjas erzählt. Vera hatte geweint und ihrer Mutter kein Wort geglaubt.

In Petersburg herrschten chaotische Zustände. Vor den Geschäften standen die Menschen in langen Reihen, um Brot zu kaufen. Statt fünf Kopejken zahlte man nun einen Rubel, und das für ein Gemisch aus schlechtem Mehl und Sägespänen. Die Polizei fegte die Unzufriedenen und Streikenden mit Gewehrsalven von den Straßen. Nachdem man Ministerpräsident Pjotr Stolypin im Beisein des Zaren während einer Theatervorstellung ermordet hatte, wurde zwar die „Stolypinsche Krawatte“ seltener angewandt, aber die Straflager in Sibirien waren überfüllt.

Zar Nikolaus II. vertraute seinen Kosaken und die Zarin ihrem Rasputin. Sein Einfluß blieb unerschüttert, auch wenn man ihn bereits laut einen Scharlatan nannte. Der durchtriebene russische Bauer wußte um seine Wirkung auf die bigotten, unbefriedigten Aristokratinnen. Noch immer ging er ungewaschen umher, und aus seiner Hose stieg ein scharfer Geruch, der manche Gräfin erregte. Wenn ihm eine Schönheit eine Bittschrift überreichte, denn nur auf

* Straße der Karnickel

diesem Weg konnte die Zarin erreicht werden, führte er die Dame in ein Nebenzimmer und nahm sie dort wie ein Rammler sein Kaninchen. Wohl deshalb wohnt er in der Gorochowa*, feixte das Volk.

Alle waren beglückt und bemerkten zu spät, daß der Mystiker sie außerdem mit der „Französischen Krankheit" angesteckt hatte.

Um seinen Einfluß noch mehr zu festigen, verfiel Rasputin auf die übelsten Tricks. Im Salon der Gräfin Ignatew, der angesehensten Dame bei Hofe, schnitt er in einem unbewachten Augenblick in das Gemälde der „Nackten Maya" ein Kreuz. Dann wandte er sich mit geschlossenen Augen den Anwesenden zu und rief: „Ich sehe ... ich sehe ... die Monarchie stürzt in den Abgrund!" Er öffnete die Augen und wies stumm auf das „göttliche Zeichen" in der Scham der Maya. Die Gräfin ließ den wertvollen Goya sofort entfernen, und die überhitzten Aristokratinnen erstarrten in Ehrfurcht.

Sonja ärgerte sich, als sie davon erfuhr, aber noch mehr ärgerte sie, daß sie von allen Empfängen bei Hofe ausgeschlossen blieb. Allzu gern hätte sie bekannt gemacht, daß schließlich sie es war, der Rasputin die erste Voraussage gemacht hatte. Noch lieber hätte sie ihm seinen Irrtum vor der Zarin ins Gesicht gesagt. Aber eine Makinska blieb unerwünscht, und daran konnte auch Konstantinowitsch nichts ändern. Es blieben ihnen nur die aufregenden erotischen Stunden.

„Was ist aus unserem Petersburg geworden, Koscha?" flüsterte Sonja in seinen Armen.

„Petrograd, Geliebte. Petrograd. Du mußt dich daran gewöhnen. Der Zar will alles Deutsche ausmerzen."

„Warum? Wir sprechen doch nicht Deutsch, sondern Französisch, wird er das auch verbieten?"

„Nicht solange die meisten bei Hofe ihre Villen an der Côte d'Azur haben", lachte Konstantin.

Sonja und Vera spazierten den Newski-Prospekt entlang, und Vera blieb mit großen Augen vor den Auslagen der Juweliere stehen. „Wie schön, Mamuschka! Ich möchte Schmuck! Viel Schmuck!"

„Das sind alles falsche Schmuckstücke, mein Kind. Sie sind nur den echten nachgemacht. Statt Diamanten Zirkone, statt Gold Messing, verstehst du?"

„Nein, ich finde sie schön."

„Du mußt lernen, das Echte vom Falschen zu unterscheiden. Vor allem was Schmuck betrifft."

„Warum, Mamuschka?"

„Ein altes russisches Sprichwort sagt: Auf einer goldenen Schaukel kann man bis in den Himmel fliegen."

Sie zog ihre Tochter weiter bis zur Konditorei Bormann, in der inmitten von Kuchen und Pralinen eine mechanische Figur Geige spielte. Abgerissene Gestalten mit haßerfüllten Gesichtern blickten durch die großen Scheiben der Konditorei auf die wenigen, die sich die Piroschok auf der Zunge zergehen ließen.

Auf dem Nachhauseweg hörten die beiden skandierende Frauenstimmen: „Wir wollen Brot! Wir wollen Brot!" Es mußten Hunderte sein, die in Richtung Gorochwaja marschierten, wo Rasputin im Palais Nummer 64 residierte und seine Orgien feierte. Auf Transparenten forderten die Frauen, daß Schwangere ihre Arbeit sitzend verrichten dürften und zehn statt vierzehn Stunden am Tag arbeiteten. Einige trugen ihre Kinder auf dem Arm, andere schwenkten rote Fahnen.

Plötzlich gingen die rhythmischen Parolen der Frauen in laute Hilferufe über. Im fliegenden Galopp stürmten Kosaken daher. Unhörbar für die protestierenden Frauen, da die Hufe der Pferde mit Fellen umwickelt waren. Erst knapp hinter dem Aufzug der Streikenden brachen die Reiter auf Kommando in gellende Schreie aus und zogen ihre Säbel. Die Frauen rannten in alle Richtungen davon. Viele wurden niedergeritten, manche von den Säbelhieben getroffen, Kinder verloren ihre Mütter. Die heiseren Stimmen der Kosaken mischten sich mit dem Wimmern der Kinder, die sich im Schneematsch duckten, und den verzweifelten Rufen der Mütter nach ihren Kindern.

Sonja hatte Vera mit hartem, schnellen Griff in ein Geschäft hineingezogen. Atemlos vor Schreck beobachteten sie durch die Gardinen das Massaker. Zum ersten Mal hatte Sonja gesehen, wovon sie bislang nur gehört hatte: den Aufstand des Proletariats.

„Mamuschka, was waren das für Frauen? Und warum haben sie kein Brot?"

„Das verstehst du nicht, mein Kind, ich verstehe es ja selbst kaum", sagte Sonja nachdenklich. Ihr war, als habe sie Nanja in der Menge gesehen.

Zuhause überreichte man ihr eine Depesche. Sie war von Konstantinowitsch.

Geliebte,

ihr müßt Petrograd sofort verlassen, denn wir sind in größter Gefahr. Nimm nur das Nötigste und Wichtigste für Dich und Veruschka mit. Großfürst Basilowitz und Fürst Trubetzkoy haben einige Salonwagen gemietet. Man wird Euch mitnehmen. Ihr seid in bester Gesellschaft. Nehmt eine unauffällige Droschke zum Warschauer Bahnhof, nicht zum Finnischen Bahnhof. Kein Wort zu den Dienstboten!

Der Zug geht nach China. In Schanghai werdet Ihr von Madame Kolontai Nansen-Pässe erhalten. Wartet dort weitere Nachrichten ab. Ich bin zum Zaren nach Zarskoje Sjelo abkommandiert. Die Aufständischen haben die Särge der Adeligen aus den Grüften und die Leichen und Skelette aus den Särgen gerissen.

Die Zeit ist angebrochen, wo sich das Schicksal der Dynastie entscheidet, denn der Zar hört auf die Zarin, und die Zarin auf Rasputin.

Gott schütze Euch!

Wie immer in aufregenden Situationen handelte Sonja unaufgeregt. Zunächst verstaute sie ihren Schmuck und Bargeld in kleinen Leinensäckchen, die sie teils am Körper, teils im Futter ihres Zobelmantels befestigte. Auf Garderobe für sich und Vera verzichtete sie weitgehendst. Stattdessen nahm sie die kleinsten und wertvollsten Ikonen von den Wänden, wickelte sie in Tücher und füllte mit ihnen die Reisetaschen. Zuletzt legte sie noch den auf Leinen gravierten Plan des Palais hinzu. Es war gut, etwas Schriftliches zu besitzen, wenn sie zurückkamen. Ihre Zofe schickte sie mit einem Brief, auf dem eine fingierte Adresse stand, aus dem Haus. „Bis die Gans draufgekommen ist, daß es eine falsche Adresse ist, sind wir schon unterwegs."

Sie hielten eine vorbeifahrende Droschke an und fuhren geradewegs zum Warschauer Bahnhof. Ihre Überraschung war groß, als sie dort an die siebzig Personen antraf, die sich um den Großfürsten drängten. Manche hatten ihre Lakaien bei sich, andere ihre Haus- und Hofjuden, und Sonja gewann den Eindruck, daß einige die

Flucht so selbstverständlich nahmen wie eine Reise zu ihren Gütern. Man sprach Französisch, komplimentierte die Damen und scherzte mit den Kindern. Im Abteil vertauschten die Herren ihre Hemden mit den hohen gesteiften Kragen gegen die bequeme Rubaschka, und die Damen schlüpften in Samtpantoffeln mit goldgestickten Adelswappen. Man machte es sich bequem. Die Reise war weit, aber man würde den Spuk in Paris, Berlin oder an der Côte d'Azur abwarten und dann umgehend in das geliebte Petersburg zurückkehren. Das Militär, die Kosaken und vor allem die Gendarmerie hielten zu den Romanows, die würden die Aufständischen erledigen. Rußland würde auch diesen Aufstand verkraften, dessen waren alle sicher.

Stunden um Stunden durchquerte der Zug das Land. Er hielt nur selten an. Wenige stiegen zu, viele stiegen aus. Bei jedem Halt wurde es in den Coupés stiller. Leise Unsicherheit breitete sich aus. Man sprach es nicht aus, aber jeder fürchtete, daß die Rotarmisten, die dem Vernehmen nach schon überall sein sollten, auch in den Salonwagen eindringen würden.

Nachdem die Gespräche über Affären, Ballett und Musik erschöpft waren, hatte man die Vorhänge geöffnet und zum Fenster hinausgesehen. Die Begeisterung über die unendliche Taiga ging in betretenes Schweigen über, als der Zug an Dörfern vorbeifuhr. Kinder in Lumpen streckten ihre ausgemergelten Ärmchen zu den Fenstern aus und riefen: „Brot! Bitte Brot!" Frauen standen mit nackten Beinen und bloßen Füßen, die sie mit Fetzen oder Papier umwickelt hatten, im knöcheltiefen Morast. Männer deckten das Stroh von den Dächern ihrer Hütten ab und fütterten damit ihre Pferde und Schweine. Dann wieder sahen sie Gruppen von Menschen, die mit ihren Habseligkeiten auf Wanderschaft waren. Hunde zogen Karren, ausgemergelte Kühe wurden angetrieben.

„Da sieht man, was dieser Lenin angerichtet hat", meinte Graf Alosoroff, auf meinen Gütern hat es so etwas nie gegeben!" Dabei steckte er ein Stück Kandiszucker in den Mund, nahm einen Schluck Tee und ließ den Zucker langsam zergehen. Die anderen taten es ihm gleich. Was wäre eine russische Gesprächsrunde ohne Samowar? Wenn man nicht antworten oder diskutieren will, nimmt man ein Stück Kandis und immer wieder einen Schluck, dreht und wendet es im Mund, nickt und schluckt und schweigt.

Am nächsten Morgen wurde die Reisegesellschaft durch laute Rufe aufgeschreckt. Der Zug hatte auf offener Strecke angehalten. Männer mit Sicheln, Gewehren und Mistgabeln drangen ein. Sie stießen die noblen Fahrgäste rücksichtslos und brutal aus den Waggons. Sonja und Vera rafften ihre Gepäckstücke zusammen und fanden sich auf der Plattform mit den anderen wieder. Unter lautem Lachen und Jubeln koppelten die Aufständischen den Salonwagen ab und stießen die Aristokraten in einen anderen Waggon.

„Euer Hintern ist nicht besser als unserer!“ riefen die Bauern und gaben dem Lokomotivführer das Zeichen zum Weiterfahren.

„Danke, Genosse! Semjla i Wolja!“ Der Genosse Lokomotivführer grüßte lachend zurück.

Vera begriff nicht, was vorging: „Mamuschka, was tun die Leute? Und warum sollen wir nach China? Kannst du Chinesisch?“

„Nein, mein Liebling, aber kommt Zeit, kommt Rat, auch in Schanghai. Niemand hier kann Chinesisch, aber wir werden zusammenhalten und uns gegenseitig helfen. Du siehst – hier werden wir voll und ganz akzeptiert.“

Vera, mit ihrem angeborenen Gefühl für Stimmungen, hatte allerdings bemerkt, daß man ihnen zwar mit perfekter Höflichkeit, ja sogar liebenswürdig entgegenkam, aber daß der Ton untereinander warmherziger war. Ihre Ohren, die auf die Feinheiten einer Sprache wie ein Seismograph reagierten, unterschieden sehr genau die herzliche Anrede, mit der man eine kleine Komtesse ansprach, von dem gönnerhaften „Vera Natascha“, das man ihr zukommen ließ. Sie stellte fest, daß es eine Freundlichkeit gab, die beleidigend wirkte und signalisierte: „Du bist ja ganz nett, aber nicht nett genug für uns.“

Sonja machte man Komplimente wegen ihrer schönen Tochter, aber auch hier hörte Vera die falschen Töne heraus und kränkte sich. Sie hatte keine Lust, mit den anderen Kindern Halma zu spielen. Still saß sie neben ihrer Mutter und hörte den Gesprächen der Erwachsenen zu. Zumeist aber verlor sie sich in Tagträumen, in denen sie sich in einer Welt von Sicherheit und Reichtum bewegte.

Sie spürte die harte Holzbank nicht mehr und wußte nicht, ob sie bereits zwei oder drei Tage unterwegs waren.

Wiederum Pfiffe, Geschrei und Gepolter. Diesmal verfrachtete man die Petersburger Aristokratie mit Püffen und Drohungen in einen Viehwaggon, während die anderen in den Wagen mit Bänken Platz nahmen.

Vera wunderte sich, daß die Herren nicht aufmuckten. Ihre schöne Mutter ging wie alle anderen Damen stumm an den Revolutionären vorbei. Sie gestatteten den Herren mit einem Nicken, sie in den Viehwaggon zu heben.

„Spasiva, Durchlaucht!" war alles, was man hörte.

„Sie haben uns den Samowar weggenommen, Mamuschka."

„Ich weiß, mein Kind."

„Warum hat sich niemand beschwert?"

„Zuviel der Ehre für diese Halunken."

Nun erst wurde die Reise zum Alptraum. Die Lebensmittel waren aufgebraucht. An manchen Stationen stellte man einen Eimer Wasser in den Viehwaggon, aus dem sich die Gesellschaft einen Becher schöpfte, den sie höflich einer an den nächsten weitergaben. Man trank das Wasser in kleinen Schlucken, wie Tee. Vera war durstig und hätte gerne das Wasser hinuntergeschüttet, aber da es niemand tat, nahm auch sie nur ein paar Schlückchen und reichte den Becher mit einem „Spasiva" und einem Knicks weiter.

„Was wird der Dieb mit meinem Reisenecessaire machen?" fragte die Prinzessin Sachovskaja naiv.

„Meine liebe Zinaida", tröstete sie Alosoroff, „er wird die Perlmuttarbeit und das goldene Wappen herausbrechen und den Erlös versaufen ..."

„Ich hätte ihm ein paar Rubel geben sollen, denn das Necessaire war ein Geschenk meiner Mutter."

„Es geht nicht nur um Geld, es geht vor allem um das Zerbrechen, verstehen Sie?"

„Nein, das verstehe ich nicht, mein lieber Boris. Bitte, ich brauche die Garde", sie erhob sich mühsam vom Boden.

„Die Garde" nannte man die Herren, die sich mit dem Rücken zum Eimer stellten und wie eine Wand die Person abschirmten, die ihre Notdurft verrichtete.

„Noblesse oblige", flüsterte Sonja ihrer Tochter zu, „wir sind schon seit Tagen verstopft ..."

Sie blieben noch zwei Tage verstopft, bis sie sich endlich auf der Bahnhofstoilette in Schanghai entleeren konnten – ohne „Garde".

Vera, die alles Neue ansonsten interessiert aufnahm, blieb in Schanghai verschlossen und desinteressiert. Mißmutig besuchte sie mit anderen Mädchen die französische Schule, aber meistens ersann sie Krankheiten, um nicht hingehen zu müssen. Sie konnte die Gesichter der Einheimischen nicht voneinander unterscheiden. Für sie sahen alle Chinesen gleich aus. Sie machte sich Sorgen um ihre Mutter, die jeden Monat ein Stück Schmuck weniger besaß, denn ihre Ikonen blieben unverkäuflich. Aus Kräutern, Honig und Öl fabrizierte sie Hautcreme, wie in Perm, die von den wenigen Europäerinnen geschätzt und gekauft wurde. Für alle Russen bestand der Tag aus Warten auf den Nansen-Paß. Nach Monaten war es endlich soweit. Madame Kolontai beschaffte für alle russischen Emigranten die Pässe, die ihnen die Möglichkeit gaben, ohne Visum nach Europa zu gelangen.

Die adelige Gesellschaft war verunsichert. Zu viele widersprüchliche Nachrichten kamen aus Rußland nach Schanghai, und man vermutete, daß auf dem langen Weg manches verlorenging und manches hinzugedichtet wurde. Es hieß, Rasputin sei ermordet worden und die Zarin habe neben seiner Leiche Selbstmord verübt. Es hieß aber auch, die Zarenfamilie sei auf dem Weg ins Exil. Und dann wurde es zur Gewißheit: Am 17. Dezember 1916 – nach dem Gregorianischen Kalender – war Grigory Jefimowitsch, genannt Rasputin, erschossen worden. Die Zarin trauerte wie um einen Geliebten. Sie verbot, daß sein Name erwähnt oder in Zeitungen über ihn berichtet wurde, und ließ ihn neben ihrem Palais in Zarskoje Sjelo begraben.

Drei Monate später dankte der Zar ab. Er wollte mit seiner Familie nach England ins Exil gehen. England schien darüber wenig beglückt zu sein und antwortete ausweichend. Das englische Königshaus befürchtete Unruhen. Am 13. März 1917 erfuhren die Flüchtlinge in Schanghai, daß Petersburg „fest in der Hand der Revolutionäre sei“. Erst Wochen später erreichte sie die Nachricht, daß die Zarenfamilie bereits am 21. März verhaftet und nach Tobolsk verbannt worden war.

„Der Ort, wo Rasputin 1910 zum ersten Mal Aufsehen erregte, es gibt keine Zufälle im Leben“, sagte Sonja lakonisch.

Nun war allen klar, daß ihr Wunsch nach einer baldigen Heimkehr unerfüllbar blieb. Je mehr sie unter ihrer Heimatlosigkeit litten, umso mehr bewahrten sie ihre Haltung. Mit der gleichen Selbstverständlichkeit, mit der man in Petersburg Französisch sprach, war man im Ausland darauf bedacht, Russisch zu sprechen. Sonja hörte, wie der Großfürst sagte: „Wo Russen sind, ist Rußland!“

Man half einander, wo und wie man konnte, materiell und ideell. So gelang es, daß alle China, wo sich niemand wohlgefühlt hatte, in Richtung Europa verlassen konnten. Sie bestiegen die billigsten Frachter, als seien es Luxusschiffe, und verloren kein Wort über die undefinierbaren Speisen, die man ihnen zuschob. Nur einmal, als bekannt wurde, daß das Hühnerfleisch, welches sie mit Verwunderung genossen hatten, in Wirklichkeit gedünstete Schlangen waren, beugten sich einige Gräfinnen über die Reling und fütterten damit die Fische.

Sonja hatte eine Ikone im Gemeinschaftsraum aufgestellt. Täglich beteten alle davor, und Vera lernte, daß ein Gebet keine vorgefaßten Worte wiedergeben mußte, sondern daß man seine Gedanken und Wünsche Gott und der Madonna mit eigenen, einfachen Worten vortragen konnte, wie in einem innigen Gespräch mit einem Menschen. Nachdem bereits alle den Raum verlassen hatten, blieb Vera und ging nahe an den Tisch heran, auf dem man die Ikone auf einen Spitzenschal der Fürstin Smirnow gebettet hatte. Lange kniete sie, den Blick auf die Madonna gerichtet. Ein sanftes Frauenantlitz in einem goldenen, mit Türkisen und Amethysten verzierten Rahmen strahlte sie an. Vera hatte ihre Hände gefaltet, und der ganze Schmerz eines entwurzelten Kindes ergoß sich vor dem Gnadenbild. Als sie mit ihren verweinten Augen die Augen der Madonna suchte, sah diese sie an und lächelte. Nein, sie hatte sich nicht getäuscht, die Madonna hatte ihr zugelächelt, als wolle sie sagen: „Courage, Veruschka! Courage!“

„Danke“, sagte Vera laut, „danke, heilige Mutter, ich werde immer daran denken!“

4. Kapitel
… welches die „Goldenen Zwanziger“ beschreibt, die keine waren

Sonja Makinska war vieles abhanden gekommen: ihr Schmuck, ihre Goldrubel, ihr Zobelmantel – ihr Stolz. Geblieben waren ihre Attraktivität und ihre Tochter Veruschka. Sonja fühlte jedesmal einen Stich in der Magengegend, wenn Vorübergehende flüsterten: „Ist die schön …“ und sie zur Kenntnis nehmen mußte, daß damit die Tochter und nicht die Mutter gemeint war.

Zwar war sie immer noch eine auffallende Erscheinung, aber das Kind, das keines mehr war, zog alle Blicke auf sich. Vera hatte große, grünliche Nixenaugen, in denen bernsteinfarbene Punkte tanzten, ein ebenmäßiges Profil, ebensolche Zähne und herrliches, kupferrotes Haar. Die Blicke der Passanten blieben nicht nur an den langen, schlanken Beinen hängen, sondern auch an ihrer zierlichen Taille und den schmalen Hüften. Sie bemerkte das alles nicht, aber Sonja bemerkte es umso mehr und dachte: „Mein liebes Kind, das ist dein Kapital und sonst nichts!“

Rasputins Ausspruch kam ihr in den Sinn: „Er wird reich und berühmt sein und immer für Sie sorgen …“

„Wenn nicht er, dann sie“, dachte Sonja und beschloß, die Tochter auf einen Lebenskampf vorzubereiten, von dem auch die Mutter profitieren würde.

„Veruschka“, sagte sie in Russisch, „mein liebes Kind, du hast deine Schönheit und deine Unschuld, wirf nichts davon weg, verstehst du mich?“

Vera verstand nichts, nickte aber folgsam, so wie sie ihrer Mutter in allem folgte. Sie dachte immer an das Nächstliegende. An Essen, denn sie war ständig hungrig, an neue Garderobe, denn sie schämte sich ihrer zu eng und zu kurz gewordenen Kleider, an ein Bett, denn sie mußte auf zwei alten, zusammengestellten Sesseln schlafen. Aber am meisten dachte sie darüber nach, warum ihre Mutter sie stundenlang allein ließ, und warum es ihr gleichgültig war, ob sie in eine Schule ging oder nicht.

„Was man braucht, ist, daß man das Wesentliche begreift, alles andere steht im Lexikon“, hatte sie ihr gesagt.

Vera begriff das Wesentliche nicht. Ihre Gefühle waren stärker als ihre vernünftigen Überlegungen, und sie fühlte, daß sie ihrer Mutter lästig war. Erst gestern hatte sie ihr gesagt, sie würde nach Paris gehen und Vera solle bei Muttchen Kroner bleiben.

„Warum, Mamuschka? Warum läßt du mich allein?“ Vera war in Tränen ausgebrochen. Sie liebte ihre Mutter, sie bewunderte sie, alles hätte sie mit ihr ertragen, aber keine Trennung.

Sonja blieb ungerührt bei ihrem Entschluß.

„In Paris leben derzeit zigtausend Russen, da habe ich gute Möglichkeiten, Geld zu verdienen. Es gibt ein russisches Theater, russische Bars und Restaurants, man feiert das Neue Jahr, wie es sich gehört, am 13. Januar“, erklärte Sonja ihrer Tochter begeistert und setzte ihr Hütchen eine Spur zu schräg auf. Dann stürmte sie wieder davon, und Vera blieb wieder stundenlang allein.

Sie versank in tiefes Nachdenken.

„Wir sind Flüchtlinge, mein liebes Kind, und werden es ein Leben lang bleiben“, hatte ihre Mutter einmal gesagt.

„Warum muß das so sein?“ sinnierte Vera.

Sie war gerne in Berlin. Sie liebte Muttchen Kroner, die ihnen das kleine Zimmer vermietet hatte. Kitty, Muttchen Kroners Tochter, war ihre Freundin geworden. Vera war dankbar, wenn sie in Muttchen Kroners Küche sitzen durfte. Die Erbsensuppe köchelte auf dem Herd, und Vera wußte, daß sie immer „'nen Schlag abbekam“, wie Kitty sagte. Muttchen Kroner konnte Tränen lachen, wenn Vera mit russischem Akzent Berliner Dialekt sprach. Vera lachte mit und sagte: „Spasiva, Muttchen Krrronerrr, bei dirrr serrr jemütlich!“

Vera schlenderte ziellos die Grolmannstraße hinunter bis zum Savignyplatz. Es kam ihr vor, als sähe sie diesen Stadtteil zum ersten Mal. Wie grau und trostlos waren die großen Häuser. Hier und dort standen Männer umher. Sie hatten Plakate umhängen, auf denen zu lesen war: „Nehme jede Arbeit an“, „Bin seit drei Jahren arbeitslos“, „Habe fünf kleine Kinder und keine Arbeit!“

Vera buchstabierte langsam. Es fiel ihr schwer, die deutschen Buchstaben zu lesen.

„Wieviel leichter ist Kyrillisch“, seufzte sie.

Sie entzifferte auf der ersten Seite einer Zeitung:

„Derzeit 7 Millionen Arbeitslose in Deutschland!“

Sie erschrak. War das der Grund für die Abreise ihrer Mutter? Wenn die Deutschen schon keine Arbeit hatten, wie sollte erst eine Russin in Berlin Geld verdienen können?

„Ich muß Geld verdienen, ich muß Mamuschka zeigen, daß nicht nur sie für mich, sondern auch ich für sie etwas tun kann.“

Entschlossen ging sie weiter. Sie legte den Kopf leicht in den Nacken und streckte ihr Kinn vor. Eine Bewegung, die sie ihr Leben lang beibehalten sollte.

Am Savignyplatz blieb sie stehen und sah sich verloren um. Ein Mann musterte sie von unten nach oben.

„Na, Frollein! So scheen und so alleene?“

Vera ging rasch davon und lief direkt in Kitty Kroner hinein.

„Mensch, Vera! Wat rennste hier alleene rum? Ick hab dir überall jesucht!“

„Kitty, ich muß Geld verdienen, ich suche einen Posten!“

„Janz wat Neues! Det wolln momentan ein paar Hunderttausend in Balin, da ham se jerade uff dir jewartet.“

Sie waren vor dem Haus der Berliner Zeitung stehen geblieben. In den Schaufenstern hingen Zeitungen aus. Passanten standen davor und lasen. Vera zog Kitty am Ärmel.

„Lies vor, was da steht.“

„Ick interessier mir nich für Politik.“ Gelangweilt überflog sie die Zeitungsspalten.

„Du Vera! Da is was!“ Sie las vor: *„Sie sind jung, schön und können tanzen? Dann melden Sie sich ab 17 Uhr im Kabarett Plüschke.“*

Kitty hängte sich bei Vera ein.

„Wir sind jung, wir sind schön …“

„… aber wir können nicht tanzen,“, sagte Vera trocken.

Kitty lachte nur und trällerte: „Denkste denn, ick liebe dir, du Berliner Pflanze? Denkste denn, ick liebe dir, nur weil ick mit dir tanze …? – Tanzen kannst lernen, Schönheit nich – wir jehn da hin.“ Entschied Kitty.

Die beiden Mädchen kamen aufgeregt nach Hause. Muttchen Kroner schüttelte mißbilligend den Kopf: „Für Nachtarbeit seid ihr viel zu jung, det paßt mir nich.“

Sonja packte bereits ihren Koffer und sagte emotionslos: „Ihr habt eure Schönheit und eure Unschuld, werft nichts davon weg."

„Mamuschka, ich verdiene drei Mark am Abend, bleib bei mir, wir kommen schon durch."

Sonja umarmte ihre Tochter und sagte: „Mein Täubchen, was sind denn drei Mark? Einem Mann muß man alles nehmen, nur die Augen darf man ihm lassen, damit er dir nachweinen kann!"

Für Vera und Kitty begann eine herrliche Zeit. Auf ihre Tanzkünste hatte man sofort verzichtet. Sie standen als „Lebende Bilder" halbnackt und bewegungslos auf der Bühne. Die gierigen Blicke der Männer und lesbischen Frauen klebten spürbar an den Körpern der Mädchen. Die beiden lachten darüber und liefen vor den eindeutigen Angeboten, die man ihnen nach dem Programm machte, davon.

Sie gingen in die Eden-Bar, eine Tanzbar, in der ein junger Eintänzer arbeitete, der Kitty anbetete. Er war den beiden überlegen, denn er verdiente fünf Mark am Abend. Während er „arbeitete" und Damen mit dem Umfang einer Barockkonsole über das Parkett wuchtete, blickte er mit schwermütigen, jüdischen Augen über den perlenbehangenen Hals seiner Tanzpartnerin zu Kitty hinüber. Diese ließ ihren Kaffee kalt werden und ihren Billy keinen Moment aus den Augen.

Gegen zwei Uhr nachts hatte auch die tanzwütigste Besucherin genug, und der Gigolo war frei.

Eine Dame legte zwei Fünfmarkstücke auf den Tisch und fragte: „Haben Sie noch Lust auf ein Glas Schampus bei mir?"

Als Billy verneinte, steckte sie ein Fünfmarkstück wieder an sich und sagte: „Na, denn nich – so groß biste och nich, Kleener!"

Vera, Kitty und Billy gingen noch in eine Kneipe und bestellten Eisbein mit Erbspüree und Sauerkraut. Billy entledige sich unter dem Tisch seiner Lackschuhe. Seit sechs Uhr war er im Dienst, und nun spürte er seine Füße nicht mehr. Trotzdem war er witzig wie immer und schilderte die Gespräche, die er mit seinen Tanzpartnerinnen geführt hatte, so komisch, daß die Mädchen Tränen lachten. Plötzlich wurde er ernst.

„Übrigens, ich werde darüber schreiben."

„Was willst du?" die Mädchen waren wieder auf einen seiner humorvollen Gedankensprünge gefaßt.

Billy Wilder 1929

„Ja, heute ist ein besonderer Tag. Die BZ druckte meine Reportage 'Herr Ober, bitte einen Tänzer!' Hier, ich habe sogar in der Eden ein Zeugnis bekommen." Dann las er vor:

Herr Billy Wilder war in unserem Haus vom 15. Oktober bis dato als Gesellschaftstänzer tätig. Wilder hat es verstanden, in seiner Eigenschaft als Tänzer, sich unserem verwöhnten Publikum in jeder Weise anzupassen. Die Direktion.

Vera und Kitty umarmten und gratulierten Billy. Dieser steckte sich eine Zigarette an und bestellte Sekt.

„Keine Sorge", beruhigte er Kitty, „meine Trinkgelder waren nicht schlecht, die Damen wollten nicht nur herumgeschwenkt werden, sie wollten auch unterhalten sein. Und ich werde unterhalten! Ich habe so viele Bilder in meinem Kopf und Worte auf der Zunge, die müssen raus!"

Billy und Kitty brachten Vera in die Grolmannstraße und gingen dann in Billys schäbiges Untermietzimmer am Viktoria-Luiseplatz. Billy war Kittys erster Mann. Die beiden liebten einander sehr.

Vera dachte an die Worte ihrer Mutter: „Du hast deine Schönheit und deine Unschuld, wirf nichts davon weg."

Sie versuchte wieder einmal, das Wesentliche zu begreifen. Hatte sich Kitty nun weggeworfen, weil sie Billy ihre Unschuld gab? Und warf sie ihre Schönheit weg, wenn sie sich für drei Mark am Abend anstarren ließ? Und wenn Mama nach Paris ging, um Geld zu machen, was warf sie dann weg?

„Sie wirft mich weg, ich bedeute ihr nicht halb so viel wie sie mir." Diese Erkenntnis machte sie so unendlich traurig, daß ihr die Tränen über das Gesicht liefen. Sie lag in dem Bett, das noch nach ihrer Mutter roch, und flüsterte zu sich selbst: „Ich will Geld, Geld, Geld und niemals mehr arm sein. Niemals mehr!" Sie faltete die Hände und sprach inbrünstig ein russisches Gebet.

Muttchen Kroner riß die Tür auf: „Vera! Mit wem redste da?"

„Ich bete, Muttchen Kroner."

„Na jut, Kind, dann bete mal für mich mit. Kitty is wieder nich nach Haus jekommen. Is wohl wieder bei dem Gigolo. Wenn da nur nix passiert. Aus dem wird doch nie wat werden."

5. Kapitel
... welches über das Zusammentreffen von Künstlern und Überlebenskünstlern aus einer anderen Welt berichtet

Zu dieser Zeit bürstete Samuel Ginzburg ein Stäubchen von seinem silbergrauen Borsalino und stülpte diesen eine Spur zu schräg aufs Ohr. Er sah in den Spiegel: „A Goij“*, sagte er und nickte seinem Spiegelbild verschwörerisch zu. Wenn er allein war, sprach er mit sich selbst am liebsten in seiner Mammeloschen**, aber ansonsten hatte er sich die deutsche Sprache fast akzentfrei beigebracht. Darauf war er stolz, denn sein Beruf, wenn man das, womit er seinen Lebensunterhalt, bevor er nach Berlin kam, verdient hatte, als Beruf bezeichnen wollte, verlangte ein schönes, ausdrucksvolles Jiddisch. Jahrelang war er als Schadchen*** durch die Welt gezogen. Von Shtetl zu Shtetl in Polen, von Kille**** zu Kille in Rumänien, Ungarn und Rußland. Er wußte, wo in Sibirien ein reicher Pelzhändler seine häßliche Tochter an einen frommen Juden verheiraten wollte. Und wenn ein gütiger jüdischer Gott Samuel Ginzburg geneigt war, klappte die Partie und sein Anteil für die Vermittlung war beträchtlich. Aber wann und wie selten war es zu diesen geschäftlichen Sternstunden schon gekommen? Meistens mußte er sich mit ein paar Rubel zufriedengeben, wenn er ein Paar zusammenbrachte, weil Gott in seinem unerforschlichen Willen die meisten Juden zu tiefster Armut verdammt hatte. Auch ihn hatte Gott zu diesen vielen, die nur reich im Glauben waren, eingeteilt, und deshalb war Samuel zu dem Entschluß gekommen, alle Gesetze des Talmud zu ignorieren und das wenige, das er verdiente, auf keinen Fall mit einer Frau oder, „Gott soll abhüten!“, mit einer Familie zu teilen. Es gefiel ihm, allein und heute hier und morgen dort zu sein. „Farwoß nicht“***** sinnierte er. Seit Tausenden von Jahren wanderte sein Volk von Land zu Land, warum nicht auch er?

* ein Christ ** Muttersprache *** Heiratsvermittler **** Jüdische Gemeinde
***** Warum nicht

Das magische Wort, das ihn nicht mehr losgelassen hatte, fiel in Siget, einer kleinen, aber überaus frommen Gemeinde an der rumänisch-tschechischen Grenze. Das Wort „Berlin".

„Berlin, oij wi wajt", sagte er, und die Frommen wiegten zustimmend ihre Köpfe.

Nur der alte Rabbiner schaute ihn lange an und fragte: „Wajt fun wo?"

Daraufhin machte sich Ginzburg zu Fuß auf den Weg. Unterwegs fand er überall gutmütige Juden, die ihm Essen, Unterkunft, hier und da auch ein paar Münzen gaben. Zweimal konnte er sogar „eine Partie" vermitteln. Juden sind überall Juden, sagte er sich. Er mußte aber zugeben, daß die ungarischen Eltern der Braut spendabler gewesen waren als die tschechischen des Bräutigams. So hatte er in Ungarn ein paar Pengö gewonnen und bereits seine jüdischen Merkmale verloren. Zunächste rasierte er seine Schläfenlocken ab, seine schwarze Kappe tauschte er im Zug heimlich gegen einen Hut undefinierbarer Farbe aus, und ein kleiner jüdischer Flickschneider kürzte unter leise gemurmelten Verwünschungen seinen Kaftan auf die Länge eines Jacketts. Ginzburg sah im zerbrochenen Spiegel, wie der Schneider den Kopf schüttelte, und hörte ihn sagen: „Reb Jid, dos Ponem blajbt."*

Ginzburg kannte Warschau, er kannte Bukarest und Petersburg, aber Berlin verschlug ihm den Atem. Es schien ihm, als seien alle Leute irgendwohin auf der Flucht. Alles war Tempo. Die Menschen gingen, fuhren und vor allem sprachen sie im Tempo. „Gott der Gerechte, wos rejdn die Goijim?"** Er verstand kein Wort. Fassungslos stand er am Potsdamer Platz, wo ihn der Kutscher abgesetzt hatte, und schaute und hörte und rührte sich nicht von der Stelle. Ihm fiel auf, daß im Tempo der Vorbeieilenden einige Frauen keine Eile zeigten. Langsam schlenderten sie von Ecke zu Ecke und wieder zurück. „Chonten, es sind Chonten***!" Obwohl sein Magen vor Hunger knurrte, spürte er das Verlangen, sich in eine dieser seidenbestrumpften, geschminkten Wesen einzugraben. Er schloß einen Moment die Augen, und als er sie öffnete, sah er einen weißblonden Bubikopf, ein rosagepudertes Gesicht, in dem sich ein kleiner, herzförmiger Mund wie eine blutende Wunde abzeichnete.

---

* Herr Jude, das Gesicht bleibt ** Wie sprechen die Christen? *** Huren

Der Bubikopf war einen Kopf größer als er, und Ginzburg richtete seine dunklen, umflorten Augen nach oben wie ein trauriger Bernhardiner.

„Bist fremd hier, wa?“ begann der Bubikopf das Gespräch.

Ginzburg ahnte, was gemeint war und nickte.

„Bist een Jude, wa?“

Er zuckte zusammen. War das das Resultat seiner Bemühungen? Er hatte geglaubt, er sähe christlicher aus als ein Pope in Perm, und nun kam die erstbeste Chonte und sagte ihm auf den Kopf zu, was er zu verbergen suchte. Der Schneider hatte recht – dos Ponem blajbt. Er nickte und sagte mehr zu sich als zum Bubikopf:

„Ich bin a Jud, und du bist a Chonte!“

Der Bubikopf lachte.

Ginzburg erstarrte. Sie hatte ihn verstanden. Gott der Gerechte, a jiddische Tochter, wos is a Chonte? Das gab es in Berlin!

„Da haste fünf Mark, nimm die Tram zum Schönhauser Tor, da biste richtig, Masel Tow Reb Jid.“ Damit drehte sich der weißblonde Bubikopf um und stakste auf hohen Absätzen davon.

Ginzburg fuhr durch Berlin und wußte nicht, ob es der Hunger oder die Aufregung war, die ihn schwindlig werden ließ. Er hatte sich vorgenommen, in Berlin einzudringen, nun spürte er, wie Berlin in ihn eindrang und ihm die Sinne nahm. Beim Schönhauser Tor stieg er aus und fühlte sich einer Ohnmacht nahe. War er dabei, meschugge zu werden? Wo war er? In Kazimierz? In Tarnopol? Wo kamen plötzlich die vielen Juden im Kaftan her? Wieso stand er in einem Gesselach* so schmal und nach Knoblauch duftend wie in Przemysl? Obst und Gemüsestände, Geschäfte mit der Aufschrift „Koscher“. Er hielt sich an einer Hauswand fest. Da hörte er eine Frauenstimme fragen: „Reb Jid, wos is Eich?“

Ginzburg öffnete die Augen und sah in das runde, gütige Gesicht einer Frau mit Kopftuch. Er erzählte ihr, er sei ein Schadchen und nach Berlin gekommen, um hier gute Partien zusammenzubringen. Die Frau lächelte verständnisvoll: „Dos will a jeder hier“, und sie zeigte ihm den Weg zur Grenadierstraße. Dort gab es eine Versorgungsstelle für Zuwanderer, denn davon gab es täglich immer mehr, und alle Mittellosen strömten in das Scheunenviertel. Eine unzähl-

---

* Gäßchen

Das Berliner Scheunenviertel

bare Menge heimatloser Flüchtlinge, russische Emigranten, Juden, fromme und unfromme, Revolutionäre, Kriminelle, Künstler,

Anarchisten, alle fanden ein Nachtasyl. Menschen mit Stärken und Schwächen, die nur eines wollten: überleben. Das wollte auch Samuel Ginzburg, aber statt im Scheunenviertel mehr oder weniger unkoscheren Geschäften nachzujagen, ging er in Berlin umher, mit weit offenen Ohren und Augen. Was er hörte und sah, verwirrte ihn manchmal, dann setzte er sich auf eine Bank im Tiergarten und sagte zu sich selbst: „Samileben – klär dich aus …“

Er ordnete seine Eindrücke, sprach auch manchmal berlinerische Ausdrücke laut vor sich hin, wog das Gesehene gegen das Gehörte ab, kam aber immer zu einem Schluß: „Oijoijoij, wos für a sindige Stadt …“

Aber was nützte ihm diese Erkenntnis? Er mußte leben. Sündig hin – sündig her – er entschloß sich, vom sündigen Leben zu leben.

Statt in eine Synagoge zu gehen oder dem kleinen Bethaus zu einer Minjan* zu verhelfen, besuchte er Theateraufführungen. Fast

* die zum Gottesdienst vorgeschriebenen zehn Männer

jede Woche gab es im Scheunenviertel Veranstaltungen. Eine hochtrabende Bezeichnung für Menschen, die sich auf ein Podest stellen, um höher zu sein als das Publikum und um sich und die anderen aus dem Alltag herauszuziehen. Man spielte in Jiddisch, Polnisch, Russisch, und einige junge Leute, die sich Zionisten nannten, sangen in Hebräisch. Ginzburg hatte das bestimmte Gefühl, daß die Welt nicht mehr lange in diesen Bahnen verlaufen würde und es gut wäre, sich vorzusehen und abzusichern. Seine Sinne, seit vielen Generationen pogromgeschärft, signalisierten: áchtgebung!

Auf einem Brettergestell stand ein junger Mann mit dem breiten Gesicht der ashkenasischen Juden. Er hatte O-Beine, die mühelos ein Wildschwein durchgelassen hätten, und doch ging von diesem Burschen eine Kraft aus, die das Publikum faszinierte.

„Ich bringe Maxim Gorkij", sagte er selbstbewußt.

Ginzburg hatte nie etwas von einem Gorkij gehört, er wußte nur, daß gorkij auf russisch bitter heißt, und so kam ihm auch der Monolog des jungen Mannes vor. Aber das Publikum tobte, und Ginzburg kam zu der für ihn wichtigen Erkenntnis: Es muß nicht ihm gefallen, sondern dem Publikum.

Allabendlich streifte er durch das nächtliche Berlin, und manchmal ließ ihn ein jüdischer Portier, der in einem Kabarett oder Theater angestellt war, durch die Hintertür hinein. Da stand er auf dem dritten Rang eines Theaters, an die Wand gepreßt, um von niemandem in seinem schäbigen Anzug gesehen zu werden, und mit allen Sinnen nahm er alles um sich herum auf.

Zurück in seiner Schlafstelle, die er mit drei anderen Männern teilte, lag er stundenlang wach. Tonlos Worte und Sätze aus der Erinnerung nachsprechend und den Ausdruck der Schauspieler nachahmend. Wie hatte der junge Mann, der diesen Gorkij vorgetragen hatte, geheißen? Szajko wurde er gerufen, daran erinnerte er sich, als er in den Schlaf hinüberglitt.

Am nächsten Tag ging er durch die Mulackstraße und sah vor sich einen wandernden Mehlsack. Es war nicht ungewöhnlich, daß ein Mensch mit einem schweren Mehlsack auf dem Rücken auf der Straße ging. Ungewöhnlich war die Leichtigkeit, mit der dieser Mann ging, zumal er zwei unglaublich krumme Beine hatte.

„Szajko?" sprach Ginzburg den Mann von hinten an.

Der Mehlsack drehte sich langsam um. Unter ihm kam das mehl-

Alexander Granach

bestaubte Gesicht des Schauspielers, das von einer Jutekapuze halb verdeckt war, zum Vorschein. Schweißspuren zogen dunkle Bahnen auf dem weißen Gesicht und gaben ihm den Ausdruck eines traurigen Clowns. Die großen Augen blickten fragend.

„Szajko?" wiederholte Ginzburg.

„Redet, Reb Jid! Hundert Kilo werden im Stehen nicht leichter", keuchte der Angesprochene.

„Wann sieht man Euch wieder auf der Bühne, Szajko?"

„Heute abend, ich bringe Puschkin, Alexander Puschkin, einen der größten, in Deutsch!" Worauf er mit seiner Last davonschwankte.

Ginzburg hörte, wie Szajko im Weitergehen deklamierte:

Nach eigener Laune hier und dort umhergehn,
dabei staunen über die göttlichen Schönheiten der Natur,
und vor den Schöpfungen der Künste und der Inspiration
freudig erzittern, in Entzückungen der Rührung …

„Nebbich“, dachte Ginzburg und sah dem deklamierenden Mehlsack kopfschüttelnd nach. Ein Lied, mit dem seine Mutter ihn als Fünfjährigen immer geweckt hatte, damit er pünktlich in den Cheder* ging, kam ihm wieder in den Sinn: „Schtejt uf, Kinderlach, koschere, tajere Kinderlach! Schtejt uf, epess ojswenijk lern ...“ **

Da ging einer unter seiner Hundertkilolast dahin und deklamierte auswendig und in Deutsch Alexander Puschkin. „Do gejt a grojßer“, spürte Ginzburg.

Am Abend saß Ginzburg auf der Bretterbank, die der Bühne am nächsten stand, zwischen jungen jüdischen Mädchen und Männern, die sich in den verschiedensten Sprachen verständigten. Szajko trat auf, von Applaus begrüßt. Man sah, daß er viel Zeit für sein Äußeres verwendet hatte. Sein gestopftes Hemd, die geflickte Hose waren sauber und sein Gesicht glänzte, als hätte er es mit Kernseife und einer Wurzelbürste geschrubbt. Nur seine schwarzen Locken konnte er nicht bändigen, obwohl er es offensichtlich mit Fett und Wasser versucht hatte.

„Ich beginne mit Wladimir Wladimirowitsch Majakowskij – in deutscher Sprache!“ sagte er langsam und leise, um dann die ersten Sätze mit größter Lautstärke in den Saal zu schmettern.

Ginzburg verstand kein Wort. Aber alle um ihn herum verstanden, denn sie starrten regungslos lauschend auf den krummbeinigen Kraftprotz, der mit kleinen Gesten und großer Stimme deutsche Sätze in den Saal orgelte. „Ist das Theater?“ fragte sich Ginzburg. Das Theater, welches er kannte, war die Truppe der Esther Rachel Kaminska, die von Stadt zu Stadt zog, von Odessa bis Warschau, und in Jiddisch Stücke von Sholem Aleichem und Sholem Asch aufführte. Wie hatte er gelacht und geweint bei „Der Gott der Rache“, aber hier? Alles saß stumm, als würden sie etwas Unheilvolles ausbrüten. Er spürte, daß auch das alte jiddische Theater nicht mehr in den gewohnten Bahnen verlaufen würde. Es würde sich alles ändern, vor allem für die Juden.

Auch er hatte sich verändert. Er war kein Schadchen, kein Heiratsvermittler mehr. Zwar wollten die Eltern noch immer, nach altem jüdischen Brauch, ihre Kinder bereits im Kindesalter vermitteln lassen, aber die Kinder widersetzten sich. Die Eltern jammerten, die

---

* Talmudschule

** Steht auf, Kinder, reine, teure Kinder, steht auf, um etwas auswendig zu lernen

Rabbinen drohten, die Kinder lachten und nahmen sich im Scheunenviertel einen Vorschuß auf eine Freiheit, von der sie schon lange träumten. Außer Ehen vermittelte Ginzburg jetzt so gut wie alles, und es ging ihm besser als je zuvor. Er besorgte einem hübschen Mädchen eine Stelle als Programmverkäuferin oder Bardame in einem Kabarett und bekam dafür ein paar Mark Provision. Als Schadchen wußte er die äußerlichen Attribute einer Frau mit einem Blick richtig einzuschätzen, und seine Kunden wußten es zu honorieren. Während er sich in geschäftlichen Gedanken verlor, brach um ihn herum Applaus und lautes Rufen „Bravo Szajko", „Hoch Szajko!" aus. Ginzburg sprang auf und fiel begeistert in die Rufe ein.

„Der Bocher mus arojs fun Scheunenviertel",* dachte er und hatte schon einen Plan. Er zwängte sich zum Ausgang der Scheune und riß im Vorbeigehen den handgeschriebenen Zettel, der mit einem Reißnagel am Tor befestigt war, ab.

Er las: *Heute abend um 9 Uhr rezitiert Jesaja Gronach den Arbeiterdichter Wladimir Majakowskij, in deutscher Sprache! Eintritt 50 Pfennig.*

„Gutn ownt,", sprach er den Schauspieler in Jiddisch an, und der antwortete: „Guten Abend, Reb Jid, wie hat es Euch gefallen?"

„Ich heiße Samuel Ginzburg", versuchte er sich in seinem besten Deutsch vorzustellen.

„Ich heiße Jesaja Gronach", echote Szajko, „aber nicht mehr lange. Komm, Samileben", lachte er, „ich lad Euch ein auf ein Bier – und eine Klappstulle."

Der Wirt schnitt eine Scheibe Brot ab, schmierte Butter auf die dicke Scheibe, klatschte ein Stück Bratenfleisch darauf, schnitt noch eine Scheibe Brot ab, ließ einen Löffel Senf darauf tropfen und klappte die beiden Scheiben zusammen.

„Bitte sehr, zwee Klappstullen, zwee Biere."

„Nicht direkt koscher", flüsterte Samuel.

Szajko lachte: „Im Talmud steht nix von unkoscheren Klappstullen!"

Nach dem dritten Bier und der zweiten Klappstulle, diesmal mit Käse, hatten sie sich gefunden. Ginzburg würde Gronach vermitteln, und Gronach würde Ginzburg täglich in der deutschen Sprache unterrichten. Außerdem müßte Ginzburg ihm seine Rollen abhören.

* der junge Mann muß raus aus dem Scheunenviertel

Sollte Gronach einen Theatervertrag erhalten, würde er Ginzburg zehn Prozent von seiner Gage bezahlen.

Sie reichten einander die Hände. „Abgemacht", sagte Szajko.

„Abgmocht", sagte Samuel.

Gronach verdrehte die Augen: „Samy, sprich mir nach: ab-gemacht. Ein A ist kein O in der deutschen Sprache."

„Ich weiß", jammerte Ginzburg. „A Hois is a Haus, a Haus is a Has, und a Has is a Hos."

Das alles war erst zwei Jahre her, resümierte Ginzburg. Er nahm den leichten Gabardinmantel vom Haken, hängte ihn sich über die Schultern und ging leichten Schrittes aus der Pension in der Knesebeckstraße, in der er schon seit längerer Zeit logierte. Zuerst ließ er sich von einem Taxi vor dem Deutschen Theater absetzen, um Szajko zu umarmen. Er hieß jetzt Alexander und hatte in München und Berlin großen Erfolg gehabt. Man hatte ihm nahegelegt, den Namen Jesaja Gronach abzulegen. Für das Deutsche Theater zu jüdisch, wurde ihm mitgeteilt, obwohl vom Direktor bis zum Vorhangzieher nur Juden beschäftigt waren.

Jesaja wollte zwei A in seinem Namen haben, und so entschied er sich für Alexander Granach.

Alexander Granach wurde in kürzester Zeit zum Publikumsliebling von Berlin.

Auch Samuel Ginzburg hatte eine „Assimilierung" seines Namens vorgenommen. Er nannte sich jetzt: „SAM BURG, Impresario für Bühne-Film-Kabarett, Internationale Vermittlung".

„Ich hab mich noch a bissele beschnitten", scherzte er, als er Granach seine Visitenkarte gab.

Das Scheunenviertel hatten beide weit hinter sich gelassen. Nur an sentimentalen Abenden nahmen sie sich ein Taxi in die Grenadierstraße, um dort Bier zu trinken und Klappstullen zu essen. Da passierte es schon, daß sie mit den Gläsern anstießen und Szajko sagte: „Samileben, git Shabbes!" Und dieser antwortete: „A gite woch, Szajko!"

„L'Chaim*", sie tranken ex und verwandelten sich wieder in die beiden eleganten Herren, die sich den Spaß eines Besuches im Scheunenviertel leisteten.

* Zum Leben!

Nachdem Sam Burg das Deutsche Theater verlassen hatte, fuhr er zu einem kleinen Vergnügungstheaterchen in der Nürnbergerstraße. Aus Königsberg hatte ihn ein Telegramm erreicht: „Benötigen dringend schöne, junge Mädchen für Lebende Bilder!“ gezeichnet Münz-Palais. Wie ein Suchhund war Sam Abend für Abend durch die Kabaretts und Varietés gezogen. Achtunddreißig gab es derzeit in Berlin. Er zog ein kleines Notizbuch aus der Tasche, warf einen Blick hinein und seufzte: „Noch a Dutzend, solche Geschäfte brauch ich wie a Loch im Kopp ...“

Entweder waren die Tänzerinnen jung, dann waren sie nicht hübsch genug. Oder sie waren hübsch, dann konnten sie nicht tanzen. Waren sie aber hübsch und tänzerisch begabt, dann wollten sie nicht als „Lebende Bilder“ arbeiten, denn das bedeutete, als splitternackte Venus, höchstens mit einem Blütenzweig bekleidet, stumm auf der Bühne zu stehen.

Das kleine Kabarett war gut besucht. Obwohl Inflation herrschte, ging man in Berlin aus, tanzte die Nächte durch, und Sam wunderte sich, woher die Leute das Geld dazu hatten.

Er nahm an der Bar Platz. Von hier aus hatte er Übersicht auf Bühne und Publikum, denn die Reaktionen des Publikums blieben für ihn das Wichtigste. Langsam schlürfte er einen Gin Fizz. Er klappte seine Augenlider auf Halbmast und ließ einen langweiligen Conférencier und eine dicke Sängerin über sich ergehen.

„Far wuss siz ich do“, dachte er und sagte zur Barfrau: „Zahlen bitte!“

Da öffnete sich der Vorhang und gab den Blick auf einen Pappmachébrunnen frei. Vor dem Brunnen kniete die dicke Sängerin und sang: „Ich suche den Mann meiner Träume ...“

„Da muß sie aber lange suchen“, sagte Samy zur Barfrau und zahlte.

„Muß se nich, is die Frau vom Chef, aber werfen Se mal een Oje auf unsere Nymphen ... noch'n Fizz?“

Rechts und links neben dem Brunnen standen zwei nackte junge Mädchen. Die Rechte, ein hübsches Ding mit etwas zu kurzen Beinen. Die Linke? Sekundenlang starrte Sam Burg auf das Mädchen. Nein, das war kein Mädchen, das war eine Göttin, der Traum aller Juden! Gewachsen wie eine Zeder im Libanon! Kupferrotes Haar ringelte sich um ein Gesicht, aus dem zwei große, grünliche Augen blitzen. Burg taxierte: der Busen? – gerade ein Mund voll. Die Taille? – mit zwei Händen zu umfassen, und Schenkel, die man sich wie eine Krawatte umlegen sollte.

Samys Pupillen dehnten sich auf das Dreifache und sein Glied auf das Siebenfache. Er sah auf die Männer im Publikum. Offensichtlich war er nicht der einzige, dem die Hose zu eng wurde.

Die Göttin stand unbeweglich als „Lebendes Bild", aber alle starrten nur auf sie. Ihr Lächeln schien zu signalisieren: „Komm ..."

Als sich der Vorhang schloß, war er bereits auf dem Weg zu den Künstlergarderoben. Ein Blick in einen der zahlreichen Spiegel belehrte ihn, daß es ungünstig sei, einer Göttin mit verschwitzter Stirn und ausgebeulter Hose gegenüberzutreten. Er ging in die Herrentoilette und erleichterte sich.

„Gnädiges Fräulein", so begann er, indem er seine Visitenkarte übergab, „gnädiges Fräulein, ich bin überwältigt ..."

„Warum?" fragte die Göttin eiskalt, und diese Kälte brachte Sam zum Sieden.

„Weil Sie die schönste Frau sind, die ich je in meinem Leben gesehen habe."

„Er is nich viel rumjekommen", sagte die andere Nymphe.

Die Göttin warf einen Blick auf die Visitenkarte: „Was wollen Sie von uns?"

Die Göttin sprach mit starkem Akzent.

„Gnädiges Fräulein sind nicht Deutsche?"

„Ich bin Russin. Meine Name ist Vera Natascha Makinska."

Dabei streckte sie ihr Kinn etwas in die Höhe, senkte die Augenlider und sah ihn von oben herunter an.

„Mach Shabbes damit", dachte Sam, aber er sagte höflich in Russisch: „S bolschim udawolstwiem ja s wami posnakomils ..." *

Die Göttin lächelte, und Samy dachte, daß er sie auch sehr gut für eine Zahnpastareklame vermitteln könnte.

„Ich möchte Ihnen ein Engagement in Königsberg anbieten."

„Sie meinen uns."

„Sie meinen uns?" fragte Samy erstaunt.

„Doch nicht Sie. Ich gehe nicht ohne meine Freundin Kitty."

Sam glaubte zu verstehen. Also so lief die Partie. Es war ja jetzt

*Es ist mir ein Vergnügen, Sie kennen zu lernen

Mode in Berlin, daß Frauen mit Frauen ... aber mußten es denn die Schönsten sein, die den Männern verlorengingen?

Kitty mischte sich ein. „Moment mal, Herr ... wat is'n det für'n Etablissement, und wat zahlen denn die da?"

„Das Münz-Palais ist um Klassen besser als dieser Schuppen hier. Sie bekommen die doppelte Gage und ein Zimmer mit Frühstück frei", sagte Sam und war schon wieder ganz in der Rolle des professionellen Impresarios. Er bemerkte, daß die beiden viel jünger sein mußten, als es aus dem Zuschauerraum den Anschein hatte. Waren das vielleicht noch unberührte Blüten? Jedenfalls gaben sie sich unberührt, aber berührend gerissen.

„Und wat mach'n wir da, in Ihrem Scherz-Palais? Wir sind nämlich Künstlerinnen, vastehn Se? Mit animieren und so is nix!"

„Das Münz-Palais ist absolut seriös", sagte Sam in bestem Hochdeutsch und hoffte, daß es auch tatsächlich der Fall war. Dann wandte er sich an die Göttin: „Spasiva, ich komme morgen und bringe die Verträge. Dobre Vecer* und guten Abend!" Er deutete eine Verbeugung an und verließ die Garderobe – jeder Zoll ein Weltmann.

Nachdem er die Tür der Garderobe hinter sich geschlossen hatte, lauschte er und hörte, wie sich die beiden Mädchen freuten: „Veruschka, Menschenskind! Det Doppelte, hat er jesacht, jeder zehn Mark am Abend und Wohnen frei. Det müssen wir jetzt nur noch meiner Mutter beibringen."

Sam Burg schmunzelte, Jetzt wußte er auch, was man den Mädchen hier zahlte. Er nahm sein kleines schwarzes Büchlein und notierte: 10% Vermittlungshonorar für ihn, macht 2 Mark pro Tag, 10% vom Münz-Palais, macht 4 Mark, das Ganze für 60 Tage, macht zusammen 240 Mark. „Kein schlechter Rebbach für ein Zehn-Minutengespräch. Weiter so, Samileben, das kommt in die Kasse für die Reise nach New York."

In letzter Zeit hatten Szajko und er begonnen, Englisch zu lernen. Die beiden Ghetto-Juden, mit dem untrüglichen Instinkt für aufkommende Lebensgefahr, wollten nach Amerika. Szajko hatte zwar gemeint, Amerika sei weit, aber Sam hatte wie der Rabbi von Siget geantwortet: „Wajt fun wo?"

---

* Guten Abend

6. Kapitel
… worin grosse Erwartungen gemischten Gefühlen weichen

Vera und Kitty zuckelten in der „Holzklasse" Richtung Königsberg. Sie waren übermütig und lachten, weil ihr Impresario für ihre Fahrkarten ein paar hundert Mark hingeblättert hatte.

„Da wirste Bauklötze staunen, Vera. Det Jeld hat die jaloppierende Schwindsucht, wenn wir anjekommen sind, vadienen wir Millionen!"

„Und was machen wir damit?" fragte Vera naiv.

„Weeß ick och nich", antwortete Kitty kleinlaut. „Det is allet so komisch. Da is een jewisser Rathenau erschossen worden, haste von dem schon mal wat jehört?"

Vera schüttelte den Kopf. Sie nahm die Zeitung, die jemand liegengelassen hatte, und las: „24. Juni 1922. Angehörige der Organisation Consul haben WALTER RATHENAU auf dem Wege zu seiner Dienststelle in der Wilhelmstraße ermordet."

„Kitty, ich meine, wir sollten uns jeden Tag eine Zeitung kaufen."

„Für wat denn? Ick interessier mir nich für Politik."

„Ich auch nicht, aber wir müssen doch wissen, wie das mit den Millionen weitergeht. Hier steht, ein Kilo Brot kostet heute dreiundzwanzig Mark und fünfzehn Pfennige, wir verdienen aber doch nur 10 Mark am Abend."

„Wir ham det Frühstück frei, und Brot macht dick, also wat willste mehr?" Kitty starrte zum Fenster hinaus. Der Zug fuhr zwischen endlosen Kartoffelfeldern dahin: „Nischt wie Jejend …" seufzte sie und hatte bereits Heimweh nach Berlin.

Vera schaute ebenfalls hinaus. Sie dachte an ihre Mutter, von der sie schon lange keinen Brief bekommen hatte. Im letzten hatte Sonja Makinska von Paris geschwärmt und von der Möglichkeit, bald in einem Haute-Couture-Salon als Mannequin arbeiten zu können. Derzeit bediene sie in der Konditorei Savigny, hieß es am Ende des Briefes, und sie könne ihr kein Geld schicken.

Vera lächelte müde. Hatte ihre Mutter ihr jemals Geld geschickt? Sie entschied, jeden Tag zwei Mark zu sparen, um nach Paris fahren zu können.

Der Zug fuhr langsam in den Hauptbahnhof ein. Die alten Häuser der Stadt waren fast zum Greifen nahe. Dann wieder öffneten sie sich und gaben den Blick auf Hafenanlagen frei.

Ein Schaffner ging durch den Wagen und rief: „Königsberg! Endstation! Alles aussteigen!"

Die Mädchen nahmen ihre abgewetzten Koffer und stiegen aus. Die Lokomotive stand vor einer Bretterwand und keuchte ihren letzten Dampf aus.

„Siehste", sagte Kitty, „ick hab jleich jewußt, hier is die Welt mit Brettern zujenajelt!."

„Ich habe Hunger", sagte Vera.

„Na denn mal los", Kitty stupste Vera, „und mach keen Jesicht wie zehn Tage Rejenwetter, nischt wird so heiß jejessen wie jekocht."

„Die Stadt is dufte", meinte Kitty, als sie am Holländermarkt standen und staunend beobachteten, wie sich die Reichsbrücke öffnete, um zahlreiche Kähne, Segelboote und Frachtschiffe durchzulassen.

Vera schnupperte die Seeluft: „Hier riecht es wie in Petersburg."

„An der See riecht et überall jleich."

„Woher weißt du das? Du warst doch noch nie am Meer."

„Ick muß ja nich wo jewesen sein, um zu wissen, wie wat riecht ... komm da is ne Kneipe, mal sehn, wat da ne Suppe kostet."

„Heute frischer Fleck", verkündeten Schiefertafeln an den Kneipen.

Oder: *„Fleck is aller!"*

„Det heeßt wohl, wenn dieser Fleck allet is, muß er wat Besonderes sein."

Als sie die kleine Kneipe betraten, verstummte das Lärmen und Singen. Alle Tische waren mit Studenten besetzt. Manche trugen Paukkäppchen, und fast alle hatten blutige Pflaster im Gesicht. Ein Hauch von Jodoform vermischte sich mit dem Geruch von Bier und Speisen. Die beiden geschminkten Schönheiten erregten Aufsehen. Vera genoß die Blicke der jungen Männer. Sie setzte ihren hoheitsvollen Gesichtsausdruck auf, und Ansätze von Anzüglichkeiten versickerten.

Kitty sah ihre Freundin bewundernd an. Sie bewunderte nicht nur ihre makellose Schönheit, sondern auch ihren Charme. Vera ging offen auf Menschen zu, lächelte sie an und gab jedem das Gefühl, nur sie oder er stünde im Mittelpunkt ihres Interesses. Sie konnte aber ebenso herablassend und unnahbar sein, wenn jemand die Grenzen des Anstands nicht wahrnahm. Niemand im Kabarett hatte sich je erlaubt, ihr im Vorbeigehen einen Klaps auf den Popo zu geben.

„Naja, sie is eben wat Besseres. Eben adelig …“, dachte Kitty und war stolz, eine so feine Freundin zu haben.

Vera hatte soeben ihre langen, schlanken Beine übereinandergeschlagen, aus ihrer abgegriffenen Handtasche die Puderdose herausgenommen und tupfte nun überaus gelangweilt auf ihrer kleinen Nasenspitze herum. Alle sahen gespannt zu den Mädchen hinüber, und manchem blieb die Gabel auf halber Strecke zum Mund stecken. Was für ein Schauspiel!

„Jut machste det, hoffentlich haste im Münz-Palais ooch so'n prima Publikum“, sagte Kitty spöttisch.

Der Ober stellte zwei Teller mit einer undefinierbaren, dicken Brühe und zwei Scheiben Brot auf den Holztisch. „Zweimal Fleck!“ Der Fleck roch gut und würzig, und mit einem „Mensch, da steht ja der Löffel drin!“ machten sich die beiden heißhungrig über ihre erste warme Mahlzeit seit Berlin her.

Das Münz-Palais war, neben dem Stadttheater, dem Luisentheater, in dem Operetten gespielt wurden, und der Stadthalle für Konzerte das einzige Revue-Theater der Stadt. Direktor Arndt hielt sich für unwiderstehlich. Groß, mit scharfgezogenem Scheitel, das blonde Haar mit Brillantine angeklatscht und mit einer Haltung, als habe er einen Stock verschluckt, betrat er die Bühne. Die breiten, wattierten Schultern seines enganliegenden Sakkos ließen seine Hüften noch schmaler erscheinen.

„Und was er hatte – det war nur Watte!“ flüsterte Kitty Vera zu. Sie lachte laut auf.

Arndt stutzte: „Wenn hier jemand lacht, ist es das Publikum. Merk dir das, mein Kind.“

„Ich heiße Vera Natascha Makinska und bin nicht Ihr Kind, Herr Arndt“, sagte Vera ruhig.

Der Direktor lächelte süffisant: „Ach, ja? Darüber können wir uns später in meinem Büro unterhalten.“

Er teilte Kitty und drei weitere Mädchen als „Lebende Bilder“ ein. Vera übersah er. Obwohl sie darauf brannte, zu erfahren, was sie auf der Bühne spielen sollte, sah Arndt über sie hinweg, und sie sah gelangweilt der Probe zu.

„Ende der Probe!“ schnarrte Arndt und wandte sich Vera zu. „Und nun zu Ihnen, Fräulein Makinska. Heben Sie Ihren Rock.“

Vera hob ihren Rock bis über die Strumpfbänder und zeigte ihre makellosen Beine. Arndt starrte sekundenlang auf das feste, rosige Fleisch, das zwischen Strumpf und Schlüpfer zart schimmerte. Er schluckte und sagte: „Sie sind das Nummerngirl! Ihre Schritte zeigt Ihnen der Ballettmeister. Kommen Sie danach in mein Büro.“

Vera klopfte an und zog Kitty hinter sich her.

„Ich habe nur Sie bestellt“, sagte Arndt.

„Ich habe keine Geheimnisse vor meiner Freundin, Herr Arndt.“

„Ach so ist das ...“, er setzte wieder sein süffisantes Lächeln auf. „Warum nicht zu dritt? Setzt euch doch ...“

Vera hatte mit einem Blick das Büro des Direktors erfaßt. Ihr Blick blieb an der breiten Couch mit den Kissen hängen. Darüber hing in einem Bilderrahmen ein Text: *Nur schriftlich getätigte Verträge haben ihre Gültigkeit!* Vera lächelte. Mit der Naivität eines Schulmädchens sagte sie leise: „Herr Direktor, wir haben einen Vertrag für Ihre Revue. Wir animieren nicht und stehen auch sonst für nichts zur Verfügung – wir sind nämlich Jungfrauen ...“

Arndt lachte. „Sieh mal an! Zwei Jungfrauen! Na sowas! Ihr werdet nicht die ersten sein, die als Jungfrauen antanzten und als Geliebte das Münz-Palais verließen.“ Dann kniff er seine wasserblauen Augen zusammen und schnarrte: „Merkt euch eines: Königsberg hat die größte Arbeitslosenzahl von allen deutschen Großstädten. In meinem Kabarett wird der Wehrgedanke hochgehalten und deshalb mehr gearbeitet als in diesem verjudeten Berlin. Religion?“

„Katholisch“, flüsterte Kitty. „Russisch-orthodox“, antwortete Vera.

„In Ordnung! – Also, kleines Personal – große Leistung! Kapiert? Das gilt auch für Jungfrauen.“

Abend für Abend schwenkte Vera vor jeder Revuenummer ihre kleine Tafel auf dem Laufsteg des Münz-Palais. Das Publikum hing an ihrem Lächeln und ihren fabelhaften Beinen. Was auf der Nummertafel stand, interessierte niemanden.

Abend für Abend saßen zwei Männer, jeder an einem anderen Tisch, nahe der Bühne. Zwei Männer, die unterschiedlicher nicht sein konnten. Der eine groß, blond, schneidig – der andere klein, schwarz und geschmeidig. Beide waren in Vera verleibt. Der Blonde, Direktor beim Stinnes-Konzern, war verheiratet und hatte Kinder. Der Schwarze war ledig und von Beruf Sohn aus reichem jüdischen Haus. Von nun an entwickelte Vera ein Talent, das in ihrem weiteren Leben eine weitaus größere Rolle spielen sollte als ihr Bühnentalent. Nämlich das Talent, verschiedene Männer zur gleichen Zeit in gleiche emotionale Hochspannung zu versetzen. Daß diese Männer zu den Reichsten oder Einflußreichsten zählen mußten, war Voraussetzung.

Der junge Jude stellte Vera seinen Eltern vor, die das Mädchen zwar skeptisch, aber freundlich in ihr Haus einluden. Daniel und Vera machten auf seinem Motorrad Ausflüge zu den Masurischen Seen. Vera saß auf dem Rücksitz, klammerte sich fest an ihn, und sie knatterten im atemberaubenden Tempo, mit 40 Stundenkilometer, durch die Schönheiten der ostpreußischen Landschaft, lagerten am Rande riesiger Erikafelder und sahen von weitem Horden von Wildpferden und Bisons, die gleichmütig an ihnen vorüberzogen. Tief sogen sie die unvergleichlich klare Luft der Ebene ein und hatten das Gefühl, ganz allein in einem Paradies zu sein.

„Heirate mich", drängte Daniel zwischen Küssen und Schmusen.

„Wir gehen in die Schweiz oder nach Amerika, die Eltern bereiten schon alles vor."

„Warum? Warum wollt ihr weg aus diesem herrlichen Land?" fragte Vera ahnungslos.

„Merkst du denn nicht, was hier vorgeht?"

Seine Leidenschaft war abgeklungen, und er erklärte Vera, was die dreitausend Juden unter den dreihunderttausend Einwohnern in Königsberg jetzt erlebten. Freunde absentierten sich, Kunden kauften bei christlichen Konkurrenten, selbst Schulfreunde wechselten die Straßenseite. Alle waren diesem Hitler verfallen.

„Wer ist das? Was macht er?" Vera war ihre Unwissenheit peinlich.

„Ja, liest du denn keine Zeitungen? Hörst du keine Nachrichten?"

„Doch, doch, schon ... manchmal, weißt du, Lesen fällt mir schwer, vor allem politische Sachen. Ich habe Deutsch nur vom Hören gelernt, nicht vom Lesen", verteidigte sie sich.

Ein Gefühl von Angst und Trauer überkam sie. Die beiden klammerten sich aneinander, und Daniel flüsterte dicht an ihrem Ohr:

„Veruschka, heirate mich! Ich hasse es, wenn du jeden Abend vor den Männern halbnackt herumpromenierst. Du trittst zu unserem Glauben über, die Eltern werden dich lieben, und ich werde dir jeden Wunsch von den Augen ablesen."

Vera war von seiner Wärme und Zärtlichkeit überwältigt. Es rührte sie, wie er sie respektierte. Er wagte nicht einmal, seine Hand in ihr Hemdhöschen zu stecken. Tränen standen in seinen Augen, und Vera spielte mit dem Gedanken, daß es aufregend sein müßte, wenn sie ihn und nicht er sie nehmen würde.

Ungerufen hörte sie die Stimme ihrer Mutter. „Du hast deine Schönheit und deine Unschuld, wirf nichts davon weg!"

„Mamuschka, ich glaube, ich liebe ihn."

„Einen Juden?"

Sie erinnerte sich, wie oft ihre Mutter abfällig über Juden gesprochen hatte. Warum war das so? Sie wußte, wie so oft, keine Antwort und hatte, wie so oft, niemanden, der ihr in ihrer Unwissenheit helfen konnte. Sie seufzte, und während Daniel sie liebevoll auf ihre Augenlider küßte, versprach sie sich, morgen in der russisch-orthodoxen Kirche der Madonna ein Kerze zu spenden. Sie würde für Daniel beten – durfte man für Juden in einer christlichen Kirche beten?

„Darf man für Juden in einer Kirche beten?" fragte sie Daniel.

Er lächelte sie liebevoll an: „Es gibt nur einen Gott, aber man spricht zu ihm in so vielen verschiedenen Sprachen und Gebräuchen, das Wunderbare ist – er versteht alle …"

„Danke, Daniel, danke für die Antwort …"

Vera machte eine gefühlsmäßige Bestandsaufnahme und kam zu dem Resultat, daß sie Daniel liebte und Erwin gern hatte. Die Einladungen und Geschenke hielten sich bei beiden die Waage, nur die Gespräche und Schmusereien verliefen gegensätzlich. Erwin war ein kühler, smarter Geschäftsmann, von dem Kitty treffend gesagt hatte: „Schwanz steht – Verstand im Arsch!" Zwar sprach der Blonde nie von Scheidung und Heirat, aber er sagte. „Du bist zu schade für diesen Puff, dieses Münz-Palais! Ich bringe dich zur Bühne, ich habe Beziehungen in Berlin." Mit deutscher Gründlichkeit stellte er ein Konzept auf. Vera hatte zwei Rollen auswendig zu lernen, dann würde er sie von Kopf bis Fuß neu einkleiden, und dann: „Vorsprechen bei Max Reinhardt, dem Magier des deutschen Theaters!"

„So einfach ist das?" staunte Vera.

„Tja, wenn man Beziehungen hat ...“, Erwin war sich seines Liebeslohnes sicher.

Zunächst gingen beide in eine Buchhandlung und teilten dem Buchhändler ihren Wunsch mit. Der überlegte nur einen Augenblick, verschwand, und kam mit schmalen Reclam-Heften zurück.

„Diese Rolle müßte dem Fräulein liegen.“

Vera las: „Die Jüdin von Toledo von Franz Grillparzer.“

„Aber ich bin keine Jüdin“, sagte Vera erschrocken.

„Als Schauspielerin müssen Sie keine Jüdin sein, um eine Jüdin darstellen zu können, mein Fräulein“, sagte der Buchhändler väterlich, und Vera schämte sich wieder einmal ihrer Unwissenheit. Sie hätte gerne mit Daniel darüber gesprochen, aber wenn er erfuhr, daß sie mit Erwin unterwegs gewesen war, gab es Szenen wegen des „Ganeff“*, wie er ihn nannte.

Erwin führte sie in das eleganteste Modegeschäft von Königsberg. Endlich etwas, wo Vera sich auskannte. Kleider, Haute Couture natürlich, erkannte sie auf den ersten Blick. Sie kannte die Namen der Pariser und Berliner Couturiers und stellte mit einem Blick fest, ob es sich um ein Original oder die Kopie einer kleinen Schneiderin handelte. Vera wollte nur Modellkleider. Ein unerträglicher Gedanke, es könnte ihr eine andere Frau im gleichen Gewand auf der Straße entgegenkommen. Mit sicherem Blick wählte sie den passenden Hut, Handtasche und weiße Glacéhandschuhe zu dem Modellkostüm. Als sie aus der Probierkabine trat, blieb nicht nur dem Blonden, sondern auch den Verkäuferinnen und anderen Kunden der Mund offen. Mit einer Lässigkeit, als würde sie täglich in dem fashionablen Salon einkaufen, grüßte sie, lächelte den Verkäuferinnen zu und tänzelte am Arm ihres Spenders fröhlich aus dem Modegeschäft. Die bewundernden Blicke der Passanten milderten die wegen des exorbitanten Preises etwas säuerliche Miene des Blonden. Mit stolzgeschwellter Brust führte er seine Eroberung über den Kaiser-Wilhelm-Platz und überlegte sich eine gute Ausrede, falls er Bekannten begegnen sollte.

Vera lernte auswendig. Das fiel ihr leicht. Schwer fiel es ihr, das, was die Jüdin von Toledo sagte, auch zu verstehen:

---

* Gauner, Dieb

„So sei denn stark durch feige Furchtsamkeit.
Doch nenn ich andre, was ich selber war.
Als sie nun kamen und, vom Schlaf erwacht,
Ins letzte, ferne, innerste Gemach
Ich hin zur Hilfe meiner Schwester eilte,
Da faßt mich einer an mit starker Hand
Und schleudert mich zu Boden."

Sie verstand nur einen Satz: „Da faßt mich einer an mit starker Hand und schleudert mich zu Boden."

„Kitty, verstehst du das? Was ist feige Furchtsamkeit? Und was das innerste Gemach?"

Kitty blieb unbeeindruckt von Veras Textproblemen: „Quatsch mit Soße! Lernste einfach und sagste uff. Glaubste, alle Schauspieler vastehn, wat se uff der Bühne reden?"

Daniels reservierter Platz, erster Tisch rechts, war an den letzten Abenden leer geblieben. Der jüdische Sänger Willy Prager, ansonsten die Zugnummer des Programms und deshalb von Arndt geduldet, war an einigen Abenden ausgepfiffen worden. Vera war fassungslos. Jeden Abend hatte sie mit Tränen in den Augen aus der Kulisse zugehört. Der Schmelz seiner Stimme und die Innigkeit des Vortrags hatten sie immer zutiefst gerührt. Willy hatte sie einmal eingeladen, am Freitag bei Sonnenuntergang in die Synagoge zu kommen. Dort singe er auch wunderschöne Lieder, aber Vera hatte Hemmungen gehabt, hinzugehen. Nun war es zu spät, denn Willy kam nicht mehr zurück.

Eine Sängerin, groß und blond, hatte seinen Programmteil übernommen und sang mit hoher, schriller Stimme: *„Auf einem Kaktus wächst doch keine Pflaume, nein, nicht im Traume fällt ihr sowas ein ..."*

Im Zuschauerraum schlugen die Männer vor Vergnügen einander auf die Schultern und den Frauen auf die Schenkel.

Als Vera die Künstlergarderobe betrat, stand auf ihrem Schminktisch ein kleines Körbchen und darin ein schnuffendes Etwas. Es war der winzige Rehpinscher, der Daniel und sie vor Tagen im Schaufenster der Tierhandlung entzückt hatte. Er trug ein seidengeflochtenes Halsbändchen, und daran baumelte ein Billett: „Veruschka, wo immer es uns hintreibt, vergiß nie, daß ich dich liebe ..."

Sie brach in Tränen aus. Kitty sah sie mitleidig an: „Ja, so is det Leben. Wat man hatte, merkt man erst, wenn mans nich mehr hat." Und dann weinte auch sie, denn von ihrem Billy hatte sie nichts mehr gehört.

Erwin hatte Veras Vertrag im Münz-Palais „abgelöst". Beide waren sofort nach Berlin abgereist. Mit schwerem Herzen ließ Vera Schnuffi in Kittys Obhut zurück. „Na, jut", hatte Kitty traurig gesagt, „wenn du dir wat einredest, kann dir keener wat ausreden ..."

Sie waren im Hotel Adlon abgestiegen. Vera hatte noch nie die elegante Atmosphäre eines Luxushotels kennengelernt und genoß sie mit allen Sinnen. Die devoten Verneigungen der Kellner, die Fragen des Zimmermädchens nach ihren Wünschen, plötzlich hatte sie das Gefühl, jemand zu sein. Sie wußte zwar nicht, wer, aber sie war jemand. Wie schön! Während sie ein Bad nahm, entschied sie, daß sie in Zukunft alles tun würde, um ihr Leben in solchen Räumen und in diesem Luxus verbringen zu können. Fast alles, korrigierte sie sich.

Ihr Freund hatte gute Vorarbeit geleistet. Sie durfte zwar nicht Max Reinhardt, aber immerhin Dr. Stefan Hock, dem Dramaturgen, vorsprechen. Hock war aus Wien gekommen, um den großen Regisseur an das Wiener Burgtheater zu binden. Außerdem interessierten ihn junge Talente, erklärte er Vera, während er sie auf eine kleine Probebühne führte. Er sah sie bewundernd an und sagte: „Wenn Sie so talentiert wie schön sind, dürfte es keine Probleme geben."

Ohne Lampenfieber, mit strahlendem Lächeln und rollenden R's, ohne die Spur einer Ahnung vom Inhalt des Textes, sagte Vera die Rolle der Esther auf:

„Tu's nicht, oh Herrrr! Da's nun geschehn,
laß es geschehen sein. Uns sei der Jammerrr,
Du trrenne dich nicht, Herrr, von deinem Volk."

Dr. Hock zog sein Taschentuch und versteckte dahinter sein Lachen, dann putzte er umständlich seine Brille und sagte: „Liebes Fräulein Makinska, Ihre Talente liegen auf anderen Gebieten, dessen bin ich sicher. Aber Sie könnten beim Film reüssieren. Und – Sie sollten Sprachunterricht nehmen. Es war mir jedenfalls im wahrsten Sinne des Wortes ein Vergnügen, Sie kennengelernt zu haben."

Vera war weder enttäuscht, noch deprimiert, noch verzweifelt. Leichten Schrittes spazierte sie Unter den Linden entlang und freute sich über die bewundernden Blicke der Passanten. Film, hatte Dr. Hock gesagt, Film – ja, das war etwas für sie. So etwas wie Lia de Putti oder Pola Negri wollte sie machen. In Traumkleidern und Pelzen gefilmt werden und keine Probleme mit den unverständlichen Ausdrücken von diesem Herrn Grillpanzer oder wie immer er hieß haben. Weder von Bescheidenheit noch von Selbstkritik belastet, glaubte sie fest daran, in kürzester Zeit ein Filmstar zu sein.

Im Hotel Adlon war der Portier immer noch leise, und er verbeugte sich auch, als er ihr zuflüsterte, daß sie das Zimmer sofort zu räumen hätte, da der Herr verhaftet worden sei …

„Warum? Was hat er getan?"

Der Portier wurde noch leiser: „Der Herr ist Nazi, illegaler Nazi, wußten Sie das nicht?"

„Ich wußte gar nichts. Ist das Zimmer bezahlt?"

„Sehr wohl, mein Fräulein."

Mit ihrem Köfferchen in der Hand, das ihr kein Gepäckträger abgenommen hatte, verließ sie das Hotel Adlon, in dem sie so gerne als Filmstar aufgewacht wäre. „Ich komme wieder, verlaßt euch drauf!" dachte sie und nahm die Straßenbahn zum Savignyplatz, um sich bei Muttchen Kroner auszuweinen.

Sie klingelte einmal lang und zweimal kurz. Das alte verabredete Zeichen, nach dem man einander die Tür öffnete. Manche Bettler oder Hausierer probierten gewisse Klingelzeichen aus, aber Muttchen Kroner wußte genau, wann ihre Kinder draußen standen.

Die Türe wurde aufgemacht, und vor Vera stand ihre Mutter.

„Mamuschka!"

„Veruschka, mein Kind!"

Sie lagen sich in den Armen. Am Küchentisch, der mit einem Wachstuch bedeckt war, saßen sie zu dritt und tranken „Blümchenkaffee", so genannt, weil der Kaffee so schwach war, daß man durch ihn hindurch die Blümchen auf dem Grund der Tasse sehen konnte.

„Willste 'ne Schrippe, Kind? Du bist so blaß …" fragte Muttchen Kroner, aber Vera schüttelte nur den Kopf. Immer wieder griff sie nach der Hand ihrer Mutter.

* abfälliger Ausdruck im Sinne von: Tochter einer Köchin

„Ich bin gekommen, um dich zu holen. In Berlin haben wir keine Zukunft."

„Warum nicht, Mamuschka? Ich habe Aussichten, beim Film unterzukommen – hat man mir gesagt – ich werde ein Star!"

Sonja lachte bitter auf: „Ein Star? Hier? Hier bleibst du höchstens eine Kuchinka dotsch!* Alle Russen verlassen Berlin. Gestern wurde hier unsere Zeitung 'Dni' eingestellt. Sogar die Juden aus dem Scheunenviertel wandern ab. Das Romanische Café ist leer. Jeder hilft jedem, damit er wegkommt. Russen emigrieren nicht allein, und wir sind Russen, vergiß das nie!"

Muttchen Kroner schaufelte nachdenklich die Brotkrümel vom Tisch in ihre Hand: „Wenn ick dir so höre, Sonja, dann is det so, als wäre Paris die Stadt, wo Milch und Honig fließen. Is aber nich so, oder?"

„Ist es doch! Wir leben zwar in den Arbeitervierteln von Gobelins oder Monterouge, in Dachkammern oder Hinterhofschuppen, aber am Abend summt der Samowar. Wo Russen sind, ist Rußland! Und ein Fürst bleibt ein Fürst, auch wenn er im Moment als Taxifahrer oder Kellner sein Geld verdient – wir bleiben Aristokraten!" rief Sonja pathetisch.

„Berlin bleibt Berlin", sagte Muttchen Kroner leise.

Emmerich Kálmán

7. Kapitel
... welches manches über die Wiener Operettenkönige erklärt

Zu dieser Zeit war man in Wien, Paris, Berlin, New York und Warschau in eine „Bajadere" verliebt. Emmerich Kálmán hatte sie nach dem Libretto von Julius Brammer und Alfred Grünwald in Musik gesetzt. Nach der Uraufführung im Wiener Carl-Theater gingen die Melodien um die Welt. Auf allen Bühnen, in den Konzert-Cafés und Bars, überall spielte und sang man: Kálmán!

Als das Erfolgstrio Kálmán-Brammer-Grünwald bald danach die „Gräfin Mariza" im Theater an der Wien uraufführte, verdrängte die „Paprika-Gräfin" sogar zeitweilig „Die lustige Witwe" Franz Lehárs von den in- und ausländischen Bühnen.

Die Kritiker allerdings verhielten sich zurückhaltend, mitunter sogar gehässig, was Kálmán keineswegs irritierte, denn aus seiner Zeit als Musikkritiker wußte er sehr genau, daß die wenigsten dieser Zunft Noten lesen und Musik verstehen konnten. Er lächelte nur nachsichtig, wenn sich die Librettisten über die Wiener Kritiker aufregten.

„Imre!" schnaubte Grünwald, „das kann man sich doch nicht gefallen lassen, da schreibt dieser Depp über 'Komm mit nach Varazsdin' – für mich kommt dieses Machwerk gleich nach 'Fahrn ma rein nach Großwardein.'"

Kálmán sagte ruhig: „Mich kann die Kritik ruhig verreißen, meine Musik ist unzerreißbar ... im übrigen, was ist euch lieber, eine gute Kritik oder jeden Abend drei Dacapi von diesem Machwerk?"

„Ich hätt' nix gegen beides, oder?" meinte Grünwald.

„Fredl, das einzige, was ich an dir nicht leiden kann, ist, daß du immer eine Frage mit einer Frage beantwortest."

„Sei froh, daß er nur so red't und nicht so schreibt", mischte sich Brammer ein.

Grünwald zog an seiner Virginia und sagte bedeutungsvoll: „Ihr macht euch wieder einmal über einen Schwerarbeiter lustig ..."

„Gewiß, du entschließt dich schwer, mit der Arbeit anzufangen, es fällt dir schwer, die Feder in die Tinte zu tauchen, deshalb kritzelst du alles mit Bleistift, so daß ich es schwer entziffern kann, der Brammer entschließt sich schwer, einen Vertrag zu unterschreiben – wir sind alle Schwerarbeiter!"

„Du hast wie immer recht, Imre! Aber weißt du, was das Schwerste ist? Sich nach dem Erfolg der Gräfin Mariza eine neue Operette einfallen zu lassen."

Emmerich, Julius und Alfred pflegten ihren blödelnden Umgangston liebevoll, um dahinter ihre angestrengte Konzentration zu verbergen. Alle drei wußten, wie leicht es war, etwas Ernstes, und wie schwer, etwas Leichtes zu schreiben. Die größte Arbeitslast hatte Kálmán zu bewältigen. Wenn das Libretto akzeptiert und das Stück durchkomponiert war, instrumentierte der Komponist seine Melodien für ein großes Orchester. Er beherrschte sein Handwerk, das er in einer der bedeutendsten Musikschulen der Welt, in Budapest, erlernt hatte, aber das Instrumentieren blieb trotzdem harte Arbeit. Das einzige, was ihm leichtfiel, war, daß er einem Text, der ihn berührte, sofort eine Melodie unterlegen konnte, die beides verschmelzen ließ und bei der jeder das Gefühl hatte: Nur diese Musik und keine andere gehört zu diesen Worten. Er las den Text, legte ihn vor sich auf den Flügel, ließ seine Finger wie spielerisch über die Tasten gleiten, und wie selbstverständlich stellte sich eine Melodie ein, die jeder nur einmal hören mußte, um sie sofort nachsingen zu können: „... weißt du es noch ... denkst du noch manchmal der Stunden?"

Das Erfolgstrio wurde durch Hubert Marischka in den siebten Operettenhimmel gehoben. Der Regisseur, Tenor und Schauspieler, außerdem unbeschränkter Herrscher über das Theater an der Wien, verlieh den Kálmán-Operetten einen neuen künstlerischen Stil, der sofort überall kopiert wurde. Kálmán und Marischka setzten völlig neue Bühnenakzente. Der Regisseur Marischka verbot das outrierte Witzeln der Komiker, das rampengeile Hinausschmettern der Arien, das exaltierte Getue mit Fächern und Boas. Er war der erste, der den Operettendarstellern Natürlichkeit verordnete. Der ihnen erklärte, daß man ein Lied mit schauspielerischem Ausdruck in seine Rolle einbeziehen kann. Er präsentierte zum ersten Mal singende Schauspieler und schauspielernde Sänger, etwas bis dahin nie Dagewesenes. Kálmáns Musik, die sich immer jeder plakativen Äußerlichkeit enthielt, war für dieses Regiekonzept ideal. Marischkas neuer Stil übertrug sich auch auf die Librettisten. Sie verzichteten ebenfalls auf die bis zur Routine geläufigen Operettenspäßchen und machten aus ihren Traumfiguren Menschen, mit denen sich jeder im Zuschauerraum gerne identifizieren wollte oder konnte. Das Konzept der vier Operettenzauberer war ein neuer Weg, den das Publikum mit Ovationen belohnte. Auf der hinreißenden künstlerischen Achse Wien--Berlin–Budapest–Prag drehten sich tausende Operettenabende von Emmerich Kálmán. In Rußland und Amerika, in England und Skandinavien, in den verschiedensten Sprachen spielte man seine Lieder und Operetten.

Der größte Teil der Menschen dieser „künstlerischen Achse" kämpfte allerdings um sein Überleben. Während sich das Füllhorn der Tantiemen in allen Währungen über Kálmán ergoß, verfielen die Krone und die Deutsche Mark. Man druckte hemmungslos Papiergeld und verkaufte ebenso hemmungslos in den Apotheken Kokain und Morphium. Kriegsgewinnler und Schieber hatten alles im Angebot. Russische Kronzobel, Adelstitel, kindliche Jungfrauen, alles war käuflich. Und man kaufte alles nach dem Motto „Verkauft's mei G'wand – i fohr in' Himmel!" Das Geld war nichts mehr wert, also wozu sparen? Wer nichts Erspartes besaß, verkaufte sich selbst, um zu überleben. Wer noch etwas besaß, ging in die Operette, um sich für drei Stunden in eine wunderbare Welt hinwegzuträumen.

Der Komponist Kálmán war ein gelehriger Schüler des „Börsen-Kálmán" gewesen. Er hatte seinen Vorsatz durchgeführt, vorsichtig und klug investiert und ein feines, aber sicheres Aktiennetz für sich gesponnen. Seine Papiere waren inflationssicher.

„Wenn nicht hier, dann dort", hatte er kalkuliert und damit recht behalten. Der Reichtum hatte ihn nicht verändert. Er genoß die finanzielle Unabhängigkeit und freute sich, daß er seiner Familie das Leben bieten konnte, das er für sie erträumt hatte. Die Familie war nach Wien übersiedelt und gab ihm die liebevolle Zuwendung, die er brauchte. Er verwöhnte alle und vergaß sich selbst dabei. Seine Schwestern und seine Freundin Paula zwangen ihn zu modischen Einkäufen, die er gerne so schnell als möglich hinter sich brachte.

„Zeitverschwendung", raunzte er.

„Aber eine notwendige! Ein Kálmán muß den besten Frackschneider der Welt haben."

„Wer ist das?“ Kálmán interessierte ein Frackschneider so wenig wie gar nicht.

„Natürlich der Knize!“

„Aha“, sagte ergeben und ließ sich willig vom k.& k. Hofschneider ausstaffieren. Äußerlichkeiten bedeuteten ihm nichts.

„Das ist ja anstrengender als Orchesterproben“, seufzte er und sehnte sich nach seinem gemütlichen Arbeitszimmer mit den fünf Konzertflügeln. Nach dem hysterischen Wortgeklingel der Bühnenstars genoß er es, eine gute Zigarre im Mund und ein spannendes Börsenblatt vor den Augen zu haben.

Er wohnte in einer eleganten Zimmerflucht am Ring, hatte Personal und einen Wagen mit Chauffeur. Trotzdem war an ihm keine Spur eines „Nouveau Riche“ erkennbar. Er liebte ein gediegenes, ruhiges Leben und bevorzugte ungarische Speisen. Auch sein Liebesleben verlief in unspektakulären Bahnen. Seine langjährige Freundin Paula wurde durch eine tückische Krankheit an den Rollstuhl gefesselt. Sie lebten weiterhin zusammen, liebevoll, rücksichtsvoll, freundschaftlich.

Paula führte den Haushalt, ohne auf die selbstständigen Entscheidungen des Personals wirklich Einfluß zu nehmen; sie war zu geschwächt, um tatkräftig eingreifen zu können. Eine Frau, der trotz aller Bemühungen prominenter Ärzte bewußt war, daß ihr niemand helfen konnte, und die sich still in sich gekehrt auf den Tod vorbereitete. Der Komponist vergrub sich in seine Arbeit, und Paula war glücklich, wenn sie, in ihrem Rollstuhl sitzend, seinen Melodien zuhören konnte.

Wollte er seinen erotischen Bedürfnissen nachgeben, bot ihm Wien verschwiegene Absteigen. Er tat es diskret, und keine Affäre hätte ihn dazu bringen können, Paula zu verlassen. Manchmal dachte er daran, sie zu heiraten. Aber zwischen Partituren schreiben, Textbücher lesen, komponieren und instrumentieren schob er den Gedanken so lange vor sich her, bis es zu spät war. Paula starb. Im Tod gab er ihr seinen Namen und verfügte, daß man auf den Grabstein Paula Kálmán eingravierte.

Er wurde noch eine Spur ernster, noch fanatischer in seiner Arbeit, noch bedürfnisloser in seinen Ansprüchen an die kleinen Freuden des Lebens. Eine dieser Freuden war für ihn Bad Ischl. Nachdem ihm sein Freund Franz Lehár sein Haus „Die Rosenvilla“ überlassen hatte, fühlte er sich dort besonders künstlerisch inspiriert. In denselben Räumen, in denen bereits Brahms und Meyerbeer gewohnt hatten und in denen Lehár den „Graf von Luxemburg" komponiert hatte, arbeitete er mit großer Hingabe und Einfallsreichtum. Es kostete ihn noch immer größte Überwindung, mit den aus Wien angereisten hochwohlgeborenen oder hochstapelnden Verehrerinnen seiner Kunst auf der Promenade höfliche Worte zu wechseln, aber Grünwald sagte ihm: „Imre, da spazieren deine Tantiemen, die übersieht man nicht!"

Die Librettisten wußten, was ihre „Tantiemen" verlangten: Die heile Welt der Monarchie hatte auf der Bühne weiterzubestehen! Die Monarchie zerbrochen? Das offizielle Führen der Adelstitel unter Strafe gestellt? In den Kálmán-Operetten lebte der Adel weiter. Reicher, edler, gütiger, als er in Wirklichkeit je gewesen war. Mochte ein gewisser Karl Kraus in den Jacques-Offenbach-Operetten auch unverschämte Zusatzstrophen bringen lassen:

„Einstmals machten Idioten – die Geburt zur Majestät!
Das ist heutzutag verboten – weil der Wind jetzt anders weht -
von diesem Wahn ist frei das Land ...
Heute tun sich Leute lieber – bücken vor dem Börsenschieber,
heut regiert allein das Geld!"

Niemals hätten Béla Jenbach oder Leo Stein es gewagt, eine Zeitkritik in ihre Textbücher einzubinden. Besoffene Erzherzöge, die im Hotel Sacher randalierten, wurden auf der Bühne zu herzigen Herrchen, die ein „Schwipserl" hatten und ihrem Spiegelbild zuprosteten. So wollte es das Publikum, und dem folgten die Autoren und Komponisten. War auch dieser Karl Kraus, der seine Einmann-Operette von Jacques Offenbach im großen Konzerthaussaal in Wien einige hundert Mal deklamierte, ausverkauft, ihre Operetten waren es tausende Male.

„Am Erfolg ändert man nichts", hatte der allgewaltige Theaterdirektor Wilhelm Karczag gesagt, und niemand beherzigte diesen Satz mehr als Emmerich Kálmán.

Das Rezept war einfach: Im ersten Akt zusammen, im zweiten auseinander, im dritten wieder zusammen! Auch die Gewürze änderten sich nicht. Schöne Stimmen, schöne Frauen, viel Paprika in der Musik, scharfer und süßer, und viel Liebe: „Komm, Zigeuner, spiel mir etwas,

etwas für's Gemüt! Alles spiel mir, nur nicht eines, nur kein Liebeslied …"

Der melodische Einfallsreichtum des Komponisten veredelte den banalsten Text. Von der Hutmacherin bis zum Hofrat, alle liebten diese Musik. Von den teuersten Logenplätzen bis zu den Stehplätzen im vierten Rang jubelte man ihm zu. Sein Publikum kam aus allen Kreisen. Die einen erkannten das hohe musikalische Niveau, die anderen ließen einfach die Musik auf sich wirken, und alle waren zutiefst berührt.

„Warum streng ich mich an, Imre? Du könntest genau so gut das Telefonbuch vertonen", stichelte Grünwald.

„Das stimmt, deine Bücher sind genau so langweilig, aber leichter zu heben, also bleib ich schon bei dir", ätzte Kálmán zurück.

Die Freunde spazierten zur Konditorei Zauner, um eine fast neue Geschichte über eine verlassene Gräfin oder einen verarmten Fürsten zu diskutieren.

Seufzte Kálmán: „Ich möchte so gern einmal etwas ganz anderes machen, etwas über eine andere Welt, vielleicht die Welt des Zirkus?"

„Großartig, Zirkus bietet wunderbare Möglichkeiten auf der Bühne, und Zirkus! Zirkus! Ist auch ein großartiger Titel. Wir können Clowns, Artisten, Raubtiere auftreten lassen …"

„Und Pferde."

„Natürlich, Pferde. Was hältst du davon, wenn der Tenor auf einem Schimmel einreitet?"

„Gute Idee! Wer ist der Tenor?"

„Hubert Marischka, wer sonst?"

„Natürlich, ich meine, was spielt er für eine Rolle?"

„Er spielt einen verarmten Fürsten, der im Zirkus Hohe Schule reiten muß. Er liebt sein Pferd, das einzige, was ihm geblieben ist."

„Drei Akte lang?"

„Nein, im ersten Akt. Im zweiten liebt er – eine Prinzessin!"

„Bravo! Die Zirkusprinzessin!" freute sich Kálmán und rief nach der Rechnung.

8. Kapitel
… in dem „die andere Liebe“ beschrieben wird

Vera liebte Berlin. Trotzdem fiel ihr der Abschied leicht, denn die Neugier auf das Kommende ließ sie Menschen und Plätze rasch vergessen. Paris verschlug ihr den Atem.

Ja, das war ihre Stadt! Hier strömte alles zusammen, obwohl die Lebensbedingungen für Emigranten ungleich schwieriger waren als in Berlin. In Paris lebten die geflohenen Russen das Leben der vorrevolutionären Zeit weiter. Je größer ihre Armut, umso größer die Intensität, mit der vor allem die russischen Dichter ihre Werke dort fortsetzten, wo sie in Moskau oder Petersburg aufgehört hatten. Sie schrieben einander, dichteten füreinander und alle kämpften miteinander und gegeneinander ums Überleben. Nur selten fand ein Gedicht von Marina Zwetajewa oder ein Essay von Boris Pasternak den Weg in eine der drei in Russisch erscheinenden Zeitungen in Paris.

Sonja und Vera interessierten die Treffpunkte der russischen Intelligenz im Café la Bolle oder dem Select auf dem Montparnasse nicht. Sie waren fasziniert von den Schaufensterauslagen von Chanel oder Jean Patou. Die beiden verfolgten nur ein Ziel: sich so schnell wie möglich zu assimilieren. Sie sprachen ausgezeichnet Französisch, und Vera lernte den Pariser Charme „im Vorbeigehen“.

Die meisten der hundertfünfzigtausend Russen leisteten Schwerarbeit in den Renault-Werken von Billancourt. Tagsüber arbeiteten Großfürsten als Taxichauffeure, Reitlehrer oder Stallburschen, nachts schlüpften manche für einen kleinen Teller Borschtsch und ein großes Glas Wodka in ein Kosakenkostüm, um vor Pariser Nachtbummlern russische Romanzen zu singen.

Alle, ob hoch oder niedrig geboren, litten unter Not und Heimweh, sie belogen und betrogen einander, aber sie erhielten ihre Tradition und ihre Sprache. „Wo Russen sind, ist Rußland“, der Ausspruch des Großfürsten stand unsichtbar über jedem Treffen, egal ob dieses in einem Hinterhofzimmer oder im Nobelrestaurant stattfand.

Die Makinskas lebten weit entfernt von Politik und Literatur. Sie hatten denselben Wunsch wie tausende Pariserinnen: raus aus den dumpfen Wohnlöchern! Eleganz – Schmuck – Vergnügen – Geld!

Die gutaussehende Mutter hatte Glück. Der Haute Couture-Salon Vionais suchte Mannequins, und Sonja wurde ausgewählt, die Straßenkostüme vorzuführen. Vera bettelte, mitgenommen zu werden, und die Mutter gab der Tochter nach. Als die beiden zur Anprobe erschienen, blieb der Blick Madame Vionais' an Vera hängen. Sie taxierte mit professioneller Routine Taille, Hüften, Beine, Schultern und sagte: „Olala! C'est une bijou! Dieses Mädchen brauche ich!"

Am nächsten Tag führte Vera ein Brautkleid vor. Mit federnden Schritten, wie sie der Ballettmeister des Münz-Palais einstudiert hatte, ging sie durch den Saal, entlang der im Halbrund aufgestellten Goldstühle. Sie schaute weder rechts noch links, sondern hielt den Blick versenkt in das kleine Brautbouquet aus echten Mimosen. Glänzender, weißer Seidensatin umspielte hautnah ihren Körper. Die Konturen von Hüften und Schenkel zeichneten sich mit jedem Schritt deutlich ab. Sie wirkten, als wären sie nackt. Die Rückseite der Robe endete in einem Wasserfall aus reinseidenem Organza, in dem wiederum einige Mimosenblüten steckten. Das kupferfarbene Haar hatte man hochgesteckt, und der meterlange Brautschleier wehte wie eine zarte Wolke hinter ihr her. Das snobistische Publikum vergaß zu applaudieren. Da schritt ein sündiger Engel, die unschuldigst-schuldigste Ausgabe einer Jungfrau. Männer atmeten durch, und Frauen preßten die Lippen zusammen. Nur eine saß in der ersten Reihe und lächelte maliziös: Pola Negri. Als Vera zum zweiten Mal an ihr vorbeidefilierte, sagte der Filmstar laut: „Sie sind bezaubernd!" Vera sah auf und blickte in die verlangenden Augen der berühmten Filmschauspielerin. Sie erwiderte den Blick und mit einem angedeuteten Knicks flüsterte sie: „Merci, Madame Negri."

Madame Vionais schwebte im siebten Modehimmel. Das Modell hatte sich sechsmal verkauft. Damit es ein Modell blieb, gab es das Brautkleid in leicht veränderter Form, jedesmal mit anderen Blüten, Spitzen oder Taft, und alle Mütter glaubten, daß ihre Töchter genauso wirken würden wie das junge Mannequin, das dem Salon Vionais zu einem Sensationserfolg verholfen hatte.

Sonja und Vera standen unschlüssig vor dem Salon Vionais und überlegten, ob sie ihre soeben verdienten Francs in ein Nachtmahl investieren oder sich Brot, Käse und Rotwein kaufen und in ihrem Zimmer essen sollten, als hinter einem Boy, der verschiedene Schachteln balancierte, Pola Negri auftauchte. Sie trug einen schwarzen, eng anliegenden Breitschwanzmantel mit einem überdimensionalen, schwarzen Fuchskragen, aus dem ihr weißes Gesicht mit den schwarz umränderten Augen und dem glänzenden, schwarzen Bubikopf wie eine dämonische Blume leuchtete.

„Sehen Sie", sagte sie lachend zu Vera, „Sie sind schuld, daß ich den halben Kramladen aufgekauft habe!"

Sie sprach Französisch mit polnischem Akzent. Sonjas Gesicht wurde abweisend, denn wie alle Russen haßte auch sie die Polen.

„Das ist meine Mutter, Sonja Makinska, und ich heiße Vera", erklärte Vera und strahlte den Filmstar an.

„Oh, Madame! Ihre Tochter ist hinreißend! Ich möchte Vera gerne einladen, mit mir nach Fontainebleau zu kommen" – und mit einem Blick auf Veras armseliges Mäntelchen – „ich habe, wenn Sie erlauben, einige Modellkleider für Ihre Tochter. Man müßte sie nur etwas enger machen, denn mit dieser makellosen Figur kann ich nicht aufwarten ..."

„Bitte", meinte Sonja pikiert, „meine Tochter ist alt genug, um selbst zu entscheiden ..."

Auf einen Wink von Pola Negri fuhr ein Rolls-Royce vor, ein Chauffeur in Livree sprang heraus und öffnete die Wagentür. Pola und Vera stiegen ein. Während der Boy die Kleiderschachteln im Kofferraum schlichtete, sprang Vera noch einmal aus der Limousine und umarmte ihre Mutter: „Danke, Mamuschka, ich bin so glücklich!"

Sonja blickte dem davongleitenden Wagen nach und dachte: „Schon wieder bist du die Erste. Schon wieder bist du diejenige, um die sich alles dreht. Und wie mich diese polnische Hure abserviert hat – mich, eine Makinska ..." Sie beschloß, sich nie mehr auf einen Konkurrenzkampf mit ihrer Tochter einzulassen, und ging mißmutig davon.

Vera beobachtete Pola Negri, wie sie sich elegant in die Polster des Wagens schmiegte, sie horchte auf den Tonfall ihrer Stimme, die anders klang, wenn sie mit dem Chauffeur sprach oder mit ihr. Sie studierte jede ihrer Bewegungen und ahmte sie im Geiste nach.

Der Wagen fuhr durch eine lange Allee, an deren Ende ein kleines Schloß stand. Es gehörte Pola Negri. Mädchen in schwarzen Kleidern mit weißen Häubchen, Handschuhen und Schürzen öffneten das Portal, knicksten und nahmen Vera den Mantel ab. Alles geschah fast lautlos. Es schien, als würde das Personal nur die Lippen bewegen, und dennoch verstand man jedes Wort. Sie sprachen nur, wenn sie von Pola angesprochen wurden, und jede Antwort wurde von einer leichten Verneigung bestätigt. Vera nahm mit allen Sinnen die luxuriöse Pracht und den Duft der Lilien und Rosen, die in großen Schalen im Entree placiert waren, in sich auf.

Sie streckte ihr Kinn nach oben und dachte: „So werde ich auch einmal leben, genau so!“

Pola legte zärtlich den Arm um ihre Schultern und sagte: „Das Mädchen zeigt dir dein Zimmer, wir werden uns frisch machen und dann abendessen.“

„Mademoiselle, hier ist Ihr Zimmer, und hier ist das Bad.“ Das Mädchen knickste und schloß lautlos hinter sich die Tür. Vera war fassungslos. Ein großes Bett mit rosa Seidenkissen nahm die Mitte des Raumes ein. Auf dem Bett lag ausgebreitet ein blau-seidener japanischer Kimono, der mit weißen und rosa Blüten bestickt war. Dazu passende Pantoffeln. Aus dem Bad duftete es nach Soir de Paris, und von der Zahn- bis zur Haarbürste war alles vorhanden. Vera glitt in das duftende Wasser und dachte wehmütig an ihre Mutter, die sich jetzt auf dem kleinen Ofen ihr Waschwasser wärmte, um das geschminkte Gesicht zu reinigen. Bei aller Armut und unter den widrigsten Umständen hatte ihre Mutter immer darauf bestanden, daß sich Vera jeden Abend vom Gesicht bis zu den Zehen wusch. Da half kein Gezeter, selbst wenn das Wasser eiskalt war. Unerbittlich rieb sie mit einem groben, nassen Tuch ihren Körper ab und erzählte dabei von Perm und den stinkenden Nonnen, die in laute Gebete ausbrachen, wenn sie sahen, wie sich Vera splitternackt von ihrer Zofe abreiben ließ. Vera liebte die Geschichten, die ihre Mutter erzählte, obwohl ihr manchmal der Gedanke kam, daß alles vielleicht nicht ganz so gewesen war, wie sie es schilderte. Nun könnte sie ihr eine Geschichte erzählen …

„Was ist mit mir los? Warum erregt mich diese Frau mehr als ein Mann? Mein Gott – bin ich in sie verliebt?“

Pola Negri

Ein leises Klopfen an der Tür brachte Vera in die Realität zurück. Das Stubenmädchen kam mit angewärmten Badetüchern und hüllte sie darin ein. Mit kleinen, kreisförmigen Bewegungen trocknete die Zofe ihren Körper und besprühte sie aus einem Flakon mit Parfum.

Vera schritt langsam die geschwungene Treppe hinunter. Sie trug ihr Haar offen. Bei jedem Schritt öffnete sich der Kimono und gab ihre nackten Beine frei. Sie war ungeschminkt und ging langsam, sehr langsam, ohne daß ihre Hand das Geländer berührte.

„Perfekt! Wie eine Diva!“ lachte Pola, die am Ende der Treppe stand. „Du hast alles, was man zu einem Star braucht, oder zu einer genialen Geliebten …“

„Vielleicht beides!?“ lachte Vera zurück.

Das gemeinsame Lachen vermittelte sofort eine Stimmung der Vertrautheit. Vera fühlte sich gelöst und entzückt zugleich: „Ich habe Hunger.“

„Ich auch“, nickte Pola, und Arm in Arm betraten sie einen kleinen, kreisrunden Salon, in dem ein runder Tisch für zwei Personen gedeckt war. Der ganze Tisch war eine Symphonie in Weiß und Gold. Das Porzellan und die Gläser hatten feine Goldränder, das Besteck war aus Gold, und in allem spiegelten sich brennende Kerzen. Auf Veras Serviette lag eine rote Rose. Ihre Wangen glühten, sie küßte die Rose und sagte zu Pola: „Spasiva*."

Pola lächelte sie an. „Weißt du, daß ich genau so rotes Haar habe wie du? Ich habe es nur für den Film schwarz gefärbt."

Vera sah Pola an. Sie trug einen schwarzen, seidenen Kimono mit einem feuerroten Futter. Auch ihr Gesicht war ungeschminkt und wirkte jetzt viel weicher als zuvor.

„Sie sind schön ..."

„Sag mir du, Vera."

„Du bist schön, alles was du tust, wie du gehst, wie du dir eine Zigarette anzündest – alles hier ist schön, einfach schön ..."

„Und ich bin ganz schön hungrig", lachte Pola und betätigte die Glocke. Eines der Mädchen erschien und goß Champagner in die Kristallgläser.

„Nastrowije!" Das ungewohnte Getränk stieg Vera sofort in den Kopf, und sie begann zu reden. Alles Angestaute, Verdrängte, Unausgesprochene brach aus ihr heraus. Sie erzählte von ihrer Flucht, von ihrer Mutter, die immer auf der Suche nach einem reichen Mann war, von ihrer Armut und ihren Irrtümern.

Pola hörte aufmerksam zu.

„Veruschka, ich habe dich eingeladen, weil mich deine Schönheit fasziniert hat, jetzt weiß ich, daß mich dein Wesen weitaus mehr anzieht. Laß uns Freundinnen sein, denn auch ich bin trotz aller Berühmtheit so einsam wie du."

Sie nahm ihr Glas und trank, dann reichte sie es Vera. Vera trank den Champagner aus und gab Pola das Glas zurück. Mit einem gezielten Wurf warf diese das Glas in den Kamin, wo es zerschellte."

„Niemand soll mehr aus diesem Glas trinken. Ich habe auf dein Leben getrunken – L'Chaim! wie die Juden sagen ..."

„Was ist das für ein Leben", dachte Vera, „wo man kostbare Gläser, für die andere eine Woche lang schuften müssen, in den Kamin wirft?"

Vera aß mit großem Appetit, richtete aber gleichzeitig ihre Aufmerksamkeit auf die Art und Weise, wie Pola das Besteck benützte

* Danke

oder ihr Glas an die Lippen setzte. „Aha“, stellte sie fest, „Messer und Gabeln immer von außen nach innen aufnehmen, das Glas am Stiel ergreifen und die Serviette auf dem Schoß einmal umschlagen – aufschlagen – Lippen abtupfen und wieder zuklappen. Wie taktvoll“, dachte sie, „niemandem muß man seine lippenstift- oder fettfleckigen Spuren auf der Serviette zumuten, also klappt man sie zu!“

Die beiden Frauen saßen vor dem Kamin, Pola, hingegossen auf einem mit Leopardenfell überzogenen Récamier, trank einen Mocca und rauchte aus einem langen Zigarettenspitz. Sie erzählte von ihrer Filmarbeit. „‘Madame Dubarry’ heißt der Streifen, den wir gerade drehen. Ich spiele die Frau, der Ludwig XV. dieses Palais geschenkt hat.“ Sie lachte. „C’est la vie! Jetzt gehört es mir!“ Mit einer theatralischen Geste streckte sie ihren Arm aus: „Apollonia Chalupiec, das kleine Mädchen aus Lipno, hat es geschafft!“

„Wer ist Apollonia, und wo ist Lipno?“ Vera naschte kleine verzuckerte Veilchenblüten.

Pola zog nachdenklich an ihrer Zigarette. „Lipno … Lipno ist ein von Gott verlassenes Kaff Richtung Warschau. Im Winter fallen die Vögel erfroren von den Bäumen, so kalt ist es. Im Frühjahr versinkt man bis zu den Knien im Schlamm der Straßen, und im Sommer erstickt man im Staub. Juden, Christen, alle verbindet ein einziger Wunsch: Raus aus der Armut! Ich hab’s geschafft! Ich sagte mir: Wo ich herkomme und was ich bin, sind zwei verschiedene Sachen. Und so machte ich mich auf den Weg, und aus Apollonia wurde Pola. Schönheit allein genügt nicht, Veruschka, der Kopf muß arbeiten, verstehst du? Der Kopf!“

Vera lag nackt auf dem breiten Bett. Sie hatte darauf verzichtet, den vorbereiteten Pyjama anzuziehen, denn sie wollte das feine, kühle Leinen auf ihrem heißen Körper spüren. War es der ungewohnte Champagner, das raffinierte Essen, oder hatte sie zuviel von dem köstlichen Mousse au Chocolat genommen? Jedenfalls zitterte sie, und ihr Herz klopfte bis zum Hals.

„Was ist los mit mir“, dachte sie, „Pola ist doch kein Mann, aber ich sehne mich nach ihr. Ich wünsche mir, daß sie zu mir kommt …“

Sie schlug die seidene Daunendecke zurück, um ihren Körper zu kühlen. Es klopfte leise, und Pola trat ein.

„Veruschka, Liebes, ich wollte dir Gute Nacht sagen …“

Sie setzte ich auf den Rand des Bettes und strich unendlich behutsam mit ihrer Hand über Veras Schulter und Arm. Sie beugte sich herab und küßte ihre Stirn, Wangen und die Lippen. Vera versank in einer Welle von Wärme und Zärtlichkeit. „Wie wunderbar ist die erotische Berührung einer Frau“, dachte sie, „keine wilde Besitzforderung, kein Kampf um Sieg oder Niederlage, und dennoch ein unwiderstehliches Begehren.“

Pola öffnete ihren Kimono. Aufregend hob sich der weiße Körper von dem roten Seidenfutter ab. Der Kimono glitt zu Boden. Sie trug schwarze Strümpfe, die von runden Strumpfbändern gehalten wurden. Pola legte sich zu Vera und flüsterte an ihrem Ohr: „Ich will nichts tun, was du nicht auch willst …“

„Ich will alles, was du willst! Ich bete dich an!“

Am nächsten Tag empfing Sonja Makinska ihre Tochter mit Ohrfeigen: „Wo hast du dich herumgetrieben? Was hat sie mir dir gemacht?“ Sonja war außer sich.

„Nichts, was mir geschadet hat, Mama. Pola ist meine Freundin, meine beste Freundin, falls du weißt, was das ist.“

So kannte Sonja ihre Tochter nicht. So hatte sie noch nie zu ihr gesprochen. Bisher war sie Wachs in ihren Händen gewesen, und nun plötzlich dieser Ton …

„Verzeih’, Mama, aber ich werde Pola so oft sehen, wie es mir paßt. Ich mische mich auch nicht in dein Liebesleben!“

„Das wirst du nicht!“ schrie Sonja.

„Bitte, Mama, gebärde dich nicht wie ein russisches Marktweib …“

„Wir fahren in ein paar Wochen nach Wien“, sagte Sonja eiskalt.

„Nach Wien? Wie kommst du plötzlich auf Wien? Was machen wir in Wien?“

„Ich habe einen Wiener kennengelernt. Eine ernstere Sache. Er will, daß ich zu ihm nach Wien komme, vielleicht …“

„Und ich? Was geschieht mit mir?“

„Du kommst natürlich mit. Somit erledigt sich manches von selbst, nicht wahr, mein liebes Kind?“

Pola und Vera trafen sich täglich nach den Dreharbeiten. Die Freundinnen machten gemeinsame Zukunftspläne und wußten doch instinktiv, daß es beim Planen bleiben würde. Der Film wurde in Hollywood fertiggedreht, und Polas Dienstmädchen packten bereits zahllose Koffer. Zum Abschied schenkte Pola Vera einen Vuitton-Koffer, voll mit den schönsten Pariser Modellkleidern.

Die Mutter griff gierig nach den samtenen und seidenen Modeträumen und entschied, was ihr gehörte.

Vera war in ihrem Abschiedsschmerz wie gelähmt und unfähig, wegen Kleidern zu streiten. Sie glaubte, die Trennung von Pola nicht verkraften zu können. Erst wenn ihre Mutter schlief, ließ sie ihren Tränen freien Lauf.

Zwei Wochen später erhielt Sonja zwei Fahrkarten Paris–Wien.

„Sieh mal an, wir dürfen sogar Holzklasse fahren", ätzte Vera, „deine ernste Sache scheint nicht sehr spendabel zu sein."

Sonja zuckte nur mit den Schultern.

9. Kapitel
… worin sich das „Goldene Wienerherz“ offenbart

Vera saß auf ihrem Vuitton-Koffer und bewachte die Gepäckstücke. An Sonjas Koffer war der Griff abgerissen, sie hatte ihn notdürftig durch eine geflochtene Kordel ersetzt. Das schwarze Lackleder der Hutschachtel war stumpf und voller Risse. Zwei Kartons waren aufgeplatzt. Vera sah auf die Habseligkeiten und dachte, daß ihre Habe nichts mit Seligkeit zu tun hatten.

„Der Besitz der Makinskas, eine armselige Bagage.“

Sonja rannte kreuz und quer über den Wiener Westbahnhof, um ihren Liebhaber zu finden. Auf der langen Zugfahrt hatte Sonja von ihm geschwärmt. Sie schien verrückt nach ihm zu sein und erwartete Liebe, Luxus und Heirat. „Hoffentlich“, sinnierte Vera, „hoffentlich kommt sie endlich bei einem zur Ruhe – dem Richtigen.“

Die ständig wechselnden Partner ihrer Mutter waren ihr weder sympathisch noch willkommen. In dieser Beziehung fehlte ihr jedes Verständnis für Sonja. Sie, Vera, würde sich nie auf ein fragwürdiges Niveau herablassen, das hatte sie sich geschworen. Und überhaupt! – Männer … Sie spürte eine verzehrende Sehnsucht nach Pola, sie dachte an den behutsamen Umgang miteinander, dieses aufeinander Ein- und Zugehen, das war ihre Welt oder gar keine.

„Trääága! Trääága!“ – schallte es durch die Bahnhofshalle.

„Was heißt das jetzt wieder?“ Vera verstand kein Wort. Was sprachen die Menschen hier für eine Sprache? Sollte das Deutsch sein?

„Gnä’ Frau, woll’n S’ af der Bagage übernochtn? I trog Eahna’s, wohin Se wulln.“

Vera schüttelte den Kopf. Sie war den Tränen nahe. Da sah sie ihre Mutter mit einem Gepäckträger, der einen kleinen Handwagen zog, näherkommen.

„Na endlich“, maulte sie auf französisch, „ich bin hier schon angepöbelt worden.“ Dann wies sie auf Polas Geschenk und sagte zu dem Mann mit dem Handwagen: „Attention, s’il vous plait! Vorsicht mit diesem Koffer!“

„Das ist Ferdinand, Ferdinand Kropatschek, ich habe dir von ihm erzählt.“

„Kannst Ferdl zu mir sag'n, Mäderl ...", sagte der Wiener und streckte Vera die Hand hin.

Vera legte den Kopf leicht in den Nacken und sah den Liebhaber ihrer Mutter ausdruckslos an. Ihr fiel nichts ein, was sie ihm hätte sagen können. Ihr fiel nur ein, was Pola ihr gesagt hatte: Ein Herr streckt niemals einer Dame die Hand entgegen. Die Dame gibt durch eine kleine Geste ihrer Hand zu erkennen, daß sie den Händedruck wünscht. „Er ist kein Herr", entschied Vera. Es amüsierte sie, wie seine Hand in der Luft verhungerte, während sie selbst ihren Koffer auf den Handwagen wuchtete.

„Dein Töchterl hat's aber gnädig", murmelte Kropatschek und verstaute die restlichen Gepäckstücke auf seinem Karren.

Sie gingen zum Ausgang des Bahnhofs. Sonja und Vera blieben stehen, in Erwartung eines Taxis oder eines Fiakers.

„Is eh net weit, das Stückerl geh ma zu Fuß", entschied Kropatschek und setzte sich samt Karren in Bewegung.

Die beiden Frauen gingen hinterher.

„Wie bei einem Begräbnis", dachte Vera und hörte, wie der Mann ihrer Mutter erklärte, daß er für sie ganz in der Nähe von Schloß Schönbrunn eine Wohnung gemietet habe. Vera schöpfte Hoffnung. In der Nähe eines Schlosses konnte es nicht unangenehm sein.

Nachdem die kleine Karawane über eine halbe Stunde marschiert war, sahen sie von weitem das Schloß Schönbrunn inmitten eines großen Parks, aber sie gingen weiter.

„Das ist Meidling", sagte Kropatschek, wobei er das L solange an seinem Gaumen kleben ließ, daß Vera annahm, dieser Stadtbezirk würde mit drei L geschrieben.

Die Wohnung, die Kropatschek für Sonja Makinska gemietet hatte, befand sich im oberen Stockwerk eines Hauses, das denselben Geruch verbreitete wie jedes Haus, in dem Leute kochen und gleichzeitig Wäsche über dem Herd trocknen. Es waren zwei kleine, ungeheizte Räume. Auf dem Gang vor der Wohnung befand sich eine Wasserleitung.

„Die Bassena habt's ihr gleich nebenan, und des Klo is a Stockwerk tiefer", erklärte der Mann.

In einem Zimmer standen ein kleiner Kanonenofen, zwei Betten mit zerschlissenen Matratzen, ein paar wackelige Stühle und ein Tisch.

„Ich habe Hunger", sagte Vera und setzte sich auf ihren Koffer.

Der Mann legte ein Brot und ein Stück Wurst, das in Zeitungspapier gewickelt war, auf den staubigen Tisch.

Sonja kniete auf dem Boden und versuchte, den Ofen anzuheizen. Sie zerknüllte eine Zeitung und stopfte sie in den Ofen. Der Mann zerriß die Kartons, in denen ihre Kleidungsstücke waren, und Sonja legte sie auf das Zeitungspapier. Ein paar Holzscheite, die neben dem Ofen lagen, schlichtete sie in Kreuzform auf das Papier und zündete alles von unten mit einem Streichholz an. Das kunstvolle Gebäude rauchte und schwelte, bis es sich entschloß, in Flammen aufzugehen. Dann erst legte Sonja zwei Briketts auf das brennende Holz.

Vera sah wie gelähmt zu. Sie bewunderte ihre Mutter, die sich offensichtlich in allen Situationen zu helfen wußte. Sie starrte auf das Fensterchen des Ofens, die kleinen, hektischen Flammen verwandelten sich in das beruhigende Knistern der Holzscheite im Kamin in Fontainebleau. Sie hörte ihre Mutter kichern: „Nicht hier, Ferdinand, das Mädel ..."

Wie kam es nur, daß ihre Mutter auf diesen Kerl hereingefallen war? Zugegeben, er sah nicht übel aus. Er war groß, dunkelhaarig und trug einen gepflegten Schnauzbart à la Menjou. In Paris nannte man diesen Typ Filou. Liebte er ihre Mutter? Liebte ihre Mutter ihn? Wenn ja, warum? Welch seltsame Wege ging die Liebe. Sie wußte wieder einmal keine Antwort. Sie war nur unendlich müde. Ihr war kalt bis zum Herz. Ohne sich um die beiden zu kümmern, legte sie alle Kleidungsstücke, die herumlagen, auf die dreckigen Matratzen, sich selbst darauf und deckte sich mit ihrem Mantel zu.

„Pola", dachte sie, „Pola, wie komme ich hier heraus?"

Im Einschlafen erinnerte sie sich, daß Pola ihr einmal gesagt hatte: „Gib nie jemand anderem die Schuld. Für alles, was man tut oder nicht tut, ist man letztendlich selbst verantwortlich."

Es war stockfinster, als Vera aufwachte. Sie hustete bis zum Erbrechen, ihre Augen tränten, sie rang nach Luft: „Mamuschka!" keuchte sie. Sonja lag dicht neben ihr. Sie erhob sich und hielt sich schwankend am Tisch fest. „Mir ist so übel", stöhnte sie. Vera torkelte zur Tür und riß sie auf. Kalte Luft aus dem Treppenhaus drang herein, sie sah etwas klarer.

„Mein Gott, der Ofen!" Der Abzug war kaputt, und schwarzer Qualm suchte sich seinen Ausgang durch die Ofentür ins Zimmer. Es stank nach Kohlendioxyd. „Mamuschka, wir haben eine Vergiftung! Was tun wir?"

Vera rannte auf den Flur und klopfte an verschiedenen Türen.

Eine Frau im Nachthemd, die eine verschlissene Bettjacke mit beiden Händen über der Brust zusammenhielt, öffnete ihre Tür einen Spaltbreit.

„Bitte helfen Sie uns, wir haben eine Rauchvergiftung!"

„Jo Kinderl, wos soll i mochn? I bin ka Oarzt."

„Ein Arzt, ja, wie kann ich einen Arzt holen? Meiner Mutter geht es so schlecht."

„Wann S' a poar Kronen hob'n, lauf i zum Dokta Weinreb in der Schönbrunner Schloßstroßn. Wissen S' eh, wie's heutzutag is: Ohne Göld ka Musi!"

Vera verstand nur „Kronen". Sie zuckte hilflos die Schultern.

„Wir haben keine Kronen, wir sind erst gestern aus Frankreich angekommen."

„Kinderl, wart a bisserl. I moch eich an Salbeitee, der is für olles guat ...", und damit schloß die Frau die Wohnungstür.

Tatsächlich klopfte es nach einiger Zeit bei den Makinskas. Die Frau schlurfte herein und stellte eine Kanne Tee und zwei große Tassen auf den Tisch.

„Jessas na, wias do stinkt! No, trinkts an Tee, der wird eich guat tuan."

Dankbar tranken Sonja und Vera den heißen Tee und fühlten sich besser. Vera kramte in ihrer Tasche und fand einen kleinen Cremetopf. Sie reichte ihn der Frau: „Bitte, nehmen Sie – wir haben im Moment kein österreichisches Geld. Es ist Hautcreme, die ich selber mache – sie wirkt Wunder."

„Oba gehn S', gnä' Frau, wos moch i mit aner Creme? In mei'm Alter gibt's kane Wunda mehr. Oba i dank Eahna scheen. I hob glei g'sehn, daß Se wos Besseres san. Jessas na, so a Pech, wos Se hob'n."

Vera erzählte der guten Frau, daß sie Ferdinand Kropatschek in Paris kennengelernt habe. Er habe sie überredet, nach Wien zu kommen, um einen Kosmetiksalon zu eröffnen und selbstgemachte Hautcreme zu verkaufen. Die Wienerinnen seien scharf „auf sowas".

„I glaub, er is auf Eahna schoaf, der wü si mit Eahna g'sundsteßn", lachte die Nachbarin. „I bring Eahna no an Tee, bevua i aus'm Haus geh. Von sieben bis sieben wosch i auswärts, do is kaner daham."

„Möge Gott Ihnen alles Gute, was Sie uns tun, zurückgeben", sagte Vera.

„Des wär scheen, oba i glaub's net. Mei Mann sauft, mei Klane hot's auf der Lunge, i racker mi ob, nu frog i Se – wo is a Gott?"

„Wir dürfen die Hoffnung nie aufgeben ..."

„Der Doktor Schreber hot jetzt so Gärt'n für die Kinder g'fundn. Mir sogn 'Schrebergärtn' dazu. Do können 's spüln. Den ganzen Tog im Freien. Maner Klanen tuat des guat, se huast scho weniger und is weg von der Stroßn. De Sozis und de Kinderfreunde, de san mei Hoffnung."

Sie nahm das Geschirr und ging freundlich nickend hinaus.

Vera hatte zwar nicht alles verstanden, aber die hilfsbereite Art der einfachen Frau hatte sie an Muttchen Kroner erinnert.

„Mamuschka, was sind das – Sozis?"

„Ach, irgend so eine politische Gruppierung, die für die Gleichheit aller Menschen eintritt. Ähnlich wie die Bolschewiken, die uns vertrieben haben – meistens Juden. Gott schütze uns vor ihnen!"

„Aber warum, Mamuschka? Wir gehören doch jetzt auch zu den Armen."

„Aristokraten können alles verlieren, aber nicht ihre Herkunft!" Sonjas Stimme bekam diesen scharfen Diskant, den Vera fürchtete. Sie hatte aber in der letzten Zeit gelernt, der bissigen Stimme ihrer Mutter mit tiefer, leiser Stimme zu antworten, und erfahren, daß diese Methode wirksamer war, als wenn sie versucht hätte, sie zu übertönen.

„Ja, man kann alles verlieren – auch seine Haltung, nicht wahr, Mamuschka?" sagte Vera, um mit Bestimmtheit fortzufahren: „Was mich betrifft, ich bleibe keine Minute länger hier. Wir gehen jetzt in die Stadt und suchen uns eine Unterkunft. Dein Freund ist ein Halunke, der dich ausbeuten will. Wenn du nicht mit mir kommst, gehe ich allein."

„No geh doch, du blöde Funzen!" Kropatschek stand in der Türe und hatte die letzten Worte Veras gehört.

Wortlos packe Vera ihre Kleider in den Vuitton-Koffer. Sonja saß auf dem Bett.

„Ferdinand, wir hatten eine Rauchvergiftung. Es war unverantwortlich von dir, uns hierherzubringen. Ich betrachte unsere Abmachung als beendet."

Vera war plötzlich glücklich. Ihre Mutter hatte das Zusammensein mit ihrer Tochter dem Zusammensein mit einem Liebhaber vorgezogen. Sie hatte sich für sie und gegen ihn entschieden. Eine positive Energie durchflutete sie. Die ganze Stadt mit allen Varietés und Kabaretts würde sie abklappern. Sie war sicher, irgendwo würde man sie als Girl oder Statistin engagieren.

„Letztendlich ist jeder für sich selbst verantwortlich", hatte Pola gesagt. „Und für meine geliebte Mutter", dachte Vera und war voller Zuversicht.

An der Bassena ließ sie das eiskalte Wasser über Gesicht und Hände rieseln. Bis hinaus zum Flur drang der erregte Wortwechsel, den sich Sonja und Kropatschek in der Wohnung lieferten. Dann sah sie, wie er die Wohnungstür zudrosch und mit einem „Hobt's mi gern, es Schlampen!" an ihr vorbei die Treppe hinunterlief. Vor Freude stiegen Vera Tränen in die Augen. Ihre Mutter hatte sich nicht überreden lassen. „Ich werde immer für dich sorgen", dachte sie und betrat lächelnd die schäbige Behausung.

Sonja sah ihre Tochter bewundernd an. „Wie machst du das? Eben warst du noch ein krankes Huhn, und jetzt schaust du rosig und strahlend aus."

„Das macht deine Wundercreme, Mamuschka!" sagte sie und wußte doch genau, daß es nicht die Creme, sondern das wunderbare Wiener Leitungswasser und vor allem Sonjas Entscheidung waren, die sie strahlen machten.

„Komm, mach dich hübsch, wir haben viel vor!" Damit reichte sie Sonja ihre Schminkutensilien.

Sie sah ihrer Mutter beim Schminken zu. Sonja war erst Mitte Dreißig, aber die vorangegangenen Strapazen hatten ihr Gesicht gezeichnet. Da half auch die selbstgemachte Wundercreme nichts mehr. „Die Männer und der Suff, det reibt die Frauen uff!" hatte Muttchen Kroner immer gesagt. Vera beschloß, sich vor beidem zu hüten.

Sonja und Vera gingen langsam über den Wiener Graben, und Vera erregte auch hier Aufsehen. Sie trug das einfache, dunkelblaue Kostüm von Chanel, das ihr Pola geschenkt hatte. Eine weiße Bluse, weiße Handschuhe und dunkelblaue Pumps mit den typischen weißen Spitzen der Chanelschuhe komplettierten ihren klassischen Aufzug. Ihr rotes Haar hatte sie mit einer schwarzen Samtschleife am

Hinterkopf zusammengesteckt. Dezentes Make-up zeigte eine blidschöne, seriöse Person.

Sonja, obwohl wie immer eine Spur zu stark geschminkt, trug ein Modell von Patou aus der großzügigen Gabe des Filmstars. Beiden Frauen sah niemand die unselige Nacht in der Meidlinger Absteige an. Sie wirkten wie zwei Damen, die einen Spaziergang entlang der Schaufenster machten, um vielleicht hier oder dort Einkäufe zu tätigen. Man drehte sich nach ihnen um, und niemand vermutete ihre wunden Herzen und leeren Taschen. Sie verweilten vor den luxuriösen Auslagen des Modehauses Ludwig Zwieback & Bruder. „Das ist mein Laden“, dachte Vera, „hier werde ich einmal einkaufen!“

Sie schlenderten die Kärntnerstraße hinunter und bogen links in die Johannesgasse ein. „In den Seitenstraßen muß es doch preiswerte Pensionen geben“, meinte Sonja.

„Preiswert schon, aber nicht umsonst“, erwiderte Vera.

Sie betrachteten die Fotos der spärlich bekleideten Frauen, der Sänger und Schauspielerinnen im Schaufenster des Cabaret Femina und lasen die Programmankündigungen.

Ein gutaussehender Herr trat aus der Tür und blieb stehen, als er Vera sah. Er blickte sie sekundenlang an, bevor er seinen Hut zog: „Ich bitte die Damen vielmals um Entschuldigung, meine Name ist Kolowrat, ich bin Filmproduzent, darf ich Ihnen meine Karte überreichen?“

Sonja las: Alexander Graf Kolowrat – Sascha-Film.

„Vielen Dank, wir – meine Tochter und ich – sind gerade aus Paris nach Wien gekommen, wir suchen eine gediegene Pension, um einige Zeit bleiben zu können.“

„Dieses hier, meine Damen, ist gewiß nicht das richtige Haus für Sie.“

Er deutete nach oben. „Hier ist zwar die Pension der Baronin Leonie, aber lassen Sie sich durch den Titel nicht verleiten. Aber – falls Sie, gnädiges Fräulein, in einem Film mitwirken möchten, ich verspreche Ihnen einen großen Erfolg.“

„Ich heiße Vera Natascha Makinska und werde mir erlauben, auf Ihr Angebot zurückzukommen.“

Ein aristokratisches Nicken auf beiden Seiten, und man ging in entgegengesetzte Richtungen davon.

„Wir sollten uns die Baronin Leonie trotzdem ansehen“, meinte Sonja.

Sie kehrten um und stiegen vier Stockwerke hoch, bis sie an einer Tür das Schild „Leonie – Privatpension“ entdeckten.

Ein Bauernmädchen mit böhmischem Akzent öffnete die Tür und führte die beiden in einen plüschigen Salon: „Frau Baronnin, bitta scheen, sind Damän da!“ Die Baronin erschien, leicht verfettet, aber von bezwingender Herzlichkeit. Sie trug einen bunten Kimono, unter dem ihre überflüssigen Pfunde unbehindert hin und her schwabbelten. Ihr graues Haar war zu einem Knoten aufgesteckt, und an ihren Ohren schaukelten bohnengroße Perlen, zu groß, um echt zu sein. Aber ihr Händedruck war warm, ihr Blick forschend und dennoch gütig.

Sonja und Vera erfaßten, daß sie in einem sogenannten Stundenhotel waren. Sie ließen die Masken fallen und erzählten der Baronin, wieso und warum sie da waren.

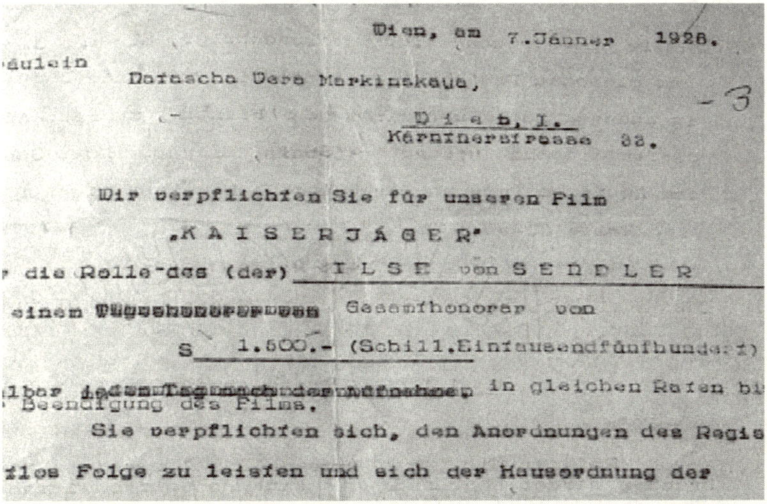

Wien, am 7.Jänner 1928.

äulein

Datascha Vera Markinskaya,

Wien, I.

Kärntnerstrasse 33.

-3

Wir verpflichten Sie für unseren Film

„KAISERJÄGER“

r die Rolle des (der) ILSE von SENDLER

einem Gesamthonorar von

S 1.500.- (Schill.Eintausendfünfhundert)

lbar in gleichen Raten bi

Beendigung des Films.

Sie verpflichten sich, den Anordnungen des Regis

los Folge zu leisten und sich der Hausordnung der

„Ich habe ein Zimmer im hinteren Teil meiner Wohnung, da können Sie bleiben. Bezahlen werden Sie, sobald Sie etwas verdienen. Ich glaube, daß alles Gute, was man tut, auf einen zurückfällt. Wenn ich verheirateten und unverheirateten Männern hier die Möglichkeit eines ungestörten Beisammenseins mit einer Frau gebe, tue ich doch Gutes? Finden Sie nicht? Ich verhelfe Menschen in angespannten

Lebenssituationen zur Entspannung, was soll daran schlecht sein? Außerdem verdiene ich dabei und kann wiederum anderen helfen. Das ist meine Moral, verstehen Sie?"

Dann wandte sie sich an Vera: „Du bist sehr schön, ich könnte dich in Millionen einhüllen, wenn du willst."

„Ich bin Schauspielerin", sagte Vera selbstbewußt. „Ich bin schon in Königsberg und in Berlin auf der Bühne gestanden."

Die Baronin schmunzelte: „In Königsberg kann man vielleicht mit einem russischen Akzent auftreten, im Burgtheater ist das problematischer."

Vera schwieg betroffen.

„Ich werde mit dem Regisseur der Femina sprechen, vielleicht hat er eine Möglichkeit, dich unterzubringen."

„Vielen Dank", flüsterte Vera und hatte die Baronin bereits in ihr Herz geschlossen.

Sonja war wieder einmal verstimmt, weil sich alles um ihre Tochter drehte.

Sonjas Bemühungen, ihre selbstgepanschten Cremes in Kosmetiksalons oder das Rezept an eine Firma zu verkaufen, schlugen fehl. Sie hatte sich sogar überwunden und war auf Empfehlung der Baronin Leonie in die Wiener Leopoldstadt gepilgert. In diesem Bezirk wohnten zahlreiche, aus Rußland emigrierte Juden, aber auch hier zeigte man kein Interesse für die Wundercreme. „Das Wiener Wasser ist so gut, hier schäumt auch die billigste Seife", erklärte man ihr in einem Gemisch aus Jiddisch, Deutsch und Russisch. Sie kehrte in die Pension zurück und erklärte der Baronin verstimmt: „Ich verstehe nicht, daß man die Juden hier duldet, sie sind doch zu nichts gut …"

„Es gibt andere", erwiderte Leonie. „Das kulturelle Leben wird von ihnen bestimmt. Polgar, Friedell, Kraus, Kálmán, Mahler, und es gibt viele großzügige Mäzene."

„Offensichtlich nicht für mich", Sonja stand auf und ging wütend in ihr Zimmer. Sie ärgerte sich, und ihr Ärger steigerte sich, als sie die fröhliche Stimme Veras hörte, wie diese sich herzlich bei der Baronin bedankte.

„Mamuschka! Ich kann mittun bei der Revue. Man hat mich sofort eingeteilt."

„Wozu eingeteilt?"

„Nun, es ist nur ein kurzer, stummer Auftritt. Ich muß hinter einer Vase hervorlauern.“

„Großartig! Eine Makinska als Vasendekoration.“

„Aber Mamuschka, es ist doch nur ein Anfang, und ich bekomme jeden Abend eine kleine Gage. Außerdem kann ich tagsüber als Statistin in einem Film mitwirken. Sei nicht böse, ich tue es doch auch für dich!“

Sonja schwieg. Sie erinnerte sich an die Worte Rasputins: „Er wird schön und reich sein und immer für Sie sorgen.“ Der Fehler war wohl, daß sie keinen Er, sondern eine Sie zur Welt gebracht hatte …

„Mach, was du willst, du bist alt genug“, beendete Sonja das Thema.

Vera gefiel es gut in Wien. Sie hatte sich sogar an den etwas eigenwilligen Dialekt gewöhnt. Wenn sie auch manchmal noch eine Schrippe statt einer Semmel verlangte, so hatte sie mit ihrem großartigen Sprachgefühl bald die feinen Unterschiede des Wiener Dialekts herausgefunden. Sie hörte, daß der feine Singsang dem aristokratischen Schönbrunnerdeutsch zuzuordnen war und das derbe „gemma, gemma!“ eines Arbeiters nichts weiter bedeutete als „vorwärts, gehen wir!“

Krone auf Krone brachte sie der Baronin, um ihre Mietschulden abzutragen, und wenn etwas übrigblieb, legte sie das Wenige in eine kleine Dose, die sie unter ihrer Wäsche verbarg. Sie gönnte sich nichts. Im Filmatelier lud man die junge Schönheit gerne auf eine Melange und ein Kipferl ein. Tagelang ernährte sie sich von Melange und Kipferln und war dankbar, wenn ihr die Baronin am Abend etwas von dem übriggebliebenen Gulasch gab. Da sie alle Wege zu Fuß ging, um das Geld für die Straßenbahn zu sparen, lief sie mit schiefen Absätzen herum. Das feine Material der Haute-Couture-Modelle zeigte erste Anzeichen von Verschleiß. Obwohl fast alle Frauen einen kurzgeschnittenen Bubikopf trugen, fiel Veras langes Haar über ihre Schultern. Ein Besuch beim Friseur war unerschwinglich. Jeder, der sie sah, dachte: „Gott, ist die armselig – aber schön, wunderschön!“

Man machte ihr ein- und zweideutige Angebote, aber das junge Mädchen lehnte ab. Sie wollte Karriere machen, wenn sie auch nicht die geringste Vorstellung hatte, wie diese aussehen würde.

Vera stieg müde die vier Stockwerke zur Pension Leonie hinauf. Die Füße taten ihr weh. Sie war den ganzen Tag als Statistin auf einem windigen Platz gestanden. Gab es in Wien einen Tag, der windstill war? – Sie konnte sich nicht erinnern. „Wien muß von Wind kommen“, entschied sie. Ihre Schuhsohlen hatten Löcher, bei jedem Schritt spürte sie jeden Stein.

„Sonja wird zufrieden sein, heute kann ich den Rest der Miete bezahlen.“ Zehn Kronen hatte sie verdient, und fünfzig lagen in der Dose unter der Wäsche. Sie könnten einen weiteren Monat bei der Baronin wohnen. Mamuschka würde sich freuen.

Sonja war nicht im Zimmer. Auf Veras Kopfkissen lag ein Zettel:

Veruschka, mein liebes Kind!

Ich wollte uns den Abschied nicht schwer machen, aber ich kann hier nicht bleiben. Zufällig lernte ich einen Rumänen kennen, der mich mitnimmt nach Bukarest. Du weißt, wie sehr ich Bukarest, das Paris des Ostens, liebe. Er will mir helfen, dort einen Kosmetiksalon zu eröffnen. Du wirst verstehen, daß ich den Inhalt der Dose mitnehme, um nicht ganz von ihm abhängig zu sein. Ich schreibe Dir, sobald ich angekommen bin. Meine Liebe und meine guten Wünsche begleiten Dich! Mamuschka

Vera warf sich auf ihr Bett. Wütend weinte und lachte sie gleichzeitig. Schon wieder war ihre Mutter einem Kerl aufgesessen. Schon wieder nahm sie ihr alles weg, und das Schlimmste war – schon wieder ließ sie sie allein. Als sie ihren Schmerz ausgeheult hatte, wurde sie ruhiger. „Sie ist meine Mutter. Ich liebe sie so, wie sie ist. Sie hat mich durch Rußland, Sibirien und China geschleppt, sie hätte mich genausogut den Nonnen in Perm überlassen können. Wieviele Kinder gingen während der Revolution verloren? Egal was sie tut, ich werde sie nicht im Stich lassen."

Vera wusch Gesicht und Hände in dem Porzellanlavoir, kämmte ihr Haar und klopfte an der Tür der Baronin. Diese saß mit ihren Schwälbchen, wie sie die Prostituierten nannte, bei Kaffee und Guglhupf. Vera wurde aufgefordert, Platz zu nehmen. Man schenkte ihr Kaffee ein, türmte ein Stück Kuchen auf ihren Teller und einen dicken Klecks Schlagobers auf ihren Kaffee. Nichts blieb in der Pension verborgen, und so war auch der heimliche Auszug Sonjas von allen bemerkt worden. Eine Welle von Verständnis und Wärme umgab Vera. Während sie mit beiden Händen ihre Kaffeetasse umklammerte, gestand sie, daß ihre Mutter auch ihr Erspartes mitgenommen habe und sie jetzt nur noch zehn Kronen besitze. Die Mädchen schwiegen betroffen.

„Natürlich kannst du hier wohnen bleiben", sagte die Baronin, „du kannst auch gerne mitarbeiten. Ich würde dir nur die ausgesuchtesten Kunden zuteilen ..."

Vera erschrak. „Nein, bitte – das heißt danke – nein, ich will doch Karriere machen ... ich habe eine Filmrolle in Aussicht ... ich werde die Miete bezahlen ..."

„Wer heute Karriere machen will, muß vor allem die Männer behandeln können", sagte die Baronin.

„Wie behandelt man Männer?" fragte Vera naiv, und die Mädchen kicherten.

Die Baronin schaute Vera ruhig an.

„Alle – hör mir gut zu – alle behandelt man so, als wären sie das, was sie gerne sein möchten, auch wenn sie es nicht sind."

Vera bedankte sich höflich, stand auf und ging nachdenklich in ihr Zimmer.

10. Kapitel

… welches über eine Wiederbegegnung mit ungeahnten Folgen berichtet

Sam Burg schlenderte zu dieser Zeit gemächlich durch die Hauptallee im Wiener Prater. Der Verdauungsspaziergang tat ihm wohl. Er hatte in dem kleinen koscheren Restaurant in der Castellezgasse zu Mittag gegessen und die lang entbehrten polnisch-jüdischen Gerichte mit wehmütigem Genuß in sich hineingeschaufelt. Er dachte an seine Mutter, die immer zu sagen pflegte: „A gute Supp kann dem Menschen nützlicher sein als a gutes Geschäft." Zweimal hatte er von der Brühe aus Huhn, Rindfleisch und Kalbfleisch genommen. Dazu von dem Kugl abgebrochen und die kleinen Stückchen zusammen mit der Suppe im Mund zergehen lassen. Er erinnerte sich, wie er als kleiner Junge neben seiner Mutter stand und ihr fasziniert zusah, wenn sie den Kugl zubereitete. Wie sie Kartoffeln, Zwiebel und Mazze zerrieb und dann alles mit Eiern und Gewürzen zu einem Brei vermischte. Wenn sie sich umwandte, hatte er schnell seinen Finger in die Teigmasse gesteckt und gekostet – welch ein Genuß!

„Mamme – loß mich!" hatte er gebettelt und durfte mit einem Pinsel warmes Öl auf den Kugl streichen, bevor sie den Kindertraum in den Ofen schob.

Sam öffnete die Knöpfe seiner Weste und atmete tief. Der gefüllte Gänsehals drückte ihn, oder war es der Zimmes, den er als Nachtisch bestellt hatte? Es mußte wohl der Zimmes sein, der ihm einen lauten Furz entlockte. Das Mus aus Dörrpflaumen, Äpfeln, Birnen, Weintrauben, Zucker und Zimt war im Shtetl nur an Feiertagen auf den Tisch gekommen. „Oigen größer als der Mogen", hätte seine Mutter gesagt …

„Chalojmes", dachte Sam und verbesserte sich sofort: „Träume, Kindheitsträume."

Er mußte aufhören, in Jiddisch zu denken. Es könnte ihm – Gott behüte – während einer seiner Verhandlungen ein jiddischer Ausdruck entschlüpfen. Nicht auszudenken! Gerade die Juden waren diesbezüglich überempfindlich. „Se wolln goijischer sejn als die Goijim, die Geschmadten*… dachte er und entschuldigte sich bei sich selbst:

„Wos a Mensch sogt zu sich und wos er sogt for die Parnosse, sejn zwej poor Schuch …“ **

„Also, Samileben – genug geträumt, auf zur Parnosse*** und zu den Geschmadten****, deshalb bist du schließlich nach Wien gefahren.“

Er winkte einem Taxi und sagte in bestem Berliner Deutsch: „Ich möchte in dieses Café Sperl in der Jumpendorferstraße!“

„Is scho recht, ins Sperl fohrt da Herr, Gumpendorferstroßn“, antwortete der Fahrer.

Sam sinnierte, warum Deutsch und Deutsch nicht überall wie Deutsch klingt, und kam zu der Erkenntnis, daß auch Jiddisch nicht überall wie Jiddisch zu verstehen ist.

„Wir treffen uns im Café Sperl“, hatte der Direktor des Etablissements Ronacher gesagt.

„Soll ich nicht zu den Vertragsverhandlungen in Ihr Büro kommen?“

Aber der Direktor Emil Schwarz hatte abgewunken und lachend gemeint: „Am Nachmittag arbeite ich im Caféhaus!“

Sam Burg hatte eine leichte Aufgabe. Die Ausstattungsrevue „An Alle!“ von Eric Charell, die in Berlin uraufgeführt worden war, sollte in leicht abgeänderter Form im Etablissement Ronacher präsentiert werden. Die verschwenderische Ausstattung der Revue wurde übernommen, nur die Berliner Künstler wurden durch Wiener Publikumslieblinge ersetzt. Und natürlich brauchte man wieder viele schöne, junge Frauen, die bereit waren, ihre Nacktheit im Licht der Scheinwerfer zu spiegeln. Die Inflationskronen waren durch den Schilling ersetzt worden, und das Ronacher florierte wieder. Der Clown Grock, der Jongleur Enrico Rastelli, populäre Komiker wie Oskar Sima, Karl Farkas und Hans Moser ließen das Publikum in das Ronacher strömen. Die Eric-Charell-Revue würde alles Bisherige in den Schatten stellen, dessen war sich Sam Burg sicher. Es sollte seine letzte Arbeit als Impresario und sein letztes großes Geschäft in Österreich sein.

---

* Sie wollen christlicher sein als die Getauften ** Was ein Mensch zu sich sagt und was er sagt im Geschäft, sind zwei paar Schuhe *** Geschäftliches **** getaufte Juden

Sam spürte, daß es höchste Zeit war, abzuhauen. Sein Freund Szajko war bereits von dem Filmregisseur Lubitsch nach Hollywood engagiert worden und abgereist. Er, Sam, würde ihm folgen, sobald er das Management zwischen der Charell-Produktion und dem Ronacher abgeschlossen hatte. Die Brutalitäten der Adolf-Hitler-Partei, die inoffiziell war, sich aber trotzdem offiziell an Juden vergreifen konnte, hatten Sam noch einmal ins Scheunenviertel geführt.

Ernst Lubitsch hatte ihm geschrieben und gebeten, seinen Vater im Scheunenviertel aufzusuchen und ihn zur Abreise zu bewegen. Der alte Schneider, der noch täglich seine Arbeit machte, hatte nur den Kopf geschüttelt:

„A Pogrom? Soll sejn – soll nich sejn, ich blejb …"

Er bat Sam, eine Weste, die er für seinen Sohn genäht hatte, mitzunehmen. „Sog ihm: Jeder Stich a Broche* …"

Mit diesen Worten hatte der Vater die Weste in eine jiddische Zeitung eingewickelt, wobei ihm langsam die Tränen in den Bart liefen. Samy unterdrückte seine Rührung und sagte: „Reb Lubitsch, blejbt gesind bis Hundertzwanzig!"

Der Alte legte ihm segnend die Hände auf den Kopf, dann nahm er das Kleidungsstück auf, an dem er vorher gestichelt hatte und nähte weiter, als hätte es keine Unterbrechung gegeben.

Die Heiterkeit und Lebensleichtigkeit der Wiener verunsicherten Sam mehr als die offen ausgetragenen antisemitischen Aggressionen der Deutschen. Dort wußte man, woran man war, aber hier? Hier schien niemand etwas zu befürchten, schon gar nicht die Juden.

Das Café Sperl war um die frühe Nachmittagsstunde bereits gut besucht. Damen und Herren saßen, genüßlich ihren Kaffee trinkend, rauchend und zeitunglesend, an kleinen Tischen. Er unterschied ein ungarisches oder tschechisches Wort, und über allem die Stimmen der Kellner: „Ein großer Brauner, ein Einspänner" – Sam wähnte sich in einem Hippodrom.

„Der Herr haben gewählt?"

„Eine Tasse Kaffee, bitte!"

„Wünschen der Herr Melange, kleiner Brauner, Verlängerter, mit Schlag, mit Haut, mit Rum?"

---

* Segen

„Bringen Se mir Tee …“

Der Ober verneigte sich. „Einmal Tee, bitte sehr, bitte gleich. Zu lesen gewünscht, der Herr?“

Sam schüttelte nur den Kopf. Er war von der Höflichkeit eines Kellners einem Juden gegenüber wie benommen. Er sah sich um. An den anderen Tischen saßen ebenfalls jüdische Männer und Frauen. Sie wurden mit derselben Devotheit behandelt, einige mit ihrem Titel angesprochen und alle mit Verbeugungen zum Ausgang geleitet.

„Küß d' Hand, gnä' Frau … Verehrung, Herr von Teitelbaum …“, und indem der Kellner mit einer Hand die Tür aufriß, mit der anderen ein Trinkgeld, ohne es eines Blickes zu würdigen, in der Westentasche verschwinden ließ und sich gleichzeitig verneigte, hörte Sam nur noch: „Kompliment, Herr Obermedizinalrat, bedanke mich!“

„Dos lejbt sich“, dachte Sam, berichtigte sich aber sofort, „hier lebt man gut …“, und er beschloß, seinen Aufenthalt in Wien zu verlängern.

Die Verhandlungen mit Direktor Emil Schwarz, der zusammen mit seinem Bruder Alfred das Ronacher leitete, waren, wie einer der Herren gesagt hatte, „a g'mahte Wiesn“. Burg wußte zwar nichts mit dem Ausdruck anzufangen, aber er mußte etwas Positives bedeuten, denn die Herren bestellten eine Flasche Schlumberger und unterzeichneten den Vertrag für die Revue „An Alle!“.

„So, jetzt besorgen Sie uns noch die Girls! Sie sind ja bekannt für Ihre ausgezeichneten Besetzungen, was Frauen betrifft“, sagte Emil, kniff ein Auge zu und erhob sein Sektglas.

Auch Sam hob geschmeichelt sein Sektglas: „Auf volle Kassen und Publikum in Massen!“

„Dichten kann er auch“, lachten die Brüder, und alle tranken ex.

Plötzlich verebbten die Gespräche, Gesichter tauchten hinter Zeitungen auf, Frauen stießen sich gegenseitig an, alle blickten zum Eingang. Vera Natascha Makinska hielt den roten Filzvorhang, der als Windschutz die Eingangstür abschirmte, mit einer Hand zurück und hielt nach einem Platz Ausschau. Der Ober deutete nachlässig auf einen Tisch in der Nähe einer Herrenrunde. Vera nickte und setzte sich.

Sam nahm noch einen Schluck Sekt und sagte zu seinen Geschäftspartnern: „Kaum wird's jemütlich, muß man schon wieder an die Arbeit ...", damit erhob er sich und ging zu dem Tisch, an dem Vera saß.

„Dobre Den, Gospodina ..."

Vera blickte überrascht von ihrem Modejournal auf: „Gospodin Burg? Was führt sie nach Wien?"

„Ich möchte Sie gerne für das Ronacher als Girl vermitteln." Mit einem Blick hatte er erfaßt, daß es ihr nicht gut ging. Ihre durchsichtige Blässe, das saubere, aber abgetragene Mäntelchen konnten jedoch die klassische Schönheit ihres Gesichtes und die graziöse Figur nicht beeinträchtigen. Sam fand, daß sie seit Königsberg zwar reifer, aber noch attraktiver geworden war. Diese Frau hat absolute Starqualitäten, stellte er fest, er wußte nur nicht genau, auf welchem Gebiet.

„Gospodin Burg, Sie schickt mir der Himmel, ich brauche Geld!"

„Kommen Sie doch mit mir nach Hollywood, ich mache einen Star aus Ihnen. Es kommen schlechte Zeiten, Vera Natascha, glauben Sie mir ..."

„Warum? Warum sollen schlechte Zeiten kommen? Ich versuche gerade, aus schlechten Zeiten herauszukommen!"

„Ich meine – politisch", sagte Sam mit Nachdruck.

„Politisch? Sie meinen, es gibt eine Revolution?"

„Was es gibt, kann ich Ihnen nicht sagen, aber daß es nichts Gutes ist, das spüre ich."

„Wissen Sie, Gospodin Burg, wenn man nicht weiß, wovon man Miete zahlen soll, ist einem jede Politik recht, bei der man aus dem Dreck herauskommt und Geld verdient. Wieviel verdiene ich?"

„Sie werden zufrieden sein. Kommen Sie morgen vormittag ins Ronacher, ich lasse Ihren Vertrag vorbereiten. Sollten Sie es sich anders überlegen, mein Schiff geht nächste Woche, und mein Angebot bleibt bestehen. Herr Ober, zahlen bitte"

„Das Fräulein hatte einen kleinen Braunen, darf ich das andere dazuschreiben?"

Vera wurde verlegen. „Ich ... ich war in letzter Zeit sehr knapp, ich habe anschreiben ..."

„Ich erledige das", fiel ihr Burg ins Wort.

„Dann bitte noch fünf Kakao und fünf Semmeln", sagte der Ober beiläufig.

„Ich danke Ihnen“, sagte Vera leise und streckte Sam die Hand hin.

„Keine Ursache, Gospodina. Bis morgen im Ronacher, es war mir ein Vergnügen, Sie wiedergesehen zu haben.“

Damit ging er an den Tisch der Brüder Schwarz zurück, die bereits eine weitere Flasche geleert hatten und in bester Laune waren: „Bravo, Burg! Ist Ihnen bereits das schönste Fischlein ins Netz gegangen? Die Kleine kennt man, aber sie ist unansprechbar. Man munkelt, sie kommt jeden Nachmittag, um den Kálmán anzuhimmeln. Er sitzt dort in der Herrenrunde, mit dem Leo Fall, dem Lehár und dem Marischka vom Theater an der Wien. Unglaublich, was der für einen Erfolg hat.“

„Bei der Kleinen?“

„Nein, beim Publikum. Seine ‘Gräfin Mariza’ spielt man schon vierhundert Mal ausverkauft. Nun übersiedeln sie ins Bürgertheater für weitere dreihundert Vorstellungen, der Neid könnt’ einen fressen!“

„Du, Imre“, stieß Lehár Kálmán an, „deine schöne Verehrerin ist wieder da.“ Er sprach Ungarisch, und Kálmán antwortete ebenso.

„Bist du neidisch, Frantisek? Paß auf, ich sag’s deiner Frau!“

„Ich hab nix übrig für grünes Gemüse.“ Lehár klemmte sein Monokel ins Auge und musterte Vera ungeniert.

„Ich weiß, du interessierst dich nur noch für lustige Witwen“, stichelte Kálmán und widmete sich genüßlich seinem Milchrahmstrudel.

Die Herrenrunde vertiefte sich in ein Gespräch, in dem Leo Fall die Behauptung aufstellte, daß es nur zwei Sorten von Männern gäbe: Jäger und Gejagte. Suchende und solche, die gesucht werden. Männer, die heiraten, und solche, die geheiratet werden.

„Was ist mit dir, Imre? Wozu zählst du dich?“

„Weder noch. Ich suche nicht, ich heirate nicht, ich will meine Ruh … Herr Ober, zahlen, und rufen Sie meinen Wagen.“

Am Ausgang stand Vera, die sich vergeblich gegen den aufkommenden Sturm zu schützen versuchte. Mit einer Hand hielt sie ihr Hütchen fest, in der anderen hielt sie die Handtasche und drückte diese gegen ihre Schenkel, um zu verhindern, daß der Wind unter ihren Mantel wehte.

Kálmán schritt an ihr vorbei. Der Chauffeur öffnete die Wagentür, Kálmán stieg ein, während sich zum Sturm ein gewaltiger Regenguß gesellte. Er sah, wie die junge Person wieder in das Caféhaus zurückflüchten wollte. Einem spontanen Instinkt nachgebend, schickte er seinen Chauffeur hinter ihr her und ließ fragen, ob er die junge Dame im Wagen mitnehmen könne.

Vera nickte dankbar und dachte: „Manchmal braucht es Blitz und Donner, um einen Mann auf sich aufmerksam zu machen." Schwungvoll bestieg sie die elegante Limousine und sagte:

„Maestro, welche Ehre, ich danke Ihnen!"

Der Wagen war plötzlich erfüllt von einer Atmosphäre des Lichts und der Heiterkeit. Das war kein exaltiertes Getue, wie er es von den Soubretten gewöhnt war. Er saß neben einer bildschönen, blutjungen Frau, die – wie es schien – die Natürlichkeit für sich gepachtet hatte. Alles an ihr war Temperament und gute Laune.

Mit katzenhafter Geschmeidigkeit schmiegte sich Vera in die Polster der Limousine, schlug langsam die Beine übereinander, wie Pola es immer getan hatte, lehnte ihren Kopf zurück und blinzelte den Maestro verschmitzt an. Dieser hatte ihre schönen Beine sehr wohl gesehen und die Laufmaschen übersehen. Seine Augen wanderten aufwärts und blieben an Veras vollen Lippen hängen. Es überkam ihn das Verlangen, diesen Mund zu küssen, statt dessen fragte er förmlich:

„Wo darf ich Sie hinbringen?"

„Wohin Sie wollen, Maestro. Für mich ist jeder Augenblick, den ich mit Ihnen verbringen darf, ein Geschenk. Ich bewundere Sie – und Ihre Musik", fügte sie rasch hinzu.

„Ich muß jetzt zu einer Probe, aber ich möchte Sie wiedersehen", sagte Kálmán und wunderte sich über sich selbst.

„Ich auch", antwortete Vera leise.

In diesen zwei Worten lag eine Zärtlichkeit, die es ihm fast unmöglich machte, sich von dem Mädchen zu trennen.

„Wer ist sie, was macht sie, woher kommt sie? Ihr Akzent, ihre Bewegungen, vor allem ihr Lachen … Imruschka, alter Depp, wirst dich doch nicht in eine Kindfrau verlieben …?"

Laut sagte er: „Wer sind Sie?"

„Ich heiße Vera Natascha Makinska und komme aus Rußland!" Damit sprang sie aus dem Wagen. „Vielen Dank, daß Sie mich mitgenommen haben, ich kann nämlich nicht schwimmen", lachte sie und deutete auf die Pfützen.

Er sah ihr nach, wie sie sich vor der Pension nochmals umdrehte und ihm mit der Handtasche winkte: „Bis morgen, Maestro, ich freue mich schon!"

Er zog seinen Hut, klopfte mit dem Stock an die gläserne Scheibe, die zwischen dem Chauffeur und den Rücksitzen angebracht war und sagte: „Zum Theater an der Wien, aber fahren Sie langsam ..."

„Bin ich jetzt der Jäger oder der Gejagte?" fragte er sich. Statt einer Antwort fiel ihm die Melodie zu dem Text von Grünwald ein, die er seit Tagen vergeblich in sich aufzuspüren versucht hatte. Jetzt war sie da und paßte sich nahtlos den Worten an:

Heut nacht hab ich geträumt von dir, du heißgeliebte Frau –
Im Traum warst du so lieb zu mir, du heißgeliebte Frau.
Ich sah dein Bild – ganz unverhüllt – so wie ich dich nie sah –
Küsse mich, so bat ich dich, und du – du sagtest – Ja!

Immer wieder summte er die Melodie vor sich hin und fühlte sich seit langer Zeit wieder einmal beschwingt und unternehmungslustig.

Die Baronin saß mit ihren Mädchen im Salon, als Vera hereinstürmte. Sie breitete die Arme aus, als wolle sie alle umarmen: „Kálmán hat mich hergebracht! Mit Chauffeur! Ich treffe ihn morgen wieder!"

„Den Chauffeur?" fragte die Baronin maliziös. Die Mädchen glotzten verständnislos.

„Er ist hinreißend! Der König – ach, Quatsch – der Kaiser der Operette!"

Die Baronin schmunzelte. „Setz dich, Veruschka, komm zu dir. Hier, nimm eine Tasse Tee, und dann erzählst du uns alles, aber bitte alles schön der Reihe nach."

Vera schilderte den Nachmittag im Café Sperl. Ihr Wiedersehen mit Sam Burg, ihr Engagement ans Ronacher und ihre Verlegenheit, als Burg ihre Schulden bezahlte.

„Warum verlegen? Trifft doch keinen Armen", sagte ein Mädchen. „Und was war dann?"

„Dann kam er – nein – genau gesagt, sein Chauffeur, und sagte: Gnädiges Fräulein, der Maestro läßt fragen, ob er Sie irgendwohin bringen darf. Es stürmte und regnete nämlich. Und ich bin eingestiegen und war eigentlich nur glücklich."

„Na, und dann? Was war dann? Mach's nicht so spannend!"

„Nichts war – oh doch, etwas war – er nahm meine Hand und sagte: wer sind Sie? Und ich sagte: Ich heiße Vera Natascha Makinska. Er hielt meine Hand fest und sah mich dabei an, ich schloß die Augen und sah mich in Weiß … und hörte eine Stimme … Vera Natascha, sind Sie gewillt … – und dann bin ich aus dem Wagen gesprungen und habe über mich selbst lachen müssen."

Die Mädchen lachten. „Eine Traumtänzerin! Grad auf dich hat ein Millionär gewartet!"

„Warum nicht?" die Baronin sah Vera nachdenklich an. „Ein Dichter hat einmal geschrieben: Alles, was man erträumt, ist man auch zu erreichen imstande …"

„Ach was!" Die Mädchen lachten: „Träume sind Schäume! Nimm ihn aus wie eine Weihnachtsgans! Du lebst nur einmal!" riefen alle durcheinander.

Vera erhob sich langsam aus dem Sessel. Alles Vertraute zwischen ihr und den Mädchen war plötzlich verschwunden, als sie ihr Kinn anhob und von oben herab sagte: „Meine Träume sind keine Schäume, und ihr seid sooo blöd …", damit ging sie hinaus.

Die Baronin steckte eine neue Zigarette in den Zigarettenspitz und sagte mehr zu sich als zu den Mädchen: „Tja, es gibt gewisse Eigenschaften, die man eben nicht lernen kann. Man hat sie oder man hat sie nicht."

„Und woher hat man sie?" wollte ein Mädchen wissen.

„Auch wenn man ganz unten ist, blitzt hin und wieder das Adelswappen durch …"

Sie zündete ihre Zigarette an, und das Ausatmen des Rauches glich einem tiefen Seufzer.

11. Kapitel
... welches beweist, dass Operetten nicht nur auf der Bühne stattfinden

Die Glocke schrillte wie jeden Vormittag zur gleichen Zeit. Wie jeden Vormittag stand der Chauffeur vor der Tür und übergab einen Blumenstrauß oder ein Päckchen, oder beides. Wie jeden Vormittag nahm er seine Mütze ab und sagte mit einer Verbeugung: „Für Fräulein Makinska.“ Täglich schickte Emmerich Kálmán seinen Chauffeur in die Pension Leonie.

In dem schäbigen Zimmerchen, das die Baronin Vera überlassen hatte, standen die geschmackvollen Blumensträuße in Eimern oder Einweckgläsern und die handgemachten Demel-Pralinen auf angeschlagenen Tellerchen mit Zwiebelmuster. Vera freute sich zwar über die Aufmerksamkeiten des Maestro, aber im stillen rechnete sie sich aus, wieviel Paar Strümpfe oder Hüte oder Schminke sie sich dafür hätte kaufen können.

Bei jedem Rendezvous war sie verlegen. Es schien ihr, als bemerke Kálmán, daß sie eine geliehene Bluse trug. Sie versuchte, dieses beschämende Gefühl mit viel kessem Geplauder zu verdrängen, als sie an einem warmen Frühlingsabend unter blühenden Kastanienbäumen in einem Heurigengarten saßen. Kálmán bevorzugte, wie alle wissenden Wiener, die kleinen einfachen Heurigen in Stammersdorf oder Unterlaa. Nur einige Wochen im Jahr hatten diese Weinbauern geöffnet. Der Ertrag ihrer Weingärten reichte nicht aus, um ganzjährig auszuschenken, aber dafür gab es in dieser kurzen Zeit einen ganz besonderen Tropfen. Man saß mitten im Weingarten und trank den Heurigen vom letzten Jahr, während der nächste schon an den Weinstöcken reifte. Keine Schrammeln kratzten die immer gleichen Wienerlieder herunter, und kein Tuscheln, kein neugieriger Blick verfolgte sie. So liebte es Kálmán. Es wurde genug gelästert über seine Bekanntschaft, die, wie man sagte, „leicht seine Tochter sein könnte“.

„Haben Sie heute schon komponiert?“ Vera hieb ihr herrliches Gebiß in ein dunkles Bauernbrot, welches dick mit Schmalz, Zwiebel und Pfefferoni belegt war, wie ein Raubtier in eine Beute. Kálmán sah sie bewundernd an.

„Ich komponiere immer, auch wenn ich nicht komponiere."
„Das versteh ich nicht."
„Die Melodie ist zuerst in meinem Kopf, und dort wird sie hin und her gewälzt, bis sie zum Text paßt. Erst wenn der Kopf und das Herz signalisieren 'so stimmt's', wird alles aufgeschrieben. Aber das ist dann nur noch eine handwerkliche Arbeit."
Vera machte große Augen. „Nur noch?"
„Nun, manchmal dauert es nächtelang, bis ich die richtigen Harmonien zu den Melodien finde, das ist dann Schwerarbeit."
„Ich glaube, das ist eine sehr einsame Arbeit. Sind Sie einsam?"
„Nicht, wenn ich mit Ihnen zusammen bin. Veruschka – lassen Sie mich offen sprechen. Ich weiß und sehe doch, in welcher Situation Sie sich befinden ... lassen Sie mich Ihnen helfen ... ich möchte, daß Sie in eine ordentliche Pension ziehen, wo ich Sie besuchen kann."
Vera hob ihr Kinn und sah ihn unter ihren langen Wimpern kritisch an: „Warum kann ich Sie nicht in Ihrer Wohnung besuchen? Leben Sie nicht allein?"
Das Gespräch stockte, während beide ihre Gläser leerten.
„Noch zwei Viertel", bestellte Kálmán, aber Vera protestierte: „Bitte nicht, ich hab schon einen Schwips!"
„Um auf Ihre Frage zurückzukommen – nein, ich lebe nicht allein."
Veras Augen wurden feucht, und zwei Tränen liefen unendlich langsam über ihr Gesicht, das völlig unbeweglich blieb.
„Mein Gott", dachte er, „sie ist ja noch schöner, wenn sie weint, als wenn sie lacht." Er nahm ihre Hände und küßte ihre Innenflächen.
„In meiner Wohnung lebt außer mir noch mein Personal. Der Chauffeur und seine Frau, die Köchin, ein Stubenmädchen und Fräulein Sonnenschein."
„Fräulein Sonnenschein ...", Vera nickte und schaute angestrengt zur Seite.
„Fräulein Sonnenschein ist meine Sekretärin, und wenn Sie sie kennenlernen, werden Sie über die Gedanken, die Sie jetzt haben, laut lachen."
„Und wann werde ich sie sehen?" fragte Vera wie ein trotziges Kind.

Und wie man ein Kind beschwichtigt, so nahm Maestro Veras Kinn in die Hand, küßte sie zart und sagte: „Dein Wunsch ist mir Befehl.“

Vera wußte nicht, was sie mehr überraschte, der Kuß, das Du oder das Kitzeln seines Schnurrbarts.

Beim Fortgehen nahm sie seinen Arm und sagte entschuldigend:

„Der Heurige trinkt sich so leicht und geht so schwer in die Knie.“

„Mein liebes Kind, was glaubst du, was bei mir alles schwer ist …“ Aber das dachte er nur.

Der Chauffeur hielt vor einem prachtvollen Gebäude neben dem Burgtheater. Vera las: „1. Bezirk, Ring des 12. November.“

Ein Lift brachte sie in die erste Etage.

„Warum ist in Wien die erste Etage die zweite Etage?“ wunderte sich Vera, als der Lift zwei Etagen hochfuhr.

„Weil bei uns die erste Etage Mezzanin heißt“, erklärte Kálmán.

Die Wohnung hatte zwei Eingänge. Links stand „Privat“ und rechts „Nur für Personal“.

„Du wirst sehen, sie werden dich respektieren“, sagte Kálmán, aber Vera spürte bereits beim Betreten der Wohnung eine Welle der Ablehnung. Der Gruß der Köchin und des Stubenmädchens war kühl, und das Gesicht der Sonnenschein glich Regenwetter. Sicherlich hatte der Chauffeur seiner Frau von den Ausfahrten erzählt, und das „Tratschen“, soviel hatte Vera schon gelernt, war die Lieblingsbeschäftigung der Wiener. Vera beschloß, genau so kühl zu sein. „Ich werde nicht um euch buhlen, eine Makinska ist zum Befehlen geschaffen, nicht, um sich befehlen zu lassen.“

„Wünschen Herr Kálmán ein Nachtmahl?“ Man sprach ihn in der dritten Person an.

„Jetzt bin ich neugierig, wie sie mich ansprechen werden“, dachte Vera.

„Wir haben schon gegessen, vielen Dank. Sie sind frei heute Abend.“

Das Personal verabschiedete sich mit: „Küß d’ Hand und gute Nacht, Herr Kálmán.“ Sie war nicht existent.

Vera streifte ihre Pumps ab und kuschelte sich in einen der großen Fauteuils am Kamin. Kálmán setzte sich an den Flügel und improvisierte. „Hier möchte ich nicht mehr weg“, grübelte Vera, „ich werde alles tun, damit er mich liebt.“

Kálmán nahm sein Klavierspiel als Vorwand, um nachzudenken. Er wollte mit der Kleinen schlafen, er war verrückt nach ihr, seit Wochen dachte er an nichts anderes. Aber was war, wenn er versagte? Mit Unbehagen dachte er an die letzte Nacht, die er mit seiner Freundin Ágnes Esterhàzy verbracht hatte. Er hatte sich auf Probenärger ausgeredet, obwohl die Gräfin genau wußte, daß keine Proben stattgefunden hatten. Er hatte die schöne Frau verletzt, und diese hatte es ihn spüren lassen. Seither verkehrte man per kühler Distanz miteinander. Wie sollte er sich Vera nähern? Sie gab sich gerissen oder kindlich naiv, dann wieder warmherzig und bezwingend humorvoll. „Dieses Mädchen ist ein Chamäleon, und ich bin hilflos verliebt wie ein Schulbub, was tun ...?"

Vera war hinter ihn getreten und hatte ihn mit beiden Armen umfangen. Sie legte ihre Wange an seine und flüsterte auf Ungarisch:

„Imruschka, laß mich bei dir bleiben ..."

Er drehte sich um und hielt sie fest: „Du kannst Ungarisch? Woher?"

Und Vera erzählte und verschwieg nichts.

„Bevor wir endlich nach Berlin kamen, verbrachten wir über vier Monate in Ungarn. Ich lerne jede Sprache schnell, einfach so – im Gespräch. Meine Mutter ist jetzt in Bukarest, sie will, daß ich zu ihr komme, aber ich will bei dir bleiben."

Sie umarmte ihn mit einer Leidenschaft, die ihn fühlen ließ, bei dieser Frau würde er nicht versagen. Mit zitternden Händen entkleideten sie sich gegenseitig. Sobald ein Körperteil nackt war, bedeckte sie ihn mit Küssen. Zärtliche, hingetupfte Küsse, zwischen denen sie kleine Laute des Wohlbehagens ausstieß. Eine kindliche Lüsternheit ging von ihr aus, der er sich zitternd vor Aufregung hingab.

„Du trägst kein Mieder, keinen Büstenhalter?"

„Warum? Ich fühle mich nur frei, wenn ich ein Hemdhöschen anhabe ...", damit ließ Vera die dünnen Träger über die Schultern rutschen, das Hemdchen fiel zu Boden, sie stieg heraus, nahm es auf, legte es Kálmán wie einen Schal um den Hals und zog ihn damit langsam zu sich. Er streifte mit seinen Lippen über ihre steifen Brustwarzen, und sie stieß spitze Schreie der Wollust aus. Sie glitten auf den Teppich, und Kálmán drang in sie ein, behutsam, vorsichtig, um den erwarteten Genuß, den ihm ihr Körper gab, nicht vorzeitig zu beenden, und um dieser Kindfrau eine Ahnung davon zu geben, daß ungarische Männer nicht zu Unrecht die besten Liebhaber genannt werden.

Vera aber dachte: „Heilige Madonna, er ist berühmt, reich und ein zärtlicher Mann, schenk ihn mir!"

Emmerich Kálmán ließ den Chauffeur an der Ecke Kärntnerstraße warten: „Geh hinein und kauf dir was Schönes, die Rechnung sollen sie an mich schicken."

Vera stieg aus und las: „Ludwig Zwieback & Brüder". Sie lächelte, kaum ein Jahr war vergangen, als sie sich geschworen hatte: „Hier werde ich einkaufen."

Die Wiener Verkäuferinnen, wie niemand sonst informiert über „Wer mit Wem", gaben einander mit Augensignalen zu verstehen, daß diese Kundin die Freundin des Operettenkönigs war. Sie überhäuften sie mit Schmeicheleien und Komplimenten, um aus diesem Mädchen eine Dauerkundin zu machen. Vera zeigte sich unbeeindruckt von den Vorschlägen der Verkäuferinnen und entschied sich nicht nur für die teuersten, sondern auch für die geschmackvollsten Modelle. Als sie das Modehaus verließ, waren alle nicht nur von ihrer Eleganz, sondern auch von ihrer Liebenswürdigkeit hingerissen. Die Boys flitzten mit den Schachteln zu der wartenden Limousine. Die Verkäuferinnen dankten, knicksten, und aus dem üblichen 'Küß d' Hand' wurde 'Küß d' Hände'.

„Alles im Leben ist eine Preisfrage", dachte Vera.

Zwei Verkäuferinnen öffneten die Tür, Vera schritt hindurch, und während hinter ihr die Tür geschlossen wurde, zischte die Abteilungsleiterin: „Die wird eine unserer besten Kundinnen, wer sich noch einmal das Maul über sie zerreißt, für den ist am Dreißigsten der Erste! Kapiert?"

Vera plumpste auf den Rücksitz. „Uff, einkaufen macht ganz schön hungrig."

„Warten auch", sagte Kálmán verstimmt. „Ich hatte mit einer halben Stunde gerechnet, und du hast zwei Stunden gebraucht."

„Sei nicht grantig, Imruschka, ich war zwei Stunden lang glücklich, und das danke ich dir!" Sie schmiegte sich an ihn wie ein Kätzchen.

Seine Vorsätze, ihr mit Bestimmtheit zu sagen, daß er nicht mit sich umspringen lasse, daß sie weder über seine Zeit noch über sein

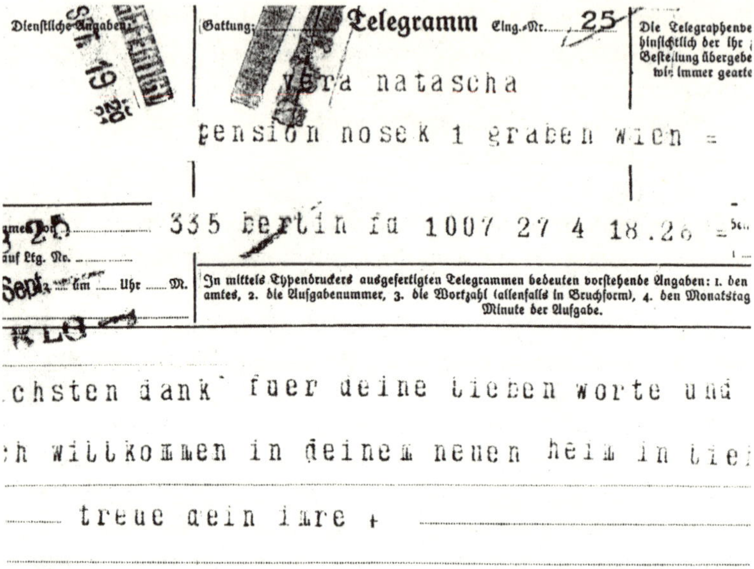

Dienstliche Angaben

Gattung: Telegramm Eing.-Nr. 25

Die Telegraphende hinsichtlich der ihr Bestellung übergebe wie immer geartete

vera natascha

pension nosek 1 graben wien =

335 berlin fu 1007 27 4 18.26 =

auf Ltg. Nr.

Sept. Uhr M.

In mittels Typendruckers ausgefertigten Telegrammen bedeuten vorstehende Angaben: 1. den amtes, 2. die Aufgabenummer, 3. die Wortzahl (allenfalls in Bruchform), 4. den Monatstag Minute der Aufgabe.

chsten dank fuer deine lieben worte und

h willkommen in deinem neuen heim in lie

treue dein imre +

Bankkonto wahllos verfügen dürfe, lösten sich auf wie Butter in der Sonne. Er hatte nur den Wunsch, ihr die teuren Fetzen vom Leib zu reißen und in ihr zu sein. Er öffnete die Glasscheibe zum Chauffeur:

„Zur Pension Nossek …ich will, daß du dorthin umziehst, ich erledige das schon …“

Zum ersten Mal in ihrem Leben bewohnte Vera ein Zimmer für sich allein. Hohe Fenster, die bis zum Parkettboden reichten, machten den großen Raum hell und luftig. Eine Tapetentür führte zum Badezimmer, in dem eine riesige Emailwanne mit geschwungenen Füßen stand. Aus kupfernen Hähnen zischte zu jeder Tages- und Nachtzeit heißes und kaltes Wasser. Zwei nebeneinanderliegende Waschbecken, kleine Hocker, die mit weißem Frottéestoff überzogen waren, und kupferne Röhren, die Wärme ausstrahlten und über denen Badetücher hingen, begeisterten Vera. Hinter einer Maske der Gleichgültigkeit verbarg sie ihre Freude über den ungewohnten Luxus. Eine innere Stimme sagte ihr: „Das ist erst Mezzanin, wenn du höher hinauf willst, darfst du den Lift nicht bremsen.“

„Ich danke dir, Imruschka, es ist sehr hübsch hier, aber das Wichtigste ist doch, daß wir hier ungestört allein sein können, nicht

Vera Kálmán im Etablissement Ronacher

wahr?“ Sie wehrte seine Umarmung ab. „Bitte nicht jetzt … ich möchte auspacken … es ist alles etwas viel für mich … und heute abend habe ich einen Auftritt im Ronacher.“

„Ich möchte nicht, daß du dort auftrittst.“

„Ach, und wovon soll ich leben?“

„Ich werde für dich sorgen.“

„Du meinst, du wirst mich aushalten.“

„Was für ein häßliches Wort.“

„Was für ein häßlicher Zustand. Eine Makinska läßt sich vielleicht verwöhnen, aber nicht aushalten. Ich will arbeiten, auf der Bühne stehen.“

Ihrer Bestimmtheit konnte Kálmán nichts entgegensetzen. „Gut, ich spreche mit Hubert Marischka. Vielleicht gibt er dir eine Rolle in unserer nächsten Operette.“

„Im Theater an der Wien? Oh, das wäre wunderbar!“

Vera umarmte ihn und öffnete sein Gilet.

Der Chauffeur wartete und gähnte: „No, jetztn hot’s ihn derwischt, den Chef …“

12. Kapitel
… in dem man die nahende Katastrophe spürt und versucht, mit untauglichen Mitteln zu entkommen

Zu dieser Zeit traf Sam Burg einen Autor, von dem er fasziniert war. Sein Name: Sigmund Salzmann. Seit Salzmann von Budapest nach Wien übersiedelt war und unter dem Pseudonym Felix Salten schrieb, hatte er an Bedeutung gewonnen. Burg wollte Salten nach Hollywood bringen und dort vermitteln. Szajko hatte ihn wissen lassen, daß in der Filmstadt nicht nur jeder Schauspieler, sondern auch jeder Autor einen Agenten brauche, und Burg wollte zwei Joker im Ärmel haben: Alexander Granach und Felix Salten.

Die Verhandlungen mit Salten verzögerten sich, weil dieser ein Buch geschrieben hatte, das unter dem Titel „Die Mutzenbacherin" für einen Skandal mit gerichtlichen Folgen sorgte. Salten wurde verurteilt. Lediglich der Drucker des „pornographischen Machwerks", wie es der Richter ausdrückte, wurde freigesprochen. Dr. Siegfried Kreisler, ein honoriger Anwalt aus dem 8. Wiener Gemeindebezirk, hatte das Gericht davon überzeugen können, daß ein Drucker das, was er setzt, nicht lesen und verstehen muß. Salten tobte und verkündete lauthals, er würde auswandern. Das Buch eines gewissen Adolf Hitler mit dem Titel „Mein Kampf" sorgte zusätzlich für Unruhe und aufgeregte Diskussionen in jüdischen Kreisen.

„Ich geh zurück nach Budapest", erklärte Leopold Karczag, der Theaterdirektor, und fügte siegessicher hinzu: „Außerdem bin ich schon seit 1920 nicht mehr Mitglied der jüdischen Gemeinde, mir ist der Hitler wurscht!"

„Mir is alles wurscht", lallte Peter Hammerschlag. „Ich hab meinem Glauben schon längst Servus g'sagt."

„Hört's euch den Kabarettisten an", stichelte Friedell, „dabei sind die Gedichte von ihm die besten, wo der Kaftan durchschimmert."

Sam Burg saß still zwischen den streitenden Berühmtheiten und dachte: „Reb Jud, dos Ponem blejbt."

Stefan Zweig gesellte sich zu der Runde, auch er hörte schweigsam zu. Es kam nicht oft vor, daß er in die Hasenauerstraße fuhr, um seine Kollegen zu treffen. Diese wohnten Villa an Villa, er liebte die Zurückgezogenheit. Er war gekommen, um den Berliner Agenten kennenzulernen, und war enttäuscht, einem polnischen Juden zu begegnen, der überdies noch Probleme mit seinem Akzent hatte. Trotzdem wandte er sich an ihn: „Herr Burg, glauben Sie, daß es einen politischen Erdrutsch geben wird?"

„Was heißt glauben? Ich weiß."

„Wieso kommen Sie zu dieser Meinung?"

„Herr Dr. Zweig, eine Meinung bilde ich mir, weil ich etwas gesehen oder gehört habe. Eine Gewißheit habe ich, weil ich was erlebt habe. Ein polnischer Jude kennt die Anzeichen. Und die sind hier überall. In den ängstlichen Blicken der Frommen, wenn sie am Shabbes nicht ruhig und in sich gekehrt, sondern gehetzt um sich blickend zum Tempel eilen. Das Beten um 'eine gite woch' ist flehentlicher, weil man öfter als üblich angepöbelt wird. Man spendet weniger für die 'Chevra Kadischa'*, denn man muß jeden Schilling sparen, falls ..."

Die Herrenrunde war still geworden.

„Verzeihen Sie, meine Herren, ich wollte Sie nicht belehren, aber Sie sind ja keine Juden mehr ... bis auf weiteres ..."

Zweig nickte zustimmend und verabredete mit Burg ein Treffen für den nächsten Tag.

„Burg hat recht", sagte Friedell bestimmt, „die Uraufführung vom Krenek, 'Jonny spielt auf', war skandalös. Plötzlich warfen irgendwelche Männer Stinkbomben und Niespulver vom Rang herunter. Sie schrien etwas von Besudelung der Staatsoper durch jüdische Negermusik."

„Herr Dr. Friedell, könnten Sie mir ein Gespräch mit Herrn Krenek vermitteln? Ich fahre nächste Woche nach New York und könnte vielleicht etwas managen."

„Gerne, und nehmen Sie meine Kritik, die ich über Kreneks Oper geschrieben habe, gleich mit."

„Seht ihr, das Problem hat der Kálmán nicht, ob Nazi oder Bazi, seine Operetten lieben alle."

„Hammerschlag, du hast einen Zungenschlag wie der Pallenberg wenn er einen besoffenen Kutscher spielt."

---

* Jüdische Gemeinschaft, die sich um das Begräbnis mittelloser Juden kümmert.

„Kommt der Kálmán heut? Er war schon wochenlang nicht mehr beim Tarock."

„Er spielt woanders. Die kleine russische Schickse* hat ihn völlig in der Hand.

Sie geht bereits gekleidet wie die Massary. Er zeigt ihr die große Welt und verschiedenes mehr ... ja, das Studium der Weiber ist schwer ...", sang Friedell.

„Pardon", mischte sich Burg ein, „ich kenne Fräulein Makinska aus Berlin, denn ich habe ihr zwei Engagements vermittelt. Sie stammt aus einem erstklassigen russischen Hois."

Alles lachte, und Burg schluckte verlegen. Schon wieder war ihm das Hois statt „Haus" herausgerutscht, wo es doch in Deutsch genauso ausgesprochen wurde wie in Englisch.

„Sie kennen das Mädchen?"

„Ja, ich kann Kálmán verstehen, sie ist wunderschön."

„Es heißt, daß sie ihn heiraten will."

„Laßt ihn doch ... wenn er sich unbedingt urinieren ... pardon, ruinieren will ...", lallte Hammerschlag und wankte hinaus.

„Ist der Kopstein eigentlich auch getauft?"

„Ich glaub nicht, er ist jüdisch, aber er macht keinen Gebrauch davon." Karczag nahm die Tarockkarten: „Wer gibt?"

„Immer der, der fragt", lachte Friedell, und das Spiel begann.

---

* christliches Mädchen

Vera Kálmán

13. Kapitel
… worin der Unterschied zwischen Monte Carlo und Bad Ischl an hellen und dunklen Tagen, erklärt wird

Emmerich Kálmán und der Regisseur Hubert Marischka mußten zugeben, daß Fräulein Makinska zwar bildschön, aber als Schauspielerin eine Niete war.

„Ich will keine Unruhe im Ensemble, Imre. Und deine Vera stiftet Unruhe. Alle beschweren sich über dein Protektionskind. Warum will sie unbedingt auf die Bühne?"

Marischka und Kálmán sprachen wie zwei gute Freunde miteinander, und Kálmán wußte, daß Marischka mit seinem Urteil recht hatte. „Sie will verdienen und sich nicht aushalten lassen, Hubert, ich finde das anerkennenswert."

„Gott der Gerechte, wenn ich jedes Mädel engagieren wollt, das sich nicht aushalten lassen will, müßt' ich ein zweites Theater aufmachen! Liebst du sie?"

„Ja, ich kann nicht ohne sie sein …"

„Sie könnte deine Tochter sein."

„Ganz was Neues. Du hast sonst bessere Pointen."

„Dann könntest du, ich meine – dann könntet ihr doch heiraten …"

„Ich hab' siebzehn Jahre mit Paula gelebt und nicht geheiratet, ich hab' eine gewisse Scheu davor."

„Man kann sich scheiden lassen."

„Davor hab' ich noch größere Scheu."

„Dann sag deiner Vera, sie kann als Girl weiter mittun, mehr nicht. Und noch etwas: Sag ihr, sie soll gefälligst nicht eleganter ins Theater rauschen als die Mardayn oder die Betty Fischer. Das macht böses Blut, bei den Diven und bei den Girls. Imre, du verwöhnst dein Schatzerl zu sehr."

„Sie verwöhnt mich auch."

Marischka sah seinen Freund nachdenklich an. „Ich hab bemerkt, daß deine Kompositionen sich verändert haben. Sie klingen jetzt viel moderner, fast amerikanisch. Dein 'Slow Fox mit Mary' zum Beispiel ist ein Schlager, wenn nicht ein Weltschlager.

Du komponierst jetzt mehr aus dem Unterleib ... naja, ist ja kein Wunder."

„Es ist Veruschka, die mich inspiriert."

„Na, wenn ihre Inspiration diese Folgen hat ... nichts für ungut. Ich seh' dich nachmittags im Sperl."

Nur schwer hatte sich Kálmán zur Fahrt nach Monte Carlo entschließen können. Auch der Chauffeur kannte nur die Strecke Wien–Bad Ischl–Wien, und jetzt sollte man einen ganzen Tag durchfahren, um nach Monte Carlo zu gelangen. Nachdem Vera als Girl aus der Operette „Die Herzogin von Chicago" ausgestiegen war, hatte sie von nichts anderem gesprochen als von Monte Carlo.

„Was zieht dich dorthin? Was erwartest du da? Wir fahren doch in einigen Tagen nach Ischl, genügt dir das nicht?"

„Imruschka, in Monte Carlo trifft sich die Aristokratie der Welt, in Ischl treffen sich nur die Wiener ... ich hasse die Wiener."

„Du bist ungerecht, mein Kind, die Wiener bestimmen, was in der ganzen Welt ein Operettenerfolg wird, nicht die Aristokratie."

Kleinlaut gestand Vera: „Ich habe gelesen, daß sich auch viele geflüchtete Russen in Monte Carlo treffen. Meine Mutter hat mir geschrieben, daß ein Großfürst dort ein Palais gebaut hat, mit schönen Wohnungen, die nur für russische Aristokraten zur Verfügung stehen."

„Du hast Sehnsucht nach Rußland?"

„Nein, wo Russen sind, ist Rußland. Ich sehne mich nach meiner Mutter. Sie ist in Bukarest mit irgendeinem Kerl verheiratet, mit dem sie unglücklich ist."

„Wieso? Warum?"

„Weil er kein Geld hat und sie mit ihrem Kosmetiksalon nichts verdient."

„Wir werden ihr Geld schicken. Weiß sie von uns?"

„Ja."

„Und was sagt sie dazu?"

„Sie will dich kennenlernen."

Kálmán hatte diesem Gespräch die Spitze genommen, indem er Vera ihren Wunsch erfüllte.

Als sie nach langer Fahrt vor dem Hotel de Paris hielten, sprang Vera wie ein junges Füllen aus dem Wagen. Sie war so frisch, als wäre sie soeben erst eingestiegen. Kálmán hingegen stieg steifbeinig aus und blieb auf seinen Stock gestützt eine Weile stehen, um seinen Rücken zu strecken. Trotz zahlreicher Unterbrechungen hatte ihn die Fahrt ermüdet. Vera bemerkte von allem nichts.

Alles an ihr war Begeisterung. „Imruschka! Sieh nur! Das Schloß, das Casino, das Meer, ist es nicht traumschön hier!?"

Sie war glücklich, dem ständigen Wiener Wind, der im Frühjahr besonders stürmisch durch die Gassen fegte, entgangen zu sein. Dem Hotel de Paris war sie sofort verfallen, und das Personal war ihr verfallen wegen ihres perfekten Französisch, ihrer Eleganz und ihres Charme. Jeder las ihr jeden Wunsch von den Augen ab, und sie hatte viele Wünsche. Kálmán fühlte sich auf ein Nebengleis abgeschoben. Er sprach nicht Französisch. Auf Saumon fumé, Kaviar und Escargots konnte er leichten Herzens verzichten, und das Boeuf sauté war kein Tafelspitz, wie er erhofft hatte. Vera zog ihn von einem Modesalon zum anderen und entdeckte plötzlich, daß sie ohne Schmuck halbnackt sei.

„Der berühmteste Operettenkomponist der Welt kann es sich doch nicht leisten, seine Geliebte halbnackt herumlaufen zu lassen", quengelte sie an seinem Arm. „Schau, da geht Madame Lupescu, die Geliebte irgendeines Monarchen, sie trägt ihre Perlen schon am Vormittag."

„Bin ich der König von Rumänien?"

„Du bist mehr, du bist der König der Operette ...", und sie starrte so lange in die Auslagen von Van Cleef & Arpels, bis sich die Eingangstür wie von unsichtbarer Hand öffnete und beide das Juweliergeschäft betraten.

Als sie das Geschäft verließen, umschloß Veras makellosen Hals eine Kette mit ebenso makellosen, erbsengroßen Perlen.

„Monsieur, das ist der einzige Blickfang für das Décolleté von Madame", hatte der Verkäufer geschmeichelt. Kálmán hatte nur ergeben genickt und gedacht: „Ohne gefällt sie mir besser ..."

Vera sah im Geiste die Lupescu. Sie hatte sechs Reihen Perlen dieser Art getragen. „Wird sich schon noch ansammeln", dachte sie und hatte Kálmán vor dem Personal abgeküßt, indem sie einen französischen Wortschwall heraussprudelte.

„Was hast du gesagt?" fragte Kálmán, als sie das Casino betraten, weil Vera darauf bestanden hatte, ihre Perlen auszuführen.

„Ich habe gesagt, daß mein Mann nicht nur der beste Komponist, sondern auch der beste Ehemann der Welt ist. Verzeih, aber ich wollte nicht, daß es so aussah, als hättest du mir eine Morgengabe für die Nacht vorher gekauft."

Er spürte, wohin sie das Gesprächsthema lenken wollte, war aber nicht sicher, ob aus Naivität oder Raffinesse.

„Möchtest du Roulette spielen?" lenkte er ab.

„Nein danke, ich könnte mich über einen Gewinn nicht so sehr freuen, wie ich mich über einen Verlust mit deinem Geld ärgern würde. Ich sitze an der Bar und drücke dir die Daumen, während ich einen Champagner-Cocktail trinke."

Sie küßte ihn auf die Wange, und er sah ihr nach. Federleicht schwang sie sich auf einen Barhocker und winkte ihm lächelnd zu. Einen Augenblick lang verzögerte sich sogar das „Faites vos jeux" der Croupiers und das Klappern der Chips. Alle sahen auf die Frau, die er liebte. Er spürte wieder diese innere Nervosität, diese allgemeine Verstimmung, die ihn immer dann befiel, wenn er die geilen Blicke der Männer sah, mit denen sie Vera taxierten. Ihm war dieses eitle Gehabe fremd, das andere Männer zeigten, wenn sie mit einer schönen Frau imponieren wollten. Er hätte sich Vera weniger auffallend schön und etwas seriöser gewünscht. Dabei tat er alles, um ihrer Persönlichkeit den kostbarsten Rahmen zu geben, und außerdem würde ihm das sündteure Perlenkollier die mißbilligenden Blicke und Bemerkungen seiner Schwestern einbringen.

Er plazierte die Chips auf die Nummern 24, 10 und 22, 8, seine und Veras Geburtstage und Monate, und – verlor …

„Zuviel Glück in der Liebe", sagte er fast entschuldigend, als er Vera an der Bar abholte. Er freute sich, am nächsten Tag nach Wien zurückzufahren. Vera freute sich nicht, sie wäre am liebsten in „Monte" geblieben, wie man jetzt sagte, aber sie respektierte, daß Kálmán zuerst nach Wien mußte und dann nach Ischl wollte.

Zwanzig Jahre lang war er in jedem Sommer nach Bad Ischl gefahren. Dort hatte er seine schönsten Melodien komponiert, dort trafen sich die Berühmtesten und jene, die berühmt werden wollten, und dort grauste Vera vor allen. Kálmán hatte sich an den Schnürlregen gewöhnt, an das stundenlange Sitzen im Café Zauner, an das Grüßen und Gegrüßtwerden. Vor allem aber genoß er seine Arbeit, und die originellsten melodischen Einfälle flogen ihm zu. Vera hatte

Franz Lehár, Vera und Imre in Bad Ischl

er in der Pension Brenner einlogiert. Er wollte zumindest den Anschein wahren. Ischl war nicht Wien.

In Bad Ischl hatte man sich entschlossen, die Abschaffung der Monarchie zu ignorieren. Kaiser Franz Josef war tot, aber auf der Kurpromenade hielt die Aristokratie die k. &. k.-Zeit lebendig. Leutselig wie der alte Kaiser unterhielt man sich sogar mit Schauspielern, so sie K. & K.-Hofschauspieler waren, wie Ludwig Gabillon. Vom Grundlsee oder Altaussee fuhr man zum Kurkonzert nach Ischl, in Erinnerung an den „alten Herrn", dem man seine Reverenz erwiesen hatte. Hier traf man sich, hier wurde der neue Burgtheaterdirektor ausgehandelt, gute und schlechte Kritiken abgesprochen, hier war man unter sich und legte Wert darauf, unter sich zu bleiben. Neuankömmlinge mußten über einen bedeutenden Namen oder über ein ebensolches Bankkonto verfügen, um wahrgenommen zu werden. Das Kurorchester spielte jeden Nachmittag Melodien von Strauß, Fall, Lehár und Kálmán. Man trug die Ausseertracht, wie sie der Kaiser bevorzugt hatte. Hirschlederne Kniebundhosen, grüne Stutzen, eine Lodenjacke mit Hirschhornknöpfen und einen Hut mit Gamsbart. Die Damen zwängten sich in Dirndln, deren Mieder ihre Fülle nach oben und unten zwängten, so daß sie aussahen wie abgepackte Würste.

Vera gehörte nicht dazu. Sie saß im Garten der Pension und stickte an einer Tischdecke. Sie trug ein gerade fallendes schwarzes Kleid mit weißen Tupfen. Den Hals umschloß locker ein weißer Kragen, der mit einer Schleife gebunden war. Dazu weiße Pumps mit schwarzen Lackspitzen. Die schlichte Mädchenhaftigkeit des Chanelkleides wirkte an ihr provokant, und genau das war Veras Absicht. Es war ihr gleichgültig, ob man über sie lästerte oder sie beneidete, nur übersehen sollte man sie nicht. Deshalb keine Uniformierung mit den „Alpendodeln", wie sie sagte. Sie langweilte sich, denn Kálmán arbeitete den ganzen Tag an der Instrumentierung der „Herzogin von Chicago". So stichelte sie mit einer Ausdauer, die sie sich selbst nie zugetraut hätte, Kreuzstich an Kreuzstich. Wunderbare Ornamente entstanden auf der Leinendecke, die sie am Abend stolz vorzeigte. Kálmán war glücklich, so wünschte er sie, so bewunderte er sie, häuslich und anschmiegsam. Aber Vera zählte die Tage, bis die „Sommerfrische", wie seit Kaisers Zeiten der Ischler Aufenthalt genannt wurde, vorbei war. Sie sah auf den Kalender und glaubte, sich zu irren. Aber es war eindeutig. Seit drei Monaten waren sie in Ischl, und in dieser Zeit hatte sie keine Monatsblutungen gehabt.

„Ein Kind, ich bekomme ein Kind!" Sie versuchte ihre Gefühle und Gedanken zu ordnen. Wie würde Imre reagieren? Würde er sich freuen oder entsetzt sein? Würde er sie heiraten oder nicht? Würde er das Kind anerkennen? Was würde ihre Mutter sagen? Wieso hatte sie das Ausbleiben der Regel nicht bemerkt? Sie war geschockt.

Kálmán war überrascht, als ihm Vera nicht wie sonst strahlend entgegenkam. Sie saß am Fenster, rührte sich nicht und sah ihn nur ernsthaft an.

„Veruschka! Was ist dir? Bist du nicht in Ordnung?"

„Ich bin schwanger", sagte sie tonlos. Ungewollt kamen ihr Polas Worte in den Sinn: Für alles, was man tut, ist man letztendlich selbst verantwortlich.

„Ich gebe dir keine Schuld, Imruschka. Es war meine Leidenschaft, ich wollte nicht, daß du vorzeitig … ich wollte dich bis zuletzt, verstehst du das?"

Kálmán setzte sich. Er faltete die Hände zwischen den Knien, senkte den Kopf und schwieg.

Vera starrte ihn an. Alles hatte sie erwartet, aber nicht dieses unheimliche Schweigen.

„Du schweigst?"

„Nein, nein, ich denke nach …"

„Und was – wenn ich fragen darf?"

„Ich denke nach, wie es passieren konnte. Noch nie habe ich … ich dachte, ich bin …"

„Das muß wohl an deinen Frauen gelegen haben", ihre Stimme bekam einen scharfen Unterton. „Naja, in deren Alter …"

„Du mußt einen Gynäkologen aufsuchen, um Gewißheit zu haben."

„In Ischl? Unmöglich! Dann kannst du es am nächsten Tag auf der Kurpromenade hören!"

„Dann fahre morgen mit dem Frühzug nach Wien."

„Und wenn der Arzt dasselbe sagt wie ich?"

Kálmán hob die Schulter: „Frag mich was Leichteres, ich weiß es nicht."

„So, du weißt es nicht? Du weißt nicht, was du tun sollst? Ich will es dir sagen, Imre, du willst mich nicht als Mutter deines Kindes, gib es doch zu!"

„Bitte, keine Szene, ich bitte dich! Bedenke doch mein Alter, ich kann mich nicht entschließen, zu heiraten und eine Familie zu gründen. Ich habe siebzehn Jahre lang …"

„Ich weiß, ich weiß!" schrie Vera. „Aber ich bin keine Paula! Ich bin eine Makinska!"

Sie lief aus dem Zimmer und rief nach dem Stubenmädchen: „Einpacken! Sofort! Ich muß den Abendzug nach Wien erreichen! Los, beeilen Sie sich!"

Kálmán war wie gelähmt. Diese aufgeregte Entschlossenheit hatte er noch nie bei ihr erlebt. Noch konnte er sie zurückhalten, sie in die Arme nehmen und sagen: „Komm, wir heiraten, und alles ist gut."

Aber er blieb stumm.

Der Frauenarzt hatte seine Brille abgenommen, ihr die Wange getätschelt und gesagt: „So eine schöne, junge Frau … kerngesund, in sieben Monaten werden Sie ein ebenso schönes, gesundes Kind haben."

Vera fuhr zur Baronin Leonie. Sie brauchte einen Menschen, dem sie ihr Herz ausschütten konnte. Die Baronin schüttelte den Kopf: „Seltsam, man täuscht sich in nichts mehr als in den Männern. Das hätte ich vom Kálmán nie erwartet."

„Was soll ich tun?"

„Ich weiß, was du nicht tun sollst. Weiter zu hoffen, daß er dich heiratet, oder das Kind ohne Vater zur Welt bringen. Heutzutag – wo jede ledige Mutter Abschaum ist, und erst recht die ledigen Kinder."

„Er wird mich nicht im Stich lassen …"

„Das hoffen alle, bis eine andere kommt. Ich weiß eine zuverlässige Frau, sie hat schon einigen Mädchen hier geholfen. Du brauchst keine Angst zu haben, sie ist die beste Engelmacherin von Wien. Sie verhilft dir zu einer Blutung, und alles andere macht dann der Gynäkologe – offiziell."

Vera weinte. Es waren Tränen der Wut und Enttäuschung. Sie schwor sich, den Namen Kálmán aus ihrem Leben zu streichen.

„Morgen, um neun Uhr abends, wenn die Mädchen weg sind", sagte Leonie und tätschelte Vera beruhigend die Wange.

Die Baronin hatte den großen Tisch im Speisezimmer mit einer Wolldecke und einem weißen Bettuch bedeckt. Daneben stand ein Servierwagen, auf dem Handtücher lagen und auf einem Rechaud heißes Wasser brodelte. Pünktlich um neun Uhr trat eine kleine Frau ein. Alles an ihr war rund. Das Gesicht, die Figur, sogar das Haar war wie ein Tennisball am Hinterkopf festgezurrt. In den kleinen, runden Händen trug sie eine Hebammentasche. Sie öffnete sie mit ihren flinken, runden Fingern und entnahm ihr eine weiße Schürze, die sie über ihr schwarzes Kleid band.

„Leg dich am Tisch, Kinderl, und sei nur ganz ruhig, glei hammers, glei is olles vorbei und du host a Ruh … host des Geld dabei?"

Vera fingerte fünfzig Schilling aus der Tasche ihres Morgenmantels. Die Hebamme steckte den Betrag wortlos in ihre Schürzentasche. Dann wusch sie sich die Hände in dem bereitstehenden Lavoir und sagte: „Kinderl, schließ die Augen, ruhig atmen, und du, Leonie, stell dich hinter ihr und holt ihr d' Füß auseinand …"

Vera schloß ergeben die Augen. Sie hörte, wie die Frau mit metallenen Gegenständen klapperte. Es hörte sich an, als würden Stricknadeln gegeneinander geschlagen. Sie spürte, wie sich ein Finger tief in ihre Scheide bohrte, was ihr ein beinahe lustvolles Gefühl bereitete.

„Net verkrampfn, nur net verkrampfn", hörte sie die Frau sagen, und dann die Stimme von Leonie, deren Hände ihre Knie spreizten:

„Ruhig, Veruschka, ganz ruhig, denk an was Schönes."

Ein harter Gegenstand drang in sie ein, und im gleichen Moment fühlte sie einen Stich, als hätte man einen Nagel mit einem Hammer in ihr Innerstes getrieben. Sie schrie auf.

„Genau drin, is scho vorbei", hörte sie die Frau sagen. Sie öffnete die Augen und sah, wie die beiden Frauen tatsächlich Stricknadeln auswuschen und abtrockneten. Sie taten es wortlos und mit der gleichen hausfraulichen Routine, mit der sie ein Besteck spülen würden. Dann wickelten sie alles in die weiße Schürze der Frau und verstauten die Gegenstände in der Hebammentasche. Leonie kam mit einer dicken Baumwollbinde. Sie schlang sie Vera um die Taille, führte sie zwischen ihren Beinen durch und knüpfte die vorderen und hinteren Schlaufen zusammen.

„Net umanand rennen, Kinderl, und beim ersten Blutstropfen glei zum Arzt, vastehst?"

„Und was ist, wenn kein Blut kommt?" fragte Vera, aber die Engelmacherin war schon nicht mehr im Zimmer.

Vera erwachte und versuchte sich zu konzentrieren. Was war mit ihr passiert? Sie erinnerte sich, daß sie einige Stunden nach dem Weggang der Frau heftige Unterleibsschmerzen bekommen hatte. Wie Wasser aus einer Leitung war Blut aus ihr herausgeronnen. Die Baronin hatte einen Krankenwagen bestellt und den Arzt verständigt. Sie erinnerte sich an die ekelhafte Maske mit Chloroform, die man ihr auf das Gesicht gedrückt hatte, und wie sich die Stimme des Arztes immer weiter entfernte. In ihren Ohren war ein Summen wie von tausend Mücken gewesen, wie in Perm, hatte sie gedacht. Dann wußte sie nichts mehr.

Sie öffnete die Augen und stellte fest, daß sie in einem hellen Krankenzimmer lag. Zwischen ihren Beinen spürte sie Windeln, und ein unangenehmer Geruch von Blut und Lysoform quoll unter der Decke hervor. Sie wandte den Kopf zur Seite. Auf einem Stuhl am Fenster saß Kálmán. Er hielt seinen Stock zwischen den Knien und die Hände darauf verschränkt.

Sie wandte den Kopf zur anderen Seite und schloß die Augen. Keiner sagte ein Wort.

Eine Krankenschwester trat ein.

„Ja, da ist sie schon aufgewacht, unsere schöne Patientin!" sagte sie heiter. „Aber schön ruhig liegen bleiben, ich bringe Ihnen einen Frauentee."

„Ja, bitte“, sagte Vera wie ein guterzogenes Schulkind, „ich bin sehr durstig, danke vielmals.“

„Veruschka, Liebste“, sagte Kálmán leise, aber Vera hielt den Kopf abgewandt und schwieg.

„Veruschka“, begann er erneut, „ich weiß, daß ich dich verletzt habe, ich möchte …“

„Ich möchte, daß du gehst. Du weißt nicht, was du mir angetan hast. Geh!“

An der Tür wandte er sich um, aber Vera zog die Decke über ihr Gesicht und weinte lautlos in das Kissen.

Täglich saß Kálmán, auf seinen Stock gestützt, am Fenster in Veras Zimmer. Täglich ging es ihr besser. Täglich brachte Kálmán Blumen und Früchte. Vera schwieg. Wenn er ein Gespräch begann, drehte sie sich zur Wand, und er ging seufzend hinaus.

Diesmal traf er Vera am Tisch sitzend an. Sie schrieb einen Brief.

„Du darfst schon aufstehn?“

„Ja“, sagte sie so selbstverständlich und sachlich, als hätten sie nicht eine Woche lang miteinander geschwiegen. „Ich werde übermorgen entlassen. Ich schreibe meiner Mutter, daß ich nach Bukarest komme.“

Er sah sie an, und es war ihm, als würde das imaginäre Messer in seinem Herzen zweimal umgedreht. „Veruschka, tu das nicht, ich flehe dich an, bleib bei mir, ich hab' doch nur dich.“

Sie sah von ihrem Brief auf und ihm in die Augen. „Das ist richtig, Emmerich Kálmán. Du hast deinen Vater verloren, deinen Bruder, und der einzige, der deinen Namen hätte weiterführen können, wurde abgetrieben.“

Kálmán senkte den Kopf. Das war infam, aber zutreffend. „Liebst du mich noch, trotz meiner Fehler?“

„Ja leider, aber nicht trotz, sondern wegen deiner Fehler.“

Er riß sie in seine Arme und bedeckte ihr Gesicht mit Küssen.

Die Tür öffnete sich, und der Gynäkologe trat ein.

„Aber, aber meine Herrschaften! Darauf werden wir jetzt einmal mindestens drei Wochen lang verzichten müssen. Dann werden wir eine genaue Untersuchung machen. Eine Kürettage ist kein Praterspaziergang, sie ist ein schwieriger Eingriff, manchmal schwieriger als eine Entbindung.“

Der Chauffeur wartete vor der Privatklinik Auersperg. Kálmán und Vera stiegen ein. „Nach Hause“, befahl Kálmán.

„Nicht in die Pension Nossek?“

„Nein, ich habe deine Sachen in unsere Wohnung bringen lassen.“

„Unsere?“

„Ja, unsere. Du bist die Hausfrau. Wenn wir angekommen sind, möchte ich dir einen Brief vorlesen.“

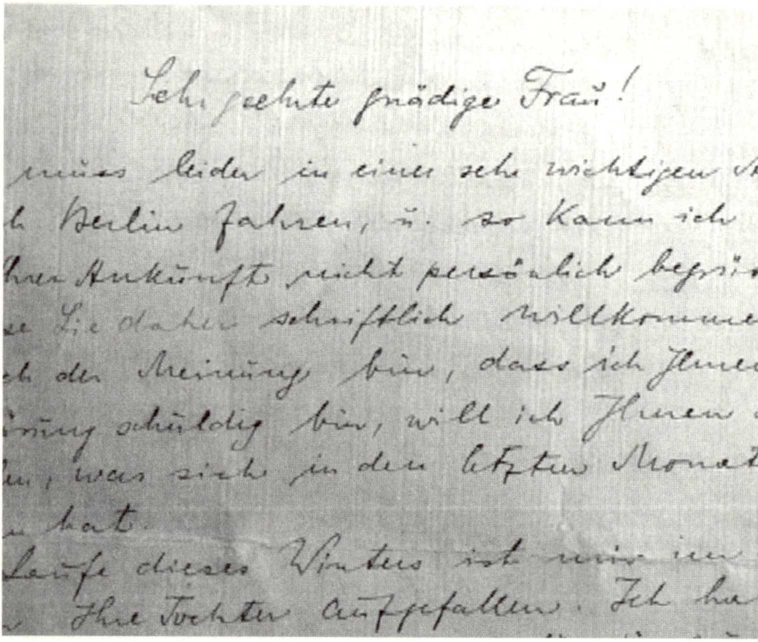
Sehr geehrte gnädige Frau!
muss leider in einer sehr wichtigen A
h Berlin fahren, u. so kann ich
hren Ankunft nicht persönlich begrü
se Sie daher schriftlich willkommen
ch der Meinung bin, dass ich Ihnen
rung schuldig bin, will ich Ihnen
en, was sich in den letzten Monat
n hat.
Laufe dieses Winters ist mir im
Ihre Tochter aufgefallen. Ich ha

Sehr geehrte gnädige Frau!

Ich muss leider in einer sehr wichtigen Angelegenheit nach Berlin fahren, u. so kann ich Sie leider bei Ihrer Ankunft nicht persönlich begrüssen. Ich heisse Sie daher schriftlich willkommen, u. da ich der Meinung bin, dass ich Ihnen eine Erklärung schuldig bin, will ich Ihnen alles erzählen, was sich in den letzten Monaten zugetagen hat.

Im Laufe dieses Winters ist mir im Kaffee Sacher Ihre Tochter aufgefallen. Ich habe das sympathische, frische und anständig aussehende Mädchen gesehen, habe etwas gestaunt, wie sich dieses junge Mädchen in dieses Kaffehaus verirrt hat, in einem Lokal, welches eine mehr als zweideutige Damengesellschaft zu beherbergen pflegt. Man hat mir erzählt, sie sei eine junge russische Emigrantin, Filmschau-

spielerin, die nun gerne ein Engagement in enem Operettentheater annehmen möchte.

Ich war damals von tiefstem Schmerz gedrückt u. niedergebrochen, habe mich um niemanden gekümmert, stand unter der drückenden Last einer schweren, und noch unfertigen Arbeit.

Der Anblick des sympathischen jungen Mädchens war für mich erfrischend, wie ein Trost. So haben wir uns monatelang von weitem angesehen, und sind eigentlich gute liebe Freunde gewesen, bevor wir uns persönlich gekannt haben.

Zuerst kam das junge Mädchen mit ihrer Mutter, dann allein. Oft war ich etwas besorgt, da ihre Tischgesellschaft aus nicht besonderst erstklassige Leute bestand. So vergingen Wochen und Wochen, ich habe sie noch immer nicht gekannt. Zum Schluss habe ich bemerkt, dass der Blick des jungen Mädchens wie Hilfe rufend fortwährend auf mich geheftet war, u. ich sagte mir: Du musst ihr helfen. Ich habe mit ihr gesprochen, sie sagte, sie sei beschäftigungslos, u. hat mich gebeten, sie im Theater an der Wien unterzubringen. Ich habe ihr versprochen, dass ich alles tun will, um ihren Wunsch zu erfüllen, habe sie am nächsten Tag dem Direktor vorgestellt, sie wurde angenommen, mit einer Monatsgage von 165 Schilling. Wir haben uns täglich im Theater bei den Proben und am Nachmittag im Kaffehaus gesehen und gesprochen, wir wurden gure Freunde. Ich habe mich um sie gekümmert, bald gesehen, dass ich es mit einem sehr verschämten, sehr noblen, und sehr armen Menschen zu tun habe. Von den grauenhaften, schrecklichen Sorgen, in denen sie damals gelebt hat, habe ich nur nach und nach den richtigen Begriff erhalten. Der gute brave Löbl hat mir einiges erzählt. Bald habe ich gesehen, dass das arme Mädchen hungert, schrecklich hungert und sie wollte von mir keine Hilfe annehmen. Mit heiligen, frommen Lügen konnte ich es nur erreichen, dass sie kleine Beträge von mir – als Anleihe angenommen hat, nur so viel, dass es eben gereicht hat, ihre Pension Rechnung zu bezahlen, damit man sie nicht auf die Strasse herauswirft. …

… Ich erwähne Ihnen nur zwei solche Ereignisse. Das erste war folgendes: Sie hat darunter sehr gelitten, dass ich ihr Geld gegeben habe, und wollte um jeden Preis mir das Geld zurückzahlen. Um Geld zu bekommen, hat sie sich – verkaufen wollen, u. hat über dieses „Geschäft" mit einem fremden Menschen verhandelt.Als sie mir dies

erzählt hat, war ich so tief beleidigt und so böse, dass ich unsere Freundschaft für beendigt erklärt habe. Worüber sie so ausser Rand und Band war, dass ich für ihr Leben zittern musste, und schliesslich nach einigen Stunden waren wir wieder gut, und viel näher zu einander als vorher. …

… Als ich sie kennen lernte, hatte sie nur zwei Chancen: Kokotte zu werden oder zu sterben! Aus diesem schrecklichen Lebenskampf, was die Arme damals gekämpft hat, von Stunde zu Stunde, von Tag zu Tag, von einer unbezahlten Rechnung, zur anderen, gab es keine andere Möglichkeit. …

… Nun will ich aber ihre Zukunft nicht ruinieren, und will ihr für alles, was sie mir gegeben hat ihr ein Aequivalent geben – allerdings ist das ein kleines Aequivalent, aber doch genügend, um meinen guten Willen zu zeigen.

… Auf mich sollen Sie keine Rücksicht nehmen, ich habe in meinem privaten Leben eigentlich nie Glück gehabt, ich werde eben meinen bisherigen Weg, den Weg des einsamen Menschen gehen, und werde so wie bisher in meiner Musik, in meiner Kunst, meinen Lebensinhalt finden. …

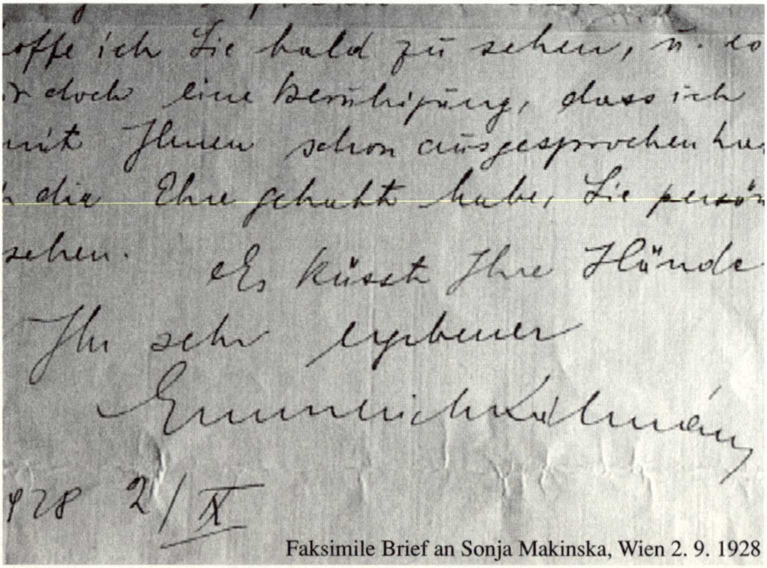
hoffe ich Sie bald zu sehen, u. so
doch eine Beruhigung, dass ich
mit Ihnen schon ausgesprochen
die Ehre gehabt habe, Sie persön
sehen.
Es küsst Ihre Hände
Ihr sehr ergebener
Emmerich Kálmán
1928 2/IX

Faksimile Brief an Sonja Makinska, Wien 2. 9. 1928

14. Kapitel
... welches an das Märchen von den Sterntalern erinnert

Im Märchen hebt das arme Mädchen sein Röckchen auf, die Sterne fallen vom Himmel und verwandeln sich in ihrem Schoß in goldene Taler. Genauso erging es Vera. Sie hatte erreicht, was sie wollte. Einer der berühmtesten und reichsten Männer liebte sie und wollte sie heiraten. Aber wie in jedem Märchen oder in jeder Operette müssen vor dem Happy-End die Turbulenzen auftreten. Die Turbulenz hieß Sonja Makinska. Sie hatte den nächsten Zug nach Wien genommen und stand nach vierundzwanzigstündiger Fahrt in der Holzklasse erschöpft und derangiert auf dem Wiener Westbahnhof.

„Mamuschka!“

Sonja traute ihren Augen nicht. War das ihre Vera? Eine junge, strahlende Frau, mit erlesener Eleganz gekleidet, umarmte sie.

„Veruschka, du siehst gut aus“, war das einzige, was sie herausbrachte.

Auf einen Wink Veras trat der Chauffeur hinzu.

„Nehmen Sie das Gepäck von Madame!“ sagte Vera mit einer Selbstverständlichkeit, als hätte sie ihr Leben lang Anweisungen gegeben.

„Sehr wohl, gnä’ Frau, i wart vorm Hauptausgang“, sagte der Livrierte und ergriff die beiden billigen Köfferchen.

Vera hakte sich bei ihrer Mutter ein, und sie gingen langsam über den Bahnsteig zum Hauptausgang.

„Es geht dir offensichtlich gut, nicht wahr?“ bohrte Sonja.

„Oh, Mamuschka, ich bin so glücklich! Du wirst sehen, was für ein wunderbarer Mensch Imre ist.“

„Er verwöhnt dich, wie ich sehe.“

„Ja, aber das ist nicht das Wichtigste, wir lieben uns.“

„Er könnte dein Vater sein.“

„Na und? Endlich habe ich einen Vater und einen Geliebten“, sagte Vera aufmüpfig.

Sonja sah sie eiskalt an: „Ihr wollt also heiraten? Da habe ich ja auch noch ein Wort mitzureden.“

Vera blieb stehen und ließ den Arm ihrer Mutter los. Sie kannte und fürchtete diesen Ton ihrer Mutter.

„Aber Mamuschka, du wirst uns doch keine Schwierigkeiten machen?“

„Ich nicht, aber vielleicht die Behörden. Vergiß nicht, daß er Jude ist“, sagte Sonja süffisant.

„Was hast du gegen Juden? Alle unsere Freunde sind Juden, berühmte, gebildete Leute.“

„Juden heiraten nur Juden, das ist doch bekannt. Du wirst also zu diesem Glauben übertreten müssen?“

„Wenn Imre das für richtig und wichtig hält, warum nicht?“

Sie waren bei der Limousine angelangt, und der Chauffeur öffnete die Wagentür.

„Bitte, nicht vor ihm“, flüsterte Vera Sonja zu und schloß die gläserne Trennscheibe.

Der Wagen glitt über die Mariahilferstraße, ohne daß Sonja einen Blick in die Richtung warf, wo sie vor zwei Jahren einem Handwagen hinterher gepilgert waren. Vera sah ihre Mutter von der Seite an. Zwei scharfe Falten, die sich von den Nasenflügeln zu den Mundwinkeln eingegraben hatten, verrieten ihr alles. Sonja hatte nichts Aristokratisches mehr an sich. Im Gegenteil, ihre Kleidung, ihr übertrieben geschminktes Gesicht gaben ihr einen vulgären Anstrich.

„Schminken sich alle Frauen in Bukarest so stark?“ fragte Vera vorsichtig.

„Natürlich, auch die Männer, vor allem die Offiziere, alle schminken sich.“

„Hier in Wien solltest du vielleicht etwas dezenter auftragen, meinst du nicht?“ Vera wußte, daß Imre alles Übertriebene haßte; sie wollte, daß ihre Mutter einen guten Eindruck hinterließ.

„Hier in Wien erst recht nicht. Wie ich sehe, hast du dich ja bereits zu einer konservativen Wienerin gewandelt.“

„Imre sagt, meine Haut ist so schön, ich brauche kein Rouge und keine Puderschicht.“

„Imre sagt! Imre meint! Ich höre immer nur Imre! Mich gibt es wohl nicht mehr in deinem Leben?“

„Bitte, Mamuschka, Imre nimmt mich dir doch nicht weg! Du bekommst etwas dazu, einen wunderbaren Schwiegersohn.“

„Nun, da laß ich mich einmal überraschen“, sagte Sonja und vergaß weiterzureden, denn der Wagen hielt vor dem Gebäude in dem ihre Tochter lebte.

„Fast wie in Petersburg – warum sie und nicht ich?“ dachte sie. „Hast du Geld? Ich möchte zuerst zum Friseur und Verschiedenes einkaufen.“

Vera öffnete die Handtasche und gab ihrer Mutter ihre Geldbörse. „Du hast recht, Mamuschka, erfrische dich, ich erwarte dich um sieben zum Nachtmahl. Herr Josef, bringen Sie Madame, wohin sie möchte, und bitte, pünktlich um sieben Uhr zurück.“

Wie sollte sie Kálmán klarmachen, nachdem er bereits eine großzügige Summe nach Bukarest überwiesen hatte, daß sie ihrer Mutter wiederum Geld gegeben hatte? Nachdem Sonja von ihrer Beziehung zu Kálmán erfahren hatte, hatte sie ihre Geldforderungen regelmäßig und rücksichtslos gestellt, und Kálmán hatte seufzend Veras Bitten nachgegeben.

„Ihr könnt beten, daß mir immer wieder etwas einfällt“, sagte er manchmal bitter, und damit meinte er Vera und Sonja, denn seine Mutter und Schwestern stellten keine Ansprüche.

Um sieben Uhr traf Sonja ein. Eine Spur zu blond, eine Spur zu modisch, eine Spur zu liebenswürdig zu Kálmán, wie Vera feststellte. Für den Eßtisch hatte Vera die zartgrüne Decke und Servietten gewählt, deren Rand sie in Ischl mit Maiglöckchen bestickt hatte. Das weiße Porzellan und die Kristallgläser mit grünem Stil wurden von kleinen, grünen Vasen, in denen frische Maiglöckchen dufteten, flankiert. Das Mädchen servierte den ersten Marchfelder Spargel, den die Köchin um sechs Uhr früh auf dem Naschmarkt geholt hatte. Es gab handtellergroße, hauchdünne Naturschnitzel und Butterkartoffeln, mit Petersilie bestreut. Ein trockener Brünnerstraßler Weißwein und als Nachtisch flaumige Topfenknödel mit Zwetschgenröster komplettierten das österreichische Nachtmahl.

Kálmán erhob sein Glas: „Ich danke Ihnen, daß Sie gekommen sind, gnädige Frau", sagte er förmlich, „und ich danke Ihnen für dieses wunderbare Menschkind – unsere Veruschka. Sehen Sie nur diesen Tisch … sie hat mich gelehrt, daß auch die Augen mitgenießen."

Er nahm Veras Hand und küßte sie. Vera strahlte.

„Imruschka fragt mich immer, wo ich das gelernt habe. Ich habe es nicht gelernt, es macht mir Freude, zu dekorieren und farblich aufeinander abzustimmen. Wenn wir verheiratet sind, werde ich die beste Gastgeberin von Wien!"

„Davon bin ich überzeugt", lächelte Sonja gequält. Dieser Kálmán, stellte sie fest, würde doch viel besser zu ihr passen, aber er ignorierte jeden ihrer Blicke, jede Vertraulichkeit.

„Nun, dann werden wir ja bald verwandt sein, Imre." Sie ergriff ihr Glas und hatte schon das vertrauliche Du auf der Zunge, aber seine allzu förmliche Miene ließ sie es herunterschlucken.

„Das liegt ganz bei Ihnen, gnädige Frau, Vera hat keine Papiere, und ihr Fremdenpaß wird von der israelitischen Kultusgemeinde nicht akzeptiert."

„Sie wollen in einer Synagoge heiraten?"

„Ich denke doch, wenn ich auch kein praktizierender Jude bin, sondern, wie man jetzt sagt, 'ein Bekennender', so fühle ich mich doch dem Judentum verbunden. Vera braucht also eine Geburtsurkunde."

„Das ist alles verlorengegangen auf der Flucht oder uns weggenommen worden … was weiß ich … ?"

„Haben Sie denn überhaupt keine Dokumente?"
„Den Nansen-Paß."
„Wie mir Vera sagte, sind Sie in Bukarest verheiratet."
„Ja, aber nicht mehr lange, ein Irrtum, Sie verstehen?"
„Nein, aber das ist Ihre persönliche Angelegenheit."
„Ich könnte vielleicht in Bukarest etwas arrangieren, allerdings ist das eine Geldfrage."
„Davon bin ich überzeugt", Kálmán lächelte und fragte dann ernst:
„Wie lange würde es dauern, und welche Papiere würden wir bekommen?
„Ich dachte an eine Bescheinigung der Jüdischen Gemeinde in Bukarest."
„Mamuschka, würdest du dich bitte klarer ausdrücken, ich verstehe kein Wort."
„Das ist auch nicht nötig. Du willst heiraten – einen Juden – also brauchst du entsprechende Dokumente. So ist es doch, Maestro?"
„Ja, so ist es, gnädige Frau. Ich möchte klare Verhältnisse und habe das hoffentlich in meinem Brief auch deutlich genug zum Ausdruck gebracht. Darf ich fragen, wie Sie zu der rumänischen Gemeinde stehen?"
„Ich habe dort geheiratet. Mein Mann heißt Philipp Mendelsons."
„Mamuschka! Du hast jüdisch geheiratet? Du! Warum hast du mir nichts davon gesagt?"
„Wozu? Beziehungen, die vorbei sind, bevor sie angefangen haben, muß man nicht breittreten."
Vera läutete dem Mädchen: „Servieren Sie den Kaffee im Musiksalon." Sie stand auf und ging voraus.
„Imruschka, möchtest du Mama nicht etwas aus 'Veilchen vom Montmartre' vorspielen? Das mußt du hören, Mama! Die Uraufführung steht bereits fest. Nächstes Jahr im Johann-Strauß-Theater."
Sie hoffte, daß das Klavierspiel die angespannte Stimmung harmonisieren würde, aber Kálmán trank entschlossen seinen Kaffee aus und sagte: „Ich glaube, deine Mama ist nach der langen Reise ruhebedürftig, und ich habe morgen früh Probe, ich werde den Wagen für Sie rufen, gnädige Frau."
Sonja stand auf und reichte ihm die Hand. „Küß die Hand", sagte er, tat es aber nicht.

Vera brachte ihre Mutter zum Wagen. „Ich komme morgen früh zu dir ins Hotel, dann können wir über alles sprechen."

„Wozu? Gehen wir lieber einkaufen. Besorge mir ein Schlafwagenbillett, ich fahre abends zurück. Du brauchst doch ein Dokument, und vergiß das Geld nicht – ich denke, hundert Dollar sollten genügen. Gute Nacht, mein Kind."

Als Vera in den Salon zurückkam, saß Imre in seinem Fauteuil und zog nachdenklich an seiner Zigarre. Sie hockte sich zu seinen Füßen, legte die Arme um seine Knie und sah zu ihm auf. Er strich ihr liebevoll über die Wange: „Verlange nicht von mir, daß ich mit deiner Mutter vertraut werden soll, das kann ich nicht."

„Warum Liebster, was hat sie dir getan?"

„Nichts Konkretes, aber sie hat den Blick der unbeirrbaren Antisemiten."

„Aber sie ist doch mit einem Juden verheiratet."

„Was glaubst du, wieviel jüdische Antisemiten es gibt …"

„Das kommt dir nur so vor, sie ist eben eine Makinska."

„Wo steht das? Viele geflohene Russen haben sich eine phantasievolle Vergangenheit zugelegt. Wir haben in Europa mehr russische Großfürsten, als es je in Rußland gegeben hat."

„Heißt das, du glaubst ihr nicht?"

„Kein Wort."

„Und mir? Glaubst du mir?"

„Vera, Liebste, versprich mir, daß du mich nie anlügen wirst. Auch verschweigen ist Lüge."

„Ich verspreche es. Mama will hundert Dollar und ein Schlafwagenbillett, sie reist morgen wieder ab."

„Also gut, das Schlafwagenbillett kannst du kaufen, die hundert Dollar bekommt sie erst, wenn das Dokument da ist."

Vera lachte und küßte ihn. „Du bist schlau."

Er schmolz dahin. „Für dich leider nicht schlau genug. Komm, wir gehen zu Bett. Drei Dinge kann man von einem Ungarn nicht verlangen: allein essen, allein trinken und allein schlafen."

15. Kapitel
... welches beweist, dass in Wien ein Rufer in der Wüste einen unglaubwürdigen Ruf hat

Zu dieser Zeit war Sam Burg der festen Überzeugung, daß es ein noch nie dagewesenes Pogrom geben würde. Er las „Mein Kampf" und wunderte sich, daß keiner aufjaulte und kein Jude sein Bündel schnürte. Er hatte gepackt. Er hatte seine Schiffspassage gebucht und sein Erspartes an Szajko überwiesen, der es für ihn angelegt hatte. Der Abschied von Wien fiel ihm nicht leicht. Das war seine Stadt. Zahlreiche Gebäude erinnerten ihn an Lemberg, und wenn er durch die Leopoldstadt, auch „Mazzesinsel" genannt, schlenderte, blickte er in viele jüdische Gesichter, die den Humor, aber auch die tiefe Shtetltraurigkeit ausstrahlten. Aber niemand schien das kommende Unheil zu spüren ...

Er entschloß sich, den kleinen Tempel in der Zirkusgasse aufzusuchen. Hier beteten die meisten polnischen Juden, und nach dem Gottesdienst fand immer ein reger Meinungsaustausch statt. Es gelang ihm, einige, die ansonsten von Beruf anderer Meinung waren, mit seiner Zukunftsprognose zu verunsichern. Zumindest hörte man ihm zu, aber er spürte auch: Hier, in diesem Ghetto, hatte ein Rufer in der Wüste einen unglaubwürdigen Ruf. Niemals vergaß Sam seine Herkunft, und deshalb war es ihm ein Bedürfnis des Herzens, die Armen zu warnen. Mit Geld konnte manches Unheil abgewendet werden, aber was geschah mit denen, die ihre Informationen nur aus den frommen jiddischen Blättchen bezogen oder ihre Ohren nur an der Gerüchtebörse aufsperren konnten? Jene, die nicht Deutsch lesen konnten und denen nur das Wort des Rebben etwas galt? Die Kaftanjuden nannte man die Frommen, die auf das Kommen des Meschiah warteten und die bei jeder weltlichen Warnung zuerst die Hände hoben und sagten: „Es steht geschrieben ..." Sie waren immer und überall die ersten Opfer.

Sam stellte sich an den Ausgang des Bethauses und sprach jeden an: „Wer auswandern will, der schreibe an ... wir werden helfen ...", und er verteilte Zettel mit Szajkos Adresse. Man sah ihn mißtrauisch an, schüttelte den Kopf, ein Meschiggener? Ein Geschäftemacher?

Man lachte über die Adresse „Los Angeles" – also doch ein Meschiggener!

Sam seufzte: „Jedenfalls kann ich mir nicht vorwerfen, es nicht versucht zu haben ..." Er ging in sein Hotel zurück, um den Smoking anzulegen. Der heutige Abend versprach ein interessanter Abschluß seines Wienaufenthaltes zu werden.

„Emmerich Kálmán bittet zu einem musikalischen Überraschungsabend mit Diner. Abendanzug erwünscht" stand auf der Einladungskarte. Burg schmunzelte. Gemacht! Sein Schrankkoffer enthielt alles, was man zu offiziellen Anlässen brauchte. Er rasierte und badete sich, heute schon zum zweiten Mal, zog frische Wäsche und das gestärkte Smokinghemd an und goß etwas Knize Ten in sein Taschentuch. Er liebte diesen Duft, von dem Szajko gesagt hatte: „Du riechst wie eine Tunte!"

„Das hat man davon", hatte er geantwortet, „wenn man den 'dreckigen Juden' widerlegt, ist man eine Tunte."

„Samileben, wie lange brauchst du noch, um zu lernen, daß man die Vorurteile der Antisemiten nie und mit nichts abschaffen kann."

„Ich werd's nie lernen, aber ich werd nicht aufgeben, drum zu kämpfen", hatte er geantwortet. Der Freund fehlte ihm sehr. Als sein Deutsch noch mehr Jiddisch als Deutsch war, hatte er ihm einmal gesagt: „Jeder Mensch muß wem haben, dagegen zu reden ..."

Szajko hatte gelacht, und dieser Satz blieb für sie beide das Signal, sich miteinander auszusprechen. Er sprach mit vielen Leuten, aber aussprechen konnte er sich nur mit Szajko.

Heute legte er besonderen Wert auf sein Äußeres. Wenn der Caféhausklatsch stimmte, dann lebte die kleine Makinska bereits mit dem Maestro zusammen. Er war neugierig, nicht nur auf die musikalische Überraschung.

Ein Diener öffnete Sam Burg, und Kálmán kam ihm freundlich und offen entgegen: „Herr Burg, ich freue mich, daß Sie gekommen sind. Sie werden heute abend ein reiches Betätigungsfeld vorfinden. Ich glaube, Vera Natascha kennen Sie bereits?"

Sam Burg war der Makinska erst zweimal begegnet, aber das hatte genügt, um ihm bei belanglosen Liebesakten ihr Bild vor Augen zu zaubern. Jetzt sah er sie zum dritten Mal. Sekundenlang konnte er seine Augen nicht abwenden. Sie trug ein korallenrotes Samtkleid, das ihren Körper hauteng umschloß. Ein großer, viereckiger Ausschnitt gab das porzellanglatte Décolleté frei, auf dem eine Perlenkette mit funkelndem Brillantschloß ruhte. Die Ärmel des Kleides waren eng und so lang, daß sie gerade die Finger zum Handkuß freigaben. Burg beugte sich darüber: „Gospodina – es ist mir eine Ehre …“

Vera lachte: „Imruschka, das ist mein Entdecker! Er hat Kitty und mich nach Königsberg vermittelt!“

„Jetzt würde ich Sie gerne nach Hollywood vermitteln …“

„Das würde Imre nie erlauben, nicht wahr, Liebster?“ Sie legte ihren Arm um seine Schulter.

„Das ist richtig, denn ich habe Hollywood auch wegen dir abgesagt.“

„Sie haben Hollywood einen Korb gegeben?“ Sam war verblüfft.

„Genauer gesagt, Mr. Louis B. Mayer. Er wollte nach seinem ersten Tonfilm ‘Sonny Boy’ eine Operette von mir verfilmen, aber wir bleiben hier.“ Er legte den Arm um Veras Taille.

„Kommen Sie, Herr Burg, vielleicht haben Sie es mit Franz Werfel oder Fritzy Massary leichter …“, damit führte er den Impresario in den Musiksalon, in dem sich bereits einige Gäste befanden. Es war eine kleine, aber erlesene Gesellschaft, die Kálmán eingeladen hatte. Franz Lehár, Franz Molnár, die Autoren Brammer und Grünwald sowie ein paar ausländische Journalisten. Vera machte Burg mit der Mutter und den drei Schwestern von Kálmán bekannt.

Gerade als Burg feststellte, daß die Gesellschaft zu achtundneunzig Prozent aus Juden bestand, sagte Kálmán: „Verehrte Mama, liebe Freunde, ich habe eine musikalische Überraschung versprochen – hier ist sie: George und Ira Gershwin aus New York!“

Herein traten zwei elegante, sehr gut aussehende Juden, von denen Sam noch nie etwas gehört oder gesehen hatte. Kálmán erklärte, daß er George Gershwin für das Musikgenie des zwanzigsten Jahrhunderts halte. Sams flinke Augen wanderten umher, und er stellte fest, daß er nicht der einzige war, dem das Jahrhundertgenie unbekannt war. George Gershwin setzte sich an den Flügel und spielte ungefähr eine Viertelstunde lang ein Musikstück, das Burg vor allem sehr laut vorkam. Nachdem Gershwin geendet hatte, applaudierte man ihm. „Es muß nicht mir, es muß dem Publikum gefallen“, dachte er wieder einmal. Er sah zu Vera hinüber. Sie lächelte und hob die Schultern. Er lächelte zurück und signalisierte ebenfalls

„Was soll's?"

Er ging zu Vera und Kálmán, die sich aufgeregt unterhielten.

„Burg! Was sagen Sie zu diesem Kind? Es hat ihr nicht gefallen! Hat man jemals soviel musikalisches Unverständnis erlebt? Ihr hat die 'Rhapsody in Blue' nicht gefallen!"

„Ich hab nur offen meine Meinung geäußert", sagte Vera kleinlaut.

„Wer keine Ahnung hat, hat auch keine Meinung zu äußern", sagte der Maestro scharf.

„Den Kritikern in's Stammbuch, Maestro!" erwiderte Burg, um Vera etwas Schützenhilfe zu leisten. Auch seinen Ohren hatte die „Rhapsody in Blue" nicht gerade geschmeichelt. „Ich werde in Amerika nicht nur meine Sprache, sondern auch mein Gehör umstellen müssen", dachte er sich und ging zu den Gershwin-Brüdern, um sein mühsam erlerntes Englisch auszuprobieren. Immer wenn er zum Sprachunterricht gegangen war, hatte er zu Szajko gesagt: „I am going to polish up my English", und Szajko hatte jedesmal gelacht: „Your Englisch is Polisch enough!"

Nach einigen Sätzen hatten die drei Männer festgestellt, daß sie die gleichen Wurzeln in Polen hatten. Sie verfielen ungewollt in ihre „Mammeloschen"*, und die Anwesenden waren verblüfft, mit welcher Selbstsicherheit sich die Männer in Jiddisch unterhielten. Sie versuchten zu verstehen und verstanden nichts mehr, und einige begriffen, daß ihnen ein Kulturgut abhandengekommen war.

Vera bat zu Tisch. Zwei Dienstmädchen öffneten die Flügeltüren, und zunächst applaudierten alle dem Tischarrangement, das einem Bühnenbild glich. Die Tafel war eine Symphonie in Rot-Weiß-Grün, den ungarischen Nationalfarben. Ein duftendes Blumenarrangement aus weißem Flieder, roten Rosen und grünen Zweigen schwebte von dem Kristalluster über der Tafel, die übersät war mit weißen Kerzen, die in kleinen roten und grünen Paprikaschoten steckten. Die Mädchen füllten Krautsuppe in tiefe Teller und krönten sie mit einem Klecks saurer Sahne. „Strictly not kosher", dachte Burg, aber das dachte außer ihm niemand. Es folgte ein Kalbspörkölt mit Tarhonya, und immer wieder wurde von dem feurigen „Stierblut" nachgegossen.

Die Gäste waren begeistert, und Vera strahlte. Sie schien die Auseinandersetzung mit Kálmán längst vergessen zu haben. Dieser

* Muttersprache

erhob sich und dankte George und Ira Gershwin für ihr Kommen. Taktvoll wies er auf Ira hin und betonte die große Bedeutung, die er als Autor in Amerika habe. Dann gab er der Hoffnung Ausdruck, bald mit Ira Gershwin zusammenarbeiten zu können.

Sam Burg bewunderte Kálmán. „Was für a Mensch", dachte er, denn er kannte zu gut die Neidgesellschaft der Theaterleute. Kálmán ließ andere gelten und bekam dadurch persönlich noch mehr Geltung. Ira wollte wissen, warum Kálmán nicht schon längst in New York sei, und Burg übersetzte die Frage.

„Das soll meine Mutter beantworten", schmunzelte Kálmán, und etwas verlegen begann diese: „Mein Sohn – ich meine Imruschka – hatte schon einen Vertrag, einen sehr guten Vertrag in der Tasche. Er gab für die Familie ein Abschiedsessen.

Sie müssen wissen, in Ungarn gibt es viele Abschiedsessen. Auch wenn wir nur von Budapest nach Tatabánya fahren, ein Abschiedsessen muß sein. Diesmal sollten wir unseren Imruschka lange nicht sehen, denn New York ist ja viel weiter als Tatabánya oder Wien."

„Mamuschka, komm zur Sache, Herr Burg muß doch übersetzen ..."

„Ja, wo war ich? Also, das Abschiedsessen ... mein Mann, Imres Vater, Gott hab ihn selig, erhob sein Glas und sagte: 'Mein lieber Sohn, was wirst du machen, wenn du in New York den Wunsch verspürst, in ein Kaffeehaus zu gehen, einen großen Braunen zu trinken und den Pesti Napló zu lesen?' Daraufhin stand mein Sohn auf, ging zum Telefon und sagte die Reise ab. Das war unser fröhlichstes Abschiedsessen!"

Alles lachte und applaudierte der alten Frau. So hatte Samy die Möglichkeit, seine Tränen zurückzuhalten, bevor er mit der Übersetzung begann.

Ira und George nickten wehmütig, und Ira sagte: „Genauso hätte der alte Gerstenwein auch reagiert, aber vor einem Pogrom gibt es bekanntlich kein Abschiedsessen ... er hatte Glück und kam nach New York ... unser Tate*, aber er konnte sich nie daran gewöhnen, daß er in einem Land leben mußte, wo man – wie er immer sagte – die Kleider ins Closet hängt."

Sam übersetzte diesmal nicht, die Anwesenden hätten das, was hinter den Worten stand, sowieso nicht verstanden.

* Vater

Stattdessen stand er auf, bat um das Wort, und mit einer Verbeugung zu Kálmáns Mutter begann er: „Maestro, verehrte Gäste! Gestatten Sie einem dahergelaufenen Impresario, ein paar Gedanken zu äußern. Ich reise aus beruflichen Gründen viel herum. Die ständige Veränderung gehört zu meinem Geschäft. Man bekommt bei dieser Lebensweise allerdings auch ein feines Empfinden für gewisse Veränderungen. Die Menschen in Deutschland – und ich meine auch in Österreich – haben sich verändert. Ich möchte vor dieser Veränderung warnen. Nach meiner Meinung wird es einen politischen Erdrutsch geben, und ich glaube, daß dieser besonders die Mitglieder der mosaischen Glaubensgemeinschaft treffen wird. Ich weiß, ich weiß, daß sich kaum jemand von Ihnen noch dazuzählt, aber ich möchte diese herrliche, künstlerische Stadt und auch diese ganz besondere Gesellschaft von großen Künstlern, die ich heute die Ehre hatte kennenzulernen, nicht verlassen, ohne meine Warnung ausgesprochen zu haben: Verlassen Sie dieses Land, nehmen Sie alles mit! Vor allem Ihre Noten und Manuskripte! Gehen Sie, bevor es zu spät ist!"

„Bravo, Burg!" Molnár applaudierte lachend. „So macht man Geschäfte! Aber wir rennen doch nicht vor ein paar depperten Antisemiten oder einem schlechten Maler, der ein noch schlechteres politisches Buch geschrieben hat, davon! Sie vertreten uns und unsere Werke in Amerika und werden kein schlechtes Geschäft mit uns machen. Kompliment! Aber Sie glauben doch nicht im Ernst, daß dieser Hitler auch nur die geringste Chance hat? Auf ein paar politische Wirrlinge mehr oder weniger kommt es hier doch nicht an. Die werden uns nicht schaden, weil sie uns noch nie geschadet haben ..."

Lilly Lehár flüsterte ihrem Mann zu: „Der Molnár hat recht, was bildet sich dieser Burg ein? Ein typischer, gefinkelter ..."

Burg wandte sich an Vera: „Ich danke Ihnen, gnädige Frau, für diesen unvergeßlichen Abend, ich fahre morgen nach Triest, dann mit dem Schiff nach New York und weiter nach Los Angeles."

Vera dankte mit einem graziösen Neigen des Kopfes und sagte: „Ich danke Ihnen allen, auch im Namen von Imre, daß Sie heute bei uns waren, und hoffe, daß es bald wieder so sein wird ..." Nur ein Wink ihrer Hand, und das Personal erschien mit warmen und kalten ungarischen Mehlspeisen und goß dazu goldglänzenden Tokajer in kleine Gläser.

Kálmán hatte seinen Ärger über Vera schon wieder vergessen. Er war stolz auf die Art, wie sie es verstand, jede Einladung zu einem Stadtgespräch zu machen. Seit sie den Haushalt führte, überschlugen sich die Gäste vor Begeisterung und sprachen davon, wie man im Hause Kálmán auf unnachahmliche Weise die künstlerischen mit den kulinarischen Genüssen vereinte. Und das dankte er Vera, seiner Vera, die darunter litt, noch immer nicht offiziell Frau Kálmán zu sein.

„Herr Burg, ich möchte Sie unter vier Augen sprechen." Kálmán nahm Sam beim Arm und führte ihn in das Frühstückszimmer.

„Ich habe da eine delikate Frage, die ich Sie bitte, diskret zu behandeln. Ich möchte Fräulein Makinska heiraten, aber wie mir ihre Mutter sagte, besitzt sie keine Heiratsurkunde, nur einen Staatenlosen-Paß. Was könnte man da machen?"

Burg fühlte sich plötzlich um Jahre zurückversetzt. Man brauchte ihn wieder als Schadchen. Und er, der inzwischen ein gänzlich anderer in Auftreten und Aussehen geworden war, verfiel ungewollt in das sanfte Hin-und-her-Wiegen des Körpers, fingerte an den nicht mehr vorhandenen Schläfenlocken und murmelte: „Mein Kopp arbeitet … wie, sagten Sie, heißt die Mutter?"

„Sonja Makinska."

Burg nahm sein kleines, schwarzes Büchlein und machte sich Notizen.

„Sie sagten, sie ist verheiratet?"

„In Bukarest. Mit einem gewissen Philipp Mendelsons."

„Mendelsons", notierte Burg, „ein guter jüdischer Name. Bukarest dürfte kein Problem sein, ich habe dort beste Kontakte, von früher … mit der rumänischen Gemeinde konnte man gute Geschäfte machen."

„Wünschen Sie eine Anzahlung für Ihre Bemühungen?"

„Nicht einmal eine Nachzahlung, Maestro, es ist mir eine Ehre und ein Vergnügen, Ihnen eine Gefälligkeit erweisen zu dürfen. Erlauben Sie mir, daß ich mich verabschiede? Ich möchte heute noch in Ihrer Angelegenheit ein paar Telefonate führen, da ich ja morgen abreise."

„Ich danke Ihnen und hoffe, bald von Ihnen zu hören, und wünsche Ihnen eine angenehme Reise in das Land der unbegrenzten Möglichkeiten."

Kálmán begleitete seinen Gast zur Wohnungstür, und die beiden verabschiedeten sich mit einem festen Händedruck, wie zwei Verschwörer.

Sam verzichtete darauf, ein Taxi zu nehmen. Der Frühling in Wien, der Duft des Flieders im Stadtpark, der Abend bei Kálmán, all das stand im schärfsten Widerspruch zu seinen Empfindungen. Er nahm den Weg vorbei am Burgtheater und schritt durch den Park in Richtung zur Hofburg. Auf den Bänken knutschten Liebespaare, und alte Damen führten dicke Möpse spazieren. Auf den Stufen des Theseustempels saß ein Bettler und hielt stumm die Hand auf. Burg suchte sein Kleingeld zusammen. Morgen brauchte er schon eine andere Währung. Der Alte starrte auf die großzügige Gabe und rief:

„Vergelt's Gott, Herr Baron!"

„Wie kurz ist doch der Weg vom Saujud' zum Baron", dachte Samy.

Er würde Wien vermissen. Morgen begann ein neuer Abschnitt seines Lebens, das spürte er. Alles würde anders werden. Woher wußte er das nur? Er war nicht gebildet, hatte außer der Talmudschule keine andere Schule besucht, Deutsch, Russisch, Englisch, alles aus eigener Kraft gelernt, und dennoch begriff er Zusammenhänge, und seine Zukunftsahnungen wurden Realität. Szajko hatte ihm blind vertraut und damit seinen Weg gemacht. Er drehte schon den dritten Film in Hollywood. Szajko, so nannte er ihn noch immer, und Szajko nannte ihn immer noch Samileben.

„Nicht nur 'dos Ponem', auch die Wurzeln bleiben" sinnierte er. Das Gespräch mit den Gershwin-Brüdern hatte ihm wohlgetan. „Koschere Bocher"*, hätte seine Mame gesagt. Er war bereits mit ihnen in New York verabredet. Sie hatten ihn verstanden, im Gegensatz zu den anderen, die ihn belächelt hatten. Kálmán hatte nicht gelächelt über ihn, er hatte nur gedankenvoll zu Vera hinübergesehen. „Tausend Rosen", wenn er sie heiratet. „Hoffentlich weiß sie, was er für a Mezie is! Genug geklärt!" Burg rief sich zur Ordnung, er hatte noch einige Ferngespräche zu führen, und sein Gefühl sagte ihm: Hier stimmt was nicht!

---

* anständige Burschen

16. Kapitel
… welches die Macht und Ohnmacht der Liebe erklärt

Vera erfuhr zum ersten Mal im Leben das totale Gefühl der Geborgenheit. Sie war sicher, sie könnte sich fallen lassen und Imre würde sie auffangen. Sie würde seine Frau sein, und nichts und niemand könne ihr Schaden zufügen. Dieses Bewußtsein versetzte sie in einen Rausch der Überheblichkeit. Man hatte ihr zu dienen, nicht weil sie jung und schön war, sondern weil sie die Gattin eines weltberühmten Mannes sein würde. Daß dieser bekannte Komponist auch noch über ein großes Vermögen verfügte, steigerte ihr Selbstwertgefühl und ihren Ehrgeiz. Der Butler, der ihre Anordnungen mit den Worten: „… aber bisher habe ich es so gemacht …" kommentierte, wurde entlassen. Kálmáns gutmütige Einwände fegte sie vom Tisch: „Kümmere du dich um deine Musik, ich kümmere mich um alles andere!" Vor allem aber kümmerte sie sich um ihr Äußeres. Sie hatte den Ehrgeiz, die Schönste, die Eleganteste und am kostbarsten Gekleidete zu sein. Der Preis spielte keine Rolle. „Veruschka, wir haben zwar eine lange Salami, aber bitte, schneide nicht so dicke Scheiben ab", versuchte er ihren Kaufrausch zu bremsen. Vergeblich. Die erste Frau, die in einem offenen Sportwagen durch Wien flitzte? Vera Natascha! Das edelste Reitpferd? Die kostbarsten Pelze? Für Vera Natascha! Ihre Roben stimmte sie farblich auf ihre Juwelen ab. „Weniger wäre mehr", sagten die Freunde, und „Wenn Dreck was wird, will er gefahren werden", die Feinde. Vera berührte weder das eine noch das andere Geschwätz. Jeden Sonntag ließ sie sich in die russische Kirche im dritten Bezirk chauffieren. Dort kniete sie und sprach lange russische Dankgebete. Der Pope segnete sie dreimal, weil sie auch dreimal soviel spendete wie die anderen Gläubigen. Imre und Vera warteten ungeduldig auf irgendwelche Dokumente aus Bukarest, denn Vera war wieder schwanger. Von Sonja Makinska kam nichts außer Geldforderungen, und Sam Burg schien das Gespräch mit Kálmán vergessen zu haben.

Das Kind sollte nicht unehelich zur Welt kommen. Die vorsichtigen Versuche Kálmáns, die Hochzeit mit wenig Aufsehen und einer beträchtlichen Spende in der jüdischen Gemeinde registrieren zu lassen, stießen auf Widerstand.

So einfach ein Austritt aus der jüdischen Glaubensgemeinschaft war, so schwierig gestaltete sich ein Eintritt. „Bei allem Respekt vor Ihnen, Herr Kálmán, hier geht das Gesetz vor“, hatte der Oberrabbiner zu verstehen gegeben. „Das Fräulein Braut wird dreimal abgewiesen. Erst wenn sie alle Gebete in Hebräisch und unsere Gesetze gelernt hat, kommt sie unter die Chupa*. Sie wissen, wir Juden machen keine Proselyten.“

Kálmán wußte es nicht. Zu lange war er nicht mehr mit dem Glauben seiner Väter in Berührung gekommen. Es stimmte ihn nachdenklich; ausgerechnet in Wien, wo sich alles mit Geld „richten“ ließ, stellte man das jüdische Gesetz höher als den Profit. Warum waren so viele seiner Freunde aus dieser Glaubensgemeinschaft ausgetreten? Er würde bleiben und auch seinen Sohn registrieren lassen – falls Vera einen Sohn bekommen sollte.

Monat um Monat verging, und Vera war bereits im achten Monat. Alle Diskussionen beendete Vera mit den Worten: „Das Einfachste wäre, wenn du austreten würdest, so wie die anderen ...“

Alles in Kálmán sträubte sich bei dem Gedanken, und er konnte nicht erklären, warum. „Ich liebe dich, Veruschka, ich liebe das Kind unter deinem Herzen, es soll ein anständiger Jude werden.“

„Wenn du noch länger wartest, wird es weder Jude noch Russe, sondern nur unehelich sein“, weinte Vera und ging türenschlagend in ihr Boudoir. Wie immer stand er ihren Zornesausbrüchen und Tränen hilflos gegenüber.

„Eine dringende Nachricht für den Maestro“, meldete das Mädchen, „ein Mann läßt sich nicht abwimmeln, er sagt, er kommt aus Bukarest, um den Maestro persönlich zu sprechen.“

„Führen Sie ihn in mein Arbeitszimmer.“

„Mein Name ist Schieber, Emanuel Schieber, ich bin gekommen mit einem Auftrag von Herrn Burg.“ Der Mann war einfach, fast ärmlich gekleidet, und sprach Deutsch mit starkem Akzent.

„Bitte, nehmen Sie Platz, Herr Schieber. Darf ich Ihnen etwas servieren lassen?“

---

* Hochzeitsbaldachin

„Ich bin so frei, wenn geht, a Glas Wasser ..." Er fingerte ein Kuvert aus seiner zerschlissenen Aktentasche. „Ich glaub, auf das wird gewartet? Hier bitte, genehmigte Abschrift von Herrn Oberrabbiner persönlich, und da, bitte, Stampiglie von der Kille*."

Kálmán las:

„Marya Mendelsons geboren am 22. 8. 1907 Perm (Lettland)
Vater: Philipp Mendelsons
Mutter: Sonja Mendelsons, geborene Gurewitsch –

„Das muß ein Irrtum sein. Ich warte auf eine Urkunde auf den Namen Sonja Makinska."

„Gibt es nix in ganz Bukarest. Was haben Sie gegen Gurewitsch? A guter, russischer, jüdischer Name – ich weiß, hier man spricht Horowitz statt Gurewitsch", Schieber lächelte wissend.

„Die Tochter heißt Vera Natascha, nicht Maria."

„Maarya", verbesserte Schieber, indem er die erste Silbe endlos dehnte, „Maarya, a scheener Name, hat nix zu tun mit Maria."

„Ich glaube, hier liegt eine Verwechslung vor", sagte Kálmán unsicher, „trotzdem danke ich Ihnen für Ihre Bemühungen, was bin ich schuldig?"

„Schuldig? Verehrter Herr – nix! Mein Freund Ginzburg hat mich beauftragt, und alles ist besser als gut erledigt."

„Darf ich das Dokument behalten?"

„Gewiß doch! Es war mir eine Ehre, Ihnen gekannt zu haben. Bleiben Sie gesund bis Hundertzwanzig", damit verneigte sich Emanuel Schieber tief und ebenso vor dem Dienstmädchen, das ihm die Türe öffnete, und ging fort.

Kálmán grübelte vor sich hin. Da paßte einiges nicht zusammen. Die Mutter hieß Sonja Makinska und war als Sonja Gurewitsch in der jüdischen Gemeinde registriert. Der angeblich neue Ehemann aber war als Vater einer Marya eingetragen, die zwar nicht den Namen, aber das Geburtsdatum mit seiner Vera gemeinsam hatte. Wer war wer? Wer gehörte zu wem? Sollte das Ganze eine Fälschung sein?

Möglich, auch Rabbiner sind bestechlich. Und wenn es keine war? Haben die beiden Frauen ihre Abstammung manipuliert? Vera war

---

* Gemeinde

bei der Flucht ein kleines Mädchen. Die Mutter? Der Schlüssel für das Rätsel lag bei der Mutter.

Ohne Vera etwas von dem Besuch aus Bukarest zu erzählen, ging Kálmán am nächsten Tag in die Kultusgemeinde, legte das ominöse Dokument vor und ließ die Eheschließung zwischen Emmerich Kálmán, vormals Kopstein, und Marya Mendelsons aus Perm registrieren. Der Termin wurde auf den 9. November festgelegt. Das Dokument der Bukarester Gemeinde wurde angenommen.

Ungewöhnliche Situationen verlangen ungewöhnliche Handlungen, beruhigte er sein Gewissen. Er haßte nichts mehr als Unaufrichtigkeit, aber er konnte Vera in ihrem Zustand nicht mit diesem Thema konfrontieren. Ihre Freude über den baldigen Hochzeitstermin entschädigte ihn für eine schlaflose Nacht. Sie fragte nicht wieso, sondern lachte und machte sich Gedanken, wie sie ihren Bauch am besten modisch verbergen könnte. Sie spielte ihm vor, wie sie den Brautstrauß tragen würde, um ihren Zustand zu verbergen.

Dann aber fiel ihr ein, daß ein Hut, extravagant und groß wie ein Wagenrad, das beste Ablenkungsmanöver sei.

Er nahm sie lachend in die Arme. „Veruschka, deine Sorgen möchte ich haben – es wissen doch alle …"

„Gut, es wissen alle, aber es müssen doch nicht alle sehen? Komm, umarme deine Frau! Ich bin glücklich! Und jetzt fahre ich in die Stadt und kaufe mir den schicksten Hut von Wien!"

„Hoffentlich kommt sie nicht auf die Idee, ihre Mutter einzuladen", dachte Kálmán, aber diesmal würde dieser kleine Teufel bei ihm auf Granit beißen. Frau Makinska oder Gurewitsch oder Mendelsons oder wie immer sie hieß sollte ihre Zweisamkeit nicht belasten.

17. Kapitel
... worin man erfährt, wie lebensgefährlich es sein kann, wenn man politische Entwicklungen ignoriert

Genau acht Tage nach der rasch vollzogenen Hochzeit brachte Vera einen gesunden Buben zur Welt. Kálmán begab sich zur Kultusgemeinde, um seinen Sohn registrieren zu lassen. Die Eintragung bedeutete nicht nur das schriftliche Bekenntnis zum Judentum, zur 'Brit Mila'*, am achten Tag nach der Geburt, sondern auch die Verpflichtung, die Kultussteuer zu bezahlen. So hatten es die Kopsteins gehalten, so würde er es halten, und so sollte auch sein Sohn handeln. Mit einem Obulus die Armen der Gemeinde zu unterstützen blieb eine Selbstverständlichkeit.

Der Gemeindebedienstete gratulierte, schlug umständlich einen schweren Folianten auf, tauchte die Feder in schwarze Tinte und schrieb: „Karl Emmerich Fedor Kálmán, geboren am 17. November 1929“. Der alte Mann gestaltete die Eintragung zu einem kleinen Ritual. Er schrieb langsam, mit großer, schnörkelhafter Schrift. „gebenscht** soll er sein“, sagte er, nachdem er gewissenhaft den Namen der Hebamme „Antoinette Depauli“ hinzugefügt hatte.

Kálmán bedankte sich und hinterließ eine großzügige Spende für jüdische Waisenkinder.

Zuhause setzte er sich an die Schreibmaschine seiner Sekretärin und schrieb:

Meine geliebte Mama, liebste Schwestern!

Ich sollte erst in einer halben Stunde kommen – bin aber schon früher herübergekommen, und man zeigte mir das Kind. Ich stand da, habe den kleinen Jungen angesehen und der Hebamme gesagt: „Na, das ist ein häßlicher Judenjunge“, worauf die Hebamme furchtbar beleidigt war und gesagt hat, das ist das schönste Kind, was seit langer Zeit im Sanatorium geboren wurde. – Aber schon in diesem Moment habe ich konstatiert, daß ich eine so erschütternde Ähnlichkeit zwischen Vater und Kind wirklich noch nie erlebt habe.

---

* Beschneidung ** gesegnet

Es schien, als habe Fortuna ihr ganzes Füllhorn über die Familie Kálmán ausgeleert. Glückliche Eltern, ein gesunder Sohn. Nicht nur ständig fließende Tantiemen, auch ständig fließende musikalische Einfälle ließen keinen Wunsch offen. „Das Veilchen vom Monmartre“ entstand und hatte – wie konnte es anders sein? – einen internationalen Erfolg. Unmittelbar nach der Uraufführung im Johann-Strauß-Theater wurde die Operette in Deutschland, Portugal und Frankreich gespielt. Tausende Aufführungen brachten Millionen Tantiemen. Vera leistete sich jede erdenkliche Extravaganz, und Kálmán versagte ihr nichts. Er dachte nicht an ihre Vergangenheit, er lebte die Gegenwart in ihrer ganzen Lebensfülle. Seinen Sohn auf den Knien oder seine Noten und den Flügel vor sich zu haben, nachts seine Veruschka zu umarmen, das war Glück.

Diesmal gestaltete sich die Sommerfrische in Bad Ischl zu einer triumphalen Repressalie für Vera. Vorbei die Zeiten des tagelangen Kreuzstichstickens, kein stundenlanges Warten auf den Geliebten, kein verschämtes Versteckspiel zweier Liebenden. Wie eine Fürstin zog sie in die elegante Villa ein, die Kálmán für den Sommer gemietet hatte. Chauffeur, Dienstmädchen, Kindermädchen, Köchin, alle standen vierundzwanzig Stunden auf Abruf zur Verfügung. „Die Kálmáns kommen“, flüsterte man auf der Promenade, wenn Vera am Arm ihres Gatten, gefolgt von dem Kindermädchen, das den Wagen mit dem kleinen Karl Emmerich schob, vorbeiging. Den Kopf, wie es ihre Art war, ein wenig in den Nacken gelegt, die Andeutung eines Lächelns in den Mundwinkeln, rauschte sie vorbei. Sie begrüßte nur jene, die sie grüßen wollte, denn sie hatte ein gutes Gedächtnis und erinnerte sich genau, wer sie noch vor kurzem geschnitten hatte. Man bewunderte sie. Davon konnte sie nie genug haben. Man beneidete sie. Das war ihr angenehm. Man verleumdete sie: „... ein Flittchen, das es geschafft hat“ – es war ihr gleichgültig. Man traf sich mit Freunden, die alle „jemand waren“, man dinierte, soupierte, wenn man politisierte, hörte sie gelangweilt weg.

Die Hakenkreuzler hatten sich mit den Kommunisten gegen die Sozialisten verbündet und in Wien blutige Straßenkämpfe ausgetragen. In München nahm die Gefolgschaft von Adolf Hitler ständig zu. Er hatte mit fünfzig Leuten angefangen, und nun sollten es schon Tausende sein. Was ging sie das an? Ihr Imre hatte Millionen, die ihn liebten, und Millionen auf der Bank, ihr konnte nichts passieren. Dieser Hitler, der sich im Münchner Gärtnerplatztheater zehnmal hintereinander die Csárdásfürstin angesehen hatte, sollte ihnen gefährlich werden? Lächerlich! Sogar die Salzburger Festspiele druckten auf ihre Einladung den Zusatz „... *daß die Festspiele durch die politischen Ereignisse nicht gestört*“ seien. Na bitte! Wichtig war für sie, zu erfahren, ob Max Reinhardt nun endlich von Else Heims geschieden war, um Helene Thimig zu heiraten.

„Es gibt bald mehr gemischte Paare als gekischte*“, ulkte Oscar Straus, „der Hans Moser hat jetzt auch ein jüdisches Mädel geheiratet, er soll ganz schön unter dem Pantoffel stehen.“

„Wer tut das nicht?“ sagte Kálmán und küßte Vera die Hand. Und so endeten alle Ansätze einer politischen Diskussion in Klatsch und Tratsch.

Diesmal erregte Kálmáns kompositorische Arbeit besonderes Interesse. Er schrieb die Musik zu einer Tonfilm-Operette. Der Autor und Regisseur Reinhold Schünzel war nach Ischl gekommen, um die ersten Kompositionen zu hören, und zeigte sich begeistert. Der Ufa-Tonfilm „Ronny“ sollte im nächsten Jahr in Berlin gestartet werden.

„Berlin!“ Vera freute sich und überlegte bereits, welche Geschenke sie für Muttchen Kroner und Kitty einkaufen sollte. Manchmal hatte sie große Sehnsucht nach dieser Stadt und den Menschen mit ihrer schlagfertigen „Berliner Schnauze“. Das „Süßeln“ der Wiener, wie sie es nannte, ging ihr auf die Nerven. Sie glaubte hinter der übertriebenen Liebenswürdigkeit eine versteckte Grausamkeit zu spüren, aber Kálmán sagte: „Du bist ungerecht! Wien verdanken wir mehr als Budapest“, und Vera schwieg.

Die umjubelte Filmpremiere ging ohne Vera über die Leinwand. Sie war wieder guter Hoffnung und brachte am 12. Dezember 1931 eine Tochter zur Welt. Kálmán war außer sich vor Freude. Derselbe alte Gemeindebedienstete in der Jüdischen Gemeinde gratulierte. Er holte denselben alten Folianten und notierte: „Elisabeth Vera Paula Kálmán“. Kálmán gab wieder eine großzügige Spende und erhielt wieder den Segensspruch.

Vera drängte Kálmán, zur Premiere nach Berlin zu fahren. Sie würde die Zeit mit dem Baby in der Privatklinik verbringen, und täg-

* geküßte

lich würde das Kindermädchen sie mit Karl Emmerich besuchen.
Nur drei Tage blieb Kálmán in Berlin. Zeit genug für ihn, festzustellen, daß der Film erfolgreich sein würde. Es zog ihn zurück zu seiner Familie, zu seinem Lebenselixier, wie er immer sagte.

Sein Mentor, Direktor Karczag, Hubert Marischkas Schwiegervater, war gestorben, Kálmán, zutiefst betroffen, schrieb an Marischka:

„Onkel Vilmos hat uns verlassen! Hubert, ich bleibe bei Dir! Wir gehören zusammen!"

Dann versenkte er sich in den besten Trost, den es für ihn gab. Er begann zu komponieren, und er komponierte nur für Hubert Marischka.

„Mein lieber Hubert, ich habe soeben Dein Lied abgeschickt. Du kannst Dir denken, welch merkwürdiges Gefühl es ist, zum ersten Mal im Leben ein Lied, das nur für Dich bestimmt und geschrieben ist, aus der Hand zu geben ..."

Viele trauerten um den großen Theatermann Karczag, der ein einmaliges Gefühl für den Publikumsgeschmack hatte und der immer bereit war, sein ganzes privates Vermögen in eine Aufführung zu investieren, wenn er an einen Künstler glaubte. Kálmán hatte sein Vertrauen und seine Risikobereitschaft nie enttäuscht, und beide hatten enormen künstlerischen und finanziellen Nutzen daraus gezogen.

„Tout Vienne" wurde von der Nachricht überrascht, daß sich Maria Jeritza, die Diva Assoluta der Wiener Staatsoper, von ihrem Mann, Baron Popper, getrennt hatte. Sie wechselte an die Metropolitan Oper New York und hatte die Absicht, ihr kleines Palais in der Hasenauerstraße 26, im Wiener Nobelbezirk Döbling, zu verkaufen.

Das kleine Palais entpuppte sich als ein traumschönes Anwesen mit achtunddreißig Räumen und einem parkähnlichen Garten.

„Das nehmen wir", hatte Vera entschieden, und Kálmán hatte zustimmend genickt. Es begann ein Einkaufen und Einrichten, bei dem sich Vera in ihrem Element fühlte. Sie akzeptierte nur das Teuerste und Eleganteste. Jedes Kind bekam im oberen Stockwerk ein eigenes Zimmer. Jedes Kind hatte ein eigenes Kindermädchen und dieses wiederum ein eigenes Zimmer. Im Mezzanin lagen die Privaträume der Eltern. Zwei Schlafzimmer, Boudoir, Frühstückszimmer, Bäder, Ankleidezimmer für Sie und für Ihn, alles verbunden durch eine Terrasse, deren Freitreppe in den Garten führte. Im Parterre eine große Empfangshalle mit einer Treppe aus kunstvoll geschnitztem Eichenholz. Nebenräume für das Küchenpersonal, Veras Zofe, den Chauffeur und seine Frau, und für den Gärtner. Alle Angestellten lebten gut, wurden gut behandelt und ebenso gut bezahlt.

Das Schönste im neuen Heim aber war der Salon neben dem Speisezimmer. Auf einer Reise nach Frankreich hatten Vera und Imre in Rouen einen Kamin entdeckt. Er zeigte in einer Bildhauerarbeit „Das Wunder von Loretto".

Die Legende besagt, daß vom Haus der Mutter Gottes in Nazareth noch einige Bruchstücke erhalten geblieben waren. Als man die Kirche in Loretto erbaute, kamen zwei Engel und brachten ein Bruchstück des Hauses aus Nazareth, und dieses Steinstück paßte in seiner Größe genau in die dritte Mauer von Loretto.

Vera war von dem Kamin mit den fliegenden Engeln, die ein Haus in Händen hielten, fasziniert. Und Kálmán, der ihre Gläubigkeit bewunderte, aber nicht teilte, ließ dieses meisterhafte Bildhauerwerk stückweise abtragen und nach Wien bringen. Hier wurde das Relief um den Kamin wieder zusammengesetzt, und da stand dieses seltene Kunstwerk zwischen wertvollen Antiquitäten, Gemälden, Teppichen und den mit Perlmuttintarsien eingelegten Flügeltüren. Das Zeichen von Loretto stand da, unverrückbar wie für die Ewigkeit gemeißelt. Freunde bewunderten das prachtvolle Heim und die Kinder, die Vera wie Puppen herausputzte.

Der jüdische Freundeskreis hatte sich verkleinert. Manche fuhren nach Amerika, andere nach Paris, Prag oder London und kehrten nicht mehr zurück. Kálmán, der Bodenständige, fuhr höchstens nach Budapest. „Es genügt, wenn meine Operetten in der Welt herumziehen", sagte er scherzhaft und verstand die Unruhe nicht, mit der seine jüdischen Freunde permanent die politische Lage diskutierten. „Wir leben seit eh und je in einer antisemitischen Welt, was ist euch daran so neu?" pflegte er zu sagen.

Vera war nach der zweiten Geburt vor allem um ihre Figur besorgt. Eine Annonce in der Kronenzeitung erweckte ihr Interesse: „Wir geben Ihrem Körper Schönheit und Spannkraft durch Spezialgymnastik! Auf Wunsch Privatstunden!"

„Veruschka, dein Körper ist wunderbar, was willst du dort?" hatte Kálmán, wissend, daß es sinnlos war, eingewandt.

Vera trainierte jeden zweiten Tag in einer kleinen Turnhalle mit zwei hübschen, blonden Männern in schwarzen Hosen und weißen Strümpfen. Kálmán begleitete sie hin und wieder.

„Bist du eifersüchtig? Das sind doch sehr höfliche Burschen!"

„Ich weiß nicht, mir sind die Kerle suspekt."

Als Vera eines Tages zur Turnhalle kam, war diese von Polizei umstellt. Der Gymnastik-Club war eine Tarnstation der illegalen Nazis, und ihre beiden höflichen Männer hatte man verhaftet. Sie hatten den österreichischen Bundeskanzler Dr. Engelbert Dollfuß, der die Nationalsozialistische Partei verboten hatte, in seinen Amtsräumen am Ballhausplatz erschossen.

Man schrieb den 25. 7. 1934.

18. Kapitel
… welches beschreibt, dass Trennung der Prüfstein jeder Freundschaft ist

In diesen Zeiten stand Sam Burg an Deck des Schiffes, das langsam in den Hafen von New York einfuhr. Er stand aufrecht und breitbeinig da. Seine Hände umklammerten die Reling. Jeder, der ihn sah, hätte ihn für einen Mann gehalten, der mit Selbstsicherheit amerikanischen Boden betritt. In Wirklichkeit war er die Unsicherheit in Person. „Was ist dir, Samileben?" dachte er. „Wo ist deine Chuzpe*? Wo versteckt sich dein Sechel**? Hast du vielleicht Mojre***? Und wenn ja, far wus?" Der Gedanke, Szajko könnte nicht wie abgesprochen am Hafen sein, machte ihm Angst. Die ewige, unausrottbare jüdische Angst vor Fremdenpolizei und Behörden. Sam hatte an seinem Englisch gefeilt. Auf dem Schiff hatte er ausschließlich Englisch gesprochen und man hatte ihn gut verstanden, was ihn mit Stolz erfüllt hatte. Ja, er hatte sogar englisch geträumt, wenn es auch mehr ein Alptraum gewesen war. Und nun stand er da und zitterte inwendig wie der Dreizehnjährige, den man zur Thora gerufen hatte, um in Hebräisch vorzulesen. Um ihn herum summte es in allen Sprachen, er verstand nichts mehr außer den Ausruf einer Frau: „Tate! Mir sannen do!"

Ja, er war auch da, aber wo war Szajko? Vergeblich versuchte er den Freund unter den Menschenmassen am Schiffsanlegeplatz zu entdecken. Die Gangway wurde heruntergelassen, und Sam ging, den Blick auf den Kai gerichtet, hinunter. Plötzlich sah er in der Menge einen Mann, der ihm den Rücken zuwandte. Sein Halbprofil verdeckte ein breitkrempiger Strohhut. Die breiten Schultern? Das könnte er sein! – nein, er konnte es nicht sein, denn dieser Mann hatte kerzengerade Beine. Der Mann schob den Hut in den Nacken: „Samileben!" Die Freunde lagen sich in den Armen.

Statt einer Begrüßung fragte Sam: „Wos is mit deine Füß?"

Szajko lachte. „Ich hab sie mir gradbiegen lassen!."

„Wie das?"

---

*Frechheit ** Geistesverstand *** Angst

„No, brechen und wieder grad zusammenschrauben, that's it!"
„Du Meschuggener, das is doch gefährlich!"
„Leben ist immer lebensgefährlich, sagte schon der Erich Kästner."
Szajko nahm Samy beim Arm: „Nur ruhig, Samileben, jetzt führe ich dich durch den Dschungel der Einwanderungsbehörden von Ellis Island ..."
Er sprach für ihn, zahlte für ihn, nur unterschreiben mußte Sam selber. Sam sah bewundernd auf seinen Freund, wie er ein Bündel Dollarnoten, das mit einer Klammer, die ein Golddollar zierte, zusammengehalten wurde, aus der Hosentasche zog. Wie er lässig den Hut in den Nacken schob, die Hände in die Hosentaschen steckte und von oben herab dem Beamten Auskunft über ihn gab. Undenkbar, daß man so mit einem Beamten in Polen oder Österreich gesprochen hätte, aber hier schien es keinen zu stören. Entschlossen setzte er seinen Hut, den er devot in Händen gehalten hatte, wieder auf, und ein erlösendes Gefühl der Sicherheit durchpulste ihn. Er hielt eine Aufenthaltsbewilligung für „das Land der unbegrenzten Möglichkeiten" in Händen, und er, Sam Burg, würde diese Möglichkeiten zu nutzen wissen.
„Das werd' ich dir nie vergessen, Szajko ..."
„Red' kein Schmonzes*, Samileben, red' Englisch!" Damit winkte er einem Taxi, und wie einst die Mehlsäcke im Scheunenviertel, beförderte er das Gepäck in den Kofferraum.
„Wir bleiben noch einen Tag in New York, dann fahren wir nach L.A."
„Was ist L.A.?"
„No, Los Angeles, unsere neue Heimat! Sag mir, was du heute abend essen willst? Gehackte Leber? Scholet? Chamissel?"
„Und was ist mit Klappstullen? Mach dich nur lustig über einen Einwanderer, der nicht einmal weiß, was 'Heiße Hunde' sind, die überall angeboten werden."
Samy glaubte zu träumen. Das Taxi fuhr jetzt langsamer, und er konnte rechts und links hebräische und jiddische Worte auf Schildern lesen. Vor kleinen Geschäften standen jüdische Menschen und redeten mit den ihm vertrauten Gesten aufeinander ein. Sie stiegen aus, und Samy sagte nur: „Wo bin ich?"

* Blödsinn

„Du bist in der Bronx.“ Sie schlenderten die belebte Straße herunter. „Hier leben mehr Juden als in Palästina und mehr Talente als in Wien, Berlin und Prag zusammen. Immer wenn ich am Broadway auftrete, komme ich hierher und sehe mir die Vorstellungen an. Hier spielt man in Jiddisch, und berühmte Truppen, wie die der Rachel Esther Kaminska aus Polen, treten auf.“ Sie blieben vor einem Theater stehen. „Schau, hier spielen sie Franz Lehár.“

Sam las: *Gerstmann's theatre – tonight: The kosher Widow.* „Ist das ‘Die lustige Witwe’ in Jiddisch? Weiß das der Lehár, und was sagt der Hitler dazu? Man sagt, er ist sein Lieblingskomponist.“

„Ich weiß es nicht, ich weiß nur, daß man statt ‘… ich bin eine anständige Frau …’ dort singt ‘… ich kann dich brauchen wie a Loch im Kopp …’.

In dem kleinen, koscheren Restaurant schwelgten die Freunde in vertrauten Speisen und Erinnerungen.

„Du wohnst bei mir, außer meiner Freundin kannst du alles benutzen, Samileben.“

Sami hob sein Glas und stieß mit Szajko an: „Möge alles Gute, was du mir tust, auf dich zurückkommen. A gite woch’!“

„A gite woch’!“ antwortete Szajko.

Sie tranken ihre Gläser aus, und beide hatten das Gefühl, einen Bruder zu haben.

Alexander Granach lebte in einem Haus in der Fairfax Avenue in West Hollywood, einem überwiegend von Juden bewohnten Viertel. Sam Burg, gesegnet mit der Begabung der sofortigen Anpassung, wurde vom ersten Tag an aktiv. Am zweiten Tag nach seiner Ankunft stand er bereits im Vorzimmer des Büros des Filmregisseurs Ernst Lubitsch. In seiner Aktentasche trug er die Weste.

„Sind Sie bestellt?“ fragte eine Vorzimmerdame, die aussah wie eine Mischung aus Lilian Harvey und Mary Pickford.

„Nicht direkt, ich bin sozusagen vorbestellt.“

„Was soll das heißen? Mister Lubitsch ist sehr beschäftigt. Schreiben Sie uns, worum es sich handelt, wir werden antworten. Don’t call us, we call you“, damit wandte sich das blonde Gift ihrer Schreibmaschine zu.

In Sam lebte der alte Schadchen auf, den man vorne hinauswirft und der hinten wieder hereinkommt. Mit einem verschmitzten

Augenzwinkern deutete er auf seine Aktentasche. „Miss, ich bringe etwas sehr Wichtiges für Herrn Lubitsch, aus Berlin, sagen Sie ihm das."

Der Mary Pickford-Verschnitt seufzte und schlängelte sich auf zehnzentimeterhohen Stöckelschuhen zur ledergepolsterten Tür.

„Sie können eintreten", verkündete sie kurze Zeit später.

Sam blieb höflich an der Tür stehen. Ungefähr sieben Meter entfernt, hinter einem überdimensionalen Schreibtisch, saß Ernst Lubitsch.

Er sagte nur: „Was wollen Sie?"

„Mein Name ist Sam Burg, vormals Samuel Ginzburg aus Siget, ich …"

„Ich gebe nichts, wenden Sie sich an die Jewish Agency for Emigrants, die werden …"

„Sorry, Mister Lubitsch, nicht Sie geben mir – ich gebe Ihnen etwas." Damit öffnete er seine Aktentasche und ging langsam zum Schreibtisch. Mit großer Vorsicht, als würde er eine Thorarolle öffnen, entnahm er der Tasche die jiddische Zeitung mit ihrem Inhalt. Mit einer kleinen Verbeugung legte er das Paket vor Lubitsch hin. „Ich soll Ihnen ausrichten – jeder Stich a Broche …"

Ernst Lubitsch öffnete die Zeitung und starrte sekundenlang auf die Weste. Langsam fuhr seine Hand die Nähte entlang. Er senkte den Kopf und flüsterte: „Tatenju* … Tatenju …"

Dann stand er auf, ging zum Fenster und wandte Sam den Rücken zu. Dieser schloß lautlos hinter sich die Tür.

„Sie sollten den Chef jetzt nicht stören", sagte er zu der blonden Schönheit und übergab ihr seine Karte.

Alexander Granach verließ frühmorgens das Haus, um nach einem anstrengenden Drehtag am Abend wiederzukehren. Sam Burg verließ das Haus und verbrachte den Tag, indem er sich unzählige Filme ansah, in den Coffeeshops und Bars mit jedem Amerikaner das Gespräch suchte und stoßweise Comic strips verschlang. Nach einigen Wochen wußte er mehr über den American Way of Life als Szajko, der sich ausschließlich zwischen Proben und Filmarbeiten bewegte.

Sam begann seine Existenz aufzubauen. Er hatte erkannt, daß es nicht genügte, ein fleißiger Emigrant zu sein. Hier war jeder nur so

* Väterchen

erfolgreich wie sein letzter Film oder sein letztes Drehbuch. Erfolge in Old Europe bedeuteten hier nichts, oder wie man sagte „peanuts".

Sam saß am Strand und klärte sich wieder einmal aus, wie Szajko zu sagen pflegte. Nahe der Küste flog langsam ein Flugzeug vorbei. Auf einer Tragfläche ging ein Mann spazieren.

Sam war sprachlos und rannte zur Landepiste. Diesen Mann mußte er unter Vertrag nehmen.

Die Maschine landete, ein kleiner Mann sprang lachend herunter. Es war Billy Wilder.

Sie saßen zusammen im Coffeeshop und Billy gestand, daß es ihm noch dreckiger gehe als vor ein paar Jahren in Berlin. Er teile ein Zimmer mit dem Schauspieler Peter Lorre und er hoffe auf einen Vertrag bei Lubitsch.

Sam berichtete, daß er dabei sei, eine Agentur aufzubauen und daß schon einige gute Namen in seiner Kartei stünden.

„Setzen Sie mich dazu und sprechen Sie für mich mit Lubitsch – falls Sie überhaupt zu ihm vordringen können."

„Das sollte sich machen lassen", sagt Sam bescheiden und machte sich in seinem kleinen, schwarzen Buch einige Notizen.

„Ich habe noch jemanden für Sie", Wilder lächelte pfiffig, „aber nur, wenn Sie meinen Kaffee und die Ham and Eggs zahlen. Hier ist die Telefonnummer von Lilian Harvey."

„Die Harvey?"

„Genau die. Sie arbeitet derzeit als Krankenschwester, und weil sie keine Rollen mehr bekommt, will sie nach Nazideutschland zurück. Reden Sie ihr das aus, vielleicht hört sie auf Sie."

Aber Sam redete vergeblich.

„Hitler hat mir ein tolles Angebot gemacht, ich pfeif auf dieses Hollywood! Tut mir leid, Mister Burg."

Sam sprach mit Szajko.

„Das ist das Tragische. Mit Dreißig kann sie keine Jugendlich-Naive mehr spielen. Deshalb hat man keine Rollen für sie. Die Regisseure und Produzenten können sich die blutjungen Mädchen von den Bäumen pflücken. Jede tut für eine Rolle alles."

„Würdest du mit einer Frau ins Bett gehen, obwohl du genau weißt, daß sie dich nur benützt, um Karriere zu machen?"

„Warum nicht? Man benützt einander und hat sich nichts vorzuwerfen."

„Und was ist, wenn man sich in so eine verliebt?"

„Dann hat man Pech gehabt. Du weißt doch: Fun naches lejbt men nit, fun zores schtarbt men nit."*

„Na, was sagt mein kleiner Wunderrabbi zur politischen Lage?" wechselte Szajko das Thema.

„Schwer zu sagen, noch schwerer, drüber nachzudenken. Die meisten Deutschen sind zunächst für den Hitler und dann gegen die Juden. Die Österreicher sind zunächst gegen die Juden und dann für den Hitler. Aber es gibt auch Juden, die sich dem Hitler andienen."

„Sag, daß das nicht wahr ist!"

„Es ist wahr. Der Hitler ernennt sogenannte Ehrenarier. Sophie, die Frau vom Lehár zum Beipiel, weil er doch sein Lieblingskomponist ist. Die Frau vom Hans Albers. Ich könnte dir noch …"

„Hör auf! Ist denn sowas möglich? Der Lehár ist doch ein Millionär, kann er nicht überall leben?"

„Kann er, tut er aber nicht! Also, frag mich was Leichteres."

„Wie man sieht, haben es die Reichen immer leichter. Was ist mit den Armen, denen du unsere Adresse gegeben hast?"

Sam schüttelte den Kopf. „Ich versteh das nicht, bis jetzt hat sich keiner gemeldet, niemand auch nur um das Geld für die Reise angesucht."

„Vielleicht glauben die Narren, daß Hitler Österreich übergehen wird?"

„Der übergeht niemanden, schon gar nicht die Juden. „Da" – und er zeigte mit seinem Zeigefinger auf seine Halsschlagader – „da soll man mich stechen, wenn die Katastrophe nicht schon begonnen hat."

---

* Von Vergnügen lebt man nicht, von Ärger stirbt man nicht

19. Kapitel
… in dem als Menschen verkleidete Schweinehunde auftreten

Vera Kálmán, die Mutter zweier entzückender Kinder, hatte keinerlei Sorgen. Ihr Leben verlief in goldenen Bahnen. Jedes Kind hatte ein Kindermädchen, eine Französin und eine Engländerin. Sie wuchsen ohne Schulzwang dreisprachig auf. Karl Emmerich und Lilike gehörten zu der verschwindend kleinen Gruppe von Kindern, die bei Tisch ihre Eltern niemals das Wort „Geld“ aussprechen hörten. Alles, was sie sich wünschten, erhielten sie sofort. Außer in Märchen gab es für sie keine Kinder, die in Armut und Not lebten, und Vera vermied es, ihnen von den eigenen, kaum vergangenen Entbehrungen zu erzählen. Sie kleidete sie wie Puppen, sie herzte und scherzte mit ihnen, über das wirkliche Leben erzählte sie ihnen nichts. Die ersten Töne am Morgen und die letzten am Abend, die an ihre Ohren drangen, waren die Melodien ihres Vaters. Die Theatervorstellungen, denen sie in der Loge des Direktors beiwohnen durften, ließen sie glauben, daß es nur eine Musik auf der Welt gebe, die ihres Vaters.

Ein Anruf von Muttchen Kroner aus Berlin beunruhigte Vera kaum.

„Mensch, Veruschka! Hier is der Bär los! Seit der Hitler an der Macht is, spielen die Berliner varrückt. ‘Kauft nicht bei Juden!’ schreiben se auf die Jeschäfte, und wenn du es tust, wirste anjespuckt. Ick warne dir, Kind, paß man bloß uff!“

Vera hatte Muttchen Kroner und Kitty sofort nach Wien eingeladen, aber sie hatten abgelehnt.

„Schaut ihr mal, dat ihr abhaut, die Sau kommt auch nach Österreich, wirste sehen …“

Kálmán hatte das Telefonat ebenfalls abgetan: „Was willst du, Liebes? Wir sind Ungarn“, und sich unbeeindruckt in den Börsenteil seiner Zeitung vertieft.

„Muttchen Kroner hört wieder einmal das Gras wachsen“, sagte Vera und meldete ein Gespräch nach Paris an.

Sonja Makinska war nach ihrer Scheidung von Philipp Mendelsons, den nie jemand gesehen oder gesprochen hatte, wieder in ihr geliebtes Paris zurückgekehrt. Vera schickte ihr regelmäßig Geld, und ebenso regelmäßig stellte die Mutter fest, daß es zu wenig war. Kálmán zeigte sich mehr als verstimmt, und Vera, die es zu ihrer Mutter nach Paris zog, wartete einen günstigen Moment zwischen seiner kompositorischen Arbeit und dem Studium des Börsenblatts ab.

„Imruschka, Liebster! Ich habe mit meiner Mutter telefoniert."

„Was will sie schon wieder? Wir haben doch gerade erst …"

„Nein, es geht ihr nicht so gut."

„Das bin ich gewohnt."

„Imruschka, ich habe sie schon so lange nicht gesehen. Ich sollte sie besuchen."

„Ach, du willst dich nur in Paris amüsieren."

In der letzten Zeit hatte er die zahlreichen Zerstreuungen, die Vera auf Gesellschaften und Ausflügen suchte, mit wachsendem Mißtrauen verfolgt. Es war seiner Wachsamkeit nicht entgangen, daß sie hemmungslos flirtete und immer der Mittelpunkt eines Schwarms mehr oder weniger interessanter Männer war. Allabendlich dirigierte er die Ouverture seiner Operette im Theater an der Wien. Danach übergab er den Taktstock dem Kapellmeister. Das Publikum liebte diese Geste des Komponisten, und Kálmán liebte es, wenn Vera strahlend und elegant in der Direktionsloge saß. Zumeist war sie nach dem Dirigieren verschwunden. Er saß allein und grübelnd in der Theaterloge, wartend auf ihr Zurückkommen, aber sie kam nicht. Zuhause erhielt er ihren Anruf. Sie hatte wieder einmal im Theater „unglaublich lustige Leute" getroffen und man sei in einer Bar, er solle unbedingt dorthin kommen, wissend, daß er nie tanzte und auch nie nachkommen würde. Nun wollte sie nach Paris – zu ihrer Mutter. Er schwankte zwischen dem Wunsch, sie glücklichzusehen, und den bitteren Signalen seines Unterbewußtseins.

„An wie lange dachtest du?"

„Oh, vielleicht nur sieben oder acht Tage …?"

„Du weißt, ich bin nicht gerne allein, und auch die Kinder, aber bitte, wenn du unbedingt willst …"

„Imruschka, du bist der beste Ehemann der Welt!"

„Ich weiß, ich weiß", grummelte er, „jeder Mann, der seiner Frau alles erlaubt, ist der beste, aber auch der blödeste Ehemann der Welt."

Vera ließ ihre Zofe für acht Tage sieben Koffer packen.

Kálmán brachte sie zum Orient-Expreß und wunderte sich: „Wozu schleppst du so viele Kleider mit? Gehst du mit deiner Mutter von einem Ball zum anderen?“ Er versuchte zu scherzen, was kläglich mißlang. „Vergiß nicht, wie sehr ich dich liebe …“, er küßte sie zärtlich.

Vera hatte den weißen Panamahut abgenommen und das kurze, schwarze Breitschwanzjäckchen abgelegt. In ihrem weißen Hemdblusenkleid, die Wespentaille mit einem schwarzen Lackgürtel betont, sah sie aus wie ein achtzehnjähriges Mädchen. Nur der auffallende Schmuck und ihre erotische Ausstrahlung setzten einen verführerischen Akzent. Sie bemerkte, daß zwei Herren an ihrem Abteil vorbei gingen und sie genau musterten. Vera blickte kurz hin und einmal hinterher und wußte: Es sind keine Herren, es sind Männer.

Im Speisewagen, wo sie sich eine Flasche Moet Chandon bestellte, von der sie nur zwei Gläser trank, saßen die Männer wieder in Sichtweite. Sie war es gewohnt, angestarrt zu werden, aber diese beiden Kerle – sie hatte inzwischen entschieden, daß es keine Männer, sondern Kerle waren – sie starrten nicht, nein, sie beobachteten sie. Nun drehte Vera den Spieß um und beobachtete ihrerseits die Kerle. Sobald sie allein Platz genommen hatte, galt das Interesse der beiden nicht mehr ihr, sondern den Speisen, die sie in Mengen und äußerst unmanierlich in sich hineinschaufelten.

Es überraschte sie kaum, als sie die beiden an der Rezeption des Hotels King George V., in dem sie ihre Suite gemietet hatte, wiedertraf. Sie hörte, daß sie mit breitem Wiener Dialekt sprachen. In Französisch, langsam und so laut, daß es auch der Dümmste verstehen mußte, sagte sie: „Taxi, s'il vous plait, cinq heure!“

Wie erwartet, standen die beiden Kerle um fünf Uhr auffällig unauffällig in der Hotelhalle umher. Vera schritt gezielt auf sie zu:

„Was zahlt Ihnen mein Mann, daß Sie mich beobachten und auf Schritt und Tritt verfolgen?“

„Jo, gnä' Frau, des is a absolut diskretes … i man, mir sind …“

„Was Sie sind, ist mir klar, unklar ist mir Ihr Preis. Also, machen wir es kurz: Sie berichten nach Wien, was ich Ihnen sage, und ich zahle Ihnen das Doppelte, einverstanden?“

Die beiden wechselten nur einen Blick, und man war handelseinig.

„Also notieren Sie: Madame hat täglich um elf Uhr vormittags das Hotel verlassen und mit ihrer Mutter Einkäufe gemacht. Mittagessen mit ihrer Mutter, Abendessen mit ihrer Mutter – nennen Sie irgendwelche Restaurants auf den Champs-Élysées – und ich war jeden Abend um zehn Uhr zurück und habe das Hotel nicht mehr verlassen. – Hier ist Ihre Anzahlung, den Rest bekommen Sie auf der Rückfahrt im Orient-Expreß. Ich darf doch annehmen, daß wir auch wieder gemeinsam zurückfahren, nicht wahr, meine Herren? Und nun wünsche ich Ihnen einen schönen Aufenthalt in Paris. Gehen Sie ins Folies Bergère, das ist wesentlich interessanter, als meine Mutter und mich zu beobachten. Au revoir."

Damit drückte sie ihnen ein Bündel Franc-Scheine in die Hand und eilte zum Telefon: „Mamuschka, ich bin gerade angekommen! Mach dich schick, wir stellen Paris auf den Kopf!"

Vera entstieg dem Orient-Expreß und fiel in die Arme ihres Mannes. „Was sagst du, Imruschka! Statt mit einem, komme ich mit neun Koffern zurück! Cà c'est Paris! Im Theater des Varietés spielen sie dein 'Veilchen vom Monmartre', ein Riesenerfolg, ich habe die Kritiken mitgebracht und deine Zigarren, Mutter läßt dich grüßen ...", so sprudelte es aus ihr heraus.

Zwei Männer gingen vorbei. „Die sind schon bei der Hinfahrt im Zug gewesen", sagte sie scheinheilig, und er antwortete ebenso: „Ach ja ...", und jeder schmunzelte vor sich hin.

Die Kinder und das Personal begrüßten Vera. In ihrem Boudoir duftete als Willkommensgruß ein herrliches Blumenarrangement. Man speiste zusammen, die Kinder küßten die Eltern und wurden von den Kindermädchen zu Bett gebracht. Vera und Imre setzten sich zum Kamin, und er zündete sich eine Zigarre an. Vera fühlte sich unendlich wohl. Nach den Tagen in Paris, die sie verschlief, weil die durchtanzten Nächte kein Ende und ihr einige intensive Flirts die Ruhe genommen hatten, genoß sie den bürgerlichen Ausgleich. Sie würde Imre heute nacht besonders zärtlich entgegenkommen. Er durfte keinerlei Verdacht schöpfen, damit sie sich bald wieder eine kleine Spritztour erschwindeln konnte.

„Meine Mutter und die Schwestern gehen nach Budapest zurück", sagte Imre ernst.

„Warum? Sie waren doch so gerne hier und in deiner Nähe?"

„Viele ungarische Juden gehen zurück. Sie glauben, Hitler wird in Österreich dasselbe machen wie in Deutschland ..."

„Was macht er denn da?"

Kálmán zog langsam an seiner Zigarre und blies den Rauch noch langsamer aus. Das völlige Desinteresse Veras an etwas anderem als Luxus und Vergnügungen bedrückte ihn. Manchmal hatte er das Gefühl, ihr Goldesel zu sein, den man unentwegt melken konnte.

„Es ist schlimm, was er macht, aber noch schlimmer ist, daß fünfzig Millionen Deutsche mitmachen."

„So viele?" wunderte sich Vera.

„Es werden noch viele Österreicher dazukommen. Mutter hat man in die leeren Milchflaschen, die sie vor die Wohnungstür gestellt hatte, hineingepinkelt. Sie vermutet, es war der Hausmeister, er ist ein Deutschnationaler – sagt sie. In allen deutschen Städten brennen Scheiterhaufen mit den Büchern jüdischer Autoren. Eines der ersten war 'Im Westen nichts Neues' von Erich Maria Remarque."

„Erich und Maria Remarque, die beiden kenne ich nicht, haben wir das Buch?"

„Ja, aber es wird dich nicht interessieren, es handelt vom Krieg."

„Du meinst, wenn der Hitler nach Österreich kommt, wird er auch deine Partituren verbrennen, weil du jüdisch bist?"

„Das glaube ich nicht. Meine Operetten sind unpolitisch, und er liebt sie. Aus Deutschland kommen die meisten Tantiemen."

„Wäre es nicht besser, die Deutschland-Tantiemen nach Österreich zu überweisen?"

„Sieh mal an, meine schlaue Veruschka entwickelt Geschäftssinn! Aber nicht genug. Ich habe alles in die Schweiz überweisen lassen. Wie sagte der Farkas neulich im Kabarett Simpl? Spare in der Schweiz, dann hast du in der Not!"

Not! Das Wort allein versetzte Vera in Panik. Nie wieder wollte sie in Not geraten. Vor ihrem geistigen Auge lief blitzschnell ihre Vergangenheit ab, wie ein Film. Nein, das nicht! Das nie wieder! Sie setzte sich auf Kálmáns Schoß wie ein kleines Mädchen.

„Imruschka, müssen wir Angst haben vor der Not?"

Er küßte sie. „Aber nein, mein Kind, wir sind doch Ungarn."

Das Leben verlief weiter in goldenen Bahnen. Das Ehepaar Kálmán reiste im Zwölfzylinder-Mercedes mit Chauffeur und Zofe zu den Operettenpremieren in alle Städte Europas. Die Kinder blieben in der Obhut ihrer Gouvernanten in Wien. Behütet und abgeschirmt gegen Kinder der Straße. Sie spielten mit ihresgleichen, so daß sie annahmen, es gebe nur Kinder ihresgleichen. Wenn der Gärtner „verwöhntes jüdisches Gesindel“ murmelte, wenn sie seine Pflanzen zertraten, wußten sie nicht, was gemeint war. Sie lebten in einer Welt, wo es auch Kindern erlaubt war, zu befehlen und niemand ihnen zu widersprechen hatte außer den Eltern. Diese musizierten und spielten mit ihnen, sie sprachen mit ihnen in mehreren Sprachen, über das Leben außerhalb des goldenen Gitters sprach niemand.

Eine Köchin aus Ungarn wurde eingestellt. Ihr Name war Maria Pervich. Eine seltsame Frau, unbeirrbar in ihrer Sturheit und eine Tyrannin in der Küche. Wohl deshalb nannte sie jeder nach kurzer Zeit „die Pervich“. Bald nach ihrem Eintritt verhalf sie dem Hause Kálmán zu dem Ruf, ihre Gäste mit den besten Speisen der Welt zu verwöhnen. Man versuchte sie abzuwerben, man bot ihr große Summen an, aber mit dem Kadavergehorsam eines ungarischen Husaren blieb sie bei Emmerich Kálmán, den sie zutiefst verehrte. Ihr Deutsch war mangelhaft, und so lernten die Kinder in der Küche der Pervich perfekt Ungarisch. Sie liebte die Kinder mit der gleichen Intensität, wie sie Kálmán bewunderte. Vera Kálmán stand sie äußerst distanziert gegenüber. Ihre Anordnungen führte sie aus oder auch nicht. Wenn ihr eine Speisenfolge nicht paßte, änderte sie sie eigenmächtig und ließ Veras Donnerwetter stumm über sich ergehen. Da aber jede Einladung zum Abendessen mit Ovationen für Vera endete, trug die Pervich immer den Sieg davon. Was keinem anderen der Angestellten gelang, trotz ihrer ruppigen Art gehörte sie bald zur Familie, obwohl sie sich niemals familiär benahm. Der Neid der übrigen Angestellten war ihr gewiß, zumal sie sich mit den Kálmáns ausschließlich in Ungarisch verständigte und niemand erfuhr, was da geredet wurde. Die Pervich sorgte für alles, wußte alles, sah alles, und – schwieg über alles. Der sprichwörtliche ungarische Charme war an ihr spurlos vorübergegangen, aber ihre Aufopferung für die Familie war grenzenlos. Als sie bemerkte, daß ihre Herrin wieder in anderen Umständen war, lief sie um sechs Uhr früh zum Naschmarkt, um die frischesten Früchte und Gemüse zu besorgen.

„Gehn S’, wos tun Se Eahna des an? Noch a Judenbankert …“ hatte die Putzfrau ihr im Vorbeigehen zugeflüstert. Die Pervich tat, als hätte sie nichts verstanden. Eine Methode, die sie weiterhin beibehielt.

Am 31. August 1936 gebar Vera ihre zweite Tochter. Wiederum in der Privatklinik Auersperg.

Kálmán wartete vergeblich auf den alten Gemeindebediensteten. Diesmal trug eine Frau den Namen in den Folianten der Israelitischen Kultusgemeinde ein: Yvonne Sylva Marya.

Kálmán gab wieder seine Spende, und es war wiederum eine große Summe. Die Frau dankte im Namen der Kinder-Aliyah: „Ihre Gabe kommt den Ärmsten der Armen zu. Wir schicken damit Kinder nach Palästina, aber leider nur die Kinder, für die Eltern reichen die Mittel nicht aus. Wir glauben an die Worte Theodor Herzls: ‘Wenn ihr wollt, ist es kein Märchen!’ Sie, Maestro, tragen dazu bei, das Märchen zu realisieren. Todah rabah“*, sagte sie in Hebräisch.

Kálmán ging nachdenklich davon. Was sollte er tun? Was war richtig und was war falsch?

Wie viele seiner jüdischen Freunde glaubte er an Österreich. Im Grunde ihrer Herzen waren sie alle Monarchisten geblieben. Sie lebten, sprachen, schrieben und komponierten wie in der k.& k.-Monarchie. „Wer a Jud' is, bestimm ich“, hatte einmal der Bürgermeister Lueger gesagt, und man hatte zustimmend genickt. Gewiß, es gab ‘solchene und solchene …’, sie gehörten nicht dazu.

Sam Burg hatte ihm geschrieben und ihm ein verlockendes Angebot für eine Filmmusik gemacht. „Kommen Sie so rasch Sie können mit ihrer Familie nach Amerika, glauben Sie mir, ich rate Ihnen gut. Der Bedrohte weiß mehr …“, stand am Ende des Briefes.

Kálmán fühlte sich nicht bedroht. Er gehörte hierher, was sollte er in Hollywood? Und dennoch spürte er etwas, so wie man ein Gewitter spürt, obwohl die Sonne am Himmel strahlt. Sobald Vera mit dem Baby aus der Klinik kam, würden sie nach Ischl fahren. Er würde keine Zeitungen lesen, in denen man Menschen in arisch und nichtarisch klassifizierte. Es würde sein wie immer – friedlich. Zeit zum Komponieren und Instrumentieren, glückliche Zeit! Christliche und jüdische Freunde würden wie immer ihre Gäste sein, und alle würden die Kochkünste der Pervich begeistern. Er

* Vielen Dank

lächelte schwach: „Nicht nur die Liebe, auch die Freundschaften gehen durch den Magen“, und er ertappte sich dabei, wie er begann, seine Gäste in Juden und Nichtjuden einzuteilen. War er bereits von den Zeitungen und Nachrichten infiziert, in denen Hitler und seine Kumpane ihren Sermon in die Welt posaunten? Was war das für ein Fortschritt der Braunen, bei dem Bücher nicht gelesen, sondern verbrannt wurden? Was war das für ein Frieden, in dem nur gerüstet wurde? Alle Zeitungen brachten seitenweise Berichte über Deutschlands Streitmacht. Was war das für eine Macht? Die Macht des Friedens? Oder des Krieges?

Seine Überlegungen endeten wie die Überlegungen aller Juden seit undenklichen Zeiten: „Ist das, was kommt, gut für uns oder schlecht?“

In Ischl flossen alle Befürchtungen die Traun hinunter. Hans Albers war gekommen, mit seiner jüdischen Frau Hansi Burg, die genau wie Lehárs Frau von Hitler „geadelt“ worden war.

Richard Tauber und Mary Lossef, die sich auf die Premiere der „Gräfin Mariza“ in London vorbereitete, was Tauber zu verhindern suchte, denn er war rasend eifersüchtig.

Reinhold Schünzel und seine Frau Mimi. Eine gemischte Gesellschaft, aber alle berühmt, erfolgreich, sorgenfrei. Das Thema Politik wurde abgetan.

„Alles nur Propaganda“, sagte Hans Albers, „ich mach einen Film nach dem anderen, Hansis Abstammung? Kein Problem. Der Hitler will sogar die Dietrich und den Rudolf Forster aus Hollywood zurückholen, die Harvey ist schon da und filmt bereits wieder. Ihr werdet sehen, uns Künstlern wird es so gut gehen wie noch nie!“

„Auch in Österreich?“ Kálmán war skeptisch.

„Gerade in Österreich. Der Hans Moser filmt in Berlin, und auch seine Frau ist schon geadelt. Reine Formsache.“ Und damit beendete er das Thema und wandte sich dem für ihn weitaus interessanteren Ganslbraten mit Rotkraut und Knödeln der Pervich zu.

Einige Tage später erreichte Kálmán ein Anruf des Karczag-Verlags:

„Alle Kálmán-Operetten sind bis auf weiteres von den Spielplänen der deutschen Bühnen abzusetzen! Alle noch anlaufenden Tantiemen werden eingefroren.“ So lautete die Nachricht der Deutschen Reichskammer für Bühne und Film.

Kálmán geriet in Panik. Aus Deutschland kamen die meisten Tantiemen. Es gab keine Bühne, die nicht seine Operetten spielte. Um Vera nicht zu beunruhigen, schützte er einen wichtigen Termin vor und ließ sich nach Wien chauffieren.

Auf der Visitenkarte, die das Dienstmädchen Kálmán überreichte, las er: Franz Rademacher, Legationssekretär, Reichsaußenministerium.

„Ich lasse bitten."

Ein eleganter Herr, Anfang Dreißig, trat ein.

„Emmerich Kálmán? Meine Name ist Rademacher, ich vertrete unseren Führer in allen künstlerischen Angelegenheiten, Juden betreffend. Sie sind doch Jude?"

„Ja, ich bin Jude. Nehmen Sie Platz." Die aggressiv-forsche Art, die bellende Aussprache seines Besuchers widerte Kálmán an. „Was kann ich für Sie tun?"

„Für mich?" Rademacher lachte auf. „Für mich können Sie gar nichts tun, Sie können etwas für sich tun. Unser geliebter Führer ..."

„Möchten Sie etwas trinken?" unterbrach Kálmán, in der Hoffnung, Zeit zum Nachdenken zu gewinnen. Er stand auf, um nach dem Dienstmädchen zu läuten.

„Keine Umstände, was ich Ihnen zu überbringen habe, ist sofort erledigt."

Kálmán setzte sich wieder und sah sein Gegenüber an. Der herausfordernde Ton, die übertriebene, gerade Haltung, der neidische Blick, mit dem sein Gast den Loretto-Kamin taxierte, das alles verblüffte ihn mehr, als es ihn ärgerte. So einem Menschen war er noch nie begegnet.

„Unser geliebter Führer hat in seinem Weitblick für künstlerische Entwicklungen auch an die Sicherheit unserer Komponisten gedacht."

Rademacher hatte jetzt seiner Stimme eine klebrige Süßlichkeit verpaßt. „Ich darf doch annehmen, daß Sie um die Sicherheit Ihrer Familie besorgt sind?"

Wieso spricht er von unserem geliebten Führer? Und wieso ist er um unsere Sicherheit besorgt? Die von Generation zu Generation geschärften Sinne, einen Judenhasser unter jeder Maske zu erkennen, läuteten bei Kálmán Sturm.

Ruhig sagte er: „Ja, und ..."

„Unser verehrter Führer hat Sie zum Ehrenarier erwählt."

„Ach ja ..."

„Hier sind ..." Rademacher öffnete seine elegante Diplomatenmappe und entnahm ihr einige Formulare. „Hier sind die Informationen, die Sie morgen unterschrieben in der Deutschen Botschaft abzugeben haben. Ja, so einfach geht das, Herr Kálmán. Wir schätzen Ihre Musik, und so werden Sie keine Probleme bekommen." Damit legte er die Blätter auf den Tisch.

„Ich bin Ungar." Kálmán schob die Papiere seinem Gegenüber einige Zentimeter zu.

„Spielt für uns keine Rolle. Darf doch annehmen, daß Sie weiter in Deutschland aufgeführt werden wollen? Und was Ungarn betrifft ... naja, möchte mich ja nicht in Vorsehung üben, das überlasse ich unserem Führer." Rademacher schnellte aus dem Sessel hoch. Obwohl in Zivil, nahm er eine militärische Haltung an, machte eine angedeutete Verbeugung und schnarrte: „Gefreut, Sie kennengelernt zu haben, Heil Hitler!"

Weder er noch Kálmán streckten eine Hand zur Verabschiedung aus. An der Tür drehte sich der Legationssekretär um und sagte: „Ja, noch etwas – ab morgen, wenn wir Ihre Unterschrift haben, können Sie natürlich sofort wieder über Ihre Tantiemen verfügen ... auch als Ungar!" setzte er spöttisch hinzu und ging hinaus.

„Imre, du dreimal hirnochsiger Siófoker Dummkopf! Wie konntest du nur so verbohrt und indolent sein? Mutter, über achtzig Jahre alt, hat mehr Verstand als du mit Fünfundfünfzig. Sie ist beim ersten Signal zurück nach Ungarn."

Er dachte an Sam Burg, an die Freunde und Kollegen im Ausland, alle hatten ihn gewarnt, aber er hatte den Kopf geschüttelt und an dieses Land, an sein Publikum geglaubt. Sie hatten Schreckschüsse abgegeben: „Der Hitler wird uns umbringen!" Er hatte den Kopf geschüttelt ... jetzt glaubte er ihnen. Und diese Verbrecher wollten ihn zum Ehrenarier ... sie wollten ihn 'adeln', einkaufen, benutzen wie die anderen? Nein, ihn konnte man nicht adeln. Sein Volk war älter als jeder Adel. Sechstausend Jahre älter.

Er läutete dem Dienstmädchen: „Zünden Sie den Kamin an."

Lange starrte er in die Flammen. Das ruhige Knistern des Feuers, die Wärme, die davon ausging, beruhigten sein aufgewühltes Gemüt. Er sah sich als kleinen Jungen zu Füßen seiner Großmutter in Siófok. Immer wenn sie den Ofen angezündet hatte, sagte sie: „Zu Ehren von Baal Schem Tow!" und er hatte gebettelt, ihm noch einmal die Geschichte zu erzählen.

Baal Schem Tow, der Begründer des Chassidismus, wurde im Mittelalter von Judenhassern verbrannt. Er war ein spindeldürres, ausgehungertes Männchen, und die Flammen hatten in kurzer Zeit ihre grausame Arbeit getan. Der kleine Sohn des Baal Schem Tow wurde gezwungen, der Verbrennung seines Vaters zuzusehen, und das Kind sah mit Entsetzen, daß es nur weniger Minuten bedurfte, um seinen Vater, den man „Wundertäter" und „Herr des göttlichen Namens" nannte, in ein Häuflein Asche zu verwandeln. Da begann der Sohn zu fressen, er fraß und fraß und wurde dicker und fetter von Tag zu Tag. Als man ihn in der Synagoge fragte, warum er so verfressen sei, stellte sich das Kind vor den Thoraschrein und schrie: „Wenn mich die Christen packen, um mich zu verbrennen, dann werde ich langsam brennen! Ich werde lange brennen! Die Flammen werden über die ganze Welt leuchten, stundenlang, denn ein Jude darf niemals – niemals – spurlos in Rauch aufgehen!"

Kálmán nahm die Papiere, die Rademacher auf den Tisch gelegt hatte, und warf sie in die Flammen. Er meldete ein Blitzgespräch nach Ischl an.

„Veruschka, ich schicke den Chauffeur, bitte kommt alle sofort f."

„Was ist passiert? Warum? Es ist so lustig hier!"

„Bitte, Liebste, stelle jetzt keine Frage und tu, was ich dir sage."

Dann nahm er den Cézanne von der Wand und öffnete den dahinter verborgenen Safe. Er prüfte und verglich Aktien, Wertpapiere und Obligationen, dann legte er alles zurück. Die finanzielle Lage war ausgezeichnet, hinzu kamen noch die Auslandskonten mit den Tantiemeneingängen in Frankreich, England, Italien und der Schweiz. Auch ohne die Zahlungen aus Deutschland konnte er mit seiner Familie in jedem europäischen Land, ja sogar in Amerika, leben.

Die Zeit bis zur Rückkehr seiner Familie verbrachte er damit, seine Kompositionen und Partituren zu ordnen und in Koffer zu verpacken. In der Nacht hörte er, aus der Richtung vom Türkenschanzpark, vereinzelte Schüsse. Er blieb schlaflos und dachte darüber nach, warum und wieso er sich so lange in

Sicherheit geglaubt hatte, während seine Freunde schon längst im Ausland waren. Er erkannte, daß er im Glanz seiner Erfolge wie in einem Elfenbeinturm gelebt hatte. Seine Familie, seine Musik hatten ihn gegen die Tagespolitik abgeschirmt. Seine Liebe zu Österreich, die er in alle Melodien einfließen ließ, hatte ihn für das, was sich anbahnte, blind und taub gemacht. Er litt wie jeder Liebende, der zuletzt erfährt, daß er betrogen wurde. Am nächsten Morgen erfuhr er, daß im Türkenschanzpark Exekutionen stattgefunden hatten. In der „Kronenzeitung“ stand, daß sich einige Juden selbst hingerichtet hätten.

„Kein Wort zu den Kindern und Angestellten“, schärfte er Vera ein. Sie war voll böser Ahnungen gekommen, aber sie bewies sofort, daß sie in einer leidvollen Jugend gelernt hatte, daß nur Standhaftigkeit und Zusammenhalt aus gefährlichen Situationen herausführen können.

„Imruschka, das hast du gut gemacht! Ich freue mich sogar, daß du es diesem Nazischwein gezeigt hast. Wir werden durchkommen. Zu zweit sind wir unschlagbar.“

Ihre simplen Worte hatten Kálmán aufgerichtet. Er liebte sie in diesem Moment mehr als je zuvor. Welche Kraft ging von dieser zierlichen Person aus! Drei gesunde Kinder hatte sie ihm geschenkt, und nun stand sie da wie ein wunderschöner Rachengel und sagte nur: „Was tun wir als nächstes?“

Er verzieh ihr alle Kapricen und Extravaganzen, er bewunderte sie. Dinge, die er langsam erledigte, trieb sie mit Kraft und Elan voran.

Am Vormittag hatte jemand von der Deutschen Botschaft angerufen. Der Herr Legationssekretär ließ anfragen, wann die unterschriebenen Formulare abgegeben würden. Kálmán hatte nur geantwortet: „Es gibt keine Formulare und keine Unterschrift“ und den Hörer aufgelegt.

Zu Mittag öffnete sich die Tür des Salons, und unangemeldet traten zwei Männer in brauner SA-Uniform ein. In der Halle standen zwei andere in schwarzen SS-Uniformen.

In einem der Braununiformierten erkannte Vera den Hausmeister der Nachbarvilla. Er hatte sie oft um Freikarten angebettelt: „Weil der Herr von Kálmán gor so a scheene Musik schreibt und er jede Operetten auswendig kann …“

Jetzt stand er da, breitbeinig und lachend. Ein schwarzes Lederhalfter teilte seinen Bauch in zwei Hälften. „Kálmán, kommen S' mit", sagte er vertraulich, wie zu einem Saufbruder.

„Was erlauben Sie sich? Wie sind Sie überhaupt hereingekommen?" Vera hatte die Situation mit einem Blick erfaßt. Ihr Personal war mit den Nazis intim. Es blieb ihr keine Zeit zum Nachdenken. Sie lief in die Halle und rief nach den Kindermädchen: „Sie bleiben bei den Kindern, bis wir zurück sind!"

„Des wird oba net so schnell sei", grinste die Frau des Gärtners.

Vera drehte sich langsam um. Sie stand am Fuße der Treppe und legte eine Hand lässig auf das Geländer. Um sie herum in der Halle standen der Gärtner und seine Frau, die Dienstmädchen, die Zofe und der Chauffeur. Nur die Pervich fehlte. Die beiden SS-Männer standen neben der Eingangstür zum Salon. Einer prüfte mit einem dreckigen Fingernagel die Elfenbeinintarsien des Türrahmens.

„Sie sind alle entlassen! Alle. Wenn wir zurückkommen, will ich niemanden von Ihnen mehr in meinem Haus sehen. Das zuständige Gehalt holen Sie sich bei Rechtsanwalt Baron von Ettinghausen."

„No, so wie Sie meinen, geht des jetzt nimma", sagte der Chauffeur, „a Jud kann kan Arier entlassen. Stimmt des, Herr Sturmbannführer?"

Der Angesprochene nickte. „Frau Kálmán, im Auftrag der Deutschen Botschaft requirieren wir Ihre beiden Autos, die Schlüssel..."

„Die Schlüssel wird Ihnen unser zuverlässiger Chauffeur bereits ausgehändigt haben", ein vernichtender Blick traf den Angesprochenen.

Kálmán kam, eskortiert von einem SA-Mann, aus dem Salon.

„Ich komme mit", entschied Vera.

„Wir haben nur den Auftrag, den Komponisten Emmerich Kálmán zum Verhör zu bringen", sagte einer der SS-Männer in schneidig-preußischem Ton.

„Und ich habe den Auftrag, bei meinem Mann zu sein, in guten und in schlechten Tagen, bis daß der Tod euch scheide", zitierte Vera, und zu ihrer Zofe: „Meinen blauen Hut und die weißen Handschuhe!"

Vor dem Palais der Kálmáns stand eine „Grüne Minna", aus der Kindergeschrei und Schluchzen zu hören waren. Die Uniformierten öffneten die Tür, und ohne die Hand, die der SA-Mann als Stütze angeboten hatte, zu berühren, stieg Vera ein. Kálmán folgte. Sein Gesicht war schneeweiß, er zitterte.

„Imruschka, beruhige dich, du wirst sehen, in einer Stunde sind wir wieder zu Hause.“ Sie nahm seine Hand und streichelte sie. Neben ihr saßen einfache jüdische Menschen. Frauen mit Kindern, alte, gebrechliche Leute. Juden, denen man ansah, daß ihnen ihr Existenzkampf niemals Zeit gelassen hatte, etwas anderes zu tun, als an das Brot für den nächsten Tag zu denken. Manche wimmerten leise vor sich hin, andere beteten. Ein alter Mann hatte nur einen halben Bart, die andere Hälfte seines Gesichtes hielt er mit einem blutigen Taschentuch bedeckt. In Vera stieg eine unbeschreibliche Welle des Hasses auf. Was immer sie erlebt und gesehen hatte – die Kosakenattacke auf die wehrlosen Frauen in Petersburg, die Schläge der Rotarmisten auf der Flucht, die Verschlagenheit der Chinesen, mit der man ihnen gekochte Hunde zu essen vorgeworfen hatte – nichts kam dem gleich, was sie jetzt empfand.

„Das werde ich denen nie vergessen, nie! Das sind keine Menschen, das sind als Menschen verkleidete Schweinehunde!“

Kálmán sah durch das kleine, vergitterte Fenster hinaus. Er drückte ihre Hand und sagte leise: „Veruschka, was machen sie mit uns? Sieh nur, da draußen gehen dieselben Menschen, die meiner Musik zujubelten. Was hat man mit den Menschen gemacht?“

„Ich weiß es auch nicht, Liebster, ich weiß nur, daß wir jetzt sehr stark sein müssen. Laß mich reden.“

Der Transport hielt vor dem Hotel Metropol im ersten Bezirk. Der SA-Hausmeister schnarrte: „Ausse mit eich G’sindel, Jesuschmaria, des hot an Knoflg’staunk do drinnan!“

Auf den Bänken entlang der Wände saßen andere Juden, die aufblickten, als die Kálmáns die Hotelhalle betraten.

Vera wandte sich an einen Uniformierten: „Wann werden wir drankommen?“

„Wann S’ aufgerufen werdn.“

„Wir sind Ungarn“, sagte Vera scharf.

„No und? Juden und Zigeuner brauchn mia net im Großdeutschen Reich.“

Ein junger Offizier betrat die Halle.

Vera stellte sich ihm in den Weg. Während sie langsam ihre Handschuhe auszog, blickte sie ihn an und sagte: „Nur auf ein Wort, ich bin Vera Kálmán, mein Mann und ich werden hier festgehalten, bitte – würden Sie uns helfen?“

Der junge Mann erwiderte den Blick sekundenlang, dann öffnete er die Tür zu seinem Büro und ließ beide eintreten. Stumm sah er sich die ungarischen Pässe an und sagte schließlich: „Es muß sich tatsächlich um einen Irrtum handeln. Gab es einen Anlaß?“

„Ich wüßte nicht, welchen“, sagte Vera und warf ihrem Mann einen warnenden Blick zu.

„Wie sind Sie hergekommen?“

„Mit einem Gefangenentransport.“

„Ich werde Sie zurückbringen lassen. Entschuldigen Sie bitte, ich bin ein großer Bewunderer von Ihnen, Herr Kálmán.“

„Sollten Sie einen Abend frei sein, würden wir uns freuen, Sie als unseren Gast begrüßen zu dürfen“, Vera lächelte, und der Offizier zerschmolz.

Im Auto drückte sie Kálmáns Arm. „War es schlimm?“

„Sehr schlimm. Ich will hier keinen Augenblick mehr bleiben.“

Als sie ihr Haus betraten, war das Personal gerade dabei, es sich im Salon gemütlich zu machen. Der Gärtner klimperte auf dem Bösendorfer den Flohwalzer.

„Mizzi! Die san scho wieda do!“ rief er seiner Frau zu.

„Das habe ich Ihnen doch gesagt – und jetzt rrraus!“

Unter Drohungen und Flüchen verschwanden sie. Plötzlich – wie aus dem Nichts – stand die Pervich in der leeren Halle: „Wünschen die Herrschaften das Nachtmahl? Die Kinder sind oben, es ist alles in Ordnung.“

„Pervich! Wo waren Sie die ganze Zeit?“

„Ich habe mich versteckt. An gewissen Leuten soll man nicht anstreifen.“

„Wir werden Wien verlassen – verlassen müssen.“

„Ich stehe zur Verfügung. Wo immer Sie hingehen – wenn der Maestro es wünscht – ich gehe mit …“

„Pervich, wir gehen ins Ungewisse.“

„Dann können die Herrschaften mich vielleicht brauchen und auch die Kinder?“ fragte sie leise.

„Ja, wir brauchen Sie, und ich danke Ihnen“, sagte Kálmán.

„Bitte zu läuten, wenn ich auftragen soll …“ sie ging mit ihren langen, festen Schritten zur Küche.

Kálmán sah Vera an: „So können nur Ungarn reagieren.“

Vera sah ihren Mann an. Es ging von ihm eine Traurigkeit aus, daß sie den Eindruck hatte, er würde jeden Moment in Tränen ausbrechen. Zusammengesunken, mit hängenden Schultern saß er da und schüttelte immer wieder stumm den Kopf. „Mein Gott", dachte sie, „wie schnell kann man einen Menschen zerbrechen …" Und wieder stieg dieser unsagbare Haß in ihr auf gegen die Menschen, die diesen Mann, der zu allen immer nur gütig gewesen war, so weit gebracht hatten.

Ihn, der für sie gesorgt hatte wie ein Vater. Der seinem Personal hohe Löhne gezahlt hatte, der ihnen zu den Feiertagen generöse Geschenke machte, von dem nie ein lautes Wort zu hören war. Und vor diesem Mann – ihrem Mann – hatte man ausgespuckt, als er sein Haus verlassen mußte.

„Das werde ich euch nie vergessen, nie – ihr Dreckschweine!" dachte Vera und zwang sich, einen klaren Kopf zu behalten, denn sie bemerkte, daß ihr Mann zu keiner Handlung fähig war.

„Imruschka, wir müssen fort!"

„Ich weiß, ich weiß, aber wie?" antwortete er apathisch.

„Ich werde zu diesem Rademacher gehen, schließlich bin ich nichtjüdisch und eine Makinska."

„Das wird ihn nicht überzeugen. Er richtet sich nach den Papieren der Jüdischen Gemeinde, und da bist du als eine Tochter jüdischer Eltern registriert. Oh, mein Gott! Was hab ich dir und den Kindern angetan." Er schlug die Hände vor das Gesicht und weinte.

Vera saß wie erstarrt. Sie hatte ihren Mann nie verzweifelt gesehen. Wütend sprang sie auf und schüttelte ihn bei den Schultern: „Imre, hör auf! Es ist doch egal, was wir sind! Wir sind eine Familie, und das ist das Wichtigste!"

Kálmán atmete tief durch und sagte gefaßt: „Liebste, das verstehst du nicht. Nur die Kinder einer jüdischen Mutter werden als Juden von Juden anerkannt. Ich habe euch möglicherweise mit einer gefälschten Bestätigung eintragen lassen. Du weißt, wie die Zeit drängte." Er nahm den Kopf zwischen seine Hände und wiegte sich vor und zurück, mit geschlossenen Augen und schmerzvollem Seufzen.

„Dann werde ich mit Ettinghausen reden, immerhin hat er als dein Anwalt schwer an dir verdient."

„Veruschka, ich kann nicht mehr …" Kálmán stand auf und ging hinaus.

Sie begann fieberhaft zu telefonieren. Ihre christlichen Freundinnen legten den Hörer auf, wenn sie ihre Stimme hörten, und die jüdischen nahmen den Hörer nicht mehr ab. Die Verehrer und Bewunderer, die ihr noch vor einigen Wochen den Himmel versprochen hatten, um mit ihr ins Bett zu gehen, waren plötzlich unabkömmlich. Sie beschäftigte das Fräulein vom Amt mit Gesprächsanmeldungen nach Paris, Berlin und Budapest.

Ihre Mutter in Paris war ahnungslos wie immer. Muttchen Kroner und Kitty voller Angst und außerstande, einen zielführenden Ratschlag zu geben. Die Schwestern in Budapest weinten nur.

Plötzlich kamen ihr die Worte „Semlja i Wolja“ in den Sinn. Die Worte, die ihr Nanja in Perm so oft zugeflüstert hatte. Seit sie ein Kind war, hatte sie nicht mehr daran gedacht. „Ja, ‘Semjla i Wolja’, sie würde dafür sorgen, daß sie in ein Land der Freiheit gelangen würden. Sie würde es schaffen, für Emmerich Kálmán einen Platz der Ruhe zu finden, wo er arbeiten konnte. Sie läutete: „Pervich! Das Nachtmahl in einer halben Stunde!“

Dann ging sie zu ihren Kindern und umarmte alle drei: „Wir essen in einer halben Stunde“, sie wandte sich zu den Gouvernanten: „Sie sind heute abend frei, ich bringe die Kinder selbst zu Bett.“

Dann deckte sie den Tisch mit dem Porzellan, bei dem jedes Stück das goldene EK trug. Legte die Batistservietten mit den handgestickten Monogrammen dazu und wählte die geschliffenen Weingläser, auf deren Kelch ebenfalls das goldene EK glänzte. Sie ging in ihr Ankleidezimmer und zog ein einfaches, schwarzes Kleid an. Sie legte die Perlenkette um. Seit Monte Carlo war die Schnur um vier Reihen Perlen gewachsen. Zu jeder Entbindung, auch der verhinderten, hatte Kálmán ein neue Schnur passender Perlen gesucht. Nun war das Schmuckstück weitaus schöner als jenes, das damals Madame Lupescu getragen hatte. Noch eine Wolke „Soir de Paris“ auf Haar und Hände, und sie klopfe an Kálmáns Tür.

„Imruschka, wir können essen. Die Kinder warten bereits“, sagte sie ruhig und selbstverständlich.

Kálmán saß zusammengesunken in einem Sessel, schaute auf und sah sie an, als käme er aus einer anderen Welt zurück.

„Komm, Liebster, komm …“ Sie nickte lächelnd und zog ihn sanft bei den Schultern hoch. „Ich schlage vor, daß wir den Kindern sagen, daß wir zusammen verreisen, um sie nicht unnötig zu beunruhigen. Was hältst du davon?“

„Verreisen? Ja, gut … aber wohin?"
„Es wird mir schon etwas einfallen."

Karli und Lilian lärmten im Speisezimmer, und jedes Kind bedrängte die Pervich um eine andere Speise. Sie wunderten sich, daß sie es war, die das Essen auftrug, und fragten nach den Dienstmädchen.

„Wir brauchen außer unserer Pervich und Mademoiselle niemanden mehr", sagte Vera bestimmt. „Wir gehen fort von Wien … sehr bald sogar."

Die beiden brachen in ein Indianergeheul aus. Reisen mit Vati und Mutti war immer das höchste Vergnügen. „Darf Yvonka auch mit? Sie ist doch noch zu klein", fragte Karli. Er war eifersüchtig auf das Baby, weil es von seinem Vater bevorzugt wurde.

„Karl Emmerich! Wir sind eine Familie, und eine Familie gehört zusammen."

Er schwieg betroffen. So hatte seine Mutter noch nie mit ihm gesprochen. Etwas stimmte hier nicht. Er nahm sich vor, an den Türen zu lauschen, aber zunächst widmete er sich den Schinkenfleckerln der Pervich. Er spielte das Lied „Warum spielt bei den Schinkenfleckerln alleweil das Fleisch Versteckerl …" schon perfekt auf dem Klavier und dachte, daß das Lied eine einzige, große Lüge sei, denn auf seinem Teller versteckte sich kein Fleisch unter den Fleckerln.

„Vati, darf ich dir nach dem Essen das Lied von den Schinkenfleckerln vorspielen?"

Vera sah den abweisenden Blick ihres Mannes, der lustlos in seinen sonst so geliebten Fleckerln herumstocherte, und sagte schnell: „Aber natürlich darfst du."

Sie sah ihren Mann an, und Kálmán kam aus seinen Gedanken zurück.

„In welcher Tonart wirst du denn spielen?"

„In C-Dur, Vati."

„Nein, so leicht machen wir es uns nicht. Wir werden das Stück heute in F-Dur transponieren."

Und so wurde am Abend eines angstvollen Tages im Hause Kálmán eine lustige, böhmische Polka vierhändig gespielt.

Die Pervich servierte den Mocca im Musikzimmer, und zum ersten Mal spürte sie so etwas wie Bewunderung und Respekt vor Madame Kálmán.

20. KAPITEL

... WELCHES BEWEIST, DASS LIEBE EINE SACHE VON ANGEBOT UND NACHFRAGE IST

Zu dieser Zeit befanden sich Nikolaus und Istvan Horthy, die beiden Söhne des ungarischen Ministerpräsidenten, auf der Fahrt nach Wien. Ihr achtunggebietender Vater schätzte es nicht, wenn sie ihren Vergnügungen in Budapest frönten. Wien war weit genug, damit keine Ausgelassenheit in die ungarische Presse drang, und nah genug, um in einigen Stunden am Ziel ihrer Wünsche zu sein.

Während Nikolaus seine erotischen Vorstellungen wahllos auslebte, hatte Istvan nur ein Ziel: Er wollte Vera Kálmán. Sie hatten sich schon einige Male getroffen, und er hatte sich in die Frau, die stets der Mittelpunkt jeder Gesellschaft war, verliebt. Er hatte mit ihr getanzt und ihr in Ungarisch verliebte Dummheiten ins Ohr geflüstert, in der Annahme, sie verstünde es nicht. Aber Vera hatte ihm ungarisch, keine Spur beleidigt, sondern witzig geantwortet. Sie hatten beide gelacht und sich umarmt. Dann hatten sie gelächelt und sich geküßt, ohne auf die schockierten Blicke der anderen Barbesucher Rücksicht zu nehmen. Seither hatte Istvan keine ruhige Minute mehr gehabt. Er hatte ihr Lachen im Ohr und spürte ihren Körper, wenn er an sie dachte. Er mußte sie wiedersehen. Die Frage nach Emmerich Kálmán hatte sie kurz abgetan: „Mein Mann tanzt nicht."

Horthy wollte diesmal aufs Ganze gehen. Sobald er sein Zimmer im Hotel Sacher betreten hatte, ließ er sich vom Portier verbinden.

Vera war am Apparat. „Istvan! Dich schickt der Himmel!" Sie sprach französisch, und in ihrer Stimme lag Panik.

„Wann kann ich dich sehen?" fragte er, ebenfalls in Französisch.

„Sofort, ich nehme ein Taxi ...", sie legte auf.

Horthy wurde nervös und erwartete sie ungeduldig in der Blauen Bar des Hotels, die um diese Zeit kaum besucht wurde.

Vera ging schnellen Schrittes durch die Hotelhalle, in der sich deutsche Offiziere in den Fauteuils räkelten. Sie blieb im Eingang der Blauen Bar stehen: „Istvan!"

Sie lagen sich in den Armen. Er bedeckte ihr Gesicht mit Küssen, was sie willenlos geschehen ließ. Und dann schilderte sie den vergangenen Tag. Horthy war sprachlos.

Der junge Lebemann wurde zum ersten Mal in seinem Leben mit der Tatsache konfrontiert, daß Politik das Leben nicht nur verändern, sondern auch zerstören kann. Und er wurde sich bewußt, daß er diese Frau nicht nur körperlich begehrte.

„Verácskám*, warte hier, ich gehe in mein Zimmer und telefoniere mit meinem Vater. Wenn jemand etwas tun kann, dann er."

Istvan küßte ihre Hände und strich ihr sanft über die Wange. Vera sah ihm liebevoll nach. Sie hatte ihn für einen oberflächlichen Gesellschaftstiger gehalten, der hervorragend Tango tanzte und ihr den Hof machte, wie es nur ein Ungar verstand. Und er war jung, so jung wie sie. „Scheiße", dachte sie, „die verdammte Politik wird uns trennen." Sie bestellte einen Wodka und lehnte sich geduldig wartend zurück.

Nach einer halben Stunde klingelte das Telefon an der Bar: „Ein Gespräch für Sie, gnädige Frau ..." Der Barkeeper brachte das Telefon an einer endlos langen Schnur zu ihrem Tisch. Es war Istvan.

* ungarische Koseform

„Bitte, Vera, komm in mein Zimmer, was ich dir zu sagen habe, kann ich nicht mit dir in der Bar besprechen. Der Lift ist direkt neben der Blauen Bar. Es wird dich niemand bemerken. Meine Zimmernummer ist siebenundsechzig, zweiter Stock. Die Tür ist angelehnt."

Sie zahlte ihren Wodka und ging.

Istvan umarmte sie: „Alles läuft, alles wird klappen. Papa sagt, er wird mit Hitler sprechen. Wenn der nichts dagegen hat, wird Bürckel euch rauslassen."

In Veras Kopf überschlugen sich die Namen der Nazis, die sie während der letzten achtundvierzig Stunden gehört hatte. Wer war keiner?

„Und wer ist Bürckel?"

„Dummchen! Josef Bürckel. Der NS-Statthalter von Österreich. Er ist seit dem 22. April auch Reichskommissar für die Ostmark."

„Die Ostmark?"

„Ja, bisher Österreich. Bürkel hat die Aufgabe, innerhalb eines Jahres die Ostmark politisch und kulturell an Deutschland anzugliedern."

„Kulturell? Das betrifft Kálmán, nicht wahr?"

„Auch politisch, es bedeutet, daß für alle Juden dasselbe gilt, egal ob Ostmark oder Deutschland."

„Aber wir sind doch Ungarn!"

„Darauf wird sich Vater stützen können, sagte er. Er sagte aber auch, daß Budapest für euch nicht sicher ist – was immer er damit gemeint hat …"

Vera umarmte Istvan. „Ich danke dir, du bist wunderbar!"

Er hielt sie fest umschlungen.

„Wir wissen nicht, wann wir uns wiedersehen … bitte, bleib hier."

Vera schloß die Augen. Es war, als würden sich die Anspannung und ihre Selbstbeherrschung der letzten Stunden in Nichts auflösen. Sie spürte ein unbezwingbares Lustgefühl, sich fallen zu lassen. Einfach etwas geschehen zu lassen, ohne zu denken, und sich mit diesem jungen Mann auf den ewig gleichen Zweikampf zwischen Mann und Frau einzulassen.

„Après nous le déluge!" flüsterte sie.

„Nach uns die Sintflut", antwortete er auf Ungarisch.

Vera kam in der Morgendämmerung nach Hause. Geräuschlos schloß sie das Tor auf, schlüpfte aus ihren Schuhen und wollte leise die Treppe zu ihrem Schlafzimmer hinaufsteigen. Da hörte sie Imres Stimme.

„Veruschka?“

Er saß im Halbdunkel der Halle.

„Wo warst du? Ich habe die ganze Nacht auf dich gewartet.“

„Bitte, frage mich jetzt nicht, Imruschka, ich bin hundemüde. Morgen erzähle ich dir alles. Bis dahin wissen wir wahrscheinlich mehr.“

„Ich weiß jetzt schon mehr!“ Er sprang aus seinem Sessel auf und zerrte sie vor den großen Barockspiegel. „Sieh dich doch an, du Luder, du verworfenes! Du hast mich betrogen!“ und er klatschte ihr rechts und links Ohrfeigen ins Gesicht.

Vera schützte sich nicht, sie hielt sich an der Wand fest und hielt ihm ihr Gesicht entgegen.

„Hör auf, ich bitte dich, hör auf!“ Sie sagte es flehentlich mit geschlossenen Augen. Ihre Knie fühlten sich an, als wären sie aus Pudding. Sie konnte nichts erklären und nichts bestreiten.

Kálmán nahm ihr Kinn in seine Hand und kam mit seinem Gesicht nahe an ihres: „Du hast blutrote Lippen, obwohl du ungeschminkt bist! Schwarze Ränder unter den Augen! Glaubst du, mir kannst du Märchen erzählen? Wer war es?“

Einen Augenblick lang überlegte sie, ob sie ihm nicht wirklich ein wildes Märchen auftischen sollte, um damit sein Mißtrauen in Vertrauen zu verwandeln. Nein, das hatte sie oft genug getan. Diesmal sollte er die Wahrheit wissen und ertragen müssen.

Sie ging langsam zur Treppe und hielt sich am Geländer fest. Dann drehte sie sich um und sagte ruhig: „Die heutige Nacht hat sich, ohne daß ich es wollte, so ergeben. Der Mann weiß, daß ich nur dich liebe. Wie sehr, das wirst du schon morgen bewiesen bekommen.“

Damit ging sie langsam die Treppe hinauf. Kálmán sah ihr nach. Sein Zorn war verraucht, aber ein schmerzhaftes Gefühl nagte an seinem Herzen. Auf einmal merkte er, daß er betete: „Gott der Gerechte! Hilf mir, das alles durchzustehen!“

Am nächsten Tag überschlugen sich die Ereignisse.

„Baron von Ettinghausen“, meldete die Pervich.

Der Anwalt trat ein, und Vera und Imre trauten ihren Augen nicht.

Derselbe Ettinghausen, der viele Jahre lang alle reichen Juden vertreten hatte, der sich aristokratisch-philosemitisch gegeben hatte, trug an seinem Revers ein großes, goldenes Parteiabzeichen. Er registrierte die erstaunten Blicke und lachte: „Tja, lieber Kálmán, manchmal kann man für seine Klientel mehr erreichen, wenn man in der Höhle des Löwen sitzt!"

Kálmán lachte nicht. „Ich nehme an, Sie sitzen schon längere Zeit drin?"

„Lange genug, lange genug, um Ihnen auch jetzt dienlich zu sein, lieber Kálmán. Obwohl ich zugeben muß ... Respekt, Respekt, gnädige Frau, Ihre Befürworter sitzen ja an alleroberster Stelle."

Vera bedeutete Kálmán, keine Fragen zu stellen.

„Wann können wir abreisen?"

„Wann Sie wollen, Gnädigste. Ich habe hier das Ausreisedekret. Bitte, persönlich gezeichnet von Gauleiter Bürckel."

Vera schloß erleichtert die Augen. Istvan hatte Wort gehalten. In Gedanken sandte sie ihm eine heiße, imaginäre Welle der Dankbarkeit.

„Ein paar kleine Formalitäten wären noch zu erledigen. Die Reichsfluchtsteuer, pro Person tausend Reichsmark, und mein Honorar."

Die Summe war unverschämt, aber Kálmán schrieb sofort einen Scheck aus und sagte ungerührt: „Was können wir ausführen?"

„Aber alles Maestro, alles, was Sie wollen! Falls Sie sich nicht belasten möchten, mit dem Cézanne vielleicht, dem Waldmüller, oder Ihrer Frau ...", er lachte schallend. „Ich übernehme alles gerne."

„Entschuldigen Sie mich", sagte Vera und rannte in die Küche.

„Perrvich! Schnell! Einen Fernet Branca, mir ist speiübel!"

Kálmán begleitete den Anwalt bis zur Tür.

„Leben Sie wohl, Baron."

„Adieu, Maestro! Ich glaube, Sie haben einen großen Fehler gemacht. Wenn unser Führer Sie zum Ehrenarier ernannt hätte, würde Ihr Leben weitergehen wie bisher."

„Nicht unser Führer – Ihr Führer, Ettinghausen, Adieu!"

Kálmán suchte Vera. Sie saß in der Küche und nippte an ihrem Fernet. Er setzte sich zu ihr und nahm ihre Hand.

„War die Nacht der Preis, den du bezahlt hast?" fragte er.

„Ja, das war der Preis, um uns alle zu retten."

Er nahm ihr Gesicht in beide Hände und küßte sie zart auf den Mund.

„Ein neuer Lebensabschnitt beginnt. Vergessen wir das Traurige, das hinter uns liegt, und fangen wir zusammen neu an?"

Vera lächelte. „Du weißt viel, Imre – du kannst viel, aber eines kannst du nicht, eine Frau verstehen."

„Wer kann das schon? Wenn es nur nicht so schmerzhaft wäre, das ..."

„Das was?"

„ Das Verzichten-Müssen, das Abschied-Nehmen ..."

Emmerich Kálmán zerfloß in Selbstmitleid. Unfähig, die Situation tatkräftig zu bewältigen, saß er apathisch da und sah Veras Aktivitäten zu. Immer wieder schüttelte er den Kopf. Er verstand die Welt nicht mehr. Wenn die Möbelpacker ihn baten aufzustehen, weil sie den Sessel verstauen wollten, tat er es willig, um sich auf dem nächsten Stuhl wieder niederzulassen. Er saß da, als würde er einem Film zusehen, der ihn im Grunde nicht interessierte. Die Packerinnen, die Hände mit weißen Baumwollhandschuhen geschützt, die das silberne und goldene Besteck verpackten, nachgezählt und notiert von den Zöllnern, er beachtete sie nicht. Die Gemälde, die zwischen Sperrholzplatten geschraubt wurden, die Teppiche und Gobelins, zwischen die man Packpapier rollte, er sah teilnahmslos zu. Nur als an seinen fünf Flügeln die Beine abgeschraubt wurden, dachte er kurz daran, wer sie stimmen würde.

Vera war überall. Zusammen mit der Pervich dirigierte sie, was wozu gehörte. Sie ließ Bier und Würstel verteilen und gab am Abend ein gutes Trinkgeld, was zur Folge hatte, daß die Leute am nächsten Tag erwartungsvoll weiterarbeiteten.

„Die Kálmáns wandern aus!" Die Wiener, in nichts so emsig wie im Verbreiten von negativem Klatsch, kamen aus den verschiedenen Bezirken nach Döbling, um zu kiebitzen. Sie standen vor dem Palais, manche kletterten sogar auf das Gitter, das den Park umgab, um einen Blick auf die Kostbarkeiten zu werfen, die in großen Containern gestapelt wurden. Einer nach dem anderen wurde versiegelt und zum Westbahnhof abtransportiert.

Die Kinder spielten im Haus Verstecken und wunderten sich, wie laut ihre Stimmen klangen.

Vera ging in ihr Boudoir. Ihre Pelze und alle Kleider hingen in Schrankkoffern, die Hüte und Taschen, alles war sorgsam verpackt. Sie öffnete den Safe, nahm ihren braunen Krokodilkoffer mit den vergoldeten Schlössern und legte ihren Schmuck hinein. Sie schloß den Koffer mit dem kleinen Schlüssel ab und hängte ihn an die goldene Kette, die sie um den Hals trug. Als sie mit dem Schmuckkoffer die Treppe herunterkam, fragte sie den Zöllner: „Mein Schminkkoffer, Puder, Parfüm et cetera ... soll ich öffnen?"

„Oba na, gnä' Frau, geben S' nur her ...!" und damit versiegelte er den Schmuckkoffer und trug ihn im Carnet als „geprüft" ein.

Vera und Imre gingen noch einmal durch ihre leeren achtunddreißig Räume. Im Salon blieben sie vor ihrem Loretto-Kamin stehen. Darüber hing die Maske von Emmerich Kálmán. „Sie haben die Maske vergessen, ich werde sie abnehmen", sagte Vera.

„Nein, bitte nicht. Laß sie dort hängen. Etwas soll von mir hier bleiben, hier, wo ich glücklich war."

Während die Container verladen wurden und sich der Kálmán-Troß, versehen mit allen Ausreisepapieren, in Richtung Paris auf den Weg machte, zeigte sich die ganze Erbärmlichkeit des neuen Regimes. Wer Geld und Beziehungen hatte „verreiste", wer nichts davon besaß, floh ins Ungewisse.

Der Schauspieler Leon Askin wurde von Paula Wessely trickreich durch den SA-Kordon des Bahnhofs geschleust. Er trug nur eine Aktentasche bei sich. In ihr befanden sich die handschriftlichen Texte seines Freundes Jura Soyfer, den man kurz vorher nach Dachau abtransportiert hatte.

Der Schriftsteller Egon Friedell hörte ein Pochen an seiner Wohnungstür und sprang aus dem Fenster. Ein tödlicher Irrtum. Es war nicht die SS, sondern der Postbote.

Dem Dichter Peter Hammerschlag zerfetzte eine Reitgerte das Gesicht, als er es wagte, seinen katholischen Taufschein vorzulegen.

„Es gibt nichts Widerlicheres als einen getauften Juden!" hatte der Scherge geflucht.

Die Liste der Gequälten, Geschundenen, Ermordeten wurde täglich größer, und die Unterstützungsmöglichkeiten der Hilfsorganisationen täglich beschränkter. Der grausamste Pogrom aller Zeiten hatte begonnen, und kaum jemand war sich dessen bewußt.

Sam Burg hatte in Los Angeles ein Hilfskomitee gegründet, das Affidavits besorgte, eidesstattliche Erklärungen amerikanischer Bürger, Emigranten finanziell zu unterstützen. Lebensrettung für viele.

Die Redaktionen der Zeitungen, die Orchester, Filmateliers und Theater, aber auch die Kanzleien der Rechtsanwälte und die Kliniken leerten sich in Deutschland und Österreich schlagartig. Überall, wo die geistige Elite des Judentums gewirkt hatte, füllten oft nur mittelmäßige Arier die Lücken. Übrig blieben die armen Juden, weil sie mittellos und unwissend waren, die Dummen, weil sie glaubten „Ganz so schlimm wird's schon nicht werden!" und die Frommen, die jeden Tag beteten: „Gott hat gegeben, Gott hat genommen, gelobt sei Gott der Gerechte!"

Aber Gott war ungerecht.

21. Kapitel
... worin er sich nach gestern sehnt und sie sich auf morgen freut

Am 9. November 1938, um neun Uhr abends, saßen Vera und Emmerich Kálmán im Tour d'Argent und feierten ihren neunten Hochzeitstag. Unter Veras Serviette lag ein Etui mit einer Perlenschnur. Erbsengroße, rosa schimmernde Perlen, wie die anderen fünf Reihen, die sie bereits besaß.

„Imruschka, wie wunderschön! Wo hast du die gefunden?"

„Tja, wer sucht, der findet ... erinnerst du dich, wie du in Monte Carlo die Perlen der Lupescu bewundert hast? Jetzt kannst du auch sechs Reihen tragen, wie die Mätresse des Königs."

„Ich danke dir, Liebster! Aber ich habe sie mir auch verdient", fügte sie mit lustigem Blinzeln hinzu.

„Das hast du, und das werde ich dir nie vergessen. Ich wäre nie imstande gewesen, das alles zu bewältigen."

Tatsächlich hatte Vera nicht nur den gewaltigen Umzug bewältigt, sie hatte auch nur wenige Wochen benötigt, um in Paris ein elegantes Heim für ihre Familie einzurichten, Personal einzustellen und für die Kinder die besten Schulen auszuwählen. Erst als alles reibungslos ablief, wandte sie sich ihren persönlichen Interessen zu. Sie knüpfte Kontakte, traf Verabredungen und entschied, wer interessant oder wichtig genug war, eingeladen zu werden. Man riß sich darum. Die Kochkünste der Pervich waren der Lockvogel und Vera die Beute. Bald traf sich Tout Paris im Hause der Kálmáns. Der Hausherr saß zumeist wortlos da. Sein Französisch reichte nicht für die Konversation mit seinen Gästen, die ihm mehr wie ein Ping-Pongspiel vorkam. Er konnte auch keine neuen Melodien vorspielen, denn es fielen ihm keine ein, und vor allem konnte er nicht ertragen, wie Vera flirtete, lachte, tanzte und jeden Mann um den Finger wickelte. So verabschiedete er sich zumeist unter einem fadenscheinigen Vorwand, um mit sich und seiner quälenden Eifersucht allein zu sein. Er las viel und beschäftigte sich weiterhin mit seinen Börsenspekulationen. Seine Salami war noch immer lang, und Vera schnitt noch immer dicke Scheiben ab. Die Tantiemen aus Deutschland und Österreich waren allerdings versiegt. Beträchtliche Summen entgingen ihm, aber noch war kein Anlaß zur Panik. Die Perlen, die er bei Cartier gekauft hatte, waren eine besonders dicke Scheibe wert, aber es machte ihn glücklich, wenn Vera glücklich war, denn dann brachte sie ihn zum Lachen, berichtete die neuesten Pariser Indiskretionen und amüsierte ihn, indem sie die Personen nachäffte.

An diesem Abend im nobelsten Restaurant von Paris war ihm nicht nach Oberflächlichkeiten zumute.

„Imruschka, du lachst nicht, bist du krank?"

„Ich bin keine gute Gesellschaft, ich weiß. Im Gegensatz zu dir lese ich Zeitungen, Veruschka, es sieht nicht gut aus."

„Erzähl es mir morgen, heute wollen wir feiern!" Sie erhob ihr Glas.

„Auf die nächsten neun Jahre, Liebster! Weißt du, daß ich noch in keiner Stadt so glücklich war wie in Paris – und du?"

Kálmán schwieg. Alle Kompositionen, die er begonnen hatte, waren in Moll. Seine Musik sagte ihm, wo er glücklich und kreativ sein konnte, aber dort wollte man ihn nicht. Dort wollte man nur noch Franz Lehár. Es hieß, daß er bei Hitler ein und aus gehe, mit seiner Frau, der „Ehrenarierin", der Hitler die Hand küsse. Bad Ischl, sein geliebtes Ischl, noch vor einem Jahr die beliebteste Sommerfrische der Juden, galt jetzt als der bevorzugte Kurort der Nazis. Von Bad Aussee bis Kammer am See hatten sich die Berühmtesten getroffen. Er schmunzelte in sich hinein, als er an den Schüttelreim dachte, den der Schriftsteller Friedrich Torberg damals in Umlauf brachte. Unter Anspielung auf den jüdischen Bezirk am Wiener Franz-Josefs-Kai hatte er geschüttelt: „Was für a Gejiddel in Kammer am See? Sammer am Kai?"

„Damals – ich denke bereits damals", dachte Kálmán, „obwohl kaum ein Jahr vergangen ist. Ob Torberg noch schüttelt? Und wenn ja – wo?"

Er hatte gelesen, daß das kaiserlich-königliche Hoftheater in Franz-Lehár-Theater umbenannt werden sollte. Über hundert Jahre durfte das hübsche Theater alt werden, bis ein dahergelaufener Anstreicher kam und den Namen des Kaisers ausradierte. Und kein Aristokrat und schon kein Lehár verwahrte sich dagegen. „Naja,

* liebenswürdige, ungarische Form von Onkel Franz

eitel ist der Ferenc bácsi* schon immer gewesen“, Kálmán schüttelte den Kopf, „aber eine Musik schreibt er … eine Musik … zum Niederknien …“

„Imruschka, woran denkst du?“

„An damals …“

„Denke nicht an damals, denke an morgen!“

„Ich habe Angst vor morgen … was soll schon Besseres morgen sein als damals?“

„Weißt du, wer morgen kommt?“

„Auf jeden Fall Leute, die es sich auf unsere Kosten gutgehen lassen. Also wer?“

„Joseph Paul-Boncour!“ trumpfte Vera auf. „Der französische Ministerpräsident. Na, wie hab ich das gemacht?“

„Großartig, was will er? – Dich?“

„Aber wo denkst du hin? Ich dachte mir, daß es nicht schaden kann, wenn wir ihn näher kennenlernen.“

„Sicherlich ein interessanter Gesprächspartner – für dich …“

„Sei doch nicht so bissig, Liebster. Du sprichst recht gut französisch mit den Kindern, und ich kann dolmetschen. Und dann kommen noch ein paar wichtige Leute. Bitte sei lieb und verdirb uns nicht den Abend.“

Kálmán zahlte und legte Vera das weiße Hermelincape um die Schultern. Er schritt hinter ihr zum Ausgang durch ein Spalier von begehrlichen Männerblicken. Warum nur mußte sie immer den tiefsten Ausschnitt und die höchsten Absätze tragen? Aber als er auf ihren kleinen Popo sah, der sich unter dem schwarzen Seidenkleid abzeichnete, verspürte er eine Erektion.

Die Feier des Hochzeittages, die so selbstquälerisch begonnen hatte, endete für ihn zutiefst befriedigend. Vera kam in sein Zimmer, sie trug nichts als die fünfreihige Perlenschnur und sagte: „Hier ist die Mätresse des Operettenkönigs!“ Sie hatten gelacht, und er hatte wieder einmal gelernt, daß seine Frau ein Engel war, wenn er ihren Wünschen folgte, und ein Teufel, wenn er sich widersetzte.

Am nächsten Tag trug Vera für die festliche Einladung ein Modell von Paquin. Kálmán saß in seinem Sessel und las.

„Imruschka, es wird Zeit, zieh den Smoking an.“

„Ich kann nicht … bitte, erspare mir den Abend. Ich habe den ganzen Nachmittag Zeitungen gelesen. Es ist unvorstellbar …“

„Wie bitte?“ Veras Augen weiteten sich. Er kannte das gefährlich Funkeln in ihnen.

„Ich kann nicht.“

Vera drehte sich wortlos um und ging ins Badezimmer. Sie ließ die Wanne vollaufen und legte sich mit dem Paquin-Modell hinein. Nach einer Weile trat Kálmán ein. Er sah sie fassungslos an, schüttelte den Kopf und sagte nur: „Also gut, du hast gesiegt.“

22. Kapitel
... in dem einer den Verstand verliert, das Einzige, was er noch zu verlieren hat

Zu dieser Zeit verliert in Paris ein siebzehnjähriger Jude den Verstand. Zuviel hatte er in seinem kurzen Leben bereits sehen und erleben müssen. Seine Eltern waren 1911 vor einem Pogrom aus Polen geflohen und in Hannover gestrandet. Nach Hitlers Machtübernahme verläßt der Junge seine Heimatstadt und macht sich auf den Weg nach Paris, wo er Verwandte hat. Seine Eltern weigern sich zu fliehen. Sein Name ist Herschel Grynszpan.

Herschel bemüht sich um eine Aufenthaltserlaubnis in Frankreich. Sein Ansuchen wird am 8. Juli 1938 abgelehnt. Von diesem Zeitpunkt an lebt er als illegaler Flüchtling, jede Sekunde der Gefahr ausgesetzt, verhaftet und über die deutsche Grenze abgeschoben zu werden. Jede Nacht schläft er bei einer anderen jüdischen Familie, wissend, daß er dadurch die Hilfreichen in größte Gefahr bringt. Ende Oktober erfährt er, daß man in Deutschland fünfzehntausend polnische Juden bei Zbaszyn über die polnisch-schlesische Grenze abgeschoben hat. Darunter die Eltern und seine sieben Geschwister.

Eine Woche lang irrt Herschel durch Paris; taub für die Ratschläge seiner Glaubensgenossen, wird er aggressiv und verfällt dann wieder in tiefste depressive Hoffnungslosigkeit.

Am 7. November kauft er von seinem letzten Geld eine Pistole. Er geht zur deutschen Botschaft und erschießt, ohne ein Wort zu sagen, den Diplomaten, der sich ihm für ein Gespräch zur Verfügung stellt. Danach läßt er sich willig abführen. Der Ermordete heißt Ernst vom Rath. Dieser ist der Gestapo als Nazigegner bekannt und empfing den jungen Juden vermutlich, um ihm zu helfen. Herschel ahnte davon nichts.

Dieses Attentat war das Signal für ein Inferno ohnegleichen. Am 9. November inszenierten die Nazis in Deutschland und Österreich die „Reichskristallnacht“, so genannt, weil das Splittern der Schaufenster jüdischer Geschäfte, das Zertrümmern der Wohnungen, das Brennen der Synagogen die ganze Nacht dauerte. Deutsche und österreichische Christen schlugen, brandschatzten und stahlen, angeheizt durch den Chefpropagandisten Dr. Josef Goebbels.

Der Pöbel schrie: „**H**ep! **H**ep!", ohne die Bedeutung des antisemitischen Schmährufes zu kennen. Goebbels wußte um die Bedeutung: **H**ierosolyma **E**st **P**erdita – Jerusalem ist verloren!

Viele machten mit, manche sahen zu, wenige sahen weg, alle schwiegen.

In Paris blieb man gelassen. Ein Verrückter hatte in der deutschen Botschaft einen Botschaftssekretär erschossen, wie bedauerlich. Nicht so in den Kreisen der deutschen und österreichischen Réfugiés. Oscar Straus, Carl Zuckmayer, Erich Maria Remarque, sie warnten Emmerich Kálmán: „Es wird Krieg geben! Geht weg von Paris, es gibt nur eine Richtung: Amerika!" – und sie machten sich auf den Weg.

Kálmán, der Unentschlossene, Unflexible, wartete ab. Er durchlebte eine qualvolle Zeit. Seit dem glanzvollen Diner, das Vera für den Ministerpräsidenten Joseph Paul-Boncour gegeben hatte, war dieser ihr heißester Verehrer. Täglich wurden Blumen und Geschenke abgegeben. Fast täglich verschwand Vera. Mal war es Fürst Jussupov, der angebliche Mörder Rasputins, den sie unbedingt treffen mußte, um ihm die Begegnung, die ihre Mutter mit Rasputin gehabt hatte, zu schildern. Dann wieder die Söhne ihres angeblichen Vaters, die Konstantinowitschs, denen ebenfalls die Flucht vor den Bolschewiken gelungen war. Kálmán schien es, als wäre ganz Paris der Treffpunkt aller russischen Aristokraten, die nach Vera Natascha verlangten. Und immer wieder ihre Mutter. Er konnte Sonja Makinska nicht ausstehen. Seine Abneigung war so stark, daß er mit seiner Schwiegermutter per Sie blieb, obwohl diese ihm immer wieder die Angel zum vertrauten Du auswarf. Er mißtraute ihr, er mißtraute ihren Erzählungen, er mißtraute überhaupt allen, vor allem aber mißtraute er Joseph Paul-Boncour. Der charmante Präsident, der ihm jovial auf die Schulter klopfte, war er noch ihr Verehrer oder schon ihr Geliebter? Kálmán hatte keinerlei Beweise, aber er spürte in seinem Magen kleine, brennende Stiche, wenn Vera den Präsidenten vertraulich mit seinem Vornamen ansprach. Warum sagte sie nicht Joseph, sondern Dschosäff? Warum trug sie in seiner Gegenwart diese hauchdünnen, schwarzen Seidenstrümpfe mit der schwarzen Naht? Er beobachtete scharf, aber die beiden verrieten sich mit keinem Blick und keiner Geste. Dabei fand er die Gespräche mit dem Präsidenten, die Vera übersetzte, überaus interessant. Erst kürzlich hatte er ihm die unüberwindbare Stärke der Maginot-Linie erklärt. Kálmán war nach diesem Gespräch ruhiger und zuversichtlicher geworden.

Paul-Boncour hatte ihn überzeugt, daß Hitler diese Maginot-Linie niemals überschreiten könne. Allerdings, daß es Krieg geben werde, davon war auch der Präsident überzeugt. Und es gab ihn. Abends verdunkelte man Paris und hörte, wie die deutschen Bombengeschwader mit ihrer tödlichen Last darüber hinwegzogen. Nachts heulten die Sirenen, und die Menschen rannten in die Luftschutzkeller. Die Kálmáns begaben sich in den Keller des Hauses, wie alle anderen Bewohner. Die Kinder waren schlaftrunken, und Karli, der jetzt Charles gerufen wurde, meinte, man solle ihn doch eine halbe Stunde vor dem Alarm wecken, damit er nicht so müde sei. „Der Krieg ist bald vorbei“, tröstete Vera, „das sagt auch Dschosäff.“

Aber der Präsident hatte unrecht, denn der Krieg dauerte an. Die jüdischen Freunde hatten Paris verlassen oder sich versteckt – irgendwo. Nur die Russen blieben gelassen. Sie hatten eine Revolution und einen Weltkrieg überstanden, sie würden auch diesen Hitler überstehen. Ihre russischen Restaurants florierten, und ihre Kosakentänze und Romanzen beeindruckten die Gäste nach wie vor. Noch immer nahm die Barfrau ihre elfenbeinerne Puderdose mit den goldenen Initialen und der Krone häufiger als nötig in die Hand. Das imponierte, denn bei einer aristokratischen Animierdame sparte man nicht mit dem Trinkgeld. Vera fühlte sich so sicher wie ihre russischen Freunde. Ihre Mutter hatte wieder geheiratet. Kálmán hatte die Hochzeit ignoriert, er wußte, daß Sonjas Geldforderungen trotzdem weitergehen würden.

Ein eleganter Herr ließ sich melden. „Von Ritter, Deutsche Botschaft, Paris“, stellte er sich vor.

Kálmán war überrascht. Seit Wien hatte er nichts mehr von den Deutschen gehört.

„Herr Kálmán, ich weiß nicht, ob Ihnen bekannt ist …“, hier machte von Ritter eine lange Pause, um dann fast verschwörerisch fortzusetzen: „ich weiß nicht, ob Ihnen bekannt ist, daß die Csárdásfürstin in Deutschland gespielt wird?“

„Dazu haben Sie nicht das Recht!“ fuhr Kálmán auf.

Von Ritter lächelte nachsichtig. „Wir spielen alle Operetten von Johann Strauß."

„Johann Strauß? Sie wagen es, mein geistiges Eigentum unter falschem Namen ... und wie heißen bei Ihnen die Autoren Brammer und Grünwald? Vielleicht Schmitz oder Meier?"

„So ähnlich. Wir ..."

Vera betrat den Salon. Die Pervich hatte ihr zugeflüstert, daß ein Herr in Zivil von der Deutschen Botschaft gekommen sei. Vera spürte wieder die aufsteigende Welle des Hasses in sich und ein beklemmendes Gefühl. Sie atmete tief durch, legte den Kopf leicht in den Nacken und stellte ihre Mimik auf ein verführerisches Lächeln ein. Von Ritter schnellte von seinem Platz hoch: „Gnädige Frau ...", er beugte sich über ihre Hand.

„Herr von Ritter läßt uns wissen, daß die Csárdásfürstin unter dem Namen von Johann Strauß in Deutschland gespielt wird."

„Oh, das sollte sie aber nicht", sagte Vera spitzbübisch und wunderte sich über ihre eigene Abgebrühtheit.

„Das ist auch unsere Meinung, aber es gibt ja bestimmte Bedingungen, das zu ändern ... sollten Sie allerdings darauf nicht eingehen wollen ..."

„Und sollten wir darauf eingehen, was dann?"

„Dann übernehme ich die Verantwortung, daß Ihnen und ihrer Familie kein Haar gekrümmt wird."

„So, Sie übernehmen die Verantwortung?" Aus Veras Gesicht war jede Liebenswürdigkeit verschwunden, „und wer übernimmt die Verantwortung für Sie – Herr von Ritter?"

Von Ritter erstarrte. „Wir haben auch andere Möglichkeiten, mit Juden umzugehen", erwiderte er scharf.

Vera machte große Kinderaugen. „Davon habe ich gehört, aber ich dachte, das wäre nur der Pöbel, jetzt weiß ich, daß auch die Aristokratie dazu gehört."

„Sie hören von uns", schäumte Ritter und verließ grußlos das Zimmer.

Kálmán war außer sich. „Vera, um Gottes willen, was kommt jetzt auf uns zu?"

Aber Vera griff schon zum Telefon. Wie immer wurde sie sofort mit dem Präsidenten verbunden. Sie schilderte den Auftritt des Diplomaten.

„Imruschka, bleib ganz ruhig, Dschosäff ist in einer Stunde hier."

Joseph Paul-Boncour kam früher als angesagt. Er war sehr nervös und sprach gegen seine Gewohnheit so schnell, daß Vera kaum mit der Übersetzung folgen konnte.

„Sie müssen fort – sofort! Hitlers Truppen sind bereits in Reims."

„Aber die Maginot-Linie? Was ist mit der Maginot-Linie?" fragte Kálmán wie ein enttäuschtes Kind, dem man das versprochene Spielzeug nicht mitgebracht hat.

„Die haben die Boches mit ihren Panzern überrollt wie Streichholzschachteln. Die Zeit drängt. Monsieur Kálmán, erledigen Sie sofort Ihre Bankangelegenheiten. Ich stelle Ihnen meinen Wagen zur Verfügung. Ihr Schiff läuft übermorgen von Genua aus. Nehmen Sie nur Persönliches mit. Ich lasse Ihre Wohnung versiegeln. Sie steht unter dem Schutz der französischen Regierung." Er nahm Veras Hände in seine, küßte sie und sagte nachdrücklich: „Sie stehen unter dem Schutz der französischen Regierung."

„Merci, Dschosäff", flüsterte Vera.

„Sollte noch etwas passieren, Sie erreichen mich jederzeit in meinem Büro." Damit ging Paul-Boncour eilig hinaus.

„Pervich!" rief Vera, „der Maestro braucht ein Taxi, sofort! Wir packen, sofort!"

„Sofort", tönte es auf ungarisch zurück.

Am Nachmittag standen die Schrankkoffer der Kálmáns zum Einladen bereit. Kálmán hatte sein Notenmaterial und seine Papiere, Vera ihren Schmuckkoffer griffbereit. Die Wagen warteten pünktlich vor dem Haus. Jeder hatte seinen Paß mit Visum, jeder die Schiffspassage, Luxusklasse. Sie gingen noch einmal durch die Räume. „Diesmal lassen wir ihnen alles", sagte Kálmán.

„Ich vertraue Dschosäff, wir werden alles so wiederfinden, wie wir es verlassen haben."

„Das glaube ich nicht", sagte Kálmán leise. „Warum tut man uns das an? Wir stehen doch fern von jeder Politik?"

„Vielleicht sind wir ihnen deshalb suspekt …"

Die Pervich meldete den Präsidenten.

„Ich komme, um au revoir zu sagen, nicht adieu."

Kálmán bedankte sich in holprigem Französisch, und Paul-Boncour drückte ihm herzlich die Hand. Dann umarmte er Vera, küßte sie auf beide Wangen und sagte: „Vergessen Sie nicht unser petite mort."

Im Wagen fragte Kálmán, was Paul-Boncour mit „kleinem Mord" gemeint habe.

Vera dachte einen Moment nach und dann sagte sie: „Er meinte wohl, daß jeder Abschied ein kleiner Tod ist."

„Ach so." Kálmán war beruhigt. Er wußte nicht, daß man in Französisch „une petite mort" sagt, wenn man den Höhepunkt in der Liebe ausdrücken will.

Als das Schiff auslief, standen Vera und Imre mit ihren Kindern an der Reling, und jeder hatte andere Gedanken. Kálmán hatte ein ungutes Gefühl, weil er jetzt Englisch lernen sollte. Die Kinder freuten sich. Es war ihre erste Schiffsreise, und Charles redete Lilike ein, daß ihr Gesicht bereits grün von der Seekrankheit sei. Ivonka saß auf dem Arm der Pervich und schaute mit großen, hellblauen Augen auf den Hafen, der sich langsam, wie von selbst entfernte. Sie hatte als einzige die hellblauen Augen ihres Vaters geerbt, und die Pervich liebte dieses Kind besonders. Vera dachte daran, daß sie in ihrem bisherigen Leben bereits wirkliche Wunder erlebt hatte. Von dem Moment an, als sie auf dem chinesischen Frachter vor der Ikone gebetet hatte, war jedesmal, auch wenn es aussichtslos erschien, ein Wunder geschehen. Daß sie dem Wunder in Gestalt von einflußreichen Männern etwas nachgeholfen hatte, würde die Madonna verzeihen.

Sie hatte wieder einmal ihre Familie gerettet.

Ihre Augen wanderten über ihre entzückenden Kinder, die gute Pervich, und verweilten auf dem Gesicht ihres Mannes, der von der Küste Europas tieftraurig Abschied nahm. Es würde sie viel innere Kraft kosten, ihn aus seiner Depression herauszuziehen. Sie würde es schaffen.

Elegante, heitere Passagiere spazierten über das Oberdeck. Das konnten doch nicht alles Réfugiés sein? Plötzlich entdeckte sie Richard Tauber.

„Imruschka! Richard ist da!"

Sie lagen sich in den Armen.

„Danke, Madonna!" betete sie stumm. Nun hatte sie einen Verbündeten, der ihr helfen würde, das Gemüt ihres Mannes aufzuhellen.

---

* mit Zobel verbrämter, breitrandiger Hut

23. Kapitel

... in dem Künstler und Überlebenskünstler in einem Boot sitzen

Zu dieser Zeit weilten die beiden Freunde Sam Burg und Alexander Granach in New York. Max Reinhardt hatte Granach überzeugt, daß Los Angeles die theaterfeindlichste Stadt der Welt sei. Die Kinos des benachbarten Hollywood schluckten alle Zuschauer. Bestenfalls rafften sie sich zu einer Opernaufführung in der Hollywood Bowl auf, und auch das nur, wenn zumindest zehn lebende Elefanten in der Oper Aida auftraten. Szajko war glücklich, wieder mit Max Reinhardt arbeiten zu können, und Sam hatte deshalb

Richard Tauber

Szajkos Filmarbeit für einige Monate abgesagt. Die Theatergage stand zwar in keinem Verhältnis zu seinen Filmgagen, aber finanzielle Überlegungen standen bei einer künstlerischen Zusammenarbeit mit Reinhardt nicht zur Debatte.

Jede freie Minute fuhren die beiden Freunde zum New Yorker Hafen, um bei den ankommenden Schiffen nach Verwandten oder Bekannten Ausschau zu halten. Ihre Hilfsaktion hatte schon manchem das Leben gerettet. Ihre Augen suchten nicht die Passagiere der Luxusklassen ab, die zuerst die Gangway herunterkamen. Sie warteten, bis sich endlich das Häuflein Menschen aus dem Unterdeck zeigte. Die schwarzgekleideten, bleichgesichtigen Juden mit langen Bärten, die Frauen mit Kopftüchern, die kleinen Buben, die bereits lange Schläfenlocken trugen, alle beladen mit ihren Kartons oder Stoffbündeln, die ihre Habseligkeiten bargen. Sam und Szajko warteten auf diejenigen, die dem Ghetto entkommen konnten. Es waren wenige. Verlassen und ängstlich standen sie am Kai, sahen sich hilfesuchend um nach einem vertrauten, jüdischen Gesicht, nach einem Menschen, der ihre Sprache verstand. Mißtrauisch sahen sie auf die beiden Amerikaner mit ihren glattrasierten Gesichtern, den schwarz-weißen Schuhen und bunten Krawatten. Aber das Mißtrauen verwandelte sich sofort in Vertrauen, wenn Szajko und Sam sie in Jiddisch ansprachen. Sie übersetzten, verhandelten mit den Beamten, telefonierten mit Rabbinern und entzifferten in Hebräisch und Jiddisch notierte Adressen auf zerknitterten Zettelchen. Sie erklärten, wo sich die Toiletten befanden, und zahlten Taxifahrten im voraus. Sie verboten den Männern, sich vor den Beamten der Einwanderungskommission zu verbeugen, und hatten Mühe zu erklären, daß sie nicht von ihnen geschlagen würden. Und sie hörten zu, aber was sie hörten, überschritt ihr Fassungsvermögen. Ihr Herz krampfte sich zusammen, und das Blut pochte in ihren Schläfen. Sie fluchten leise in Englisch, Jiddisch und Polnisch, denn es fehlten ihnen die Worte des Trostes für die Ungeheuerlichkeiten, die man ihren Glaubensgenossen zugefügt hatte.

„Und Ihr glaubt noch an Gott? Nach alldem, was geschieht, glaubt Ihr noch, Rabbi?“ fragte Szajko.

Der Rabbiner, ein großer, asketischer Mann, stand seit Stunden aufrecht und fast unbeweglich da. Nur manchmal schloß er minutenlang die Augen und bewegte die Lippen in unhörbarem Gebet. Sein weißes Gesicht mit den großen, grauen Augen umrahmte ein dunkelbrauner Bart. Auf dem Kopf trug er trotz der Hitze den Streimel*, sein Kaftan reichte bis zu den Waden und ließ weiße Kniestrümpfe sehen, in schweren, hohen Schnürschuhen, gemacht, um durch die endlose Weite Galiziens zu wandern. Langsam wandte er sich Szajko zu. In seinem Blick lag soviel Güte, daß Szajko sich vorkam, als wäre er noch der kleine Junge, dem der Rabbi von Radzymin einst segnend die Hände aufgelegt hatte.

„Mir sannen do", sagte der Rebbe. Er nahm die Hände, die er in den Ärmeln des Kaftans verschränkt hatte, auseinander, öffnete sie, und diesmal sprach er laut zu allen, die sich um ihn geschart hatten: „Mir sannen do!"

Ein Aufatmen ging durch die Gruppe der Menschen, die ängstlich und zusammengekauert herumsaßen. Mit drei Worten hatte ihnen der charismatische Rabbi Kraft gegeben. „Wir sind da", war die Antwort und gleichzeitig die Bestätigung seines Glaubens gewesen. „Wir sind da", mehr brauchte er nicht zu sagen, denn alle wußten, sie waren angekommen, weil sie unerschütterlich in ihrem Glauben an Gottes Hilfe geblieben waren.

„Wie lange noch?" Sam wandte sich an Szajko, und in seinem Blick lag die Traurigkeit über seinen verlorenen Glauben.

„Solange unser Volk glaubt, solange wird es bestehen", antwortete er.

Sam und Szajko hatten ihre „Aktion", wie sie es nannten, beendet. Alle Flüchtlinge waren versorgt und in Taxis zu den jüdischen Hilfsorganisationen unterwegs. Sam hatte dem Rabbi die Tür geöffnet, und beide waren rechts und links von ihm gestanden und hatten zu ihm aufgeblickt, denn er überragte sie. Bevor er einstieg, wandte er sich den beiden zu und sagte in Polnisch: „Machen Sie weiter so, es gibt wenige wie Sie. Es steht geschrieben: Wer ein Leben rettet, rettet die Welt!"

Sam und Szajko verbeugten sich wie zwei Talmudschüler und sagten: „Blejbt gsind, Rebbe, bis Hundertundzwanzig ..."

Der Rabbi stieg hastig ein. Sam steckte dem Taxifahrer einige Dollar zu und sagte zu ihm: „Fahren Sie nach Brooklyn und fragen Sie dort in der großen Synagoge nach David Nemerovsky."

„Wo hast du ihn hingeschickt?" wunderte sich Szajko.

„Zum Vater von Danny Kaye. Danny hat mir in L.A. gesagt, wenn ich was brauche in New York, soll ich mich an ihn wenden."

Szajko schmunzelte: „Die polnischen Juden können ihre Namen ändern, aber nicht ihre Gefühle.“

Die Freunde schlenderten zum Ausgang des Hafens und bemerkten von weitem eine Ansammlung von Reportern, die sich um einige Personen drängten.

„Mit dem Schiff scheint auch ein Star angekommen zu sein“, mutmaßte Samy.

Als sie sich der Gruppe näherten, fanden sie heraus, daß es Richard Tauber war.

„Sieh mal an, jetzt wird es auch schon für die Halbjuden zu eng im Naziland“, wunderte sich Szajko.

„Und für angebliche russische Aristokratinnen auch“, schmunzelte Sam.

„Wen meinst du?“

„Gospodina Vera Natascha Kálmán hat soeben amerikanischen Boden betreten. No, da werden die Yankees aber Bauklötze staunen ...“

„Würdest du bitte aufhören, in kabbalistischen Andeutungen zu reden.“

„Komm, Szajkoleben! Ich stelle dir die schönste und raffinierteste Frau vor, die mir in meinem Leben begegnet ist, aber versprich mir, daß du dich nicht in sie verknallst!“ Damit drängte er sich durch die Menge der Journalisten, blieb aber vor einem Mann stehen, der bescheiden hinter Richard Tauber stand.

„Welcome to the United States of America, Maestro Kálmán!“ dröhnte er.

Kálmán sah ihn überrascht an. Er erkannte Burg sofort, und man sah ihm die Freude über das unverhoffte Wiedersehen an.

„Herr Burg, das ist eine wirkliche Überraschung und Freude für mich. Jetzt kann ich Ihnen persönlich für die Gefälligkeit durch Herrn Schieber danken.“

„Eine Selbstverständlichkeit, nicht der Rede wert, Ich wußte, daß der alte Schadchen Schieber sein Wort hält, und wie ich sehe, hatten wir Erfolg.“

„Wir haben drei Kinder.“

„Gesund sollen sie sein.“

Kálmán deutete eine Verbeugung an. Wie lange hatte er diesen jüdischen Wunsch schon nicht mehr gehört. Es wurde ihm schmerzhaft bewußt, wie sehr er seine Mutter und Schwestern vermißte.

„Darf ich Ihnen meinen Freund Alexander Granach vorstellen?“

„Veruschka!“ rief Kálmán, „sieh nur, wer alles da ist!“

Vera trat hinzu, und Burg stand ihr – wie Jahre zuvor – wieder fassungslos gegenüber.

„Gospodina sind mit jedem Kind noch schöner geworden“, sagte er in Russisch, und Vera lachte hell auf.

„Vor Ihnen muß man sich hüten, Sie haben ein zu gutes Gedächtnis. Was führt Sie her?“

„Mein Freund Alexander Granach und ich kümmern uns um mittellose Juden, die hier hilflos ankommen.“

„Auf dem Schiff waren arme Juden? Ich habe keine bemerkt“, wunderte sich Vera.

„In der Luxusklasse darf man nicht bemerken, was im Unterdeck mitgeschleppt wird. Früher waren es Tiere, jetzt sind es Juden.“

Er bemerkte Veras Betroffenheit und wechselte rasch das Thema.

„Darf ich Ihnen und dem Herrn Gemahl weiter zur Verfügung stehen?“

„Wieso weiterhin?“

Burg schaltete schnell. Sie wußte also nichts von der Gefälligkeit und war demnach auch nicht zum jüdischen Glauben übergetreten. Nach den rumänischen Papieren, die Schieber aufgetrieben hatte, war sie offiziell die Tochter jüdischer Eltern und die drei Kinder Volljuden, wie Hitler es nannte. Sie hätte es nie geschafft, die Nazis von ihrer aristokratischen Herkunft zu überzeugen, kombinierte Burg, denn an den korrekten Eintragungen im Personenregister der jüdischen Gemeinde zweifelten nicht einmal die Nazis. Er versuchte in Veras ebenmäßigem Gesicht irgendwelche jüdischen Merkmale zu entdecken. Vielleicht die Augen? konstatierte er. Ja – diese großen, grünlichen, mandelförmigen Augen könnten ein Erbteil der Königin Esther sein. Wo kommt man her? Wo geht man hin? Hier in Amerika alles bedeutungslos, schloß Sam seine Gedankengänge ab.

Vera lächelte ihn an: „Wir haben eine Suite im Hotel Buckingham, 57. Straße, gemietet, rufen Sie uns doch an. Und natürlich kommen wir zur Premiere von Mister Granach, nicht wahr, Imruschka?“

Er nickte ergeben. „Kaum hat sie den Fuß auf amerikanischen Boden gesetzt, denkt sie schon ans Vergnügen …“

Er machte sich Sorgen und hätte gern ein kleines, ruhiges Haus im Grünen gemietet, um innerlich zur Ruhe zu kommen. Vielleicht würde ihm auch wieder etwas Musikalisches einfallen, aber Vera hatte darauf bestanden, in New York zu leben, weil sie behauptete, dort seinen Operetten mehr nützen zu können. Also mußte es natürlich ein exklusives Hotel sein und natürlich eine Suite. Kálmán sah seine goldene Salami in dicke Scheiben zerlegt und sorgte sich noch mehr. Er stand da, bemüht zu verstehen, was seine Vera in Englisch mit den Journalisten plauderte. Er hörte immer wieder Tauber und Kálmán und dachte sich: „Es würde mich nicht wundern, wenn sie denen den Richard als Gräfin Mariza verkauft."

Jedenfalls erntete sie Gelächter und Beachtung. Morgen würde ihr Foto mit Richard Tauber in allen Zeitungen zu sehen sein. Irgend jemand würde fragen: „Wer ist der unscheinbare Mann hinter der schönen Frau? – irgendein ungarischer Komponist, mit dem sie verheiratet ist", würde man antworten.

„Penny for your thoughts?" Vera stupste ihn lachend an. „Was sagst du? Gerade angekommen und schon Publicity!"

„Bitte sprich Deutsch."

„Nur das nicht, Imruschka. Man hat mir gesagt, daß das hier verpönt ist. Du mußt jetzt Englisch lernen."

Energisch dirigierte sie die Kinder mit der Pervich, das Gepäck, mit dem die Träger warteten, und schließlich Kálmán in drei Taxis, winkte allen „Good Bye!", und die Fahrt durch die Schluchten der Wolkenkratzer begann. Kálmán bekam einen Nackenkrampf, als er nach oben schaute, um ein Stück Himmel zu sehen. Es war heiß, und der Fahrer kurbelte beide Fenster hinunter. Jetzt drang Fahrtwind herein, aber auch der war heiß. Der Fahrer schwitzte, er schwitzte, nur Vera saß da, kühl und blond wie ein Eisparfait, und brach in Entzücken aus: „Imruschka, hast du gesehen? Wir sind an Tiffany vorbei gefahren! Da muß ich morgen hin! Und sieh, da! Cartier hat eine Filiale hier! Warum sagst du nichts?"

„Ich mache mir Sorgen, Veruschka."

„Oh, ganz was Neues! Warum eigentlich? Wir sind alle gesund angekommen. Der Hitler ist tausende Kilometer von uns entfernt. Ein neues Leben beginnt. New York is marvellous! Oh, I love it!"

---

* religiöses Fest für Dreizehnjährige

24. Kapitel
… dessen Motto „Make the best of it!“ lautet

So wie sich Schwärme von Zugvögeln aus Paaren, einzelnen oder mehreren Tieren zusammenfinden, so fanden im New York der vierziger Jahre die jüdischen Emigranten zusammen. Viele waren völlig mittellos, manche, die ein wenig Schmuck oder Geld hatten retten können, galten bereits als Krösusse. Nur wenige konnten das Land ihrer Rettung beruhigt betreten. Der Schauspieler Ernst Deutsch gehörte dazu, die Schriftsteller Thomas Mann und Erich Maria Remarque, Geschäftsleute, die ihr Geld vorausblickend im Ausland angelegt hatten, waren in Sicherheit. Alle anderen erwartete das unsichere Leben der Gehetzten und Notleidenden. Sie kämpften um jeden Job, bemühten sich, fleißig zu sein, und verrichteten Arbeiten, die ihnen fremd waren. Dabei lernten sie zuerst einen der härtesten englischen Ausdrücke kennen: „You are fired!“ Gefeuert werden hieß aber, wieder bei Null anzufangen mit Bitten und Betteln um einen Job und Zittern, ihn zu behalten.

Joseph Glücksmann, der beliebte und erfolgreiche Regisseur und Dramaturg des Wiener Burgtheaters, verpackte in einem Warenhaus Kundeneinkäufe. Elisabeth Neumann-Viertel, die entzückende Schauspielerin, verkaufte an einem Straßenstand Kosmetikprodukte, um sich und Berthold Viertel durchzubringen. Der Rechtsanwalt Siegfried Kreisler ging als Bürstenverkäufer von Haus zu Haus. Angesehene Menschen in ihrer Heimat, Nobodies im Land der Rettung. Krank vor Heimweh nach der Heimat, obwohl ihnen die Heimat so wehgetan hatte. Fünfzig- und Sechzigjährige begannen bei Point Zero, unbeirrt zäh – ein Erbteil ihres Stammes. Wurden sie gefragt: „Are you happy to be in the States?“ dann antworteten sie:

„Happy bin ich schon, aber nicht glücklich …“

Welches Glück, eine kleine Rolle in einem Film oder Bühnenstück zu ergattern, und dieses Glück unaufhörlich überschattet von der Sorge um die Zurückgebliebenen. Sie trafen sich im Café Eclair, der einzigen Gerüchtebörse, an der sich Gerüchte als Wahrheit bestätigten. Sie lasen den „Aufbau“, die einzige deutschsprachige Zeitung in New York, und erfuhren, daß die Diseuse Greta Keller in einer Bar sang und Karl Farkas bei einer Bar Mitzwa* aufgetreten war.

Vor allem aber lasen sie von den Greueltaten, die in Hitlerland passierten.

„Das gibt es nicht! Alles nur Gerüchte!" beruhigte man sich, aber jene, die im letzten Moment den Konzentrationslagern entkommen hatten können, wußten es besser und sagten: „Es ist alles noch viel schlimmer ..."

Emmerich Kálmán saß grübelnd in seinem Zimmer. Wie immer sorgte er sich, nicht genügend Geld für die Ansprüche seiner Familie zu haben. Wie immer quälte ihn die Eifersucht, sobald Vera das Haus verließ, und wie immer grämte er sich, daß er kein geeignetes Libretto zur Vertonung hatte. Alfred Grünwald war die Flucht nach New York geglückt, aber nach der anfänglichen Wiedersehensfreude war Kálmán betroffen.

„Musical, Kálmán, schreib ein Musical, das ist die Zukunft!" hatte Grünwald ihn bekniet, aber Kálmán hatte abgewunken: „Dazu hab' ich keine Beziehung, Fredl, ich versteh' davon nix ..."

„Du bist ein verbohrter, prüder Jude, Imruschka!" hatte Vera geschimpft, und er hatte ihr nicht widersprochen. Sie hatte ja recht. Noch in Wien hatte er das Libretto zu „Der Zarewitsch" nach den ersten Seiten, die er gelesen hatte, abgelehnt. „Ein Kálmán vertont keine Schwulengeschichte", hatte er gesagt, und niemand konnte ihn umstimmen. Der Knabe, dem der Zarewitsch die Hand auf die Brust legt und entdeckt, daß er ein Mädchen ist, so etwas kam für ihn nicht in Frage. Lehár hatte sofort nach dem Libretto gegriffen, und ... es wurde ein Welterfolg.

Kálmán sog lange an seiner Zigarre. Ja, der Ferenc bácsi hatte ein G'spür ..., aber auch das Buch, das ihm Sascha Guitry zur Vertonung angeboten hatte ... viel zu frivol. Er suchte ... ja, was suchte er wirklich? Ihm wurde klar, daß er immer wieder seine Heimat suchte. In der Musik und auch im privaten Leben. Das war seine Tragödie.

Vera stürmte ins Zimmer. „Ein Brief von Dschosäff! Ich übersetze ihn dir! Solche Schweine! Diese Verbrecher!"

„Das schreibt er?"

„Quatsch, das sage ich! Weißt du, was passiert ist? Sie haben unsere Wohnung aufgebrochen und alles, aber auch alles abtransportiert. Paul-Boncour hat keine Macht mehr. Angeblich hat man alles nach Karin Hall geschafft. Die Gobelins, die Bestecke, die Bilder, alles – wer ist denn diese Karin Hall?"

Sie fiel heulend auf seinen Schoß. Er streichelte sie beruhigend.

„Wein dich nur aus, mein Liebstes. Ich wünschte, ich könnte toben und weinen ... Karinhall ist keine Frau, so heißt der Besitz des Reichsmarschalls Göring. Seine Frau war diese Bühnenwalküre mit der Quietschstimme."

„Emmy Sonnemann?"

„Genau die, sie ist jetzt die erste Dame im Hitlerland."

Vera sah ihn ungläubig an: „Was! Die?" Wie von unsichtbarer Hand geschüttelt, begann Vera langsam und immer stärker zu lachen. Tränen liefen über ihre Wangen: „Die! Imruschka, stell dir die fette Gans in meinem Marie-Antoinette-Bett vor! Zwischen der türkisfarbenen Batistbettwäsche mit den cremefarbenen Spitzen. Stell dir vor, wie die beiden Hängebauchschweine in meinem Bett Liebe machen und alles zerreißt!"

„Vera, sei nicht so gewöhnlich!"

„Ich bin gewöhnlich? Ich? Die sind gewöhnlich! Aber ich hole mir alles zurück, verlaß dich drauf!"

Er lächelte wehmütig. „Du bist und bleibst ein Kind, Veruschka. Du träumst ... Es ist Krieg, und dieser Krieg hat erst begonnen ..."

Sie schaute ihn ernst an. Ihre Nixenaugen lagen in einem schwarzen See von zerflossener Wimperntusche. Sie sah aus wie eine traurige Eule. Sie schüttelte den Kopf: „Ich gebe nicht auf, niemals", sagte sie ruhig, „und wenn unsere Kinder dich einmal fragen sollten, wie wir durchgekommen sind, dann sage ihnen, weil eure Mutter nie aufgegeben hat. Ihr Motto war: Make the best of it!"

Sie küßte ihn zärtlich und ging mit festen Schritten aus dem Zimmer, dabei wunderte sie sich über sich selbst, denn es war ihr plötzlich bewußt geworden, daß sich ihre positive Kraft bei negativen Ereignissen verstärkte. Je pessimistischer ihr Mann wurde, umso stärker wurde ihr Optimismus. Sie sah ihr Spiegelbild und lachte laut: „Das ist kein Nazischwein wert, daß du auch nur eine Träne vergießt", sprach sie sich im Spiegel an und begann sich sorgfältig neu zu schminken. Sie strich ihre Lippen zyklamenfarben an. Hals und Hände besprühte sie mit Arpège. Seit sie Paris verlassen hatte, verzichtete sie aus Sentimentalität auf Soir de Paris. Auch in Gerüchen liegen Erinnerungen, und sie wollte sich nicht zu intensiv an Dschosäff erinnern. Es machte ihr Freude, daß man in New York starke Farben liebte. Balmain in Paris hatte sie immer in Schwarz gekleidet. Nur einmal hatte er ihrem Wunsch entsprochen und den zyklamenfarbenen Mantel für sie kreiert, von dem er dann selbst begeistert war. Sie schlüpfte in das federleichte Kaschmirmodell, nahm den farblich passenden Hut und die Handschuhe sowie eine Handtasche. Alles war ebenfalls zyklamenfarben, aber in dunkleren Tönen aufeinander abgestimmt. Kálmán nannte sie „sein Veilchen vom Montmartre", wenn sie in dieser Kombination ausging, und meinte: „Wenn du so in Wien herumlaufen würdest, hätten die Leute den Eindruck, du machst Reklame für meine Operette."

„Hör auf, an Wien zu denken, Imre!" hatte sie gefaucht. „Immer dieses Wien! Hast du vergessen, was sie dir angetan haben?"

„Ich habe es nicht vergessen", sagte er leise, „aber ich habe auch den Jubel nicht vergessen."

Die wenigen Minuten bis zu der Schule, die ihre Kinder besuchten, legte sie zu Fuß zurück. Sie brauchte die Zeit, um nachzudenken, denn die Direktorin hatte sie zu einem Gespräch bestellt. Das unangenehme Geräusch einer Blechkarambolage schreckte sie aus ihren Gedanken. Einige Autofahrer hatten auf Vera und nicht auf das Stopzeichen geachtet. Jetzt erst bemerkte sie, daß Passanten stehenblieben, um ihr nachzusehen. Sie schmunzelte in sich hinein:

„Warum sollte es in New York anders sein als in Wien oder Paris? Wo ich bin, ist oben", dachte sie und beschloß, ihren Stil beizubehalten und sich niemals in Jeans oder Flatterhemdchen zu zeigen.

Genau das war das Thema des Gesprächs mit der Schuldirektorin. Es ging nicht um die Leistungen – „Oh no, everything allright ..." – es ging um das Outfit. Die Kálmánkinder waren in ihren französischen Schulkleidern erschienen. Braun und beige mit weißen Piquékragen, weißen Socken und braunen, von der Pervich auf Hochglanz polierten Schuhen. Karli, in Paris Charles und nun Charly, hatte seiner Lehrerin zur Begrüßung die Hand geküßt und damit das Gejohle der ganzen Klasse geerntet. Lilike und Ivonka hatten einen Knicks gemacht und höflich gewartet, bis man ihnen einen Platz zugewiesen hatte. Dafür hatten sie sich in britischem Englisch mit französischem Akzent bedankt. Die Heiterkeit der Mitschüler kannte keine Grenzen. Die Direktorin mußte eingreifen.

„Bitte mißverstehen Sie mich nicht, Madame Kálmán, wir sind in Amerika, zumindest Ihre Kinder, – ich darf doch annehmen, daß sich zumindest Ihre Kinder dem American Way of Life anpassen werden?“ sagte sie maliziös lächelnd, und ihr Blick streifte von unten nach oben über Veras Garderobe.

„Oh, wir wüßten nicht, was wir lieber täten“, säuselte Vera, „ich sorge sofort dafür, daß meine Kinder sich bewußt werden, was wir Ihrem Land verdanken.“ Sie reichte der Direktorin die Hand und konnte wieder eine Bewunderin auf ihrer Haben-Seite verbuchen.

„Wenn ich das Gespräch Imre schildere, wird ihn das vielleicht ein wenig aufheitern“, dachte sie. Wieviel Kraft nötig war, um den ständig negativ Denkenden aus seinem seelischen Tief herauszuholen, ahnte niemand, am wenigsten die Kinder.

Sie nahmen alles als selbstverständlich hin. „In eurem Alter habe ich kein Bett für mich allein gehabt, meine Schuhsohlen hatten Löcher und mein Magen war immer leer … Ich bete, daß ihr das nie erleben müßt, und ich bete, daß ich es nie mehr erleben muß. Ihr glaubt, dieses Leben steht euch zu? Nichts steht euch zu! Nichts ist im Leben selbstverständlich. Merkt euch das gut! Ihr sollt glücklich sein, es soll euch besser gehen, als es mir je gegangen ist, aber vergeßt nie, daß ihr alles nur der genialen Musik eures Vaters zu verdanken habt!“ Und sie würde fortfahren: „Aber vergeßt auch nie, daß ich es war, die die gefälschten Taufscheine besorgt hat, denn mit dem ‘J’ in euren Pässen wären wir nie über die italienische Grenze nach Genua gekommen.“

So oder so ähnlich würde sie mit ihren Kindern sprechen, damit sie sich ihrer Eltern bewußt würden, dachte Vera und wußte im gleichen Moment, daß es nie dazu kommen würde. Mit Besorgnis bemerkte sie jetzt bereits bei ihren Kindern einen Snobismus, der ihr immer fremd geblieben war. Als sie ihnen erklärte, daß Snobismus ‘sans noblesse’, also ohne Anstand bedeute, hatte Imre Ivonka, seinen Liebling, auf den Schoß genommen: „Aber Veruschka, sie ist doch noch zu klein, und Charly kommt bald in die Military Academy, da wird er Disziplin lernen …“

Wie üblich hatten sich Lilian und Charly zum Flügel gesetzt und musiziert. Wie üblich hatten sich die Eltern begeistert gezeigt, und wie üblich hatte man miteinander geplaudert und wieder einmal versäumt, sich mit aufrichtigen Worten näher zu kommen.

Vera sagte sich „aufgeschoben ist nicht aufgehoben“ und nahm sich vor, bei nächster Gelegenheit ihren Vorsatz auszuführen.

In der Halle des Hotels wartete Sam Burg.

„Gospodina, in Ellis Island ist eine Freundin von Ihnen festgenommen worden. Ich konnte leider nichts bewirken, außerdem verlangt man eine hohe Kaution, falls man sie überhaupt einreisen läßt.“

„Wer ist es?“

„Pola Negri.“

„Pola? Ich muß sofort zu ihr. Wie hoch ist die Kaution?“

„Zweitausend Dollar.“

„Zweitausend?“ Vera wußte, daß sie diese hohe Summe niemals von ihrem Mann verlangen konnte, zumal sie ihm offen ihre liebevolle Freundschaft mit Pola gestanden hatte. Sie wußte aber auch, daß sie alles tun würde, um Pola zu helfen.

„Warten Sie, bitte …“ Sie ging zur Rezeption und verlangte nach ihrem Safe. Unter den Armbändern wählte sie das mit den viereckig geschliffenen Brillanten aus. Imre würde es kaum vermissen, da sie es nur zum großen Abendkleid trug.

„Mister Burg, können Sie dieses Armband versetzen?“

„Gospodina! Das ist ein Vielfaches wert!“

„Ich weiß, aber Freundschaft ist noch kostbarer.“

Burg sah Vera bewundernd an. „Man täuscht sich in nichts mehr als in den Frauen“, dachte er. Er hatte sie als ein besitzgieriges Geschöpf eingestuft und nun das …

„Ich denke, das kann ich in einer Stunde erledigen. Möchten Sie mit mir zum Einwanderungsbüro fahren?“

„Ja, bitte, ich sage nur meinem Mann Bescheid.“

Burg sah der zyklamenfarbenen Gestalt nach. Sie wirkte größer, als sie war, aufgrund ihrer guten Haltung. Den Kopf leicht angehoben, grüßte sie mit einem Lächeln, und nicht mit einem Nicken, das Hotelpersonal. Sie gab dem Boy einen Dollar und drehte sich im Lift noch einmal um. Ihre Blicke trafen sich, und sie nickte Sam zu. Er deutete eine Verbeugung an. „Wenn ich schon nicht ihr Liebhaber sein kann, möchte ich zumindest ihr Komplize sein“, gestand er sich. Er fuhr sofort in das Pfandhaus Kahn & Karpeles, um seinen Auftrag so rasch als möglich zu erledigen.

Vera erzählte unterdessen Kálmán ihre kleine Schulgeschichte, spielte ihm die zunächst ablehnende und dann auftauende Mimik der Direktorin vor und brachte ihren Mann tatsächlich zum Schmunzeln. Wie nebenbei ließ sie einfließen: „Übrigens, Pola ist angekommen, hättest du etwas dagegen, wenn ich sie von Ellis Island abhole?"

„Selbst wenn ich etwas dagegen hätte, würdest du sie trotzdem abholen", seine amüsierte Laune war wie weggewischt.

„Imruschka, das ist doch Schnee von vorgestern. Ich bin doch nur neugierig, welche Informationen sie aus Deutschland mitbringt. Man sagt, sie hat bei Goebbels gefilmt …"

„Mach, was du willst, ich will sie nicht sehen."

„Wirst du gewiß nicht, sie wird sicherlich sofort nach Hollywood weiterreisen." Vera küßte ihn versöhnlich auf die Wange und dachte, wie seltsam es doch sei, daß er immer sagte „Mach, was du willst" wenn sie aber machte, was sie wollte, dann war Ehekrach angesagt.

Burg saß bereits wartend in der Halle des Hotels. Er übergab ihr ein dickes Bündel Dollarnoten, die sie achtlos in ihre Handtasche steckte.

„Bitte hier – der Pfandschein. Karpeles hat noch nie ein so wertvolles Stück belehnt, sagte er mir. In sechs Monaten verfällt das Pfandgut, falls Sie nicht vorher …"

„Mr. Burg, würden Sie bitte den Pfandschein für mich aufbewahren? Ich möchte nicht, daß mein Mann … Sie verstehen?"

Vera wußte, daß es ihr unmöglich sein würde, das Armband auszulösen. Seit ihrer Ankunft in New York war Imre in Geldangelegenheiten mehr als kleinlich. Fortwährend jammerte er, daß seine Tantiemen aus Frankreich und der Schweiz nicht transferabel seien, und alle Beschwichtigungen und Hinweise auf „die lange Salami" konnten ihn nicht beruhigen.

„Ich danke für Ihr Vertrauen", sagte Burg.

„Ja, ich vertraue Ihnen. Und wenn ich, was wahrscheinlich ist, den Pfandschein nicht einlösen kann und Sie haben eine Möglichkeit, es zu tun, dann verwenden Sie den Schmuck, um Ihren Flüchtlingen weiterzuhelfen."

„Möge alles Gute, das Sie anderen tun, auf Sie zurückfallen", sagte Burg und küßte Vera die Hand.

Pola Negri und Vera lagen sich in den Armen. Sie hatten sich fast zwanzig Jahre lang nicht gesehen. Pola war sichtlich gealtert.

„Du siehst angestrengt aus", sagte Vera rücksichtsvoll.

„Kein Problem“, lachte Pola, „in Hollywood macht man jetzt Schnipp-Schnapp, und die Falten sind weg! Ich weiß nur noch nicht, wovon ich den Schneidermeister bezahlen soll.“

„Machst du keinen Film?“

„Klar, Süße! Wär' ich sonst hier?“

Die beiden Freundinnen saßen und redeten, und jeder tat es gut, ihr Innerstes nach außen zu kehren. Vera griff in ihre Tasche und gab Pola, ohne zu zählen, alle Dollarscheine, die Burg gebracht hatte.

„Du solltest sofort nach L. A. weiterfahren. Hier – nimm das …“

Pola umarmte sie weinend. „Ich weiß nicht, wann ich es dir zurückgeben kann.“

„Forget about! Wir sind einander nichts schuldig, außer Aufrichtigkeit. Übrigens, ich habe deinen Vuitton-Koffer immer noch“, lenkte Vera ab.

„Nicht kleinzukriegen“, nickte Pola, „so wie man dich nie kleinkriegen wird …“

Sie sah Vera nach, wie diese zum Ausgang schritt: „Was für ein tolles Weibsstück“, dachte sie und kam sich selbst müde und ein bißchen schäbig vor.

„Alles erledigt, wie ich sagte, Pola reist nach Hollywood weiter.“

„Und wir auch“, antwortete Kálmán.

„Was heißt wir auch?“

„Ich habe soeben ein Telegramm von Metro Goldwyn Mayer bekommen, sie wollen die „Gräfin Mariza“ verfilmen!“

„Imruschka!“ Vera sang und tanzte „Joi. Mamám, Bruderherz, ich kauf mir die Welt … ich gratuliere dir! Jetzt brauchst du dir um nichts mehr Sorgen zu machen! Wann fahren wir?“

„Sobald wir hier alles erledigt haben.“

„Das ist schnell getan.“ Sie riß alle Türen auf, „Pervich! Wir packen! Portier? Bitte, stellen Sie fest, welches das beste Hotel in Los Angeles ist, und bestellen Sie eine Suite für Maestro Kálmán – und dann unsere Rechnung. Ja, und welche Internate gibt es in Hollywood? Natürlich die besten! – Imruschka, du mußt nur deine Noten und Papiere zusammenpacken! – Fräulein? Verbinden Sie mich mit dem Impresario Sam Burg! – Hallo, Sam. Ich wollte Ihnen nur sagen, daß die Csárdásfürstin verfilmt wird – ach nein, die Gräfin Mariza – ist auch egal – see you in Hollywood! Bye-bye!“

Kálmán war sprachlos, Burg war sprachlos, nur die Pervich stieß kleine ungarische Drohungen aus, falls es dort keinen echten Paprika geben sollte. Die Kinder jubelten! Wonderful! The ocean! – Kálmán sah stolz auf seine Frau. Er bewunderte die Energie, mit der sie alles Neue und Unbekannte anpackte. Er hingegen hatte schon wieder seine Zweifel, aber Vera und die Kinder freuten sich, und so versuchte auch er sich zu freuen.

25. Kapitel
... in dem man einiges über das Leben im Stechpalmenwald erfährt

„Ich mag Stechpalmenwald! Du auch, Vati?“ fragte Ivonka auf Ungarisch und lächelte ihren Vater mit großen Vergißmeinnichtaugen an. Er schmolz dahin, denn seiner jüngsten Tochter war er rettungslos verfallen. Sie trug nicht nur den Namen seiner jüngsten Schwester, sie glich ihr im Aussehen und schien ihre praktische Veranlagung geerbt zu haben. Seine Schwester hatte jahrelang seine Verhandlungen geführt und war seine Vertraute in allen finanziellen Angelegenheiten gewesen. Fast ständig war er mit seinen Gedanken bei seiner Familie in Ungarn, und immer waren diese Gedanken schmerzvoll.

„Hör auf, so lange nachzudenken. Du wirst es nie erraten. Stechpalmenwald heißt Hollywood!“

Kálmán lachte und zupfte an ihren langen blonden Locken: „Hast du deinen alten, schlecht Englisch sprechenden Vater wieder aufs Glatteis geführt?“

„Wie kann ich das, Vati? Hier ist doch immer Sommer!“

Er war begeistert von Ivonkas Schlagfertigkeit. „Was macht es, daß sie amusisch ist, vielleicht wird sie eine gute Geschäftsfrau?“ dachte er bei sich.

Kálmán hatte sich damit abgefunden, daß es in Hollywood nur zwei Gesprächsthemen gab: Film und Geld. Daß diese beiden Themen im Klatsch die wildesten Sumpfblüten trieben, gehörte dazu. Einzig im Haus der Drehbuchautorin Salka Viertel konnte man über Kunst reden, und deshalb ging Kálmán gerne dorthin.

Das Haus in der Marbery Road 165 war mehr als ein Treffpunkt der Filmparty-Geher. Es war eine Insel für alle in Hollywood Gestrandeten. Die glücklose Schauspielerin hatte sich einen ausgezeichneten Namen als Drehbuchautorin gemacht. Seit sie die Vertraute und Leib- und Magenschriftstellerin von Greta Garbo war, riß man sich darum, von Salka Viertel eingeladen zu werden. Vera waren die Abende zuwenig schick und spektakulär, aber Kálmán genoß die Gespräche mit den jüdischen Intellektuellen. Man sprach

Deutsch oder Ungarisch, denn die meisten Emigranten sprachen noch schlechter Englisch als Kálmán. Die Fähigkeit, in Hollywood mit der englischen Sprache perfekt umgehen zu können, war allerdings von größter Wichtigkeit. Und so blieben bedeutende Künstler, wie Bertolt Brecht oder Fritz Kortner, unbeachtet und zumeist unbeschäftigt, weil sie den sprachlichen Anforderungen nicht genügten. Aber alle hatten große Pläne, große Hoffnungen und großes Heimweh.

Vera hatte mit derlei Sentimentalitäten, wie sie es nannte, keine Probleme. Sie war überall in der Welt zu Hause, konnte sich überall verständigen und suchte überall die Reichen und Einflußreichen. Sie war eine Weltbürgerin der High Society. Sehr bald nach ihrer Ankunft in Hollywood hatte sie das magische Zeremoniell der Hollywood-Parties durchschaut. In Europa gab man Einladungen, um Freunde zu erfreuen oder Bekannte als Freunde zu gewinnen. In Hollywood gab man Parties, um seinen Reichtum zu zeigen und durch Kontakte mit den Eingeladenen zu vergrößern. In dieser Situation hatte Vera ein nicht zu überbietendes As: die Pervich! Die Filmgrößen, überdrüssig der ständigen Hummer- und Austernbuffets, wurden neugierig. Da kamen ein ungarischer Komponist, von dem irgendetwas verfilmt wurde, und seine Frau, die eine Schönheit sein sollte, und luden zum Hungarian Dinner? Das sollte man sich zumindest einmal anschauen …

Die Pervich war in Hochform. Stundenlang war sie unterwegs, um die richtigen Gewürze zu finden. Tagelang bereitete sie das Tarhonya eigenhändig vor. Ungarische Bohnensuppe, Székelygulyás, Somlauer Nockerln, alle Köstlichkeiten der ungarischen Küche wurden auf das dekorativste und duftendste serviert. Vera hatte das Wesentliche erkannt: Wenn Kálmán reüssieren sollte, dann hatte es nur einen Sinn, wenn die Großen von Hollywood ihn – und natürlich auch sie – kennenlernten. Und sie würde sie alle im wahrsten Sinne des Wortes „einkochen“!

Angeführt von Louis B. Mayer, dem Produzenten, kamen alle und gingen begeistert. Der Hollywoodklatsch war um eine Nuance bereichert: die Pervich. Gleich am nächsten Tag versuchte man sie abzuwerben. Man bot ihr das doppelte Gehalt an und versprach ihr ein Haus mit Swimmingpool. Die Pervich zeigte sich unbeeindruckt und blieb. Sie blieb, weil sie wußte, daß Kálmán sie brauchte. Zumindest auf dem Teller sollte er etwas Heimatliches verspüren. Sie liebte Ivonka und erduldete Vera. Ihre kapriziöse Herrin gehörte zum Maestro, das hatte sie hinzunehmen, ohne Kommentar. Ihr Englisch beschränkte sie auf die Ausdrücke, die sie für ihre Kochkünste benötigte. Ihr Ärger, in Form eines ungarisch-englischen Wortsalats, entlud sich nur über dem Metzger, der nicht begriff, daß das Filetstück, welches er absäbelte, nicht im entferntesten etwas mit einem Tafelspitz zu tun hatte.

Zu den unvergleichlichen Dinners der Kálmáns gesellte sich die Tatsache, daß die Männer der Hausherrin reihenweise verfielen. Vor allem der große Louis B. Mayer verhehlte seine Verliebtheit nicht. Die Ehefrauen der Produzenten, an Betrug gewöhnt, trösteten sich mit Cadillacs, Minks oder dem Tennislehrer. Kálmán hatte wieder ein schweres Herz. Er wußte, daß er Veras Sehnsucht nach erotischer Erfüllung nicht befriedigen konnte. Seine Depressionen und Niedergeschlagenheit, sein Herausgerissensein aus seinem gewohnten Arbeitskreis beschatteten nicht nur sein Gemüt, sondern auch sein sinnliches Verlangen. Er liebte Vera über alle Maßen, aber den physischen Beweis konnte er nicht erbringen, und diese junge, heißblütige Frau brauchte Beweise. Er sah, wie sie danach lechzte, und in ihm stieg bereits Wut auf, wenn sie die Ankommenden mit Küssen auf beide Wangen begrüßte. Er wußte, es war Hollywoodmanier, aber übertrieb sie das Gesellschaftsspielchen nicht?

„Zweimal küßt die Mafia, dreimal die Russen!“ scherzte sie, und jeder küßte sie dreimal, und manch einer beim dritten Mal auf den Mund.

„Imruschka, das nimmt doch kein Mensch ernst“, hatte sie ihn trösten wollen, aber er nahm es ernst, alles nahm er ernst, viel zu ernst.

„Ich weiß nicht, wer heute abend mehr leiden wird, du oder die Garbo“, hatte Vera gescherzt, während sie ihm die Smokingschleife gebunden hatte.

„Ich“, hatte Kálmán geseufzt. „Aber weder die Garbo noch ich können uns vor der Hochzeitsparty drücken.“

„Natürlich nicht, es wird das Fest des Jahres.“

Für Vera hatte diese Hochzeit eine besondere Bedeutung. Sie hatte zum ersten Mal die Pervich „verliehen“. Margret Mayer, die Gattin von Louis B., hatte sie inständigst darum gebeten. Zur Hochzeit ihrer Tochter sollte die beste Köchin der Welt aufkochen, und alle waren der Ansicht, daß dies die Pervich war. Vera konnte dem nichts entgegenhalten. Außerdem, so schlußfolgerte sie, waren ihr die Mayers dadurch nähergerückt, was ihren persönlichen Plänen entgegenkam. Kálmán war mit der Arbeit an der Filmmusik zur „Gräfin Mariza" ausgelastet, ihre Kinder waren ganztägig in der Schule, und die Pervich beschäftigte sich ganztägig in der Küche. Die Partyflirts langweilten Vera, und man konnte nicht den ganzen Tag mit den modischen Vorbereitungen für die abendlichen Parties zubringen. „Wo alles filmt, tu ich es auch!" entschied sie. Ihre Chancen standen nicht schlecht. Louis B. Mayer wollte mit ihr schlafen – und sie würde sein Verlangen geschickt „am Köcheln" halten. Zur Hochzeit seiner Tochter kamen die schönsten Stars – die hieß es auszustechen. Das sollte mit dem Modellkleid aus türkisfarbenem Chiffon, unter dem sie nichts als Haut trug, kein Problem sein. Es kamen aber auch die Superreichen, die ihre Frauen als Schaufenster ihres Reichtums benutzten. Veras Schmuck war für europäischen Geschmack überaus gediegen und wertvoll, für die Ölmultis war er „Peanuts".

„Maman, nimmst du keinen Schmuck?" fragte Charly, der ebenfalls eingeladen war.

„Nein, Darling, heute wirst du Schmuck sehen, neben dem ich aussehen würde wie die 'Miss Willundkannicht', nein – da gehe ich lieber nackt."

Kálmán sah sie nachdenklich an: „Du wirst trotzdem – oder gerade deswegen – die Schönste sein."

Und er behielt recht. Außer Vera war nur noch die Garbo schmucklos erschienen. Alle anderen waren behangen wie Weihnachtsbäume und wirkten im grellen Sonnenlicht vulgär. Die Klatschtanten Hedda Hopper und Louella Pearson trugen Wagenladungen von Blüten auf ihren Köpfen. Barbara Hutton trug ein Diadem aus Brillanten und Saphiren, und Norma Shearer legte trotz der Hitze ihr bodenlanges Hermelincape nicht ab. Der Jahrmarkt der Eitelkeiten, die Übertreibungen des Äußerlichen nahmen der Hochzeit, die nach jüdischem Ritus vollzogen wurde, ihren mystischen Glanz.

Das Hochzeitsessen wurde zu einem triumphalen Erfolg für die Pervich. Nach dem Essen erhoben sich die Gäste und applaudierten. Vera lief in die Küche und holte die Pervich, damit diese den Applaus entgegennehmen konnte. Widerwillig erschien sie in ihrem schwarzen Kleid, das von einer großen weißen Schürze mit Rüschen aus Spitzen verdeckt wurde. Die typische Handarbeit ungarischer Bäuerinnen in den langen Wintermonaten. Sie sagte ein Dankeschön in Ungarisch, knickste kurz und verschwand so bescheiden, wie sie gekommen war. Vera war erleichtert. Margret Mayer trat zu Vera, bedankte sich und umarmte sie.

Sie gingen gemeinsam in die Küche, wo die Pervich gerade ihr Handwerkszeug, wie sie ihre speziellen Reiben, Siebe und Messer nannte, in einem großen Korb verstaute.

„Ich möchte Ihnen danken“, sagte Margret Mayer zur Pervich.

„Ich ganze Keller voll Dank“, antwortete diese in ihrem Spezialenglisch.

„Mrs. Mayer meint, ob Sie beleidigt sind, wenn sie Ihnen Geld gibt?“

„Ich nur beleidigt, wenn kein Geld gibt“, antwortete die Pervich.

Margret Mayer fingerte hundert Dollar aus ihrer Abendtasche.

„Ich denke, diese Frau braucht das Geld dringender als ich“, sagte die Pervich in Ungarisch zu Vera.

„Mein Mann wird Ihnen morgen fünfhundert Dollar geben, liebe Pervich, die haben Sie sich redlich verdient.“

Diese Hochzeit hatte die mittlere Produktionssumme eines Hollywoodfilms verschlungen, und eine Frau, die tagelang geschuftet hatte, wurde von der Gastgeberin mit der Tagesgage einer Statistin abgefunden!

Vera war empört. Sie spülte ihren Ärger mit einigen Gläsern Champagner herunter. Das war eine Handlung, die sie nicht verstand und nie verstehen würde.

„Reg dich nicht auf, Veruschka“, beruhigte sie Kálmán, „ich gebe ihr morgen die fünfhundert Dollar, aber merke dir eines – die Pervich wird nie wieder verborgt!“

„Darf ich mit der schönsten Frau des Festes tanzen?“ fragte eine sonore Stimme. Kálmán, Charly und Vera sahen sich gleichzeitig um und verstummten gleichzeitig. Die Stimme gehörte Clark Gable. Wortlos stand Vera auf und ging zur Tanzfläche. Wortlos schauten ihr Kálmán und Charly nach. Vera wunderte sich, daß der Star nur ihre Größe hatte. „Also müssen sie ihn in Filmszenen mit einer Partnerin auf ein Podest stellen“, schloß sie folgerichtig. Er zog sie mit beiden Armen an sich. Ihre Augen und Nasen waren in gleicher Höhe. Er legte seine Wange an ihre und sagte: „Ich will dich, Darling …“

In diesem Moment trat Louis B. hinzu und schob seinen Star beiseite wie einen Vorhang, der die Sicht nimmt. Er nahm Vera um die Taille und tanzte mit ihr so eng, daß sie seine Erregung spürte. Ihr Ärger über seine Frau war verraucht. Der Champagner tat seine Wirkung, aber noch mehr wirkte die Bewunderung der Festgäste, die das Konkurrenzspiel zwischen dem einflußreichsten Producer und seinem weltberühmten Star verfolgten. Louis B. küßte sie während des Tanzes, und sie ließ es geschehen. Auf seinen Wink hin brachte ein chinesischer Diener Champagner auf die Tanzfläche. Die beiden tanzten weiter. Mit einem Arm hielten sie sich umschlungen, in der anderen Hand hielten sie ihre Gläser.

Die Tanzfläche leerte sich. „Close up! Close up!"* riefen die Gäste. Auf der Tanzfläche stand nur noch Clark Gable. Er hatte die Hände in den Hosentaschen, und als Vera vorbeitanzte, sagte er: „Du entkommst mir nicht, Darling ..."

Leicht verschleiert sah Vera, wie Charly seinem Vater beruhigend die Hand auf den Arm legte.

Sie löste sich aus den Armen von Louis B., schleuderte ihr Glas in den Swimmingpool und ihre türkisfarbenen Seidenpumps von den Füßen und rief: „Hey! Hey! Kasatschok!" Die Musiker nahmen ihren Rhythmus auf, und Vera tanzte allein auf der Tanzfläche den russischen Volkstanz unter dem Jubel und Applaus der Gäste. Sie griff nach einem Glas: „Nastrowije!" – und die illuminierte Gesellschaft echote: „Nastrowije!" Plötzlich lagen Lebensfreude und hemmungslose Begeisterung in der Luft. Manche Ladies warfen ebenfalls ihre Schuhe weg und versuchten sich in lächerlichen Verrenkungen, die sie für Tanz hielten. Einer wurde schwindlig, und sie fiel in den Swimmingpool. Einen Augenblick trieb eine lange Schnur dunkelgrauer, riesengroßer Perlen auf der Oberfläche des Wassers, bevor sie versank. Zwei Schauspieler hechteten dem Schmuckstück nach, tauchten damit auf und wurden als Perlenfischer bejubelt. Das Brautpaar war längst in seinen Honeymoon nach Hawaii gestartet, und als die Sonne babyrosa am Horizont aufging, tanzten noch immer einige Pärchen engumschlungen zu den Klängen eines fast schlafenden Saxophonisten.

Wortlos verließen die Kálmáns das Fest. Kálmán war wieder einmal an der Grenze seiner seelischen Belastbarkeit angelangt. Er

---

* Großaufnahme beim Film

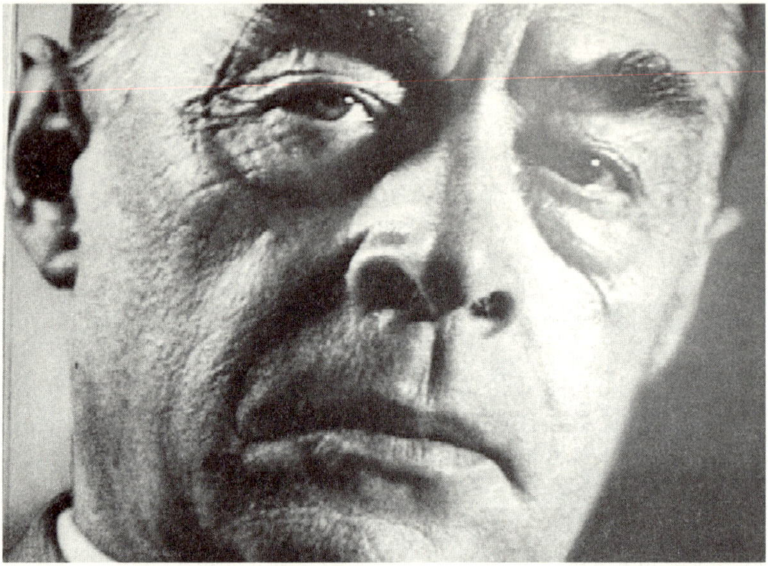

Erich Maria Remarque

fühlte sich von seiner Frau der Lächerlichkeit preisgegeben und dachte: „Lächerlichkeit tötet. Sie tötet mich …"

Vera lag mehr, als sie saß, im Fond des Buick und summte leise: „I'm in the mood for love … simply because …" Sie sehnte sich mit jeder Faser ihres Körpers nach einem Mann. Brauchte der Körper nicht Liebe wie Essen und Trinken? Warum sollte sie verhungern und verdursten? Sie nahm sich vor, ihr Problem mit ihrem Mann ernsthaft zu besprechen – in Ruhe, und vor allem mit klarem Kopf.

Die Stimmung beim Lunch war eisig. Vera war verkatert, und Kálmán stocherte lustlos in seinen Ham and Eggs herum. Die Kinder schwiegen feindselig.

„Haben die Kálmáns plötzlich das Reden verlernt?" Angriff ist die beste Verteidigung, dachte Vera.

„Nein, es hat uns nur die Sprache verschlagen wegen deines gestrigen Benehmens", konterte Kálmán.

Jetzt verschlug es Vera die Sprache. War ihr Mann wirklich solch ein humorloser Spießer, daß er ihr deswegen eine Szene machte, und das in Anwesenheit der Kinder?

„Ich habe nichts getan, was nicht alle anderen auch getan haben: Ich habe mich amüsiert. Ich habe auch nichts hinter deinem Rücken gemacht, und ich habe eine langweilige, versnobte Gesellschaft in Stimmung gebracht, – das habe ich getan, und sonst kannst du mir nichts vorwerfen!"

„Ich, ich, ich! Ich höre immer nur ich!" schrie Kálmán. „Vielleicht denkst du auch einmal an mich und deine Kinder!"

„So? Ich denke nur an mich? Ich denke nicht an euch? Wer hat denn dieses schöne Heim für euch hergerichtet? Wer hat sich um die richtigen Schulen gekümmert? Wer sorgt dafür, daß die berühmtesten Leute von Hollywood bei uns ein und aus gehen? Wer hat es geschafft, daß man hier überhaupt weiß, wer Emmerich Kálmán ist? – Ich! Ich! Ich! Und sonst niemand!"

„Trotzdem, Maman, du hast Vati gestern blamiert", mischte sich Charly ein.

„Du halte gefälligst den Mund! Ich bete zum Himmel, daß du eine Frau findest, die dasselbe für dich tut, was ich für deinen Vater getan habe und noch tun werde! Aber ich bezweifle, daß du so jemandem begegnen wirst, denn um mit euch fertigzuwerden, braucht man verdammt viel Kraft. Und ihr?" Sie wandte sich an ihre Töchter, die stumm auf ihre Teller starrten. „Aha, ihr schweigt. Er hat euch also auch von eurer unmöglichen Mutter erzählt. Danke, Imre, daß du auch die Mädchen gegen mich aufgehetzt hast."

„Ich habe niemanden aufgehetzt, ich habe nur ..."

„Ich weiß, du hast ihnen nur deine verkackten Spießeransichten aufoktroyiert."

Lilike und Ivonka sahen ihre Mutter an. Vera bemerkte, daß sich im Ausdruck ihrer Gesichter etwas geändert hatte. Es waren nicht mehr die Blicke, die Töchter einer bewunderten Mutter folgen lassen, es waren plötzlich die Blicke abschätzender Konkurrentinnen. Neid las sie darin und Eifersucht. Sie erschrak. Sie waren doch noch Teenies, wie würde es erst sein, wenn sie erwachsen sind? Und Charly? Der sah abwechselnd auf seinen Vater und dann auf seinen Teller. „Er auch", spürte Vera, „er ist auch gegen mich."

„Wenn alle gegen mich sind, bin ich ja wohl überflüssig!" Sie stand auf, ging in ihr Schlafzimmer, schminkte sich, setzte einen weißen Strohhut auf und eine Sonnenbrille. Beim Hinausgehen sagte sie zur Pervich: „Warten Sie nicht mit dem Dinner auf mich, kochen Sie, was Sie wollen ..." Die Pervich fragte nicht warum und wieso, sie schwieg.

„Die also auch", stellte Vera fest. „Um mich herum ist eine feindselige Wand, ich brauche Luft, sonst ersticke ich ..." Sie öffnete das Verdeck ihres Wagens und fuhr langsam über den Hollywood Boulevard. Vor dem Musil & Frank-Grill stoppte sie, stieg aus und warf dem Türsteher die Autoschlüssel zu. Der Maitre stürzte auf sie zu: „Madame Kálmán!" Vera nahm an der langen Bar, die man „die Bar der Autoren" nannte, Platz. Hier trafen sich ständig die berühmtesten Drehbuchschreiber und Schriftsteller, und Vera suchte den Kontakt, in der Hoffnung, daß jemand ein Libretto für Kálmán schreiben würde. Aber weder Isherwood noch Walter Reisch waren anwesend.

Sie bestellte sich eine Bloody Mary. Der scharfe, frische Tomatensaft mit Wodka, Pfeffer und Worcestersauce brachte ihre Lebensgeister zurück. Louis B. Mayer hatte ihre Probeaufnahmen für den nächsten Tag angesetzt. Eine Hauptrolle war zu besetzen, und man gab ihr die größten Chancen. Sie würde sie zu nutzen wissen.

„Sie waren wunderbar gestern nacht, entschuldigen Sie, wenn ich Sie anspreche, mein Name ist Remarque."

„Ich kenne Sie, man hat Ihre Bücher in Deutschland verbrannt. Mein Mann und ich bewundern Sie sehr, bitte nehmen Sie Platz ..."

Vera fühlte sich wie ausgewechselt. Ihre Verbitterung und ihr Trübsinn waren wie weggeblasen. Sie hatte diesen interessanten Mann schon öfters gesehen, immer in Begleitung schöner, berühmter Frauen. In Filmkreisen hieß es, er sei derzeit mit Marlene Dietrich liiert.

„Ihr Mann schien gestern nicht allzu begeistert." Remarque sah sie schmunzelnd an. Es lag viel Verständnis, aber auch eine Spur Ironie in seinem Blick.

„Sie haben gut beobachtet."

„Es ist mein Beruf. Wie könnte ich sonst das Gehörte und Gesehene beschreiben?"

„Auch das Erlebte?"

„Vor allem das Erlebte."

Sie nahm ihre Sonnenbrille ab. Eine heiße Welle, die sie nur allzu gut kannte, stieg in ihr auf. Aber da war noch mehr als dieses knisternde Zusammentreffen zweier Pole, da war auch eine plötzliche Vertrautheit und Wärme. Sie merkte, daß sich in ihr erotisches

Verlangen die Liebe einschlich. Sie sahen sich sekundenlang in die Augen, dann sagte Remarque: „Übrigens, falls Hedda Hopper es noch nicht austrompetet hat, Marlene hat sich von mir getrennt – wegen Jean Gabin."

„Tut es weh?"

„Jetzt nicht mehr …" Plötzlich wechselte er vom Englischen ins Deutsche. „Wir fahren jetzt zu mir, und ich erzähle dir und du erzählst mir, ich glaube, das brauchen wir beide."

Vera wußte, es würde nicht beim Erzählen bleiben.

Vera und Boni, so nannte sie Erich Maria Remarque, erlebten eine einmalige Symbiose aus Liebe und Freundschaft. Es war ein ständiges Geben und Nehmen. Vera blühte auf. Ihre Probeaufnahmen galten als sensationell. Louis B. legte ihr einen Vertrag vor, der finanziell und künstlerisch ihre Vorstellungen übertraf. Remarque nannte Vera seine Inspiration und behauptete, niemals eine annähernd kreative Zeit gehabt zu haben.

Die Eiszeit in der Familie Kálmán war einer muffigen Stimmung gewichen. Man sprach nur das Nötigste, fragte nichts und wich jeder Diskussion aus.

„Übrigens, ich mache einen Film." Vera sagte es wie nebenbei, als sie das Haus betrat, und warf ihre Handtasche auf einen Stuhl. Imre war gerade von den Musikproben aus dem Studio nach Hause gekommen.

„Was machst du?" Er glaubte, sich verhört zu haben.

„Eine Hauptrolle, ich spiele die Hauptrolle in 'Zeugin der Anklage'."

Sie zog den Filmvertrag aus ihrer Tasche und warf ihn auf den Flügel, dann verließ sie den Salon.

Nach einer Viertelstunde klopfte Kálmán an der Tür ihres Schlafzimmers. Er hielt den Vertrag in der Hand.

„Das verbiete ich", sagte er beherrscht, aber Vera merkte, wie es in ihm kochte.

„Warum?" antwortete sie eiskalt. „Die Gage ist doch hoch genug – oder?"

„Es geht nicht um Geld, es geht um dich. Fehlt dir etwas bei mir?"

Was ihr wirklich fehlte, konnte sie nicht aussprechen, und so sah sie ihn nur erstaunt an. Er sah niedergeschlagen und verbittert aus – und er tat ihr unendlich leid.

„Mir fehlt nichts“, log sie, „Ich dachte an eine sinnvolle Beschäftigung in meinem Beruf.“

„Das ist kein Beruf, das ist Prostitution!“ explodierte Kálmán, und während er den Vertrag in kleine Stücke zerriß, sagte er bestimmt:

„Ich werde Mayer anrufen und ihm sagen, daß er sich falsche Hoffnungen gemacht hat – in jeder Beziehung.“

„Du hast soeben einen Cadillac, einen weißen Nerzmantel und einen Fünfkaräter zerrissen – mindestens …“

„Wenn es das ist, dann hier – bitte …“ Kálmán füllte einen Scheck aus in der Höhe der Summe, die im Vertrag stand.

„Tut dir deine Salami nicht leid?“ Vera umarmte ihn. So standen sie eine lange Weile stumm und hielten sich umfangen. Vera legte ihren Kopf an seine Brust und spürte, wie sein aufgeregter Atem langsam in einen ruhigen Rhythmus überging. Sie küßten sich, und Vera gab ihm die Art von Zärtlichkeit, von der sie wußte, daß er sie genoß.

Am Abend wunderten sich die Kinder über ihre gutgelaunten Eltern, die wieder miteinander scherzten.

„Krach gibt's in den besten Familien, und wo alles stimmt – stimmt was nicht, merkt euch das, Kinder!“ verkündete Vera.

Am nächsten Tag verfiel sie in einen Kaufrausch und setzte den Scheck bis auf den letzten Penny um. Boni schaute amüsiert, als sie im weißen Cadillac mit kirschrotem Lederpolster anrauschte.

„Das ist mein Filmvertrag“, lachte sie und erzählte ihm alles.

Remarque wurde ernst. „Es tut mir leid, Veruschka, aber Mayer hat dich hineinlegen wollen. Die Dietrich hatte gewisse Bedingungen gestellt, die er nicht erfüllen wollte. Da hat er dich als Lockvogel eingeschaltet. Daraufhin hat Marlene sofort unterschrieben. Ich wäre dir ein schlechter Freund, wenn ich dir nicht auch das Negative sagen darf …“

„Aber ich hatte doch einen Vertrag!“

„Hast du auch das Kleingedruckte gelesen?“

„Nein.“

„Eben. Das Kleingedruckte hätte dich verpflichtet, unter Umständen auch in einem drittklassigen Film unter einem viertklassigen Regisseur zu filmen. Mayer hat nie daran gedacht, dich 'Die Zeugin der Anklage' spielen zu lassen. Du weißt, was er wollte … dein Mann hat recht gehabt.“

„Das mußt du ihm persönlich erzählen! Du mußt ihn kennenlernen, er ist ein wunderbarer Mensch."

„Ja, ich möchte ihn auch kennenlernen. Und wie stellst du dir das vor?"

„Ich werde dir beweisen, was für eine gute Schauspielerin ich bin."

Veras Leben drehte sich wie ein buntes Kaleidoskop. Leben und leben lassen war ihre Devise. Sie verwöhnte sich und andere. Seit Boni in ihr Leben getreten war, sah sie vieles aus einer anderen Perspektive, und manches hatte aufgehört, erstrebenswert zu sein. Sie liebte es, den Gesprächen der beiden Männer zuzuhören. Die beiden verstanden einander vortrefflich, und Boni war von beeindruckender Zurückhaltung ihr gegenüber im Beisein von Kálmán.

Das Trio saß harmonisch in der Küche der Pervich, die die heißen Palatschinken vom Herd weg servierte, als ein dringender Anruf von Louis B. Mayer Kálmán ins Studio beorderte.

„Ich bringe dich hin, Imre", erbot sich Remarque, und Kálmán nahm dankend an.

Als sie zurückkamen, verlangte Boni einen doppelten Whiskey. Er nahm einen großen Schluck und sagte: „Amerika ist in den Krieg eingetreten. Metro Goldwyn Mayer hat die Dreharbeiten zu 'Gräfin Mariza' abgesagt." Und mit einem Seitenblick zu Vera: „Jaja, das Kleingedruckte ..."

„Aber Imre hat schon hunderttausend Dollar Vorschuß bekommen", wandte sie ein.

„Das sind Peanuts für Louis B., denn es würde ihn alles kosten, was er besitzt, wenn er jetzt einen Film drehen würde, der in einem Land spielt, das sich mit Hitler verbündet hat. Er konnte nicht anders handeln ..."

Kálmán saß zusammengesunken in einem Sessel. „Es geht nicht um die Mariza, Remarque, es geht um meine Familie, sie ist in Budapest ... Veruschka, laß uns packen und nach New York zurückgehen."

Vera wollte aufbegehren, aber Remarque schloß die Augen und nickte zustimmend.

Vera stand wortlos auf und rief: „Pervich! Wir packen!"

26. Kapitel
… welches einiges über die dunkelste Zeit Ungarns berichtet

Zu dieser Zeit brachen im Hitlerland bei vielen Menschen die niedrigsten und gemeinsten Veranlagungen aus. Körperliche und seelische Qualen, die man Juden zufügte, zählten nicht als Verbrechen. Plötzlich gab es in allen Gesellschaftsschichten Personen, die teilnahmen an der Vernichtung des jüdischen Volkes. Gläubige oder Mitleidige, die dem Wahnsinn entgegen handelten, wurden ebenfalls bedroht, verfolgt oder liquidiert. Tausende selbsternannter Scharfrichter setzten ihrer abartigen Phantasie keine Grenzen. Die neugeborene Tochter des Malers Heinz Sussmann warf ein SS-Mann vor den Augen der Mutter in einen Ofen. Ein anderer band zwei Juden Rücken an Rücken zusammen und befahl ihnen, den Mund aufzumachen. Er schoß in des einen Mund hinein – die Kugel kam bei des anderen Mund heraus – und der Mörder hatte die Wette, daß beide tot sein würden, gewonnen. Kinder wurden wegen des Diebstahls einer gefrorenen Kartoffel zu Tode getrampelt und alten Leuten wegen eines Goldzahns der Schädel eingeschlagen. Es gab keine Grausamkeit, die in den Konzentrationslagern nicht ausgedacht und ausgeführt wurde. Die Täter waren im Privatleben gute Ehemänner, die ihre Kinder liebten und ihre Hunde streichelten. Nur wenige Juden mit viel Mut und noch mehr Glück konnten der Hölle entkommen. Ihre Berichte wurden mit ungläubigem Entsetzen aufgenommen.

Sam Burg und Alexander Granach erfuhren über ihre Hilfsorganisation davon. Sam weinte, und Szajko rezitierte mit geschlossenen Augen einen Satz aus seiner Rolle als Wozzek: „Der Mensch ist ein Abgrund, mich graust, wenn ich hinabsehe …“

„Sagen wir Kaddisch* – wir können nichts mehr tun“, sagte Szajko.

„Es gibt noch Kontakte nach Ungarn“, antwortete Sam, „die Waadat Esra Vehazala, ein Rettungskomitee. Ein gewisser Rudolf Kastner und

* Jüdisches Totengebet

ein Joel Brand machen unkoschere Geschäfte mit der SS, aber sie retten Leben."

„Mit Geld?"

„Mit sehr viel Geld. Brand besorgt es aus der ganzen Welt und tauscht Schmuck und Devisen gegen Juden."

Erst kürzlich soll er einen Waggon mit fünfzig Personen in Gänserndorf, das ist ein Nest bei Wien, entgegengenommen haben. Allerdings konnte er nur achtundzwanzig in die Freiheit schicken, die anderen waren durch die Schikanen irrsinnig geworden."

„Hat man sie ersetzt?"

„Nein, erschossen."

„Lügen! Lügen! Lügen!" schrie Szajko. „Sag, daß es nur Lügen sind, um uns seelisch kaputtzumachen!"

„Bitte, beruhige dich, du hast heute abend Vorstellung, ich werde uns russischen Tee machen ..."

Sam ging in die Kitchenette des Hotelapartments, das sie während des Bühnengastspiels gemietet hatten, um Tee zu kochen und nachzudenken. Szajko machte ihm Sorgen. Das große Textpensum, das er allabendlich zu bewältigen hatte, dazu die seelische Belastung durch die Arbeit im Hilfskomitee hatten Szajkos Nerven in letzter Zeit bloßgelegt. Er fürchtete um seine Gesundheit.

Sam goß den stark duftenden Tee ein. Sie tranken schweigend, das Getränk ruhig genießend, wie alle Polen, die wissen, daß Tee die guten Lebensgeister unterstützt.

„Kálmán hat angerufen, er ist wieder in New York", begann Sam nach einer Weile. „Wir sollen etwas über seine Familie in Budapest ausforschen, Geld spielt keine Rolle, sagt er."

„Wie viele Juden leben jetzt in Budapest?"

„Ungefähr zweihunderttausend. Für Ungarn gibt es jetzt ein Sondereinheitskommando, ein gewisser Adolf Eichmann leitet es."

Szajko lachte bitter: „Und du glaubst, daß Joel Brand unter zweihunderttausend Kálmáns Angehörige findet?"

„Ich glaube gar nichts mehr", seufzte Burg, „ich kann nur hoffen ..."

„Ich kann mir nicht helfen, aber glaubst du nicht auch, daß dieser Joel Brand ein trefener Ganneff* ist?"

* jiddisch für unsauberer Gauner

„Davon bin ich überzeugt, aber es steht geschrieben: Wer ein Leben rettet, rettet die Welt."

„Diese Welt, die dem, was jetzt geschieht, zusieht, ist nicht mehr zu retten. Weißt du, was Fritz Kortner letzthin bei der Probe sagte? 'Ich kann gar nicht so viel fressen, wie ich kotzen möchte' – genauso geht es mir auch. Ich werde dieses Land nie mehr betreten."

Sam Burg sah seinen Freund an, und es überkam ihn eine unbestimmte, bisher nie empfundene Furcht.

Joel Brand und Rudolf Kastner standen vor dem Biedermeierhaus Vörösmarty 6, in dem die Mutter von Emmerich Kálmán mit seiner Schwester lebte. Der idyllische Platz strahlte Frieden und Wohlstand aus. Sie läuteten, und eine Frau steckte ihren Kopf aus dem Fenster im Parterre.

„Wohnt hier die Familie Kálmán?"

„Nicht mehr", antwortete die Frau, „was wollen Sie von denen?"

„Wir wollten sie besuchen."

„Da kommen Sie zu spät. Die hat man abgeholt." Damit schloß sie das Fenster und zog energisch die Gardine zu.

Die beiden Männer sahen einander an.

„Jetzt heißt es suchen. Wo fangen wir an?"

„ Achtzehntausend hat man nach Kamenec-Podolskij gebracht. Die unterstehen dem Franz Jeckeln."

„Nimmt der?"

„Und wie. Wenn sie dabei sind, kriegen wir sie raus."

„Etwa zweitausend sind in Novi Sad, dort haben wir keine Chance."

„Sollen wir mit Miklos Horthy verhandeln?"

„Was willst du mit dieser Nazi-Marionette? Nicht einmal der Papst hat bei ihm etwas erreicht."

„Wir sollten die Namenregister der nach Österreich Verladenen durchgehen."

„Das muß der Komoly im Innenministerium erledigen. Er kann mit den beiden Lászlós – Baky und Endre – reden, allerdings sind das hundertfünfzigprozentige Nazis, und der Minister Jaross deckt sie."

„Über welche Summe kann Komoly verfügen?"

„Kálmán gibt eine halbe Million Dollar, verspricht Sam Burg."

Kastner pfiff durch die Zähne. „Das ist kein Schmutz nicht ... für eine halbe Million Dollar deckt keiner keinen mehr. Ich mach mich an die Arbeit!"

„Masel Tow."

Die beiden Agenten gingen jeder in eine andere Richtung davon.

Emmerich Kálmáns Mutter und seine vier Schwestern ahnten nichts von den verzweifelten Rettungsversuchen, die ihretwegen unternommen wurden. Paula Singer-Kopstein befand sich in dem langen Treck, der zu Fuß von Budapest in Richtung österreichische Grenze gepeitscht wurde. Neben ihr gingen ihre Töchter und wechselten sich ab. Sie stützten ihre Mutter nicht mehr, sie mußten sie tragen. Plötzlich, ein kurzes Aufstöhnen, und der Kopf der Überachtzigjährigen fiel ohne Laut auf ihre Brust. Die Mutter war tot. Die Töchter trugen die Tote weiter, wie eine Schlafende. Die Angst, entdeckt zu werden, überlagerte ihren Schmerz. Ein Soldat entdeckte das dahinschlurfende Menschenknäuel. Er entriß ihnen die Tote und schleuderte die Leiche in den Graben der Chaussee. Es war irgendwo in Richtung Hegyeshalom.

Nach einer Woche erreichte der Treck, um hunderte Menschen reduziert, den österreichischen Ort Strasshof. Hier wurden alle von der SS selektiert. Sie hatten die Brust zu entblößen und wurden mit einem R oder L gekennzeichnet. Die mit R Gezeichneten wurden auf einen Pferdewagen verladen. Die anderen in einen Viehwaggon. Der eine Wagen ging zur Zwangsarbeit nach Znojmo, der Waggon fuhr nach Theresienstadt.

Joel Brand erfuhr von den grausamen Begebenheiten wie üblich durch die von ihm bestochenen Soldaten. Ein für tausend Dollar und hundert goldene Maria-Theresientaler freigekaufter Jude nahm die Nachricht nach New York mit und übermittelte sie Sam Burg. Diesem war es unmöglich, darüber zu sprechen.

27. Kapitel
... wo jeder Fehler macht, aber nur die Fehler des anderen sieht

Sonja Makinska

Sonja Makinska hatte die Nase voll. Das war nicht mehr ihr Paris. Seit der Annexion der Deutschen war das Leben chaotischer und bedrohlicher als damals im geliebten Petersburg. Sie hatte eine Revolution und einen Weltkrieg überstanden, aber was sie jetzt erlebte, überstieg ihr Fassungsvermögen. Anfangs war der Betrieb in den russischen Restaurants recht amüsant gewesen. Die deutschen Offiziere brachten Geld und bekamen, was sie wollten: Champagner, Frauen und Musik. Nun aber wurden die Razzien brutaler, die Verhaftungen häufiger. Die Geschwister Posner, die als „Les Soeurs Viennoises" im „La Shéhérézade" auftraten, konnten mit Hilfe eines Offiziers durch den Keller fliehen. Er hatte sich in Lilli verliebt. Die hinreißend schöne Jüdin hatte bereits ihren Namen in Palmer geändert und sich sicher gefühlt. „Njet", dachte Veras Mutter, „hier ist niemand mehr sicher ..."

Mit dem Instinkt der gelernten Emigrantin spürte Sonja, daß es höchste Zeit war, sich von Paris abzusetzen. Ihr derzeitiger Ehemann interessierte sie weniger als alte Piroschkij. Sie packte heimlich ihre Koffer und fuhr zunächst nach Cannes. Ihr erster Weg führte sie zur HIAS*, wo sie ihre Bukarester Papiere aus der Ehe mit Philipp Mendelsons vorlegte. Auch das war eine ihrer Emigrantenerfahrungen: Papiere und Pässe der verschiedensten Art, ob echt oder gefälscht, hatte man immer griffbereit. Mal legt man diese – mal jene vor. Der Trick gelang. Um den Preis von hundertsiebzig Dollar würde sie eine Schiffskarte nach New York und das damit verbundene Visum bekommen. Wozu hatte sie eine Tochter und einen reichen Schwiegersohn? Der Name Kálmán bürgte für Seriosität.

Das Geld würde in einigen Tagen über American Express angewiesen werden. Bis dahin konnte sie das tun, was sie zu tun gewöhnt war – über ihre Verhältnisse leben und Bekanntschaften machen. Wer wußte denn, wann sie wieder einmal das schillernde Leben an der Côte d'Azur genießen würde?

Mit ihrem sicheren Geschmack für gediegenes Wohnen hatte Vera eine Zimmerflucht in der 72. Straße, 50 Central Park West, gemietet. Hier sollte Kálmán Ruhe und Inspiration finden. In der Nähe wohnte Alfred Grünwald, und ihr Wohnungsnachbar war Robert Stolz, den Kálmán nicht nur als Komponist schätzte. Obwohl Nichtjude und von den Nazis umschwärmt, war Stolz emigriert, und für diese Haltung bewunderten ihn alle. In Paris hatte er die bildhübsche junge Anwältin Yvonne Louise Ulrich kennengelernt. Er nannte sie „Einzi“, mit der Behauptung, sie wäre von nun an seine Einzige!

Der Abschied von L.A. fiel Vera leicht, umso schmerzhafter empfand sie die Trennung von Remarque. Er schärfte ihr ein, alles zu tun, damit Kálmán aufgeführt würde. „Was immer es ist, Veruschka“, hatte er sie beschworen, „das einzige, was ihn aus seiner Depression herausreißen kann, ist das Theater.“

Sie wußte, daß Boni nur das Beste für sie und Imre im Sinn hatte. Täglich rief sie ihn an. Nach seinen Ratschlägen richtete sie ihr Tun.

Kálmán nannte ihn ihre Klagemauer, und tatsächlich war das innige Verhältnis in eine Vertrautheit übergegangen, die Liebe und aufrichtige Freundschaft einschloß. Vera war sich genau bewußt,

* Hebrew Immigration Association

welchen Seltenheitswert diese Art der Zuwendung hatte, und erwiderte sie aus ehrlichem Herzen.

Jedoch alle Bemühungen ihrerseits, eine Operettenproduktion in New York zu plazieren, schlugen fehl. Stundenlang starrte Kálmán trübsinnig vor sich hin. Seine Bemühungen, etwas über seine Familie in Ungarn zu erfahren, blieben erfolglos. Wenn er die Finger auf die Tasten des Flügels legte und einige Akkorde anschlug, knallte er nach kurzer Zeit den Deckel verärgert zu. Es fiel ihm nichts ein. Auch die „Financial Times", die ihm immer Anregungen für seine Aktienspekulationen gegeben hatte, blieb ungelesen. Fast täglich spazierte er ins Café Eclair, hörte sich die Leidensgeschichten der Emigranten an, verlieh Geld, von dem er wußte, daß er es nie zurückbekommen würde, und kam niedergedrückter zurück, als er weggegangen war. Vera war außerstande, diesen depressiven Teufelskreis zu durchbrechen. Ihre amüsanten Klatschgeschichten wurden von ihrem Mann als dümmlich und oberflächlich abgetan, ihre modischen Extravaganzen mit dem Hinweis auf die immer kleiner werdende Salami verurteilt. Ihr Lachen, wenn sie mit ihrer Freundin Maria Jeritza telefonierte, als Affront gewertet. Was immer sie tat, sie tat in seinen Augen das Falsche.

„Imruschka, am Broadway gibt man 'Tea for Two', möchtest du nicht hingehen?"

„Musical interessiert mich nicht."

„Imruschka, im Gerstmann-Theater tritt Karl Farkas mit einem Emigrantenkabarett auf."

„Kabarett interessiert mich nicht."

„Imruschka, die Air Force wird auf der 42. Straße gefeiert, weil sie Dresden in Schutt und Asche gelegt hat. Die Leute tanzen und singen, Benny Goodmann spielt. Schaun wir uns das an?"

„Nein, ich ertrage es nicht, wenn auf Gräbern anderer getanzt wird, auch wenn es die Gräber der Feinde sind."

„Maman", mischte sich Charly ein, „merkst du nicht, daß Papa nicht will?"

Lilike und Ivonka schwiegen, aber acht feindselige Augenpaare sahen Vera an. Sie ging wortlos aus dem Zimmer. Auf dem Flur kam ihr die Pervich entgegen und ging stumm vorbei.

„Die ist auch gegen mich", konstatierte sie. „Alle sind gegen mich, und warum? Weil ich ein bißchen Glanz und Unterhaltung in unser

Leben bringen möchte." Sie griff zum Telefon und ließ sich mit Remarque verbinden.

„Jammere nicht, tu etwas! Bald ist der Krieg vorbei. Wir werden siegen, und dann sieht die Welt anders aus."

„Und was mach ich bis dahin? Meine ganze Familie haßt mich!"

„Übertreibe nicht, Darling! Ich weiß ja, du neigst zu Übertreibungen. Tu etwas Sinnvolles. Such dir einen Job, dann merken sie, daß du auf eigenen Füßen stehen kannst."

„Oh Boni, du bist wunderbar! Danke für den Tip – wie schön, daß es dich gibt!"

Ein kleines Schild „Mannequin wanted" ließ sie den eleganten Pelzsalon betreten. Der Besitzer kam ihr mit ausgebreiteten Armen entgegen: „Madame Kálmán! Welche Überraschung! Was kann ich für Sie tun?" Er begrüßte sie in Deutsch. Der Kürschner war ein Emigrant aus Wien, der in New York durch seine exquisiten Pelzmodelle bald Aufsehen erregt hatte, und er hielt Vera, wie in Wien, für eine solvente Kundin.

Als sie den Salon verließ, hatte sie den Job und zweihundert Dollar wöchentlich in der Tasche. Der Geschäftsmann hatte sofort erkannt, daß an Vera ein alter Hamster wirkte wie ein Kleinod. Er verhätschelte sein neues Mannequin. Genau wie in Paris, bei Madame Vionais, glaubten auch die Käuferinnen in New York, in den Modellen genauso fabelhaft auszusehen wie Vera. Sie sorgte für einen erstaunlichen Umsatz. Manche Kundin, die mit der Absicht gekommen war, einen schlichten Persianermantel zu kaufen, wunderte sich, daß sie das Geschäft mit einem Black Mink verließ. Der Besitzer ließ Vera viele Freiheiten, und wenn sie ausging, legte sie sich das Paradestück der Firma um die Schultern – vier Silberfüchse, deren Augen aus Rubinen bestanden und deren Pfoten in Brillantkrallen endeten.

Die Dame, die das Pelzgeschäft betrat, erkannte Vera sofort an ihrer großen Sonnenbrille und ihren großen Füßen. Es war Greta Garbo. Sie verlangte nach einem schlichten Sealmantel, der auch bei Wind und Wetter zu tragen sei.

Höflich erklärte Vera: „Tiere, die im Wasser leben, vertragen die Nässe nicht mehr, wenn sie verarbeitet wurden ..."

„Mrs. Kálmán! Was machen Sie denn hier?" Die Garbo begrüßte Vera wie eine alte Freundin, man sprach über gemeinsame Bekannte in Hollywood, die der Kürschner nur von der Leinwand kannte. Kleine Schweißperlen standen auf seiner Stirn. Die Schauspielerin wurde von einem gutaussehenden Mann, den sie als Roland de la Croix vorstellte, begleitet.

„Ich habe nur eine beratende Funktion“, beeilte sich dieser zu versichern, „und außerdem – excusé – finde ich Seal für Madame Garbo etwas trostlos.“

Während die Garbo einige Mäntel anprobierte, wandte de la Croix keinen Blick von Vera. Diese schlüpfte in einen bodenlangen Nerzmantel und drehte sich damit kokett, um den Glanz der Felle im Licht spielen zu lassen. Die Garbo entschied sich zum Kauf, nicht ohne vorher darauf aufmerksam gemacht zu haben, daß sie ein „Künstler-Skonto“ erwarte. Sie erhielt ein Skonto und Vera einen dankbaren Blick des Geschäftsbesitzers.

Am Nachmittag betrat de la Croix wieder den Pelzsalon, diesmal allein.

„Ich möchte Sie zum Essen einladen“, sagte er in Französisch.

„Sie sind Franzose?“

„Ja, mit russischer Abstammung. Aus der Linie der Romanows.“

„Das kann jeder behaupten“, dachte Vera und wechselte übergangslos ins Russische. Zu ihrer Überraschung antwortete de la Croix wie selbstverständlich. Er stand vor ihr, den Oberkörper in einem kleinen Winkel ihr zugeneigt, dennoch in geziemendem Abstand. Den Blick abwechselnd auf ihre Augen und ihren Mund fixiert, beherrschte er das Gebaren russischer Aristokraten, das einer Frau alles signalisiert und trotzdem mit vollendeter Höflichkeit Distanz bewahrt.

Zuhause erwartete Vera wie üblich das mißtrauische, nörgelnde Quartett.

„Ratet einmal, wer heute meine Kundin war“, versuchte Vera dem muffigen Empfang mit guter Laune entgegenzuarbeiten.

Charly zuckte nur interesselos die Schultern, und Kálmán meinte sarkastisch: „Na, wer schon – die Königin von England?“

„Die Garbo! Stellt euch vor, ich habe ihr statt eines Seals einen Nerzmantel verkauft. Sie war in Begleitung eines feschen Mannes, de la Croix oder so ähnlich …“

„Deshalb hast du dich wohl so angestrengt?“ Kálmán hatte es ironisch sagen wollen, aber blanker Zynismus klang durch.

Vera ging ohne Antwort in ihr Zimmer und warf sich auf das Bett. „Ich halte das nicht mehr aus, wie konnte es nur so weit mit uns kommen?“ dachte sie. Sie rekonstruierte: Alles hatte in Wien mit seiner Eifersucht begonnen. Auch wenn ihre Flirts harmlos waren, hatte er immer wieder behauptet und gebrüllt: „Du betrügst mich – gib zu, daß du mich betrügst!“ Sie hatte ihre Unschuld beschworen, aber er hatte ihr nie geglaubt. Als er sie ohrfeigte, hatte ihr ein Teufel suggeriert: „Wenn schon Ohrfeigen, dann aus gutem Grund.“

Dann kam Istvan, jung und lebenshungrig wie sie. Ohne seine Hilfe hätten sie den Nazis nicht entkommen können. Und Dschosäff? Auch er hatte sie geliebt und gerettet. Was für wunderbare Männer! Jetzt hatte sie nur noch Boni. Tränen liefen über ihr Gesicht. Er war der einzige, dem sie sich öffnen konnte. Mit Imre war nicht zu reden. Er liebte sie, und doch zerfleischte er sich und sie mit seinem Mißtrauen. Seine schlechte Laune tötete ihre gute. Alle, was sie sagte, alles, was sie tat, wurde abschätzig beurteilt oder schweigend übergangen. Niemand schätzte die Mühe, mit der sie ihrer Familie in jedem Land in kürzester Zeit ein schönes Zuhause geschaffen hatte. Alles wurde mißachtet, und ihre aufrichtige Sorge um die Kinder wurde mit einer abweisenden Handbewegung quittiert, die sie verstummen ließ. „Ich halte es nicht mehr aus“, seufzte sie, „ich kann so nicht mehr leben.“

Alles hätte sie ertragen, aber nicht diesen Liebesentzug. Sie brauchte Liebe wie die Luft zum Atmen. Imre wich ihren Zärtlichkeiten aus. „Es ist unser großer Altersunterschied“, entschuldigte sie ihn vor sich selbst. Die Anzahl der Jahre bleibt gleich, aber der Abstand vergrößert sich mit den Jahren. „Imre, ich liebe dich doch … man kann doch auf verschiedene Arten lieben …“, weinte sie.

Aber niemand klopfte an ihre Tür, um sie zu trösten.

Vera und Roland liebten sich französisch und sprachen russisch miteinander. Plötzlich bemerkten sie, daß ihre Leidenschaft in eine große Liebe übergegangen war und sich ihre Wünsche und Ansprüche, die sie an das Leben und die Liebe stellten, perfekt ergänzten. Vera entfloh ihrem Mann, ihren Kindern, der Arbeit im Pelzgeschäft, hin zu Roland de la Croix, dem französischen Diplomaten.

„Entweder wir trennen uns, oder wir heiraten“, hatte er mit russischer Bedingungslosigkeit gefordert. Halbherzig hatte sie eingewandt: „Aber mein Mann, meine Kinder …?“

„Deine Kinder sind schon keine Kinder mehr. Wenn sie dich lieben, werden sie dich verstehen und auch nach der Scheidung zu dir stehen."

„Ich glaube, sie lieben mich nicht" sagte Vera leise, und dachte an die abschätzigen Bemerkungen und Vorwürfe, die sich ihre Kinder ihr gegenüber erlaubten, und denen Imre nie widersprach.

„Und was ist mit deinem Mann?" fragte Roland mißtrauisch.

„Ich liebe ihn in einer Weise, die du nie verstehen wirst, und ... ich verdanke ihm alles."

„Nach dem, was du mir erzählt hast, beruht der Dank ja wohl auf Gegenseitigkeit. Oder zählt Lebensrettung nicht zu seiner Kategorie Dank? Ich erwarte, daß du noch heute mit ihm sprichst. Er oder ich, also entscheide dich."

Vera sprach mit Kálmán. Sie sprach von ihren Gefühlen und ihren Ängsten, sie versuchte zu erklären, warum und wieso sie in diese Situation gekommen war, und während sie redete und argumentierte, betete sie innerlich: „Lieber Gott, mach, daß er mich küßt und sagt, daß er mich braucht und alles zwischen uns vergeben und vergessen ist. Mach, daß alles wieder gut wird."

Aber ihr Mann schwieg. Er sah sie nicht einmal an, sondern zündete sich umständlich eine neue Zigarre an.

Später lag auf ihrem Kopfkissen dieser Brief.

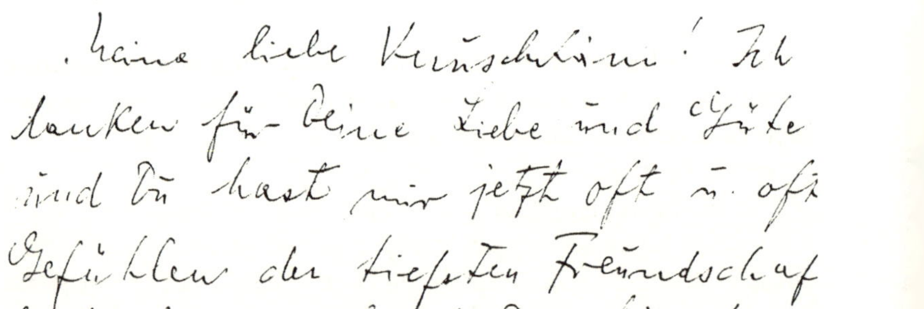
Meine liebe Menschlein! Ich danken für Deine Liebe und Güte und Du hast mir jetzt oft u. oft Gefühlen der tiefsten Freundschaft bist. Und weil ich Dir für diese bin, darf ich Dir jetzt im letzten Sentimentalität alles verderben.

Meine liebe Veruschkàm! Ich will Dir von ganzem Herzen danken für Deine Liebe und Güte. Blut ist doch kein Wasser und Du hast mir jetzt oft u. oft bewiesen, dass Du mit Gefühlen der tiefsten Freundschaft mit mir verbunden bist. Und weil ich Dir für diese Freundschaft so dankbar bin, darf ich Dir jetzt im letzten Moment nicht mit meiner Sentimentalität alles verderben.

Uns trennt der Altersunterschied. Ich habe meinen Boden verloren, ich kann nur zurückschauen auf alte schöne Zeiten denkend. Du bist aber jung u. frisch u. Du schaust in die Zukunft. Meine Musik kauft niemand, Deine Schönheit u. Jugend sind aber grosse Werte, die hier einen grossen Preis haben. Du sollst diese Güter nicht verschwenden, für jemanden, wie ich, der es nicht schätzen und es nicht geniessen konnte.

Mache Dir keine Vorwürfe, u. bitte sei nicht böse, dass ich die Sache zu tragisch genommen habe. Ich verspreche Dir, dass ich in der Zukunft alles realistischer nehmen werde. Gott gebe Dir Glück, u. Zufriedenheit – Alles was ich Dir nicht geben konnte. Es muss versucht werden, vielleicht wird es jetzt kommen. Sage Dir das immer, u. denke an den „Endsieg" welcher dann kommen wird. Und denke daran: ich wurde in den letzten Jahren viel geschlagen, u. verwundet, aber meine persönliche Ehre ist mir geblieben, u. heute noch wertvoller, wie es früher war. Ich bin heute eine lächerliche Figur. Es muss etwas getan werden, dass ich zwischen Menschen gehen kann.

Und denke daran, dass Dein Leben neben mir Dir nicht gefallen hat, u. auch in der Zukunft nicht gefallen würde. Also: Kopf hoch es küsst Dich in treuer Liebe Dein Imre

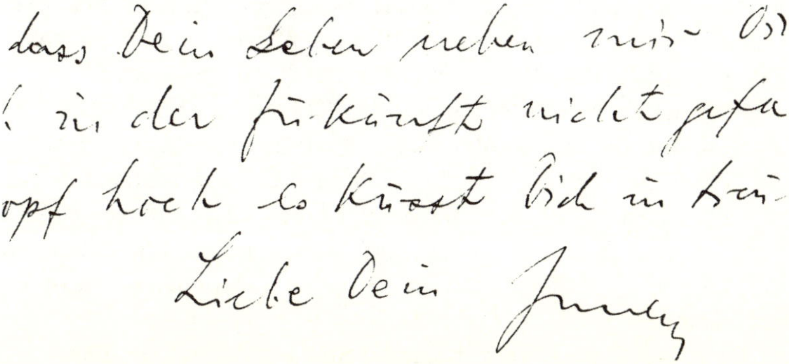
dass Dein Leben neben mir Di
u. in der Zukunft nicht gefa
opf hoch es küsst Dich in treu
Liebe Dein Imre

Immer wieder las sie seine Zeilen. Sie drückten ihr das Herz ab und die Tränen aus den Augen. Sie hatte alles erwartet, aber nicht diese liebevolle, lautlose Art, einen Schlußstrich zu ziehen. Die Tür, von der sie annahm, daß er sie mit einem Krach zuschlagen würde, hatte er behutsam zwischen ihnen geschlossen und abgeschlossen – endgültig. Nun gab es kein Zurück mehr.

In Reno, dem Paradies der Spiel-, Scheidungs- und Heiratssüchtigen, wartete sie, weit weg von ihrer Familie, die nicht mehr ihre war, auf ihren neuen Lebensabschnitt. Nur wenige Wochen waren erforderlich, um ohne Formalitäten geschieden und ebenso vermählt zu werden. Roland de la Croix war in diplomatischer Mission unterwegs. Bis zu seiner Rückkehr sollte ihre Scheidung erfolgt sein. Die Heirat, mit zwei Trauzeugen, die man für jeweils fünf Dollar vor dem Eingang des Standesamtes mietete, war eine reine Formsache.

„Dann bin ich die Gattin eines Diplomaten: Vera Natascha de la Croix, geschiedene Kálmán, geborene Makinska oder, laut Wiener Trauschein, Marya Mendelsons. Wer bin ich wirklich?" fragte sie sich. „Bin ich die Rabenmutter, die ihre drei Kinder und ihren Mann in der Emigration verläßt wegen einer anderen Liebe?" So stellten es ihre Feinde dar. Ihre Freunde meinten, daß jede Frau ein Recht auf ein neues Leben hat und auch eine Mutter dreier Kinder sich nicht als familiärer Fußabstreifer benutzen lassen darf. Zahllose Männer taten dasselbe, aber wenn eine Frau …, dann … trotzdem, Vera konnte sich eines großen Schuldgefühls nicht erwehren.

Freunde hatte sie in Reno, dieser in die Wüste gekippten Amüsierstadt, keine. Im Trubel der Night-Clubs und Spielhöllen fühlte sie sich wie der einsamste Mensch der Welt. Und zum ersten Mal in ihrem Leben fühlte sie sich kraftlos und ausgelaugt. Noch bevor sie einen Brief von Kálmán geöffnet hatte, überfiel sie ein nervöses Zittern, und ihr Herz klopfte in unregelmäßigen Abständen.

Seine häuslichen Probleme mit den Kindern oder die finanzielle Zuwendung für ihre Mutter, die er doch haßte, alles verursachte ihr schlaflose Nächte. Sie, die auch nach einer durchtanzten und durchzechten Nacht stets den Schlaf eines Murmeltieres gehabt hatte, wachte nach drei Stunden auf. Sie nahm Schlaftabletten und verlängerte ihren Schlaf um vier Stunden, aus denen sie verwirrt auftauchte.

„Boni, was soll ich tun?" flehte sie Remarque telefonisch an.

„Geh zu einem Arzt", hatte er kühl geantwortet. Sie bemerkte bei jedem Gespräch, wie sehr ihm ihre Trennung von Kálmán mißfiel.

„Mrs. Kálmán, Sie haben alle Symptome, die einem Nervenzusammenbruch vorangehen", hatte der Arzt geantwortet und ihr eine Liste von Aufbaupräparaten verschrieben. Sie schluckte die Tabletten und redete sich ein, sie fühle sich besser.

Roland traf ein. Strahlend, elegant und siegessicher umarmte er sie. Auf dem Standesamt, vor dem routiniert brabbelnden Friedensrichter, dachte sie einen Moment daran, statt: „Yes, I will" „No, I don't" zu sagen. Roland drückte ihren Arm, und wie ein braves Mädchen sagte sie: „Yes, I will."

Gratulation der Trauzeugen. Es waren der Gärtner und ein Arbeitsloser, der vor dem Haus herumgelungert war. Händedruck des Friedensrichters, Kuß und Schluß.

„Madame de la Croix, schließen Sie Ihre Augen und öffnen Sie Ihre Hand", flüsterte Roland, als sie das superbe, aber stille Hochzeitsessen zu zweit einnahmen. Er legte einen Gegenstand in der Größe einer Streichholzschachtel hinein. Es war die Miniaturnachbildung einer Ikone in Gold, mit Edelsteinen besetzt. Das Gesicht der Madonna war die Pinselarbeit eines genialen Künstlers.

„Wie ist so etwas möglich?" freute sich Vera.

„Die Mönche malen mit einer Lupe, eine Kunst, die kaum noch gelehrt wird. Aber ich habe noch eine Überraschung für dich. Unsere Hochzeitsreise machen wir nach Rio de Janeiro. Ich habe eine Mission bei der Botschaft zu erledigen. Du wirst dich an der Copa Cabana wunderbar erholen. Freust du dich?"

Vera freute sich wirklich. Sie freute sich über die zärtlichen Aufmerksamkeiten und sie freute sich, ein anderes Land kennenzulernen, um mit dem geographischen auch einen seelischen Abstand zu allem zu bekommen.

„Mrs. de la Croix, ich kann nur nachdrücklichst abraten ... Südamerika in Ihrem momentanen Erschöpfungszustand ... der lange Flug ... vom ärztlichen Standpunkt ausgehend, muß ich jede Verantwortung ablehnen", sagte der Arzt.

„Aber meine Frau ist doch gesund? Es ist unsere Hochzeitsreise!" hatte de la Croix aufbegehrt.

„Noch – noch ist Ihre Frau gesund. Wollen Sie die Verantwortung für eventuelle Folgen übernehmen?"

„Ich werde in New York auf dich warten, Liebster", hatte Vera eingelenkt, „meine Mutter hat ein Visum bekommen, es wird gut sein, wenn ich dort bin."

„Ich komme mit der nächsten Maschine zurück", versprach Roland.

Sie liebten sich mit verzehrender Besitzgier. Nur kurze Zeit ließ einer den anderen nach dem Höhepunkt zur Ruhe kommen. Hände und Lippen hafteten aneinander. Ihre Zungen zeichneten jede Linie des anderen Körpers nach, bis ihre Lust sich wieder steigerte, bis Roland stöhnte: „Veruschka, man kann nicht auf Vorrat Liebe machen ..."

Sie kuschelte sich wie ein kleines Tier in seinen Schoß und schlief zum ersten Mal nach langen Wochen wieder tief und traumlos. Als sie aufwachte, stellte sie fest, daß sie zwölf Stunden geschlafen hatte. Das Bett neben ihr war leer. Roland war abgeflogen. Mit dem Brunch brachte das Zimmermädchen einen Strauß roter Rosen. Dazu ein Billett: Confiez aux roses vos chagrins, ils ne dureront qu'un matin* ... Roland.

Vera fühlte sich wunderbar. Sie beschloß, den Rest des Tages im Bett zu verbringen, und dachte: „Die Liebe ist doch die beste Medizin."

Am nächsten Tag saß sie auf der Terrasse des Hotels und verfolgte gelangweilt das Getue der Callgirls, die sich am Swimmingpool produzierten, um einen reichen Fisch zu angeln.

Sie winkte dem Boy, der Zeitungen anbot. Auf der ersten Seite eine Notiz: „Beim Anflug auf Rio de Janeiro ist eine Verkehrsmaschine abgestürzt. Alle Insassen kamen ums Leben. An Bord befand sich auch der französische Diplomat Roland de la Croix."

„Too much whiskey", lachten die Callgirls am Pool, als eine elegante Frau auf der Hotelterrasse aufstand, sich schwankend am Tisch festhielt und dann ohnmächtig zusammenbrach.

Es war Vera de la Croix.

* Erzähl den Rosen deine Sorgen – denn sie leben nur einen Morgen

28. Kapitel
… in welchem Ereignisse zwischen Krieg und Frieden beschrieben werden

Zu dieser Zeit stellte Sam Burg fest: Einmal Vermittler – immer Vermittler. Wen und was hatte er nicht schon alles vermittelt? In Polen, als Schadchen, schöne und arme Mädchen an häßliche und reiche Männer oder umgekehrt. In Deutschland, als Manager, kleine Girls an große Produzenten, und in Amerika vermittelte er zwischen Film und Bühne, was und wer gut und teuer war. Auch er war teuer geworden, außer für seinen Freund Alexander Granach. Ja, es war klar „wie a goldene Supp", wie seine Mamme zu sagen pflegte. Er, Samuel Ginzburg, aus einem galizischen Shtetl, hatte es geschafft und gehörte zu den Top Ten der gnadenlosesten Branche neben der Mafia. Er schmunzelte in sich hinein. Ihn, den kleinen Schadchen aus Siget, hatte das Pentagon um seine Vermittlung gebeten.

Der Sieg über Hitlerland stand bevor, und man machte sich bereits Gedanken über die Behandlung der Kriegsverbrecher. Sie sollten einzeln verhört werden, und für diese heikle Mission sollten ehemalige Deutsche und Österreicher ausgebildet werden. Viele Emigranten und deren Söhne dienten in der US-Army, sie waren Amerikaner. Sie waren aber auch deutschsprachig und kannten die deutsche und österreichische Mentalität. Als Jugendliche mit ihren Eltern eingewandert, sprachen sie akzentfreies amerikanisches Englisch. Manche hatten Highschool-Bildung, und alle waren überdurchschnittlich intelligent. Das Intelligence Corps wurde gegründet, und die Kontakte mit erfolgreichen Managern erleichterten der Institution die Suche nach den geeigneten Personen, die zu Verhörspezialisten ausgebildet werden sollten. Für Sam Burg die einfachste und bestbezahlte „Partie" seines Lebens. Einige Anrufe bei den größten jüdischen Gemeinden quer durch Amerika, und er wußte Bescheid über den Background der Emigrantensöhne, die in der US-Army dienten. Seine Liste mit einschlägigen Namen erreichte das Office des Intelligence Corps als eine der ersten, und die jungen Soldaten wurden sofort abberufen und einer Spezialausbildung zugeteilt. Hier war kein Körpertraining, sondern Gehirntraining angesagt. Die

Technik des Verhörens von Verbrechern wurde erlernt, und manche hofften, das Gelernte niemals anwenden zu müssen. Sollten sie wirklich mit den Mördern ihres Volkes persönlich konfrontiert werden? Und wie sollten sie sich verhalten, wenn diese ihre Greueltaten zugaben? Konnten sie ihr Inkognito wahren? Konnten sie ihre Emotionen 'face to face' mit einem der Judenschlächter beherrschen? Es war ihnen verboten, im Umgang miteinander Deutsch zu sprechen. Niemand durfte ihre Abstammung erahnen. Als sie eingeschifft wurden, fiel ein einziger deutscher Satz. Er war dem jungen, ehemaligen Burgschauspieler Ernst Haeussermann entschlüpft: „Alle Wege führen nach Wien!" Aber der Musiker Georg Kreisler, der Journalist Hans Habe und ein feinsinniger jüdischer Aristokrat, Moritz Edler von Prager, der sich bescheiden Marcel Prawy nannte, übergingen das heimatliche Signal, nur einer murmelte: „You're wrong, it's Germany ..."

Sam Burg flog nach New York. Sein Freund Szajko machte ihm Sorgen. Er fühlte sich ihm verbunden wie ein Bruder und achtete streng auf seine Finanzen, mit denen Szajko nicht umzugehen verstand. Erst kürzlich hatte er seiner Kollegin Elisabeth Bergner, ohne jegliche Sicherheit, zweitausend Dollar nach England gesandt.

„Gleich zweitausend?" hatte Sam mißbilligend gefragt.

„Sie hat mir geschrieben, daß sie soviel braucht", hatte Szajko geantwortet.

„Und wie viele Schnorrer hast du noch um dich?" versuchte Sam der Sache auf den Grund zu gehen. Aber Szajko hatte abgewunken und war nach langer Zeit wieder einmal ins Jiddische verfallen: „A Mizwe in der Galut zählt doppelt.*"

Szajko sah abgezehrt aus. Er schob es auf seine anstrengende Rolle, aber Sam wußte, daß er sich unentwegt grämte über die unfaßbaren Nachrichten, die über die Todeslager bekannt wurden.

„Joel Brand verhandelt mit Eichmann. Er hat versprochen, eine Million Juden freizulassen gegen zehntausend Lastkraftwagen."

„Und wo will er die hernehmen? Und was ist mit den anderen Millionen?" Szajko sah Sam an, und Sam wandte sich ab. Er konnte Szajkos Augen, in denen das Leid jahrhundertelanger Pogrome lag, nicht ertragen.

* Eine gute Tat im Exil zählt doppelt

„Hast du gehört, daß der neue Mann von Vera Kálmán bei einem Flugzeugabsturz ums Leben gekommen ist?“ wechselte Sam das Thema. „Zwei Tage nach der Hochzeit in Las Vegas.“

„Sint es is oifgekumen dos schtarben, is men nit sicher mitn leben*“, sagte Szajko uninteressiert.

„Vera ist übrigens wieder in New York, und auch ihre Mutter. Der Kálmán hat ihre Ausreise bezahlt. Ein nobler Mann und ein großer Künstler, aber äußerst schwierig. Naja, welcher Künstler ist das nicht?“ Sam blinzelte Szajko zu und verließ ihn.

„Bleib, Bruder!“ wollte er ihm nachrufen, aber er wußte, daß dieser sich mit „time is money für Samy“ entschuldigt hätte, und so versank er wieder in den schwarzen Tunnel seiner Gedanken, aus dem er in den letzten Monaten nicht herauskam.

Sam überquerte mit langen Schritten den Broadway. Obwohl gewöhnt an die ihn umbrodelnde Hast der Fußgänger, die schrillen Leuchtreklamen und die Zeitungsboys, die die neuesten Siege der US-Army herausplärrten, sehnte er sich nach Stille. Vor Achtunddreißig – er teilte sein Leben in vor und nach Achtunddreißig ein – hätte ich mich auf eine Bank im Berliner Tiergarten oder im Stadtpark von Wien gesetzt und ausgeklärt. Wie konnte man sich im Central Park ausklären? Er konnte es jedenfalls nicht. Sein Herz zog sich krampfartig zusammen, wenn er an Wien oder Berlin dachte. Er winkte einem Taxi und fuhr zum 44th Street Theatre. Max Reinhardt inszenierte dort „Die Fledermaus“. Ohne Enthusiasmus. Schon die Umbenennung in „Rosalinda“ hatte ihm mißfallen, und er arbeitete unter Bedingungen, die für den großen Theaterzauberer in Europa undenkbar gewesen wären. Sam Burg hatte ihm trotzdem zugeredet, diese Inszenierung durchzustehen; er wußte, wie nötig er das Geld brauchte. Er brauchte aber auch die persönliche Zuwendung, denn Helene Thimig war in Hollywood geblieben und Reinhardt vermißte seine Frau. Sam sprach ruhig auf Reinhardt ein. Er sprach von den jungen Soldaten im Intelligence Corps, und der Bühnenmagier blühte sofort auf: „Was für ein herrlicher Stoff für ein Theaterstück!“ Er dachte nur in Bühnenrelationen. Als Sam das Theater verließ, fiel ihm ein, daß er Vera Natascha zur Fledermaus-Premiere einladen sollte. Ein

* Seit das Sterben aufgekommen ist, ist es gefährlich zu leben

guter Vorwand, um sie wiederzusehen. Ein Anruf bei ihrer Freundin Maria Jeritza verschaffte ihm ihre Telefonnummer.

Vera erwartete ihn in der Halle des kleinen Hotels, in dem sie seit Wochen mit ihrer Mutter wohnte. Wie immer, wenn er ihr gegenüber stand, so war er auch diesmal von ihrer Erscheinung hingerissen. Sie trug einen engen weißen Rock und eine schwarze seidene Hemdbluse, unter deren Kragen die berühmten Perlen hervorschimmerten. Das Haar hatte sie mit einem schwarzen Samtband aus der Stirn gebunden. Als sie ihm die Hand reichte, roch er den Duft eines exquisiten Parfums.

„Gospodina!“ Er beugte sich über ihre Hand.

„Sagen Sie Vera, bitte“, sagte sie freundschaftlich, „wir sind doch schon alte Verbündete, nicht wahr?“ Eine unterschwellige Traurigkeit klang aus ihren Worten.

Er sah sie forschend an. „Es geht Ihnen nicht gut, Vera Natascha.“

„Materiell darf ich nicht klagen, mein Mann – ich meine, Kálmán – benimmt sich großartig … wie immer. Nein, es ist mein seelischer Zustand …“, sie brach in Tränen aus.

„Und Ihre Kinder?“

„Ich sehe sie zeitweilig. Es erscheint mir immer, als wäre ein Rollbalken zwischen uns. Sie geben mir alle Schuld an der Scheidung, obwohl sie es nicht direkt aussprechen. Ihr Vater ist ihr Gott, und ich bin die Teufelin.“

Sam erlaubte sich, seine Hand beruhigend auf die ihre zu legen.

„Kinder verstehen ihre Eltern erst dann, wenn sie selber Kinder haben.“

„Da kann ich noch lange warten“, sagte Vera skeptisch.

„Sehen Sie Ihren Mann, ich meine, sehen Sie den Maestro?“

„Wir telefonieren nur. Sie werden es nicht glauben, Sam, aber er ist nur Güte, Verständnis und Wärme. Aber meine Kinder …“, sie seufzte tief.

„Wissen Sie, Vera Natascha, daß es im Judentum eine Auszeichnung gibt, die höher gewertet wird als Orden und Titel? Wenn man von jemandem sagt ‘er is a Mensch’ – diese Auszeichnung verdient der Maestro.“

Vera nickte: „Und ich habe diesen Menschen zutiefst verletzt, obwohl ich ihn liebe …“

„Sie müssen auf andere Gedanken kommen. Hier ist eine Karte für die Premiere von Max Reinhardt.“

„Ich würde gerne meine Mutter mitnehmen.“

„Leider, ich habe nur eine Karte übrig."

„Ich danke Ihnen, Sam, also dann – bis zur Premiere." Sie umarmte ihn und küßte ihn dreimal auf die Wangen.

Sam fühlte sich, als hätte er drei Gläser Champagner getrunken.

Vera ging ins 44th Street Theatre mehr aus Anständigkeit Sam Burg gegenüber als aus Interesse an der „Rosalinda". Die Häßlichkeit des Zuschauerraumes, die Bemerkungen des Publikums – „Who is Reinhardt?" – „Is Rosalinda a musical?" – „No, it's an opera!" – „I guess something between ..." nervten sie, und sie dachte an die Reinhardt-Inszenierung der Fledermaus im Théatre Pigalle in Paris. Bereits die Ouverture hatte Champagnerstimmung verbreitet, und die Pariser hatten den Regisseur und sein Ensemble mit Ovationen bedacht. Sie erstand ein Programmheft und stellte fest, daß die gesamte Produktion von „Angels" finanziert worden war. Die Sponsoren nannten sich Angels? „Das muß ich mir merken", dachte sie, und während der Zuschauerraum sich verdunkelte, fand sie ihren Platz in der ersten Reihe. Der Platz neben ihr war leer. „Typisch Burg", dachte sie, „die Manager!, die Herren Wichtig! Glauben, sie können kommen, wann sie wollen!"

Sie konzentrierte sich auf den Dirigenten, der aufgeregt vor sich hinpinselte, und schloß die Augen, um sich an Toscanini und die Wiener Philharmoniker zu erinnern. Als sie die Augen öffnete, war der Platz neben ihr besetzt und jemand flüsterte: „Veruschka."

Es war Emmerich Kálmán.

Sie sahen sich an. Keiner sprach ein Wort, und während sie dem Bühnengeschehen folgten, ergriff Kálmán Veras Hand. So saßen sie, wie ein junges Pärchen, und hielten sich fest. Jeder dachte dasselbe:

„Jetzt laß ich dich nie mehr los."

In der Pause begegneten sie einem pfiffig lächelnden Burg: Nu, wie hab ich das gemacht? Einmal Schadchen – immer Schadchen!

Die Pervich öffnete Charly, Lilian und Ivonne die Tür. Sie legte warnend den Zeigefinger auf die Lippen. Aus dem Salon drang Klavierspiel und Lachen.

„Vati lacht?" fragte Ivonne fassungslos.

Die Pervich deutete mit dem Kopf zur Tür des Salons: „Sie ist wieder da." Dann schritt sie mit dem Ausdruck einer entthronten Monarchin in Richtung Küche.

Die drei betraten das Zimmer und blieben überrascht stehen. Ihr Vater saß am Klavier, ihre Mutter lehnte daneben, und beide lachten.

„Was ist denn so lustig?“ unterbrach Charly.

„Erzähl du!“

„Nein du!“ Und wieder mußten beide lachen.

„Robert war bei mir, ihr wißt, der Stolz von nebenan“, begann Kálmán. „Er kommt und sagt, er will mir seine neueste Komposition vorspielen. Während er spielt, kommt mir das Ganze ziemlich bekannt vor, und ich sage: Robert, das ist doch von mir! – Lacht er und sagt: Da siehst du, wie dünn hier die Wände sind!“

„Wollt ihr mich nicht begrüßen?“ Vera strahlte. Die Kinder sahen sie kühl an.

„Mutti ist wieder bei uns und wird bei uns bleiben“, sagte Kálmán heiter und gelöst. Die drei begrüßten Vera. Sie hatten die glatten Highschool-Höflichkeiten perfekt übernommen und zelebrierten sie ohne eine Spur echter Wärme.

Kálmán bemerkte diese äußerliche Höflichkeit sofort und sagte ruhig und bestimmt: „Paßt mal auf, ihr drei: Das Leben ist wie ein Buch. Da gibt es nicht nur Sonnenschein drin, sondern auch viele dunkle, manchmal sogar zerrissene Seiten. Man weiß das und merkt es sich genau, aber deshalb wirft man das Buch nicht weg. Man legt es in die unterste Schublade, die man versperrt, und denkt nicht mehr daran. Dann schlägt man ein neues Buch auf. Habt ihr mich verstanden?“

„Ja, Papa“, antworteten Charly und Lilian. Ivonne schwieg. Sie hätte lieber ihren traurigen Vater weiterhin getröstet und für sich allein gehabt.

Vera klatschte in die Hände: „Bravo, Imruschka! Und nun zu Tisch! Es gibt Kalbsgulyás mit Nockerln und Salat!“

Allen war klar, wer das Zepter wieder in der Hand hatte.

In kurzer Zeit wußte man von New York bis Hollywood: Die Kálmáns sind wieder verheiratet!

Die Busenfreundinnen und -feindinnen ätzten: „Das hat sie prima hingedreht!“ Niemand widersprach, nur Vera, Imre und der Schadchen wußten, wie es wirklich war.

Seit Vera wieder Madame Kálmán war, waren alle positiven Energien in sie zurückgekehrt. Sie war voller Tatkraft und Lebensfreude.

SATURDAY, DECEMBE

Emmerich Kalman, Composer, Will Wed Former Wife Again

To Marry a Second Time, Former Vera Makinska Singer in His Operetta

Sie war sogar der festen Überzeugung, ohne sexuelle Abstecher auszukommen. Ihr ganzes Denken konzentrierte sich auf ihren Mann und seine Arbeit. Sie kümmerte sich zwar liebevoll um ihre Mutter, vermied es aber, sie mit Kálmán zusammenzubringen. Nach wie vor hatte er eine starke Aversion gegen sie. Vera vermied alles, was die neugewonnene Harmonie hätte stören können. Nach wie vor telefonierte sie mit Remarque, aber nur in Anwesenheit von Kálmán.

„Ich komponiere wieder – in Dur, nicht in Moll", hatte er ihr gesagt, und sie hatte geantwortet: „Das ist das schönste Geschenk für mich."

„Ich glaube, meine Veruschka ist endlich erwachsen geworden", hatte Kálmán Grünwald anvertraut.

„Das freut mich für dich", hatte dieser skeptisch geantwortet.

Sie hatten eine neue Operette zusammen erarbeitet und nannten sie „Marinka".

„Ich werde dafür sorgen, daß sie am Broadway aufgeführt wird", hatte Vera großspurig verkündet.

Sie telefonierte mit Sam Burg: „Ich suche Angels!"

„Wer sucht die nicht", war seine Antwort. „New York ist überfüllt mit Emigranten und ihren unaufgeführten Werken. Geben Sie eine Party – wie man unter uns sagt: eine Schnorrparty – und lassen Sie den Maestro 'Marinka' vorspielen. Vielleicht beißt jemand an. Ich werde dabei sein."

Vera erinnerte sich an den alten Berliner Theaterausspruch, den die Gebrüder Rotter vor jeder Revueproduktion verkündeten: „Beim

Theater muß man das Geld zum Fenster rauswerfen, dann kommt es zur Tür wieder rein!"

„Das ist mein erster Arbeitsgang", entschied Vera und überzeugte ihren Mann, daß ein Umzug von der Westside auf die Eastside eine absolute Notwendigkeit sei. „Wir müssen klotzen, Imruschka, sonst bekomme ich nicht die richtigen Leute zu meinen Parties."

Imruschka seufzte, da aber seine Salami in der letzten Zeit durch die treffsicheren Börsentipps seines Vermögensberaters Henry Strauss erstaunlich gewachsen war, gab er nach.

Im vornehmsten Viertel von New York mietete Vera eine Luxuswohnung, die keinen Wunsch offenließ.

„Imruschka, bist du bereit, in deine Operette eine Viertelmillion selbst zu investieren?"

„Und wer gibt die andere Hälfte? Du weißt, daß wir mindestens eine halbe Million brauchen werden."

„Das laß meine Sorge sein."

Kálmán schüttelte den Kopf. Wieso sollte seiner Vera gelingen, worum sich Reinhardt und andere gewiefte Theatermacher vergeblich bemühten? Aber sie hatte ihm soviel Liebe und kreative Arbeitsfreude wiedergegeben, daß er das gerne mit einer Viertelmillion Dollar honorierte.

Vera rief ihre Freundin Maria Jeritza an. Obwohl diese nicht mehr an der Metropolitan Opera auftrat, war sie immer noch der gesuchte Mittelpunkt der New Yorker High Society.

„Maria? Wie geht's dir?"

„Glänzend, ich besitze keinen Cent mehr!"

„Das ist tragisch."

„Ganz so tragisch ist es nicht. Ich heirate Irving Seery, den Schirmfabrikanten. Ich bin millionnärrisch in ihn verliebt. Er wird mein Vierter."

„Hat er dir einen Antrag gemacht?"

„Nein, aber er wird es tun. Noch hält er mich für den reichen Opernstar, weil ich im Metropolitan Club der Millionäre verkehre. Dort hab' ich ihn ja kennengelernt. Aber jetzt mußt du mir helfen."

„Dasselbe wollte ich dich bitten. Also, Stars first, was kann ich für dich tun?"

„Ich brauche für einen Monat eine Luxusvilla, deine Pervich und zwei Burschen, die mit weißen Handschuhen servieren können.

Alles andere macht meine Zofe, die Liesl. Täglich wird Seery von mir eingeladen, und täglich wird er mit dem großen Lebensstil einer Diva konfrontiert. Er leidet nämlich wie alle Millionäre unter Verfolgungswahn. Er fühlt sich von armen, heiratswütigen Frauen verfolgt."

„Du bist ein Luder!" lachte Vera.

„Spät kommst du drauf! Und was kann ich für dich tun?"

„Der Kreis schließt sich. Wenn du deinen Seery unter der Haube hast, bringst du mir alle eure Hochzeitsgäste zur Kálmán-Operettenpräsentation. Ich suche Angels!"

„Gemacht, Darling! Aber dich lasse ich nicht in Irvings Nähe, sonst überlegt er es sich noch!"

Beide legten entzückt über ihre Raffinesse den Hörer auf.

Die Hochzeit von Maria Jeritza und dem Millionär Irving Seery glich eher einem gesellschaftlichen als einem religiösen Fest. Das gesamte „Brillantene Hufeisen", wie man das Logenpublikum der Metropolitan Opera nannte, war erschienen. Wie am Abend bei den Opernaufführungen waren die Damen am Vormittag in großer Toilette und Schmuck erschienen. Hunderte Kerzen reflektierten das Feuer der Brillanten, Rubine und Saphire. Ohrgehänge zogen Ohrläppchen auf die doppelte Länge durch das Gewicht der Edelsteine. Das Brautpaar, beide in den besten Jahren, war glücklich. Vera war glücklich, daß die Komödie, die sie mitinszeniert hatte, ein Happy-End gefunden hatte. Maria war verheiratet, und die Pervich kochte bereits für die Operettenpräsentation im voraus. Sam Burg war nicht untätig. Er hatte seinen Kollegen Julius Loewenthal hinzugezogen. Dieser sagte: „O.K., wenn der Kálmán zweihundertfünfzigtausend als Startkapital einbringt, lege ich dieselbe Summe dazu. Was die Angels sponsern, kann viel sein, kann wenig sein, das liegt an Vera."

Es war viel, sehr viel sogar. Veras luxuriöse Party und die Kochkünste der Pervich hatten Magen und Taschen der Millionäre geöffnet. Die Jeritza strahlte, Vera war enttäuscht.

„Warum, was ist los?"

„Niemand hat die Musik von Imruschka gelobt."

„Ach, take it easy, diese Leute gehen auch nur wegen der Premiere in die Met. Wenn die Lichter im Zuschauerraum ausgehen, leuchten nur noch ihre Solitäre im Halbrund der Logen. Diejenigen, die zum

'Brillantenen Hufeisen' gehören, müssen nicht musikalisch sein, sie müssen blechen. Wichtig ist, daß Loewenthal der Producer ist. Alles andere entscheiden die Leute, die nach der Premiere kommen."

Und so geschah es. Monatelang strömte das Publikum und ließ die Kassen klingeln. Alle freuten sich, aber am meisten die Angels, denen an ihren Investitionen mehr lag als an Kálmáns Musik.

Emmerich Kálmán hatte das wiedergefunden, was sein Leben ausmachte: seine Veruschka und seine Musik.

Vera galt als eine der berühmtesten Gastgeberinnen von New York, und er hatte nichts dagegen einzuwenden. Er war sogar stolz, denn Vera verstand es, die Eitelkeiten der Eitlen zu füttern, indem sie Fähigkeiten an ihnen lobte, die sie nicht besaßen. Ihr Sohn, ein junger Mann mit blendenden Manieren, studierte Musik. Die Gesellschaft war entzückt, wenn er sich zum Flügel setzte, um eigene Kompositionen zu spielen. Man versuchte Veras „Dinner with music" zu kopieren, aber niemand konnte drei Koryphäen aufbieten, zwei musikalische und eine kulinarische. Die Pervich war friedlicher geworden. „Beim Maestro geht die Liebe jetzt nicht durch den Magen, sondern durch das Herz", konstatierte sie. „Seit sie zurück ist, lebt er wieder, und das ist schlußendlich das Wichtigste."

„Wie hältst du es nur aus, all diesen reichen, amusischen Leuten um den Bart zu gehen?" fragte Kálmán, während er zusah, wie Vera vor ihrem Toilettentisch saß und den passenden Schmuck auswählte. Als Gastgeberin hielt sie sich an das ungeschriebene Gesetz wirklicher Damen, niemals eleganter zu sein als die Eingeladenen. Ihnen überließ sie das Glänzen und beschränkte sich diesmal auf einen Ring. Dieser allerdings war ein Smaragd in der Größe einer Walnuß, umgeben von lupenreinen Brillanten.

„Ich gehe ihnen nicht um den Bart, Imruschka, ich gehe ihnen um die Ohren. Ich will sie ihnen für deine Musik öffnen."

„Glaubst du wirklich, daß ein amerikanischer Schirmverkäufer versteht, wenn die Weite der Puszta bei den Streichern aufklingt?"

„Er muß es nicht verstehen, er muß es erfühlen. Wir spüren ja auch den Rhythmus des Zuges bei 'Gonna take a sentimental journey' ..."

„Bitte, nicht singen", stöhnte Kálmán, „du singst falsch!"

„Ich weiß, deshalb hat mich Marischka auch nicht als Soubrette engagiert!" lachte sie. „Dabei könnte ich die Carnegie Hall füllen mit meinen falschen Tönen, so wie die Florence Forster-Jenkins."

„Untersteh dich! Du bist zu allem imstande!“ Er nahm sie um die Taille, und sie gingen, um ihre Gäste zu begrüßen. Charly stand bereits im Smoking an der Eingangstür. Er hörte, wie seine Eltern ungarisch sprachen, und verstand, daß es etwas mit Liebe zu tun hatte.

„Ein Muster Juice will Sie sprechen“, meldete die Pervich.

Vera, seit Jahren an die bizarre Ausdrucksweise ihrer Köchin gewöhnt, die sich weigerte, richtig Englisch zu lernen, war überrascht.

„Ich lasse Mister Hughes bitten.“

Sie hatte Howard Hughes vor wenigen Tagen beim Lunch mit einer Freundin kennengelernt. Man hatte von den beruflichen Schwierigkeiten der Réfugiés gesprochen, und Hughes war ihren temperamentvollen Ausführungen mit Interesse gefolgt. Beim Abschied hatte sie ihm ihre Visitenkarte gegeben.

„Falls Sie etwas über den größten Operettenkomponisten erfahren möchten, besuchen Sie uns!“ Wie es ihre Art war, hatte sie wieder zu dick aufgetragen, aber Hughes hatte weder zugestimmt noch abgelehnt. Jetzt war er da, und Vera ging ihm strahlend entgegen. Sie mußte sich eingestehen, daß er in keiner Weise den Eindruck machte, einer der reichsten Männer Amerikas zu sein. Seine Schuhe waren zwar sauber, aber sie zeigten erste Zerfallserscheinungen. Sein Hemd war von der Marke „Drop and Dry“, aber trotzdem bemühte sie sich um ihren Gast. Sie hatte erst kürzlich eine peinliche Überraschung in puncto „American outfit“ erlebt. Als sie beim Verlassen eines Drugstores einem derangiert aussehenden Mann einen Dollar in die Hand gedrückte hatte, hatte dieser ihn zurückgegeben: „Sorry, Ma'm, mir gehört das Haus.“

Howard Hughes war ein zäher Gesprächspartner, aber ein guter Zuhörer, und Vera erzählte immer wieder von Emmerich Kálmán, bis sie glaubte, im Vorzimmer seine Stimme zu hören. Die Pervich klopfte und bat Vera in Ungarisch, nach draußen zu kommen. Im Vorzimmer stand ein aufgelöster Imre.

„Wer ist das? Lädst du jetzt schon Sandler und Clochards ein?“

„Imruschka, bitte, Howard Hughes ist da. Ein Angel.“

„Mach dich doch nicht lächerlich! Jemand hat dich für blöd verkauft! Schau dir doch diesen Mantel und diesen Hut an!“

Tatsächlich hingen an der Garderobe ein alter Trenchcoat, dessen Ärmel und Taschen ausgefranst waren, und ein fleckiger Regenhut.

Die Pervich hatte den Maestro sofort darauf aufmerksam gemacht.

„Er ist ein wenig schrullig, aber bitte sprich doch wenigstens mit ihm!“ flehte Vera.

„Kommt überhaupt nicht in Frage. Entweder der Kerl verschwindet, oder ich werfe euch beide hinaus!“ Kálmán war lauter geworden, und Vera wußte, daß in dieser Stimmung nicht mit ihm zu spaßen war. Unter fadenscheinigen Entschuldigungen komplimentierte sie den Multimillionär hinaus.

Am nächsten Morgen saß das Ehepaar beim gemeinsamen Frühstück. Auf dem Tisch lag die „Times“, und auf der ersten Seite war ein Bild von Howard Hughes. Vera reichte Kálmán die Zeitung:

„Gut getroffen, dein Sandler – findest du nicht auch?“

Kálmán las den Text zum Foto: „Howard Hughes finanziert die Rosalind-Russell-Show!“

Er sagte kein Wort und sah Vera an wie ein schuldbewußter Dackel.

„Könntest du ihn nicht anrufen und ...“

„Bestimmt nicht. Der Mann ist doch nicht blöd. Er hat dich durch die Tür gehört.“

„Aber ich habe doch ungarisch geschimpft.“

„Schimpfen versteht man in jeder Sprache. Nein, Imre, ich werde ihn nicht anrufen.“

Kálmán versteckte sich hinter der „Times“. Jetzt erst las er die Schlagzeilen.

„Die US-Army hat bei Aachen die holländisch-deutsche Grenze überschritten! Wir erwarten in Kürze die Kapitulation!“

Danach folgte ein ausführlicher Bericht über den Vormarsch der alliierten Streitkräfte. Kálmán las konzentriert und wurde immer aufgeregter.

„Veruschka, ich verstehe nicht alles, bitte übersetze den Artikel. Wann kommen die nächsten Nachrichten? Oh, mein Gott! Der Krieg ist aus, wir können nach Hause!“

„Wo ist denn unser Zuhause?“ fragte Vera leise.

„In Budapest! In Wien! Wo denn sonst?“ Sein Atem ging rasch.

„So? In Budapest? In Wien? Wo man uns wie Hunde verjagt hat? Weißt du, daß es Réfugiés gibt, die bis heute kein deutsches Wort mehr über die Lippen bringen?“

„Unfug! Was kann denn eine Sprache dafür, wenn sie von Verbrechern gesprochen wird? Und vergiß nicht, daß meine Familie ...“ Er verstummte. „Auf jeden Fall werden wir bald mehr wissen. Ich werde Sam Burg anrufen.“

Sam Burgs Sekretärin in Hollywood teilte mit, daß er auf dem Weg nach New York sei. Unter der Telefonnummer von Granach, wo Burg üblicherweise zu erreichen war, meldete sich niemand. Remarque war im Filmstudio und die Jeritza auf Hawaii. Grünwald sagte Vera, daß es ihm Powidl* sei, was in Deutschland passiere, er sei jetzt Amerikaner.

„Für einen Amerikaner sprichst du aber Powidl sehr unamerikanisch aus“, neckte sie ihn und hängte auf.

Sie ärgerte sich, daß sie niemanden erreichen konnte, denn sie sah, wie Kálmán allen politischen Nachrichten entgegenfieberte. Und endlich kam die erlösende Nachricht über alle Radiostationen. Die Familie hatte sich um das Radio versammelt und hörte in deutscher Sprache den Wortlaut**:

„... wir erklären die bedingungslose Kapitulation aller unserer Streitkräfte zu Lande, zu Wasser und in der Luft, sowie aller übrigen Streitkräfte, die zur Zeit unter deutschem Befehl stehen, vor dem Oberkommando der Roten Armee und gleichzeitig vor dem Oberkommando der alliierten Expeditionsstreitkräfte.

Unterzeichnet am 8. Mai 1945 in Berlin.“

---

* Pflaumenmus ** Original-Text

29. Kapitel
… hier ist Schweigen ein Schrei

Zu dieser Zeit bemühte sich Sam Burg, das nächste Flugzeug nach New York zu bekommen. Ein aussichtsloses Unternehmen, da alle Plätze für die US-Army reserviert waren. Drei quälende Tage fuhr er mit dem Zug. Immer wieder wiederholte er Szajkos Worte, die dieser ihm am Telefon gesagt hatte: „Mach kan Schmonzes*, Samileben, es is nur der blinde Darm."

Samy wollte aber Schmonzes machen und seinen Freund im Hospital nicht allein lassen. Es wäre nur eine kleine Routineoperation, ein sogenannter Knopfloch-Schnitt, hatte ihm der Arzt gesagt.

„Routine hin – Routine her – ich fahr hin", hatte Samy entgegnet. Auf dem Weg zum Spital ließ er den Taxifahrer bei einer jüdischen Bäckerei halten. Mit Blumen wäre er sich albern vorgekommen, aber ein frisches Barches**, das duftend und flockig leicht auf der Zunge zerging, würde Szajko zu schätzen wissen.

„Samileben! Das ist eine Überraschung!" freute sich Szajko. „Alles schon vorbei!" Er schlug die Bettdecke zurück und hob ein wenig das große Pflaster, das seine Leiste verdeckte. „Hier, siehst du? Vier Nähte, wie ein Knopfloch, tatsächlich."

„Tatsächlich", echote Sam, „die Ärzte irren sich oft, aber zuschneiden, das können sie … brauchst du etwas?"

„Seit du da bist, weiß ich, was ich gebraucht hab'."

„Aber Szajko, das ist doch reine Solidarität." Es machte ihn stolz und gleichzeitig verlegen, daß Szajko einmal aussprach, was er immer gehofft hatte.

„Solidarität! Was für ein Wort …", sagte er nachdenklich, „weißt du, was Solidarität wirklich ist? Solidarität ist, wenn sich im Shtetl fünf Wasserträger fünf Gesselach aufteilen, und keinem fällt es ein, im Gäßchen des anderen um drei Kreuzer billiger die Kanne anzubieten. Ja – in Werbowitz, da lernt man, was Solidarität ist …"

„Wo ein gewisser Jessaja, genannt Szajko, Gronich das Licht der Welt erblickte."

---

* Blödsinn ** mit Mohn bestreuter Brotzopf

Szajko sah Sam mit schwermütigem Blick an: „Weit sind wir gekommen, Samileben …“

„Ich hab dir ein Barches mitgebracht.“

„Brich mir ein Stückel ab, möchte wissen, von wann er is.“

„Als ich ihn kaufte, war er noch warm.“

„Die Wärme ist es nicht, schmecken muß man es …“, er schob das Brot genüßlich im Mund hin und her, „gut … sehr gut sogar, nicht zuviel Salz und a bissel Sonnenblumenöl, ich hätt ihn selber nicht besser machen können.“

Sam sah seinem Freund zu, der fast ehrfurchtsvoll ein Stück nach dem anderen abbrach und verzehrte.

„Es geht dir besser?“

„Es geht mir sehr gut. Ich lese ein Filmmanuskript. Bitte, nimm es mit, lies es und sage du mir, ob ich die Rolle annehmen soll. Sobald ich hier raus bin, komme ich zurück nach Hollywood. Seit Reinhardt tot ist, freut mich das Theaterspielen nicht mehr. Weißt du noch? Man nannte ihn und mich ‘die Jom Kippur-Juden’, weil wir nur an den hohen Feiertagen in den Tempel gingen …“

„… und vierundzwanzig Stunden gefastet habt“, nickte Sam, „ich hab euch immer bewundert. Du weißt, seit Hitler halte ich keine Gesetze mehr ein, im Gegenteil, ich breche sie bewußt. Ich esse an Jom Kippur Schweinefleisch und denke dabei: Du ungerechter Gott strafst dein Volk, ich strafe Dich.“

„Irgendwo kommt mir das bekannt vor, Mister Hiob“, lachte Szajko, um aufzustöhnen. „Du kennst den alten Witz? Tut’s weh? – Nein, nur wenn ich lach’!“

Eine dunkelhäutige Nurse betrat das Zimmer. „Mister Granach braucht jetzt Ruhe“, sagte sie und ging kokett lächelnd hinaus.

Szajko zwinkerte Sam zu und deklamierte bühnenreif:

„Nein, hier hat es keine Not! Schwarze Mädchen, weißes Brot!
Morgen in einem andern Städtchen: schwarzes Brot und weiße Mädchen! – Goethe!“

„Kaum unterm Messer gewesen, denkst du schon wieder ans Trennen*.“

„Freilich! Du kennst doch unser Vereinslied? ‘Wenn der Rebbe trennt, zitteren die Wänd’!’ Auf morgen, Samileben, und Dank für das Barches!“

---

* Jiddisch für: vögeln

Die Freunde winkten einander zu. Sam drehte sich an der Türe um, er wollte noch etwas sagen, aber er wußte nicht was. Sie sahen einander zwei Herzschläge lang an und waren einander nie näher als in diesem Augenblick.

Sam hatte das Filmmanuskript zweimal gelesen und gut gefunden. Eine interessante Rolle, in der Szajko seine bullige Kraft, aber auch die gefühlvolle Facette seines Könnens ausspielen konnte. Morgen würde er Lubitsch anrufen und den Vertrag aushandeln. Er schlief beruhigt ein. Ein Telefonläuten weckte ihn frühmorgens.

„Hier ist Doktor Schwarz, der behandelnde Arzt von Mister Granach. Mit wem spreche ich?"

„Ich bin der beste Freund von Mister Granach und sein Manager. Um was handelt es sich?"

„Ich muß Ihnen mitteilen, daß Mister Granach in der Nacht eine Embolie hatte."

„Was soll das heißen? Die Operation ist doch gut verlaufen, er war gestern in bester Verfassung."

„Ich bedaure, Ihnen sagen zu müssen, daß Mister Granach tot ist."

Sam wollte schreien und brachte keinen Ton heraus. Er sprang auf und lief im Zimmer umher, immer auf und ab. Wie lange, wußte er nicht. Er sprach nicht, er weinte nicht, er hörte nicht. Es war, als hätte der Schmerz nur seine Beine in Bewegung gebracht. Auf einmal wurde ihm bewußt, daß er auf einem kleinen, niedrigen Küchenhocker saß. Sein Hemd war zerrissen, und er wiegte sich betend vor und zurück. Auf einmal hörte er wieder. Er hörte seine eigene Stimme, die das Kaddisch* sprach. Jedes Zeitgefühl war ihm abhandengekommen. Er wußte nicht, wie lange er gebetet hatte.

Als er zur Toilette mußte, sah ihn aus dem Spiegel ein alter Jude mit grauen Bartstoppeln an. Er nahm ein Handtuch und verdeckte den Spiegel. Dann setzte er sich wieder auf den Schemel. Ungewollt und unbewußt hatte er nach den uralten jüdischen Gesetzen gehandelt. Er hatte sein Gewand zum Zeichen der Trauer zerrissen, er hatte die Spiegel verhangen und das Gesicht unrasiert gelassen. Er saß Schiwe**.

---

* jüdisches Totengebet ** Schiwe – sieben Tage, bei denen man trauernd auf einem Schemel sitzt

Sam Burg, der Ungläubige, der internationale, coole Manager, war durch den Verlust seines einzigen Freundes zurückgekehrt in die tröstliche Welt der Jiddischkeit.

„Szajko, mein Bruder, ich danke dir für alles", flüsterte er. „Ich danke dir für alles, mein Lamed Wownik*."

Lamed Wownik, so hatte er ihn einmal genannt, und Szajko hatte geantwortet: „Wir alle gehören nur solange zu den Gerechten, wie es uns nicht zu gut geht. Aber je sicherer wir uns fühlen, je satter wir werden, umso mehr verlieren wir unser Judentum."

Sam Burg hatte es wiedergefunden. „Was muß man alles erleben, um sich selbst zu finden?" dachte er und ging in das Badezimmer. Er duschte, ohne sich zu rasieren, kleidete sich dunkel und machte am Revers seines Sakkos mit der Hand kleine Risse. Jeder Jude wußte nun: Ein unrasierter Mann mit eingerissenem Kleidungsstück ist einer, der trauert. Man begegnet ihm ernst und mit Anteilnahme.

Dann machte sich Sam Burg auf den Weg, um Alexander Granach einen würdevollen Abgang von der Bühne des Lebens zu bereiten.

* einer der sechsunddreißig Gerechten, auf denen die Welt ruht; wenn einer geht, kommt ein anderer

30. KAPITEL
... WELCHES VON DER EWIGEN WECHSELWIRKUNG ZWISCHEN FREUD UND LEID BERICHTET

Die Freude über das Ende des Krieges war groß. Es war Frühling, und mit dem Aufbrechen der Natur brachen viele Emigranten auf, um wieder dorthin zu gelangen, wo sie während fünf qualvoller Jahre nur gedanklich hatten sein können. Schriftsteller und Schauspieler, die in der Sprache des Landes, das ihnen Asyl gewährt hatte, nicht arbeiten konnten, machten sich auf den Weg zurück nach Deutschland oder Österreich. Sie borgten das Geld für die Heimreise von Freunden. Die Sehnsucht und das Heimweh waren unbezwingbar. Einige, wie Berthold Viertel und Joseph Glücksmann, ließen ihre Söhne in Amerika. Diese waren allerdings schon amerikanisiert, so daß sie dem Entschluß ihrer Eltern, nach Naziland zurückzukehren, verständnislos gegenüberstanden. Was sollten sie in einem Land, wo ihnen aus jeder Ruine die Fratze eines Menschen entgegenstarren konnte, der einige Jahre vorher einen jüdischen Menschen verraten oder verkauft hatte? Sie wollten ihr Leben in einem Land in die Hand nehmen, das ihnen alle Möglichkeiten bot: God bless America!

Aber Viertel und Glücksmann wurden vor dem Wiener Burgtheater von Schauspielern umarmt, die vor Wiedersehensfreude weinten. Darunter befand sich auch manch einer, der sich 1938 geweigert hatte, mit jüdischen Kollegen gemeinsam auf der Bühne zu stehen.

Einige Soldaten des Intelligence Corps, obwohl innerlich ausgelaugt von der zynischen Kälte der Kriegsverbrecher bei den Verhören in Nürnberg, musterten trotzdem ab. Hans Habe bekam das Angebot, in der journalleeren Zeitungswelt eine Illustrierte ins Leben zu rufen, und sagte zu. Ernst Haeussermann bekam das Angebot, amerikanischer Kulturoffizier in Wien zu werden, und sagte zu. Nur Marcel Prawy bekam kein Angebot – er machte eines: Seine Idee, das amerikanische Musical nach Europa zu bringen, wurde zunächst mitleidig belächelt und später als kulturelle Großtat gefeiert. Karl Farkas, Friedrich Torberg, Hans Weigel, Hermann Leopoldi und viele andere kehrten zurück und begannen mit ihrer

Arbeit dort, wo sie 1938 aufgehört hatten. Jetzt waren sie wieder glücklich, und nicht mehr nur „happy"! Als Farkas nach jahrelanger Abwesenheit wieder zum ersten Mal sein Stammcafé aufsuchte, stellte derselbe Ober das Gleiche vor ihn hin, das er vor Achtunddreißig gewohnt gewesen war: Ein großer Brauner und zwei Butterkipferl. Bei der Rechnung notierte der Ober: „Ein großer Brauner, zwei Butterkipferl ... und dann wären da noch ein großer Brauner und zwei Butterkipferl – von neulich ..."

Farkas war damals, ohne zu zahlen, vor einer SS-Razzia durch das Klosettfenster geflüchtet.

Auch Emmerich Kálmán war heimwehkrank, und Vera sehnte sich nach Paris. Für Charly, Lilian und Ivonne war alles gut, was ihr Vati gut fand.

„Jetzt werde ich endlich etwas über meine Mutter und die Schwestern erfahren", war Kálmáns erster Gedanke. Vera telefonierte stundenlang. Sie verschickte Telegramme und gab heimfahrenden Réfugiés Geld, damit sie über den Verbleib der Familie Kálmán Informationen auskundschaften sollten. Täglich rief sie das Rote Kreuz an, und täglich warteten alle ungeduldig auf irgendeine Nachricht. Und sie kam. In dürren Worten teilte das Rote Kreuz mit, daß Paula Singer-Kopstein und ihre Töchter vermutlich auf dem Transport in ein Konzentrationslager umgekommen seien. Kálmán wurde wachsbleich, sein Atem ging stoßweise, in seinen Mundwinkeln bildete sich schaumartiger Speichel, und ein krampfartiges Zucken überfiel seinen Körper. „Laß mich allein ..." stöhnte er.

„Verusch ...", hörte Vera seine Stimme. Als sie ins Zimmer stürzte, lag ihr Mann bewußtlos neben seinem Schreibtisch. Dr. Bartley stellte einen Herzinfarkt fest und verordnete strengste Bettruhe und Vermeidung jeglicher Aufregung.

„Eine Reise nach Europa? Undenkbar!" entschied Dr. Bartley. „Sie müssen dem Maestro vor allem die seelische Kraft geben, den Schicksalsschlag zu verarbeiten. Für das Medizinische sorge ich. Totschweigen und Verdrängen wäre das Falsche, reden Sie mit ihm über die liebevollsten Erinnerungen, die er an seine Familie hat. Es wird für Sie alle schmerzhaft sein, aber langsam, sehr langsam wird eine ruhige Trauer den Schmerz abbauen. Erst dann reden wir über Ihre Reise."

Vera telefonierte mit allen jüdischen Freunden, und es gab niemanden, der nicht litt. Fast alle hatten ähnliche Todesnachrichten erhalten. Es war ein Seufzen und Schluchzen in der Leitung, und Worte des Trostes waren sinn- und zwecklos.

„Es gibt keinen Trost", hatte Sam Burg gesagt. „Vera Natascha, wir werden noch von Greueltaten erfahren, welche die Vorstellungskraft eines jeden von uns überschreiten."

„Sie haben es gewußt?"

Burg nickte, „Ja, aber es war mir unmöglich, darüber zu sprechen. Jetzt fahre ich nach Österreich, um Aussagen zu machen. Ein gewisser Simon Wiesenthal hat es sich zur Aufgabe gemacht, die untergetauchten KZ-Verbrecher zu finden. Er sucht die ganze Welt nach ihnen ab."

„Sie haben von den Kálmáns gewußt?"

Sam nickte stumm. „Ich konnte dem Maestro nicht gegenübertreten, ich dachte, es würde ihn der Schlag treffen."

„Es hat ihn fast das Leben gekostet."

„Wollen Sie, daß ich nach Einzelheiten forsche?"

„Wem soll es nützen, Sam? Wir wollen das Messer, das in seinem Herzen steckt, nicht auch noch herumdrehen. Lassen Sie mich wissen, wo ich Sie erreichen kann."

„Spasiva, und Masel Tow für Sie alle!"

„Der Tod seines Freundes hat ihn verändert", dachte Vera, „der Tod, den Hitlerland über uns gebracht hat, hat alle Juden verändert."

Sie rief Erich Maria Remarque an. Boni wußte von Kálmáns Infarkt und hatte kluge und aufbauende Worte für den Kranken gefunden.

„Sag mir was Liebes, Boni!" jammerte Vera. „Ich falle sonst in ein tiefes, schwarzes Loch. Mit wem ich auch spreche, Schmerz und Leid überall."

„Hör zu, Veruschka, du mußt alles tun, damit Imre reisen kann. Ich habe einen Emigrantenroman im Kopf, den ich nur in Paris schreiben kann, und ich will dich dort sehen! – euch dort sehen", verbesserte er sich rasch.

„Ich will dich auch sehen. Du bist der einzige Mann, den Imre an meiner Seite duldet. Ich küsse dich!"

„Ich küsse dich auch!"

„Komisch", dachte Vera, „man hört eine Stimme, und die erotischen Sinne beginnen zu swingen."

Sie ging zu Kálmán, um ihn liebevoll aufzuheitern. Ein kleiner schwarzer Gewissensteufel ging mit.

Die ständige, warmherzige Zuwendung hatte tatsächlich die medizinische Kunst Dr. Bartleys auf das wirkungsvollste unterstützt. Er gab die Reiseerlaubnis und nahm einen großen Scheck. Alle freuten sich. Vera buchte eine Luxussuite auf der Queen Elizabeth. Man war in Hochstimmung, sollte doch kurz nach der Ankunft in Paris „Die Csárdásfürstin" mit Martha Eggerth und Jan Kiepura Premiere haben. Auch Kálmán freute sich, obwohl sein Leben von einer ständigen Trauer überschattet blieb. Vera und die Kinder konnten sich in eine Begeisterung hineinsteigern, die alle ansteckte außer Kálmán. Paris! Das war ihre Stadt und nicht die seine.

Und diese Stadt explodierte vor Lebensfreude. Auf Veras Tagesprogramm, das zum Nachtprogramm wurde, stand ein einziges Wort: „Amüsement!"

So selbstverständlich und natürlich, wie ein Chamäleon die Farbe wechselt, so wechselte Vera vom 'American Way of Life' zum 'La vie de Paris'. Von einem Tag auf den anderen war sie der Mittelpunkt einer morbiden Gesellschaft, die schmuckbehangen und parfümiert durch die Kellerlokale von Saint-Germain-des-Près zog. Sie wunderte sich, daß in der Bar des Pont Royal schöne, junge Frauen an den Lippen eines Mannes von faszinierender Häßlichkeit hingen.

„Wer ist dieser Jean-Paul Sartre, und wer ist Jacques Prévert? Wer ist diese dünne, kleine Sängerin mit der noch dünneren Stimme? Jujube? Nie gehört!"

Als jedoch dieser Prévert im Mephisto seinem Freund Boris ein Liebeslied widmete – „Im Alltagstrott des Lebens zieht Boris die Lärmbremse, und der Zug hält an, mitten auf freier Strecke, mitten im Irgendwo, mitten in Paris ..." – da spürte auch sie die Poesie einer neuen Liedersprache und wünschte sich, daß ihr Mann für diesen Stil offen wäre. Und als sie im „Samedie Soir" auf Seite eins zum ersten Mal das Wort „Existenzialisten" las und darunter die Namen Juliette Greco, genannt Jujube, Sartre, Camus, Prévert und andere, begriff sie sofort, daß in den dunklen Kellern Künstler auftraten, die nach neuen literarischen Ausdrucksformen suchten.

Erich Maria Remarque hatte Kálmán das faszinierende Angebot gemacht, aus seinem Besteller „Arc de Triomphe" ein musikalisches Stück zu machen. Kálmán hatte abgewunken: „Ich bin und bleibe ein alter ungarischer Jude, tief verwurzelt in der k. & k. Monarchie". Dabei hatte er wehmütig gelächelt.

Eine tiefe Resignation hatte ihn ergriffen, obwohl seine Werke wieder auf allen deutschen und österreichischen Bühnen gespielt wurden und obwohl ihr Erfolg überwältigend war.

Joseph Paul-Boncour, „Dschosäff", war sofort nach Eintreffen der Kálmáns in Erscheinung getreten, aber Vera wich ihm aus. Sie wollte Kálmán nicht durch den leisesten Verdacht, die Beziehung wieder reaktiviert zu haben, verunsichern.

Sie verbrannte die täglich eintreffenden Liebesbriefe und ließ sich bei ihren nächtlichen Streifzügen von Boni begleiten. Es war ein bewundernswertes Paar, das allnächtlich durch Paris zog. Vera, eingekleidet von Patou oder Chanel, putzte die raffiniert schlichten Modelle mit ihrem Schmuck auf. Remarque, ein gutaussehender Mann mit Sex-Appeal, hatte mit „Arc de Triomphe" wieder einen Weltbestseller geschrieben. Ein Mann und eine Frau, die eine außergewöhnliche Verbindung von Geist und Schönheit repräsentierten. Wenn Vera und Boni das Théatre de la Madeleine betraten, schaute das Publikum begieriger auf das Paar als auf die Bühne. Man dinierte in den ausgesuchtesten Restaurants und ging danach in die Kellerbars des Montparnasse. Vera tanzte mit grazilen Herren im Smoking, die sich als Damen zu erkennen gaben, und sie applaudierte den Diseusen, die ihre Federboas lüpften, um für wenige Augenblicke ihre mit Straß bekränzten Penisse zur Schau zu stellen.

Die Luft knisterte von erotischen Spannungen. Allen war alles erlaubt. Zur nächtlichen Stunde besuchte das Paar gerne das „Tout Paris" in der Rue de Berry. Es gehörte dem österreichischen Grafen Max Stukart, der den überwiegend ausländischen Gästen eine unsagbare Mischung aus Zigeunermusik und Tiroler Blasmusik bot. Der Graf neigte sich vertraulich zu Remarque: „Meine Tiroler Bauernhengste sind nicht nur ausgezeichnete Bläser, sie sind auch genau das, was die amerikanischen Millionärinnen brauchen. Sie gehen weg wie die warmen Semmeln."

Der Höhepunkt jeder „Sause", wie Remarque die nächtlichen Streifzüge nannte, war das One Two Two. Warum der pariserischste aller Pariser Puffs einen englischen Namen hatte, blieb unerforschlich. Man mutmaßte, daß ihn die Besitzerin als Reverenz vor ihren zahlreichen amerikanischen Kunden gewählt hatte. Und diese Kunden zeichneten sich nicht nur durch ein extrem hohes Bankkonto, sondern auch durch extreme sexuelle Vorlieben aus. Fabienne, die

Besitzerin, kümmerte sich um die Gäste, die im Salon des Hauses ihren Champagner tranken und mit den Schönen der Nacht, die nicht gerade mit ihren Liebeskünsten im Einsatz waren, plaudern wollten.

Es waren Frauen von ausgesuchter Attraktivität und Geschicklichkeit. Sie verfügten über Fähigkeiten, die üblicherweise beim ältesten Frauenberuf der Welt nicht im Repertoire stehen. Vera und Boni erfuhren einiges über das Spezialitätenservice der einzelnen Damen und amüsierten sich über die Schilderungen der sogenannten „Kundenwünsche". Sie bedauerten den Weggang von Dorinne, die alle nur „La jolie Manicure" nannten. Dorinne pflegte im adretten, weißen Kittel die Herren zu maniküren. Unter dem Manikürtisch verrichteten ihre Zehen aufregende Zauberkunststücke. Sie öffnete mit den Zehen den Hosenschlitz und holte behutsam den Liebespinsel heraus. Während sie über dem Tisch, mit ernsthaftem Gesicht, versunken in Feilen und Polieren, die Nagelpflege vollzog, verrichteten unter dem Tisch ihre Zehen wahre Wunderdinge der Wollust. Ein amerikanischer Millionär konnte und wollte auf diese französische Maniküre nicht mehr verzichten und heiratete Dorinne. Sie blieb für das One Two Two unersetzbar.

Vera und Boni liebten das One Two Two. Hier blieb die Anonymität der höchsten Diplomaten, der bekanntesten Schauspieler oder Bankiers gewahrt. Und alle kamen. Es war, als wolle jeder seine Erlebnisse der Kriegsjahre im Lieben und Lachen vergessen.

Fabienne hatte eine neue Attraktion. Der Stammkunde war ein Lateinamerikaner von raubtierhafter Schönheit. Er tanzte hinreißend, spielte Gitarre und sang dazu, und er hatte einen unermüdlichen Hunger auf Sex. Manchmal schlief er erschöpft und nackt auf einem Bett ein. Fabienne gab Vera und Boni einen Wink und öffnete leise die Tür. Auf dem Bett lag der junge Mann, schön wie David vor den Uffizien, aber bestückt mit einem Priapos, der den griechischen Gott hätte vor Neid erblassen lassen. „Er heißt Profirio Rubirosa", flüsterte Fabienne, „und alle sind verrückt nach ihm ..."

Die berührendsten Stunden erlebten sie, wenn Edith Piaf kam. Die Liebesdienerinnen ließen ihre Kunden warten, die Kellnerinnen vergaßen, Champagner zu offerieren, und Fabienne weinte. Die Piaf, klein und ohne jegliche körperliche Attraktivität, schlampig und unfrisiert, immer beschwipst, stand einfach da und sang. Sie war nur Stimme, und diese Stimme hatte mehr Leidenschaft, Erotik und

Temperament in sich als alle Mädchen im One Two Two zwischen den Beinen.

Erst im Morgengrauen brachte Boni Vera nach Hause. Am nächsten Tag erzählte sie Kálmán von ihren nächtlichen Streifzügen. Mit Witz und kleinen Bosheiten schilderte sie die Begegnungen mit Prominenten, berichtete über die Theateraufführung und brachte ihren Mann zum Schmunzeln.

Über das Haus One Two Two in der Rue de Provence schwieg sie.

Vera hielt alles Irritierende oder Aufregende von ihm fern, und Kálmán wußte, daß er nur das erfuhr, was er erfahren sollte, aber es störte ihn nicht. Ihr Ganz-für-ihn-Dasein rührte ihn. Ihre Fürsorge, ihre liebevolle Zuwendung und vor allem ihre ständige Sorge um seinen Gesundheitszustand hatten ihn von ihrer tiefen Liebe überzeugt. Er war innerlich ruhiger geworden, und das dankte er Vera. Wie ein braves Schulmädchen saß sie neben ihm und hörte zu, wenn er diktierte. Sie lernte dabei, wie er mit Verlegern oder Intendanten verhandelte. Und sie erfuhr, daß es manchmal mehr Mühe kostet, eine Aufführung zustandezubringen, als eine zu komponieren.

Es wäre sein Wunsch, sie einzuarbeiten, hatte Kálmán gesagt. Vera wußte, daß es ein Vorbereiten war auf eine Zeit, wo er die Interessen seiner Werke nicht mehr selbst wahrnehmen konnte. Die Ärzte wiesen Vera immer wieder auf die schwere Herzkrankheit ihres Mannes hin, und sie hielt sich streng an die Verordnungen. Die fette Küche der Pervich wurde mager. Die geliebten Zigarren wurden weggesperrt. Alles, was sein Leben ein wenig erfreulicher gemacht hätte, mußte eingeschränkt werden. Sogar die vom Publikum ersehnte Geste, den großen Kálmán wenigstens die Ouverture dirigieren zu sehen, wurde von den Ärzten verboten.

Dschosäff, der Ministerpräsident a.D., setzte sich ungefragt für Kálmán ein, und es wurde ihm die hohe Auszeichnung „Legion d' Honneur“ verliehen. Er freute sich. Man ehrte ihn mit Professoren- und Doktor-honoris-causa-Titeln, und er freute sich. Alle deutschsprachigen Bühnen spielten wieder Emmerich-Kálmán-Operetten, und das war seine größte Freude.

Er hatte einen großen Abstand zu den gesellschaftlichen Ereignissen bekommen und fragte nicht mehr, warum Vera mitunter nächtelang unterwegs war. Er nannte sie immer häufiger „mein Kind“, und wie man die wilden Spiele eines Kindes milde lächelnd akzeptiert, so akzeptierte er jetzt Veras Leidenschaft für die Vergnügungen der oberen Zehntausend. Er wußte, für sie war es ein aufregendes Spiel, und das gönnte er ihr.

Ivonne war in einem Internat in Neuilly, Charly war musikbesessen, und Lilian in einen dreißig Jahre älteren Playboy verliebt. Sie kämpfte um ihren Claude Terrain, den Besitzer des Tour d'Argent, aber Kálmán sagte „Nein", und sein Veto galt in der Familie als unantastbar.

Jeder tat alles, um den Maestro nicht aufzuregen. Sogar die störrische Pervich folgte seinem Befehl und ließ sich endlich einmal von einem Arzt untersuchen. „Immerhin sind Sie ja auch schon in meinem Alter – also …", hatte Kálmán gesagt und Doktor Niemeyer vor der Kratzbürstigkeit seiner Perle gewarnt.

Maria Pervich

„Also, meine liebe Frau Pervich", begann der Arzt salbungsvoll, „nun erzählen Sie einmal, wie Sie sich ernähren …"

„No, bittascheen, Herr Doktor, wenn sein muß … also siebän Uhr früh ich mache starken Kaffä, gebe hinein Zucker, Eigelb und ein Cognac. Dazu ich essä gute selbstgemochte Guglhupf mit Buttär und

Marmeladä … sollten Sie auch probierän, ist sich ausgezeichnät! Ich trinke danach kleinä Cognac … für Verdauung."

„Das ist aber ein starkes Frühstück, das hält sicherlich lange vor."

„Hält vor, kann sein, bis zweite Frühstück. Da ich nehmä dicke Stück ungarische Salami mit Stickel Brot und Kirschwasser … für Verdauung."

Der Arzt wurde leicht nervös. „Ja aber, dafür braucht man dann kein Mittagessen, nicht wahr?"

„No, was glauben Herr Doktor? Bei Maestro Kálmán Personal ißt Gleiches wie Herrschaft! Ich esse Suppä, Knödäl, Paprikahendl, Pörkölt undsoweitär … für Nachtisch ich mache ausgezogenä Apfelstrudäl – aber nur für Maestro und mich."

„Und wie ist Ihre Verdauung?"

„Könntä nicht besser sein, Herr Doktor, weil …", sie neigte sich verschwörerisch Doktor Niemeier zu", weil Gläschen Tokajer überhaupt Allerbestäs für Verdauung. Für Jause ich nehmä …"

Der Arzt rang die Hände: „Meine liebe Frau Pervich, ich fürchte um Ihre Befunde!"

„Warum? Ich befunde mich gut, wenn ich esse am Abend Stickel Ganslebär mit zwei drei Stampärl Barack, alles beste Vitamine. Ganze Herrschaft nimmt Pillän, ich nie!"

„Rauchen Sie?"

„Nur bei Arbeit, ein, zwei Schachtäl am Tag, zählä nicht."

Nach zwei Tagen erschien ein fassungsloser Arzt.

„Alles normal, ganz großartig, liebe Frau Pervich! Sie widerlegen alle medizinischen und wissenschaftlichen Berechnungen. Leben Sie ruhig weiter wie bisher. Sie können noch hundert Jahre alt werden!"

„Das habe ich auch vor, Herr Doktor." *

---

* Sie starb im Alter von 94 Jahren in Ungarn.

31. Kapitel
… in dem sich jede Hoffnung als Betrug erweist

Die Ärzte empfahlen Baden-Baden, und wieder hörte die Pervich den vertrauten Ruf Veras: „Pervich! Wir packen!"

Niemand hinterfragte die ärztlichen Anordnungen. Niemand wunderte sich, warum die französischen Ärzte eine Kur in einem Bad verordneten, das mit seinen heißen, radioaktiven Quellen, mit seinen Kur- und Sportanlagen vor allem für Rheumakranke prädestiniert ist. Ein exklusiver Badeort, der die internationale Gesellschaft mit Pferderennen und Spielkasino unterhält und der vor Achtunddreißig der Lieblingstreffpunkt der russischen Aristokratie war. Möglich, daß den Ärzten die gute Luft des Schwarzwaldes für die Herz- und Kreislaufbeschwerden des Maestros gutdünkten. Was immer sie dachten, die Kálmáns folgten dem Ratschlag und übersiedelten nach Baden-Baden. Man lebte sich vortrefflich ein. Schwester Irmgard wurde eingestellt. Der Maestro, auf seinen Stock gestützt, von der Pflegerin begleitet, spazierte täglich durch den Kurpark. Wie überall, so begegnete man ihm auch hier mit Respekt und Bewunderung. Nur wenige jüdische oder christliche Kurgäste wandten sich ab. In allen Zeitungen konnte man es lesen, daß jetzt Fritz Fischer die Kálmán-Operetten inszenieren durfte. Man sprach offen darüber, wollte es nicht glauben, daß Hitlers Lieblingsregisseur, der noch vor kurzem „Heil Hitler" rufend vor den Vorhang des Gärnterplatztheaters getreten war, sich den Juden andiente.

„Kálmáns ganze Familie ist umgekommen, und er reicht diesem Goldfasan* die Hand … ein jüdischer Komponist … ein jüdischer Verlag … reiche Leute … haben die das nötig?" So tuschelten die einen, und die anderen meinten: „Er ist ein kranker Mann … sie ist diejenige … sie verkehrt mit Kollaborateuren und Nazis …"

Und so hatten die Kálmáns wieder etwas zum Klatsch des Kurbades beigetragen. Kálmán erholte sich langsam. Die fachliche

* Bezeichnung für einen Träger des goldenen Parteiabzeichens

Pflege und die Ruhe ließen alle das Beste hoffen. Vera hatte bald das gesamte gesellschaftliche Angebot im schläfrigen Kurort ausgeschöpft. Es drängte sie, etwas zu bewegen, und da kam ihr die Idee, nach Wien zu fahren.

„Imruschka, ich fahre kurz nach Wien. Ich habe dort eine Rechnung zu begleichen."

„Was für eine Rechnung?"

„Sie heißt Karin Hall und hat uns bestohlen."

Kálmán schüttelte den Kopf: „Meine Kämpferin – was tät ich ohne dich ..."

Der Wiener Ministerialbeamte hob mit Grandezza die Hände und sagte im weinerlichen Sing-Sang: „Aber meine Gnädigste! Ich bitt' Sie! Was glauben gnä' Frau, wie viele Ansuchen um Wiedergutmachung auf meinem Schreibtisch landen?"

Sein Schreibtisch, ein echtes Stück aus der Zeit der Kaiserin Maria Theresia, war, wie Vera feststellte, leer.

„Das Wort Wiedergutmachung ist unpassend für das, was man Emmerich Kálmán angetan hat. Man kann nichts wiedergutmachen. Was wir wollen und was uns zusteht, ist unser Eigentum, und das wollen wir zurückbekommen."

Vera sprach ohne Emotion. Ein Hauch von Kälte wehte durch das feudale Büro des Beamten. Dieser hob überrascht die Augenbrauen. Was für ein Ton! Was für eine Anmaßung! Das war nicht der unterwürfige oder verängstigte Ton der Remigranten, mit dem er üblicherweise konfrontiert wurde. Da saß keine zitternde Jüdin, der immer noch die Angst vor der allmächtigen Obrigkeit in den Knochen steckte, vor ihm. Hier saß eine überlegene, selbstbewußte, und zu allem Überfluß auch noch bildschöne Frau vor ihm. Mit seiner süßlichen Schmeichelei war er abgeblitzt. Nun versuchte er es mit der Masche, die er für Überlegenheit hielt, die aber wie Überheblichkeit wirkte.

„Sie müssen verstehen, gnä' Frau, der guten Ordnung halber bedürfen wir einer genauen Aufzählung aller Gegenstände, auf die Sie glauben, Anspruch zu haben. Sie ahnen ja nicht, gnä' Frau, wie viele Leut' glauben, mehr besessen zu haben, als sie je besaßen."

Sein selbstgefälliges Lächeln über seine Schlußfolgerung gefror, als Vera den Kopf leicht in den Nacken legte und ihn unter langen Wimpern stumm musterte. Dann öffnete sie ihre koffergroße

Krokotasche und legte einen dicken Ordner auf den ehemals kaiserlichen Tisch.

„Hierin sind alle Unterlagen und Quittungen der Gobelins, der französischen Impressionisten, des Porzellans und der Goldbestecke enthalten. Alle Bescheinigungen über unsere Möbel oder sonstige Antiquitäten wird Ihnen unser Anwalt vorlegen."

Die Pupillen des Beamten verkleinerten sich zu Stecknadelköpfen. Dieser Reichtum nährte seine unausrottbare Vorstellung vom beherrschenden Weltjudentum. Er wußte, daß in der Kartause Mauerbach, am Rande des Wienerwaldes, unschätzbare Werte aus jüdischem Besitz eingelagert waren, aber er war zum Stillschweigen verpflichtet. Er würde nicht einmal andeutungsweise einen Hinweis auf das Milliardendepot geben. Als subalterner Beamter hielt er sich strikt an die Parole seines Ministers Oskar Helmer: „Es wird ersucht, die Sache in die Länge zu ziehen ..."

Sein Minister war schlau, das mußte er zugeben. Je länger man mit der Herausgabe jüdischen Eigentums zögerte, desto weniger ehemalige Besitzer lebten und fragten danach. Auch bei dieser Schönheit würde er die Wiener „Da-kann-man-nix-mach'n-Methode" anwenden, und sollte sie noch so von oben herab tun, von ihm kam keine Hilfestellung zur Wiederbeschaffung ihres Besitzes.

„Ich bedaure unendlich, Ihnen im Moment nicht dienlich zu sein", sagte er verbindlich und deutete an, daß er das Gespräch für beendet hielt.

Vera lächelte noch verbindlicher und sagte: „Da wäre noch unser Palais in der Hasenauerstraße."

Der Beamte, der sich bereits halb aus seinem Fauteuil erhoben hatte, plumpste wieder zurück. „Ein Palais?" Hatte er richtig gehört? Auch das noch!

Blitzschnell überlegte er, ob er das Palais nicht in den Zuständigkeitsbereich des Kollegen für Immobilien abschieben könne, als ihn seine Besucherin kühl belehrte:

„Herr Ministerialrat, die Kálmáns bedürfen nicht Ihrer Hilfe. Sie haben lediglich eine Gesprächsnotiz an Ihren Minister weiterzugeben. Der Komponist Emmerich Kálmán bekommt sein Eigentum zurück. Sollte es irgendwelche Einschränkungen von österreichischer Seite geben, werde ich sofort die internationale Presse verständigen, daß alle Werke meines Mannes für Österreich gesperrt sind.

Die Tragweite dieser Maßnahme dürfte Ihnen bekannt sein. Ich erwarte einen baldigen Bescheid über unseren Anwalt Baron von Ettinghausen."

Vera stand auf und reichte dem verdutzt sich erhebenden Beamten die Hand.

„Küß' die Hand", sagte er und tat es.

Er begleitete Vera zur Tür, die, wie alle Türen in den kaiserlichen Palais, den Türgriff in Schulterhöhe hatte. Er zog die schwere, weiße Türe mit Goldschnitzerei mit beiden Händen auf und hielt sie offen.

„Wie ein Aff'", dachte Vera, während sie hindurchschritt.

Die Sekretärinnen im Vorzimmer musterten sie neugierig. Vera grüßte die Vorzimmerdamen mit gewinnendem Lächeln, und diese dankten dafür, daß sie von einer Besucherin einmal zur Kenntnis genommen wurden. „Auf Wiedersehn, Madame Kálmán, und gute Reise!"

Der Beamte schloß verärgert die Tür. Die Freundlichkeit seiner Vorzimmerdamen ärgerte ihn. Er hatte das Gefühl, etwas falsch gemacht zu haben.

Baron von Ettinghausen gehörte zu der kleinen Gruppe von Wiener Rechtsanwälten, denen es gelungen war, durch Hitlerland durchzutauchen, um in der Republik Österreich, unbeschädigt und um vieles reicher, wieder aufzutauchen.

Manche Rechtsvertreter trugen nun statt des Parteiabzeichens die weiße Stecknadel der Schlaraffen im Knopfloch oder strebten allwöchentlich der Freimaurerloge im ersten Bezirk zu. Im Gegensatz zur Regierung waren sie die einzigen, die die Rückkehr der jüdischen Klientel begrüßten. Waren es im Hitlerland die Arisierungsverfahren gewesen, so waren es nunmehr die Rückgabeverfahren, an denen sie beweisen konnten, daß Gesetze ausschließlich Interpretationssache sind. Während die meisten Remigranten mit ein paar hundert Schilling monatlich abgefertigt wurden, gelang es einigen, dem Staat hohe Summen zu entreißen. Veras Auftritt hatte die Arbeit des Anwaltes wesentlich unterstützt. Kurze Zeit nach ihrer Rückkehr nach Baden-Baden wurde das Bankkonto der Kálmáns um einige Millionen Dollar aufgestockt.

Die Pervich und Schwester Irmgard, deren Schicksal es war, das Leben der Kálmáns mitzuleben, fieberten vor Neugier, aber das

Familiengespräch, das nach Veras Rückkehr stattfand, blieb ihnen vorenthalten. Kálmán befand sich in einer gesundheitlich guten Phase, was die gute Laune der Familie steigerte. Vera schilderte ihre Begegnung mit dem Ministerialrat, den sie konsequent „Minirat" nannte, sie erheiterte alle. Dann sagte Kálmán ernst: „Eure Mutti hat etwas bewirkt, zu dem ich nie imstande gewesen wäre. Alle gesellschaftliche Gewandtheit und aller Charme bewirken nichts, wenn sie nicht Hand in Hand gehen mit Einfühlungsvermögen und Courage. Und das ist etwas, das man nicht in Eliteschulen lernt, das lernt man nur durch ein hartes Leben."

Kálmán sah seinen Sohn und seine Töchter ruhig an, und Vera beobachtete, welchen Eindruck die Worte des Vaters auf ihren Sohn machten. Charly, gut aussehend, modisch gekleidet, senkte den Blick und schwieg. Vera dachte: „Warum schweigt er? Kann er den Gedankengängen seines Vaters nicht folgen oder will er nicht? Warum kann er nicht ein Mal ein anerkennendes Wort für mich finden? Er hält sich jetzt schon für den legitimen Nachfolger seines Vaters, er weiß noch nicht, was im Theater auf ihn zukommt."

Ihr Blick wanderte zu Lilike, Sie war bildhübsch, man hielt sie überall für ihre jüngere Schwester. Aber auch sie schwieg und schlug gelangweilt ihre schönen Beine übereinander. Lilian hatte keinerlei berufliche Ambitionen. Sie war der Inbegriff der umschwärmten Millionärstochter, und sie verliebte sich gerne und schnell. Nur Ivonne sah Kálmán mit großen Augen an: „Du hast recht, Vati", bekräftigte sie, „ich werde auch Courage haben."

Vera stand auf und ging zu dem kleinen Bartisch, auf dem die verschiedensten Flaschen und Gläser standen. Sie spürte eine nervöse Beklommenheit und goß sich einen Fernet Branca ein. So sehr sie das Lob ihres Mannes freute, so sehr schmerzte sie das Desinteresse ihrer Kinder an ihrer Person. „Sie merken nicht einmal, wie gut es ihnen geht", dachte sie. „Und ich? Es vergeht kein Tag, an dem ich nicht an meine elende Jugend zurückdenken muß und an dem ich nicht ein dankbares Gebet zum Himmel schicke." Sie kippte den Fernet hinunter und setzte sich auf die Lehne des Sessels, in dem Kálmán saß, als suche sie seine schützende Nähe.

„Ich will euch etwas sagen", begann sie, und in ihrer Stimme schwang eine kleine Träne mit. Kálmán, mit dem absoluten Gehör für Zwischentöne, griff beruhigend nach ihrer Hand.

„Ich wollte nur erklären, warum man im Leben Courage braucht. Ihr denkt vielleicht, weil man mir, als ich in eurem Alter war, alles genommen hat, gebe ich jetzt nichts mehr her. Das mag ein Motiv sein, aber es ist nicht alles. Zugegeben, wenn man reich ist, kann man sich alles und fast jeden kaufen, und trotzdem braucht man Courage: die Courage, seinen Grundsätzen treu zu bleiben und sich nicht zu verlieren. Mein Grundsatz ist, den Werken eures Vaters den Anschluß an die Neuzeit zu verschaffen. Nach diesem Krieg wird nichts mehr sein, wie es einmal war, aber die Musik eures Vaters muß uns alle überleben!"

Vera sah ihre Kinder herausfordernd an. Sie wünschte sich so sehr, daß sie aufspringen würden, um mit Begeisterung Pläne zu machen und neue Ideen zu diskutieren. Aber sie saßen da wie nach einem Vortrag über das Liebesleben der Wasserflöhe. Veras Gefühle rotierten: Keines verstand sie, keines gab sich wenigstens den Anschein, sie verstanden zu haben. Vera erkannte, daß man sie nicht verstehen wollte.

Kálmán verstand. Er sah seinen Sohn an: „Das Theater ist ein harter, herzzerreißender Beruf, Charly. Eine Sicherheit für Erfolg gibt es nicht, es bleibt ein Roulettespiel. Du glaubst, du hast das schönste Stück der Welt komponiert, und das Publikum hört kaum hin, die Kritiker verreißen dich. Dann kommt jemand, schreibt einen Schmarrn, und das Publikum steht Kopf. Frag mich nicht, warum es so war, daß ich nie einen Schmarrn komponiert habe und die Leute trotzdem kopfstehen. Wenn ich das Rezept kennen würde, könnte ich es dir verraten, aber ich kenne es nicht. Ich weiß nur, daß man die Worte erfühlen muß, dann kommen die Melodien aus dem Herzen."

Er schaute Vera listig an. „Jetzt, wo mein Zerberus nicht im Zimmer ist, könnte ich vielleicht eine Zigarre …?"

„Schwester Irmgard wird es sofort riechen, und dann meckert sie wieder", wandte Vera ein und gab ihm trotzdem seine geliebte Havanna.

Genußvoll zog er den Rauch ein. „Da wäre noch etwas, was ich euch zu sagen habe: Ich habe mein Vermögen in New York als Stiftung deklariert. Es gibt eine Kálmán-Stiftung."

Jetzt erst war das Interesse der Drei geweckt: „Was! Wieso? Und was ist mit uns?" So erregten sie sich gleichzeitig.

„Sieh mal an“, dachte Vera, „wenn's an's Eingemachte geht, wachen sie auf …“

„Es ist für alle gleichermaßen gesorgt, aber das letzte Wort hat eure Mutti – in allem“, fügte er betont hinzu.

„Was? Aber sie hat dich doch …“

Vera zuckte zusammen. Sie wußte, daß ihre Kinder ihr gewisse Affären nie verziehen hatten, im Gegenteil, sie nutzten jede Gelegenheit, sie damit bei ihrem Mann auszuspielen.

„Jaja, ich weiß schon, was du sagen willst“, unterbrach Kálmán seine Tochter, „das ist zwischen eurer Mutter und mir längst bereinigt. Also schweigt auch ihr, wenn ich bitten darf.“ Sein Ton wurde scharf.

„Imruschka, bitte, reg' dich nicht auf! Sie meinen es nicht so, ich komme schon mit ihnen zurecht. Komm, wir reißen die Fenster auf, damit Schwester Irmgard nichts bemerkt.“

Nachdem die Kinder den Salon verlassen hatten, saßen Vera und Kálmán noch lange gedankenverloren zusammen.

„Was denkst du denn so angestrengt nach, mein tüchtiges Kind?“

In seinem Blick lag soviel Wärme und Zärtlichkeit, daß Vera aufsprang, um ihn zu umarmen.

„Weißt du Imruschka, ich dachte gerade: Wer Kinder hat, braucht nicht ins Irrenhaus!“

32. Kapitel
… in welchem es heisst: Ändere deinen Ort, und du änderst dein Geschick

Zu dieser Zeit hatte Sam Burg bereits alle Brücken hinter sich abgebrochen. Er hatte sein Büro in Hollywood geschlossen und seine Schauspieler dem Agenten Paul Kohner abgetreten.

„Vor Narren soll man mich schützen!" hatte dieser gesagt. „Man verdient hier phantastisch, das Klima ist phantastisch, die Frauen sind phantastisch, was willst du mehr?"

„Ich brauch nix Phantastisches mehr, ich brauch die Jiddischkeit", hatte Samy geantwortet und einen Proteststurm Kohners erwartet.

„Jiddischkeit? Was brauchst du mehr Jiddischkeit als hier? Genügt dir nicht, daß jede Filmgesellschaft in jüdischen Händen ist? Genügt dir nicht, daß wir die modernsten Synagogen der Welt haben?"

„Ich weiß", schmunzelte Sam, „die Synagogen sind so modern, daß man am liebsten zu Jom Kippur ein Schild hinaushängen möchte: *'Closed over the holydays'*."

„Da hast du recht", lachte Kohner, „es ist schon irritierend, wenn die Frauen nicht mehr abgesondert auf der Balustrade sitzen. Beten und dabei ein französisches Parfüm riechen und neben dir statt dem Talles* einen Petticoat rascheln hören, ist nicht im Sinne der Jiddischkeit. Aber das alles kann doch nicht ernsthaft der Grund für deine Remigration sein?"

„Es gibt nicht nur einen Grund, es gibt mehrere. Im Talmud steht: *Ändere deinen Ort und du änderst dein Geschick*, und deshalb gehe ich zurück."

„Zurück zu den Nazis? Hast du ein schlechtes Gedächtnis?"

„Gott soll abhüten! Ich hab nix vergessen. Aber ich will, daß auch die anderen nicht vergessen, und ich will – vermitteln."

„Du arbeitest wieder als Schadchen? So ein Blödsinn! Wen willst du vermitteln? Die wenigen, die überlebt haben, gehen nach Israel oder Amerika, die bleiben doch nicht in Deutschland oder in Polen bei den Kommunisten."

---

* Gebetsschal

„Viele werden wieder dorthin gehen, wo sie ihre Wurzeln haben."

Kohner winkte ab: „Wurzeln! Was heißt denn Wurzeln? Ich lebe seit 1921 hier. Wo es mir gutgeht, da sind meine Wurzeln."

„Du sagst es, Paul. Es versteht eben jeder unter 'gutgehen' etwas anderes."

Kohner sah Burg skeptisch an: „Du bist ein Schwarzer – ein Frommer geworden?"

Sam schüttelte den Kopf: „Keine Sorge, aus meiner Glatze werden keine Peyes sprießen."

„Seit Granach tot ist, hast du dich verändert."

„Ich weiß. Ich kenn hundert Leut', ich hab zwei Freundinnen – und bin doch der einsamste Mensch auf der Welt ..."

„Was wirst du arbeiten in Old Europe?"

„Ich weiß es noch nicht, aber ich werde gewiß nicht wie hier rund um die Uhr um Geschäfte raufen. Wilder will einen Film in Berlin drehen. 'One Two Three' ist der Titel, ich mache das Casting."

„Na siehst du, man kommt nicht los von seinem Job." Kohner klopfte Burg auf die Schulter. „Vielleicht besuche ich euch. Die Deutschen kurbeln schon wieder einen Film nach dem anderen ab."

„Ich weiß, und viele, die bei Hitler gekurbelt haben, kurbeln weiter."

„Und niemand jault auf?"

„Niemand. Jeder sagt 'Ich habe nichts gewußt' ... ein guter Filmtitel, findest du nicht?"

„Lies das." Kohner zog einen Brief von Billy Wilder aus der Tasche, und Sam las:

„Die Österreicher haben das Kunststück fertiggebracht, aus Beethoven einen Österreicher und aus Hitler einen Deutschen zu machen. Die Operette läuft schon wieder wie geschmiert ... der gleiche walzerselige Dialekt und der gleiche saloppe Dialog, der gleiche heruntergekommene Chambre-Séparée-Charme. Fast möchte man ihnen glauben, daß sie den Anschluß nie gewollt, die Juden nie mißhandelt haben. Was für eine schäbige Bande von Lügnern! Noch immer leben die gräßlichsten Nazis unter ihnen. Und was ich am meisten an ihnen hasse, ist, daß ich sie nicht hassen kann."

Die beiden sahen einander an.

„Und dorthin willst du zurück?" fragte Kohner ernst.

Sam zuckte die Schultern. „Falls du es nicht wissen solltest, ich hab eine Schwäche für Operetten! Mach's gut, Paul!"

„Mach's besser, Samy!“

Berlin hatte Sam Burg enttäuscht. Die Stadt war ausgeblutet. Der Kurfürstendamm ein Potemkinsches Dorf und das Scheunenviertel eine Mondlandschaft. Jeder Deutsche hatte mindestens zwei Juden versteckt, und jeder Dritte war Widerstandskämpfer gewesen. Bei achtzig Millionen Deutschen, so rechnete er, wären hundertsechzig Millionen Juden noch am Leben. Er mußte lachen. Immer wenn er an die Grenze des Unerträglichen kam, mußte er lachen. Aber er sah auch die abgezehrten Gesichter der Frauen; der kesse Charme der Berlinerinnen war einem zähen Durchhalteausdruck gewichen, und Sam in seiner eleganten, farbenfrohen Kleidung erregte Aufsehen und schämte sich. Er flog nach Wien.

Wien war genauso, wie Billy Wilder geschrieben hatte: voll heruntergekommenem Chambre-Séparée-Charme. Wien war grau, die Donau war grau, und die Menschen in den Kaffeehäusern waren grau. Und dennoch hatte die Stadt ihr k. & k.-Flair nicht verloren. In den kleinsten Beisln gab es wieder das schmackhafte ungarische Gulyás mit einem kühlen Bier und einem Salzstangerl. Die Heurigenlokale schenkten, wie vor Achtunddreißig, den Heurigen aus. Dazu aß man genau wie damals ein Grammelschmalzbrot mit Zwiebel, oder das Verhackert und den Liptauer. Es schien Burg, als wäre er nie weg gewesen. „Wie ist es möglich, daß hier alles ist wie damals, obwohl soviel Grauenhaftes passiert ist?“ fragte er sich.

Er saß mit Ernst Haeussermann, den er zum Intelligence Corps gebracht hatte, in der „Linde“. In diesem Restaurant in der Rotenturmstraße hatte der ehemalige amerikanische Kulturoffizier seinen Stammtisch etabliert. Er war jetzt Theaterdirektor. Abend für Abend hielt er hof, und seine Anekdoten und Pointen, die er mit feinem Sarkasmus verabreichte, sicherten ihm eine ihn bewundernde Tischgesellschaft.

„Warum bleiben Sie nicht auch in Wien?“ hatte Häussermann gefragt.

„Hat hier auch jeder Wiener zwei Juden gerettet?“ hatte Burg zurückgefragt.

„Mindestens! Und außerdem hat hier jeder neuerdings eine jüdische Großmutter entdeckt.“ Er lachte. Sein Lachen war immer stumm. Sein Mund öffnete sich, seine Mundwinkel hoben sich, aber kein Laut drang heraus. Burg dachte dabei an einen Shabatkarpfen.

Seine Mamme hatte die Schnauze des Karpfens immer mit Petersilie gestopft.

Aber Haeussermann stopfte nie etwas Grünes hinein. Er aß ausschließlich halbrohes Fleisch und trank dazu literweise Rotwein. Sperrstunde war erst, wenn er den Stammtisch aufhob. Er schwankte nicht, er zahlte nicht. Der Besitzer verbeugte sich und dankte, weil er der ellenlangen Rechnung eine weitere Summe hinzuschreiben konnte. Burg wollte sich verabschieden, aber Haeussermann hielt ihn zurück.

„Wissen Sie, die Deutschen wurden Antisemiten, weil sie Nationalsozialisten waren. Die Österreicher wurden Nationalsozialisten, weil sie Antisemiten waren. Und nun rechnen Sie sich aus, was Ihnen lieber ist. Gute Nacht!“ Er lachte sein stummes Lachen, winkte einem Taxi und fuhr davon.

Sam stand verloren in der nächtlichen Rotenturmstraße. „Lauter Gestörte“, dachte er. „Wir sind lauter Gestörte. Was hat der Krieg aus uns gemacht? Die Davongekommenen kommen zurück, und was machen sie hier? Sie zerfleischen sich. Der Weigel haßt den Torberg, der Torberg die Hilde Spiel, die Hilde Spiel den Habe …“, er summte leise vor sich hin: „Dos Redele drajt sich … es drajt sich herob un herab …“

Er spazierte langsam die Kärtnerstraße hinunter. In letzter Zeit bereitete ihm seine Hüfte Beschwerden. Eine normale Abnützung, hatte der Arzt gesagt. „Ich glaube, die Abnützungen, die man uns zugemutet hat, haben nichts mit normal zu tun“, hatte er dem Arzt geantwortet, und Dr. Goldfarb hatte zustimmend genickt.

„Nicht zu fett essen, nicht zuviel trinken, nicht zuviel herumhetzen …“

„Ich weiß, ich weiß, Herr Doktor!“ hatte Sam den Arzt unterbrochen.

„Alles Gute ist entweder ungesund oder unmoralisch – wozu lebt man dann?“

„Wenn Sie so weitermachen, brauchen Sie eine neue Hüfte.“

Sam dachte an das Gespräch mit Goldfarb in Los Angeles. Das Gehen fiel ihm besonders schwer, und wenn er längere Zeit gesessen hatte und aufstand, verspürte er einen stechenden Schmerz. Er würde sich morgen einen Spazierstock zulegen. War jedenfalls billiger als eine Operation.

Er blieb stehen. Die Stadt war still. Sam stellte es überrascht fest. Wie war es möglich, daß eine Großstadt in der Nacht so still war? Er kannte keine Stadt, die diese fast makabre nächtliche Stille hatte. Vor dem Hotel Sacher wartete ein einziges Taxi. Er stieg ein und spürte wieder den Schmerz in der Hüfte, der ihm sekundenlang den Atem wegnahm.

„Hob'n S' scho geles'n? Der Kálmán is g'storbn!“ Der Taxifahrer wies auf die Kronenzeitung, die auf dem Nebensitz lag.

„No, wos sog'n S' dazua? In Paris g'storbn, aber begrobn wird er in Wean! Des woa sei letzter Wille. Do kennan si de Franzosn brausen. Der Operettenkönig g'hört uns!“

„Kálmán war Ungar und Jude“, wandte Burg vorsichtig ein.

„Mocht doch nix, hier bei uns kriagt er sei Ehrengrob. Bitt'schön, do, lesn S' selbst. Mir hobn kane Vorurteile nicht, des wird a scheene Leich.“

Burg zahlte und stieg aus. Er läutete den Nachtportier des Hotels aus dem Schlaf, gab ihm ein Trinkgeld, nahm die Morgenzeitung und fuhr mit dem Lift zu seinem Zimmer.

Kálmán war tot. Er las die schwülstigen Nachrufe, in denen man dem König der Operette die Rosen streute, die er in den letzten Jahren seines Lebens so dringend gebraucht hätte.

Dann ging er ins Badezimmer und massierte seine schmerzende Hüfte mit Franzbranntwein. „Kálmán ist tot, und ich fühl mich auch nicht wohl. Man wird alt“, konstatierte er. „Schon wieder ist einer gegangen, einer der Besten – und gewisse Schweinehunde leben weiter. Genug gedacht“, sagte er laut. Seit Szajkos Tod konnte er keine Nacht mehr durchschlafen, und wenn er ins Klären kam, lag er stundenlang wach. Er hatte eine Aversion gegen die amerikanische Pillensucht, und deshalb sagte er sich seinen, wie er ihn nannte, Einschlafsatz vor, immer wieder: „Nichts ist so wichtig, daß es nicht morgen in Ruhe weitergeklärt werden kann.“ Nach einer Weile erlöste ihn der Schlaf von seinen schweren Gedanken.

Er wachte auf, und ohne nachzudenken stand sein Entschluß fest: Er würde in Wien bleiben. Weder im Wachen noch im Traum hatte er einen Hinweis erhalten. Etwas in ihm gab ihm die Sicherheit, daß dies die richtige Entscheidung für den Rest seines Lebens war. Jetzt erst begann er nachzudenken. Finanziell stand er gut da. Er würde sich eine hübsche Wohnung mit einem noch hübscheren Dienstmädchen mieten! „Du wirst nicht jünger, Samy! Was machst du, wenn sie Ja sagt?“ Er lachte. „Aber ich brauch’ doch jemanden, der für mich sorgt, zum Beispiel, wenn ich eine neue Hüfte bekomme. Soll ich mir eine Frau suchen?“ Er schob den Gedanken sofort beiseite. „Zu spät. Alte Juden werden nur geheiratet, wenn sie Millionäre sind. Soll ich in einem Hotel wohnen bleiben?“ Er kannte einige Remigranten, die ständig in einer gediegenen Pension wohnten. Die meisten hatten immer einen kleinen Koffer, gepackt mit den Dingen, die ihnen wichtig waren, unter dem Bett stehen. „Weiß man denn … ?“ erklärten sie ihre Manie.

Ungerufen kamen ihm zwei englische Worte in den Sinn: Parents’ Home!

„Meschugge! Ich bin doch nicht meschugge! Was soll ich in einem Altersheim? Ich bin Sechzig, arbeite wie ein Vierzigjähriger und vögle wie ein – nu, soll sein – Fünfzigjähriger. Bitte, die Hüfte macht Probleme, kein Grund, sich in einen Silo der Rollstühle und Schwerhörigen zu begeben. Ich werde mit einem Stock gehen, wie Kálmán. Ich und ein Altersheim? Nie!“

Das Wort allein verursachte ihm Beklemmungen. Aber die Worte Seniorenwohnsitz, Elternheim, Wohnstift waren in seinem Unterbewußtsein eingegraben und verfolgten ihn wie ein lästiger Hausierer, den man vorne hinauswirft und der hinten wieder hereinkommt.

Wie alle einsamen Menschen, so mußte sich auch Sam Burg seine Fragen immer selbst beantworten: „Du bist alt, Samy, aber nicht gebrechlich. Also, keine Panik.“

„Der kluge Mensch baut vor.“

„Da hast du recht.“

„Wer wird dir helfen, wenn die Kräfte zerschmelzen wie Butter in der Sonne?“

„Ich habe etwas Geld.“

„Man soll nicht höher scheißen, als der Arsch gewachsen ist. Du bist kein Kálmán, der sich rund um die Uhr Personal leisten konnte.“

„Das ist wahr.“

„Wahr ist auch, daß jeder letztendlich allein ist.“

Sam Burg stand in der Bauernfeldgasse vor dem großen Gebäude, das nur durch eine schlichte Goldschrift am Eingang gekennzeichnet war: „Maimonides Zentrum“.

„Moses ben Maimon-Rambam“, Samy fühlte sich plötzlich in die Zeit seiner Kindheit zurückversetzt. Er saß mit anderen Fünfjährigen in dem kleinen Stübel des Rebben, und jedes Kind hatte vor sich ein zerlesenes Buch. Die kleinen Finger rutschten von rechts nach links über die hebräischen Zeichen, und alle sagten im gleichen Rhythmus die Worte: „More Newuchim! More Newuchim!“*

Draußen herrschte eine Kälte, daß die Vögel erfroren von den Ästen fielen. Die Rebbizin** brachte heißen Tee für die Buben, und der Melamed *** legte ein Holzscheit in den kleinen Ofen.

Dabei erzählte er in Jiddisch von dem großen Rambam, dem Führer der Verirrten, dem Weisesten aller Weisen. Die Kleinen hingen an seinen Lippen und träumten sich hunderte Jahre zurück nach Cordova, wo ein weiser Jude die zweihundertachtundvierzig Gebote und dreihundertfünfundsechzig Verbote der Thora kommentiert hatte.

„Und warum hat uns der Gerechte“, – das Wort ‘Gott’ sprach der Melamed niemals aus – „warum hat er uns mehr Verbote als Gebote gegeben? – Weil man sich an dem Erlaubten so stark freuen soll, daß man die Verbote aus Dankbarkeit mit noch größerer Freude auf sich nimmt.“

„Seltsam“, dachte Samy, „je älter man wird, umso klarer sieht man die Vergangenheit.“

Als er nach zwei Stunden wegging, besaß er ein Zweizimmer-Appartement mit Bad, einer Kitchenette, eingerichtet mit allen Annehmlichkeiten der Jetztzeit, und die schriftliche Bestätigung der Pflege und ärztlichen Betreuung im Krankheitsfall. Er nahm in der Halle, die die bemühte Einrichtung eines modernen Hotels hatte, Platz. In einer Ecke saßen alte Menschen und spielten Bridge. In einem Rollstuhl saß eine Frau und studierte mit einer Lupe, die sie vor ihre Brille hielt, die „Illustrierte Neue Welt“.

„Gegründet vor 100 Jahren von Theodor Herzl“, las er auf der Rückseite.

„Oiweh!“ stöhnte er inwendig, „Ich fühl mich hier wie hundertzwanzig! Fräulein! Eine Melange!“ rief er einer jungen Frau zu.

„Koffeinfrei?“

„Unterstehn Sie sich!“

* Führer der Verirrten ** Frau des Rabbiners *** Lehrer

Die Frau drehte sich lachend um.

Samy dachte, daß ihm Schlimmeres hätte passieren können und daß alles im Leben Einstellungssache sei. Er beschloß, sich in seinem neuen Domizil wie in einem Hotel zu etablieren. Schließlich kümmerte man sich in einem Hotel auch nicht um die Gebrechen der anderen. Er würde arbeiten wie bisher, nichts würde sich an seinem Lebensstil ändern. Geändert hatten sich lediglich seine Adresse und Telefonnummer.

Die freundliche Frau brachte die Melange.

„Wissen Sie eine Druckerei? Ich brauche neues Briefpapier."

33. Kapitel
… beschreibt die Endgültigkeit des Daseins

Vera trug Schwarz. Ihr blondes Haar wurde von einem kleinen schwarzen Hut mit einem überdimensionalen Chiffonschleier verdeckt. Ein schwarzes Kostüm aus seidigglänzendem Breitschwanzpersianer umschloß eng die filigrane Gestalt. Ihre Töchter und ihren Sohn neben sich, schritt sie aufrecht und gefaßt hinter dem Sarg von Emmerich Kálmán. Hunderte Menschen schauten nur auf sie. Der Weg auf dem Zentralfriedhof war weit. Die Ehrengräber der Stadt Wien werden wohl deshalb entfernt angelegt, damit die Wiener Zeit und Muße haben, das zu beobachten, was sie am meisten genießen: „A scheene Leich". Die makabre Neugier der vielen Menschen wurde an diesem kühlen Herbsttag des 30. Oktober 1953 mehr als befriedigt. Alles und jeder wurde taxiert und kommentiert. Die Eleganz der Kálmán-Damen, die gute Erscheinung des Sohnes, die Musikkapelle, das Blumenmeer – man flüsterte fast wollüstig: „Was für a scheene Leich'."

Der Leichenzug wälzte sich durch die breite Allee des Zentralfriedhofs. Der Boden war übersät mit Kastanien, deren stachelige Hüllen wie winzige, grüne Igel zwischen den goldgesprenkelten Blättern hervorstachen. „Komisch", dachte Vera, „man besingt immer den Frühling in Wien, dabei ist der Herbst noch schöner …"

Es kam ihr in den Sinn, daß auch ihr Lebensherbst begonnen hatte, aber sie schob den Gedanken sofort beiseite. „Das ist nicht in seinem Sinne." Dieser kleine Satz war es, der ihr immer wieder innere Ruhe und Kraft gab. Es war, als wäre Kálmán neben ihr. Sie spürte ihn fast körperlich und hörte seine Stimme. Was gingen sie die Menschenmassen an? Was hatte sie zu tun mit den Lobreden und Beileidskundgebungen? Nichts. Sie dachte nur: „Wo wart ihr Wendehälse und Wortakrobaten 1938?"

Ihr Mann, mit dem sie alle Höhen und Tiefen einer Partnerschaft durchlebt hatte, lebte in ihr und mit ihr. Niemand, nicht einmal ihre Kinder, konnten ermessen, was zwei so gegensätzliche Menschen ein Vierteljahrhundert aneinandergeschmiedet hatte. Alle glaubten etwas zu wissen, manche schrieben darüber, viele redeten darüber, aber niemand wußte, was sie ihm und er ihr bedeutet hatte.

Kálmán hatte verfügt, in Wien begraben zu werden, und Vera hatte seinen Wunsch widerspruchslos akzeptiert, obwohl sie seine und auch einmal ihre Grabstätte lieber in Paris gewußt hätte.

„Es ist in seinem Sinne“, hatte sie den offiziellen Stellen in Wien mitgeteilt, woraufhin diese in eine für Wiener Beamtenverhältnisse ungewöhnlich hektische Betriebsamkeit ausgebrochen waren.

„Es ist uns ein Anliegen und eine große Ehre …“ und so weiter und so fort. Vera hatte die Schreiben nicht einmal zu Ende gelesen. Sie wußte, aus welcher Ecke der Wind wehte. Schließlich gehörte Kálmán zu den ersten Steuerzahlern der Republik, und seine Werke ließen alle Theaterkassen klingeln.

Nun war sie in Wien und würde auch in Zukunft immer wieder zurückkehren, denn es gab zwei Orte, deren kosmische Kräfte sie brauchte: sein Grab und die kleine russische Kirche in der Jaurèsgasse im dritten Bezirk.

Die Grabreden, die Beileidsbeteuerungen, die Musik nahmen kein Ende. Sie hörte alles wie durch eine Wand aus Watte. Mit unbarmherziger Klarheit lief noch einmal die letzte Zeit wie ein Film hinter ihrer Stirne ab. Alles hatte so trügerisch und positiv gewirkt. Der halbjährige Aufenthalt in Baden-Baden hatte keine Wunder bewirkt, aber sie waren beruhigt nach Paris zurückgekehrt. Schwester Irmgard wurde mitgenommen. Sie kannte keine Freizeit und betreute den Maestro Tag und Nacht. Die Ärzte in Paris hatten ihren Kollegen in Baden-Baden zwar keine Lorbeerkränze gewunden, aber sie waren mit dem Zustand ihres Patienten „satisfait“. Strenge Diät, zum Leidwesen der Pervich, die immer wieder ein ungarisches Schmankerl servierte, kein Whisky, höchstens ein Glas Rotwein, keine Zigarren – hieß die Anordnung, die sich in nichts von der Vorschrift in Baden-Baden unterschied. Alles, was Kálmáns Lebensabend ein wenig Genuß bereitet hätte, war nicht erlaubt. Der Tagesablauf wurde von der Schwester mit preußischer Gewissenhaftigkeit absolviert. Ein kleines bißchen Frühstück, ein kleines bißchen Medizin und Arztvisite, ein kleines bißchen Spazierengehen, hieß es bei Schwester Imrgard.

„Csókolom, bin ich ein ‘kleines Bißchen’ geworden …“, seufzte er.

Immer seltener setzte er sich an den Flügel. Seine letzte Komposition, „Arizona Lady", wollte er an verschiedenen Stellen bearbeiten, aber seine Arbeitsintensität hatte ihn verlassen.

Jeden Vormittag diktierte Vera der Sekretärin in den verschiedensten Sprachen geschäftliche Briefe. Wenn Kálmán eine Formulierung nicht gefiel, klopfte er mit seinem Stock auf den Boden, um sich Gehör zu verschaffen. Seit seinem Schlaganfall war sein Sprachzentrum gestört, aber er wünschte, daß man seine geschäftliche Korrespondenz so weiterführte, als habe er sie selbst diktiert.

Das Ergebnis der Arztvisite war an jenem Morgen besonders zuversichtlich ausgefallen. Keine Änderung in der Verabreichung der Medikamente, keine Änderung der Diät, der Maestro war seinem Zustand entsprechend in guter Verfassung.

Kálmán hatte sich, wie Irmgard meldete, „ein kleines bißchen" hingelegt, als sie nach kurzer Zeit anklopfte: „Madame, der Maestro atmet unregelmäßig und schwer."

Vera stürzte zum Telefon, Die Vermittlung meldete: „Besetzt."

„René!" Sie rief den Chauffeur. „Sofort ins Spital, wir holen den Arzt ab! Und vergessen Sie nicht die Carte Blanche!"

Vera hatte durch die Protektion von „Dschosäff" die Carte Blanche bekommen, die ihr gestattete, alle Verkehrszeichen zu ignorieren.

Sie rasten zum Spital. Als sie mit dem Arzt zurückkamen, stand Charly am Bett seines Vaters und hielt seine Hand.

Emmerich Kálmán war ohne Todeskampf gestorben.

„Imruschka, alles nur in deinem Sinne, das schwöre ich dir", flüsterte Vera in Ungarisch, als sie behutsam drei kleine Schaufeln Erde auf den pompösen Sarg rieseln ließ. Eine endlose Schlange Kondolierender, händeküssend, wangenküssend, sie umarmend, patrouillierte vorbei. Wortfetzen drangen an ihr Ohr:

„Unvergeßlich … wir fühlen mit Ihnen … seine Musik unerreichbar … ein Genie hat uns verlassen …"

„Blablabla", dachte Vera, „mich hat er nicht verlassen …"

Sie hatte genug der Courtoisien, legte den Kopf in den Nacken und ging allein davon. Sie wählte einen Seitenweg, der vom Ehrengrab abzweigte. Dort stand eine Gestalt, die sich stumm verbeugte.

„Gospodina, ich wollte nicht in der Menge … Sie verstehen?"

„Sam Burg! Ich verstehe, ich wollte die Menge auch nicht.

Kommen Sie mit in meinem Wagen. Ich brauche jetzt einen Menschen."

Wie selbstverständlich waren sie ins Russische verfallen.

„Ich denke manchmal daran, wie Sie von den Gerechten sprachen. Glauben Sie, daß Kálmán einer war?"

„Ich bin ganz sicher, Vera Natascha."

„Was ist Gerechtigkeit?"

„Fragen Sie mich was Leichteres. Wie soll ich Ihnen eine gerechte Antwort geben? Ich kann sie auch nicht talmudisch ausdeuten, ich kann nur aus persönlicher Erfahrung sprechen. Die Gerechten, die ich für Gerechte halte, haben niemals einem anderen Menschen wissentlich etwas Böses angetan. Im Gegenteil, wo sie die Gelegenheit zur Rache hatten, taten sie Gutes. War es nicht so?"

„Ja, wie einfach und schön Sie das sagen ..."

Der Wagen glitt die Simmeringer Hauptstraße hinunter. Vera sah aus dem Fenster. Ihr Hals fühlte sich an wie zugeschnürt. Sie brachte kein Wort heraus. Mit abgewandtem Gesicht legte sie ihre Hand auf seinen Arm und drückte ihn sanft.

„Ich werde an der nächsten Taxihaltestelle aussteigen", sagte Burg.

„Nein, nein, kommt nicht in Frage! Der Chauffeur bringt Sie, wo immer Sie hinwollen. Ich steige beim Sacher aus", antwortete Vera.

„Ich bin so frei, also dann fahre ich weiter in den 19. Bezirk."

„Sie wohnen dort in einem Hotel?"

„So könnte man es nennen. Jedenfalls betrachte ich es wie ein Hotel mit jeglichem Service, im Notfall auch dem ärztlichen."

Vera schaute verdutzt, und Samy schmunzelte.

„Sie werden es nicht verstehen, aber ich bin in das jüdische Altersheim übersiedelt."

„Mein Gott, Sam! Warum? Sie sind nicht alt, ein Mann in den besten Jahren! Sind Sie krank? Und dann Wien? Warum nicht Florida oder Miami Beach?" sprudelte es aus ihr heraus.

„Lassen Sie mich von hinten nach vorne antworten, wie man ein jüdisches Buch liest", sagte Sam bedächtig. „Florida oder Miami Beach? Beides versucht – kein Vergleich! Wien ist wie ich – ein Misch-Mosch aus Menschen der k.& k. Monarchie. In Wien feiern Orient und Okzident fröhlichen Einstand beim Heurigen. By the way – warum, glauben Sie, hat sich Ihr Mann hier so gut gefühlt, daß er sogar sein letztes Bett hier haben wollte? Wissen Sie, dieses Wien hat Krallen … es quält uns, es ist ungerecht, verlogen und verschlagen, aber … es ist auch Musik, Theater, Museen … man fährt eine halbe Stunde aus der Stadt und ist, je nachdem welche Richtung man wählt, in der Puszta, in den Bergen oder im Wienerwald."

Der Wagen fuhr die Prinz-Eugenstraße herunter, vorbei am Schloß Belvedere und dem Palais Schwarzenberg. Bewunderte Touristenattraktionen, bei deren Besichtigung kein Tourist erfuhr, daß sie von Söldnern und kaiserlichen Soldaten, im Winter oder zwischen den Kriegen erbaut worden waren, wenn es keine Schlachten gab.

„Es regnet", sagte Vera und dachte an Paris, wo ihre Mutter auf sie wartete. Sonja Makinska war nicht zum Begräbnis gekommen. Es ehrt sie, daß sie im Tod keine Trauer heuchelt, wo nicht einmal Sympathie bestand, dachte Vera.

„Sie fragen, ob ich krank bin?" hörte sie Sam fragen und sah ihn erschrocken an.

Er hob die Augenbrauen und schmunzelte: „Oij, wie gern wär' ich krank, damit Sie mich noch einmal so teilnahmsvoll anblicken! Nein, ich bin nicht krank. Bitte, man spürt, daß man nicht jünger wird. A gesunder Kranker, pflegte meine Mamme zu sagen und spielte damit auf die Alten an, die sich wie Junge aufspielen. Nein, ich bin kein Selbstbetrüger. Sie sehen, ich habe mir einen Stock zugelegt, nicht so nobel, wie der Maestro einen benutzte, aber er gibt mir ein bissele Sicherheit beim Gehen, wenn die Hüfte beleidigt tut. Und was, wie Sie so liebenswürdig waren zu bemerken, den 'Mann in den besten Jahren' betrifft … meine liebe Vera Natascha, in den besten Jahren wollen die Frauen das Beste der Männer – ihr Bankkonto!"

„Wie immer haben Sie recht, Sam. Ich werde Ihnen aus Paris einen Stock meines Mannes schicken, ich glaube, das wäre auch in seinem Sinn."

Der Wagen hielt vor dem Hotel Sacher. Der Chauffeur sprang heraus und öffnete die Tür. Der Portier riß die Mütze herunter: „Madame Kálmán!" Sam Burg ging um den Wagen herum und reichte Vera die Hand. Sie stieg aus, indem sie beide Beine gleichzeitig in elegantem Bogen aus dem Sitz schwang und auf den Boden setzte. Dabei entdeckte er, daß sie unter den schwarzen Seidenstrümpfen ein goldenes Fußkettchen trug. Vera schlug den bis zur Brust reichenden Witwenschleier zurück und umarmte Burg.

„Bleiben Sie so, wie Sie sind, Samileben, Sie haben mein ganzes Vertrauen und meine Freundschaft." Damit küßte sie ihn auf beide Wangen und ging schnellen Schrittes über den roten Läufer zum Hoteleingang, dessen beide Türen gleichzeitig von zwei Boys aufgerissen wurden. Sam Burg verneigte sich. Passanten blieben stehen und musterten ihn genau so neugierig, wie sie Vera nachgafften. Während er wieder in den Wagen stieg, hörte er eine Passantin sagen: „Des woa s', de Kálmánsche, de hot jetzt ausgesoagt, de lustige Witwe!"

„Das goldene Wiener Herz", dachte Sam. Er freute sich. Nach langer Zeit hatte wieder einmal jemand Samileben zu ihm gesagt und ihm ein Geschenk versprochen – und was für eines ...

Die Testtamenteröffnung in Paris überraschte alle. Die „Salami" war noch viel länger und fetter, als Vera und ihre Kinder vermutet hatten. Kálmán hatte jeden gleich bedacht und auch die Pervich bis an ihr Lebensende versorgt. Nur Sonja Makinska war leer ausgegangen.

„Jeder hat jetzt seine eigene Salami und kann darüber frei verfügen", sagte Vera zu ihren Kindern, „ich hoffe, daß ihr zufrieden seid. Dazu kommen täglich Tantiemen, denn täglich werden in irgendeinem Land in der Welt die Kompositionen eures Vaters gespielt. Ich habe mich entschlossen, sooft als möglich bei den Premieren anwesend zu sein, denn ich weiß, das wäre in seinem Sinne", fügte sie leise hinzu. „Mein Wohnsitz bleibt Paris."

„Meiner auch", warf Lilike ein.

„Und du, Charly?" Vera schaute ihren Sohn an.

„Ich bin noch unschlüssig, Maman, vielleicht Berlin oder München. Vor allem will ich komponieren."

„Ich möchte bei dir bleiben, Mutti", sagte Ivonka.

Es schien Vera, als habe der Tod des Vaters sie mit ihren Kindern wieder in einen harmonischen seelischen Einklang gebracht.

„Hoffentlich bleibt es so", zweifelte sie, denn die Vergangenheit hatte sie gelehrt, daß die geringste Meinungsverschiedenheit das fragile familiäre Harmoniegebäude mit Szenen und Wutausbrüchen zum Einsturz bringen konnte.

„Wir haben die Verpflichtung, das Erbe eures Vaters in nobelster Weise zu vertreten."

Charly sah sie von unten herauf an: „Wir tun es, hoffentlich tust du es auch …“

„Es geht schon los“, dachte Vera und wollte ihrem Sohn eine scharfe Antwort geben, aber sie beherrschte sich und sagte ruhig: „Nicht nur um mich, auch um euch werden jetzt die Abzocker und Golddigger herumschwirren. Seid mißtrauisch und laßt euch nicht einkochen, wie man in Wien sagt. Ihr könnt mit eurem Erbe machen, was ihr wollt, ich werde nichts verbieten und in nichts hineinreden, ich möchte nur später nicht zu hören bekommen – warum hast du nichts gesagt … also, bitte, seid vorsichtig.“

„Und wie vorsichtig bist du?“ fragte Charly, schon ganz in der Rolle des männlichen Familienoberhauptes.

„Du spielst auf eventuelle Bekanntschaften an?“ Vera hob mit gespielter Überraschung das Kinn und blickte ihren Sohn mitleidig an. „Bekanntschaften? Eventuell, ich suche nicht, aber ich lasse mir auch von euch nichts verbieten und in nichts hineinreden. Ich habe keine Träume mehr …“ Sie machte eine lange Pause und sah ernst von einem zum anderen. „Etwas schwöre ich euch – ich werde nie mehr heiraten.“

Alle schwiegen betroffen.

„Und was ist mit deinem Boni?“ fragte Charly mit hämischem Unterton, denn er wußte, daß er an eine empfindliche Stelle rührte.

„Boni ist und bleibt mein bester Freund. Wenn ihr einmal reif genug seid, um Beziehungen zu verstehen, werdet ihr wissen, daß ein ständiger Freund mehr wert ist als ein vorübergehender Liebhaber.“

Zunächst war es Vera gelungen, das familiäre Zusammensein ohne Krach zu meistern. Charly, Lilian und Ivonka hatten eine kleine Lektion erhalten und erkannt, daß mit ihrer Mutter in Zukunft zu rechnen war. Vera stand auf, umarmte alle und sagte: „Denkt daran, es hat alles in seinem Sinne weiterzugehen!“

Dann ging sie in ihr Zimmer und meldete ein Gespräch nach Ascona an. Remarque antwortete sofort, und Vera schilderte die vergangenen Ereignisse. Es wurde ein sehr langes Telefonat, nur unterbrochen von Bonis Ratschlägen. Wie immer, so verstand er auch jetzt auf ihren Gemütszustand positiven Einfluß zu nehmen. Er wußte, wie schnell und wie gerne Vera lachte, und sagte: „Weißt du, was Chaplin immer sagte? – Wer Kinder hat, braucht beim Erben keine Feinde!“

Diesmal ging die Pointe in Leere, denn Veras Antennen läuteten Sturm. „Wie kommst du auf Chaplin?"

„Nun, du kennst doch seine Geschiedene? Paulette Goddard."

„Oh – ich gratuliere dir!"

Vera zeigte, was für eine phänomenale Schauspielerin sie im Privatleben sein konnte, wenn es darum ging, Haltung zu bewahren, und Remarque bewunderte wieder einmal ihren Instinkt.

„Grüße Paulette von mir, ich hoffe, wir sehen uns bald! Ich freue mich für dich, Boni …", sagte sie und versuchte einen herzlichen Unterton, dann legte sie den Hörer auf.

Sie lehnte sich im Sessel zurück und schloß minutenlang die Augen. Obwohl ihr immer klar gewesen war, daß sie niemals mit Remarque leben würde, wäre ihr ein Heimchen am Herd für Boni lieber gewesen als der schöne, erotisierende Hollywoodstar. „Ich muß sie gewinnen, wenn ich ihn nicht verlieren will. Wie heißt die alte Hollywoodregel? 'Kill her with kindness'."

Sie wollte aufstehen und fiel in den Sessel zurück. „Seltsam, jetzt wollte ich doch tatsächlich aufstehen, um Imruschka den neuesten Klatsch zu erzählen. Wer wird mir jetzt schmunzelnd zuhören? Wer wird mir warnend sagen: 'Veruschka, übertreibe nicht immer!' Wem kann ich mich noch anvertrauen? – Meiner Mutter oder ihrer fünften Ehemarionette? Nein! Meinen Kindern? Nie! Schwester Irmgard? Unmöglich! Sam Burg hatte recht, Imruschka war ein Gerechter. Zugegeben ein eifersüchtiger, kleinlicher, unduldsamer Gerechter, aber ein wunderbarer Mann und Vater."

Tränen liefen über ihr Gesicht, sie gab sich ganz ihrem Schmerz hin und seufzte: „Imruschka …!"

Lange saß sie weinend da, bis ein leichtes Kitzeln sie darauf aufmerksam machte, daß sich ihre falschen Wimpern gelöst hatten und auf ihren Wangen hingen wie ertrunkene Fliegen.

Sie stand auf und schminkte sich ab. Dann kontrollierte sie ihr Gesicht in einem Vergrößerungsspiegel. Das Ergebnis befriedigte sie nicht. Ich brauche ein paar Abnäher, entschied sie. Sobald ich in Paris bin, werde ich mich mit Marlene beraten. Ihr Gesicht ist hervorragend aufgebaut, sie muß mir die Adresse des Schneidermeisters geben.

Dann setzte sie sich an den Schreibtisch und entnahm der Schublade ein Buch mit rotem Ledereinband. Hierin hatte sie kleine und große Briefe von lieben Menschen eingeklebt. Wie ein Schulmädchen, das über schwierigen Hausaufgaben sitzt, memorierte sie Wort für Wort.

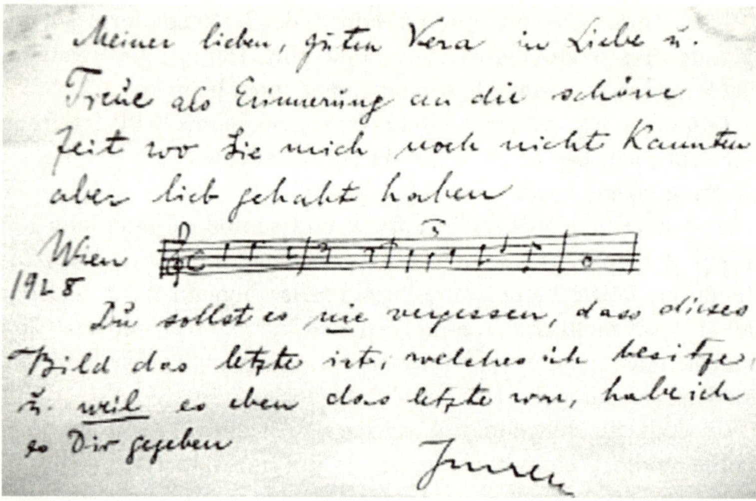
Meiner lieben, guten Vera in Liebe u.
Treue als Erinnerung an die schöne
Zeit wo Sie mich noch nicht kannten
aber lieb gehabt haben
Wien
1928
Du sollst es nie vergessen, dass dieses
Bild das letzte ist, welches ich besitze,
u. weil es eben das letzte war, habe ich
es Dir gegeben

Manchmal waren es nur zwei Zeilen, aber vor ihrem geistigen Auge erstand die Stimmung, in der sie geschrieben wurden, und die Blumen, die den Billetts beigefügt waren – es waren zumeist rote Rosen. Sie sah sich in dem eleganten Hotelzimmer um. Das schönste Zimmer lebt nicht ohne Blumen.

„Ich möchte immer Rosen um mich haben – und wenn ich sie mir selber kaufe – rote Rosen!“

34. Kapitel
... worin erklärt wird, wie man das Alter schätzen lernt

Zu dieser Zeit war Sam Burg zu der Einsicht gelangt, daß sein Entschluß, in ein Seniorenheim zu übersiedeln, richtig war.

Er bewegte sich wie in einem Hotel, genoß aber dennoch die angenehme Atmosphäre eines eigenen Appartements. Wenn es ihm gefiel, besuchte er den Speisesaal, doch zumeist bereitete er sich selbst eine kleine Mahlzeit zu, denn er achtete seiner Hüfte zuliebe streng auf sein Gewicht. Der Arzt war mit dem Befund zufrieden und hatte bei dem Thema Operation abgewunken: „Mein lieber Burg, wenn Sie weiterhin regelmäßig in der Therme Oberlaa schwimmen und Gymnastik machen, haben wir noch lange unsere eigene Hüfte ..."

Sam hätte vor Freude beinahe seinen Stock vergessen. Er stellte fest, daß ihm in Kalifornien der Wechsel der Jahreszeiten gefehlt hatte. „Immerzu Sonnenschein ist auf die Dauer wie täglich Cremeschnitten", sagte er sich und genoß den Herbstwind, die peitschenden Regenschauer, den Nebel, der die Stadt in die ihr angemessene Morbidität versinken ließ, und das Herannahen des Frühlings. Die ersten Schneeglöckchen, die sich im Garten des Maimonides-Zentrums durch den Boden kämpften, hatten ihm die Tränen in die Augen getrieben. Sie erinnerten ihn daran, wie er als kleiner Junge in Siget dieses Signal mit klopfendem Herzen entdeckt hatte, denn dann war Pessach* nicht mehr weit, und wenn er das versteckte Stück Mazze fand, gab es zur Belohnung ein paar bunte Murmeln. Der Wechsel der Jahreszeiten hatte seinem Organismus gefehlt, genauso wie die Bewegung. Das ständige Autofahren hatte seiner Hüfte geschadet. Er war gerne die endlos langen Boulevards in Santa Monica entlang spaziert, hatte aber darauf verzichtet, nachdem ihn einige Male eine Polizeistreife kontrolliert hatte, weil man ihn für einen Herumstreuner hielt. In L.A. schlenderte man nicht zum Vergnügen herum, in L.A. hieß es „Time is money for Samy!" Seine leichten amerikanischen Anzüge hatte das Zimmermädchen unter Lagen von Zeitungspapier in

---

* Passah-Fest, erinnert an den Auszug aus Ägypten

Kartons verpackt und weggeräumt. Sam hatte sich auf der Landstraßer Hauptstraße neu eingekleidet.

In einem gediegenen Konfektionsgeschäft mit ebensolchen Preisen entschied er sich für das Angebot der „Halbkonfektion“. Herrenanzüge, nur zur Hälfte fertiggenäht, wurden den Ansprüchen des Kunden entsprechend wie Maßanzüge angepaßt. Der klassische Esterházy, der graue Flanellanzug, der zweireihige Kamelhaarmantel wirkten fast wie vom Knize am Graben. Nur wegen der Hüte ging er zum ehemaligen k.& k.-Hoflieferanten Habig auf der Wiedner Hauptstraße. Er suchte den klassischen Borsalino, wie er ihn 1922 in Berlin getragen hatte, und fand ihn. Die über hundert Jahre alte Firma hatte weder ihr Sortiment noch ihren Verkaufsstil geändert. Er bekam einen erheblichen Rabatt, denn es hieß, daß das unter Denkmalschutz stehende Geschäft in ein Restaurant umgebaut werden sollte.

Nicht nur Sams Garderobe, auch sein Lebensstil hatte sich geändert. Er hielt wieder die Sabbatruhe ein, indem er von Freitag- bis Samstagabend keine geschäftlichen Arbeiten verrichtete. Er griff nicht einmal zu seinem Lieblingsarbeitsgerät, dem Telefon. Nach dem Besuch der kleinen Synagoge im Heim setzte er sich mit den anderen Bewohnern zu Tisch, trank genüßlich den Roten Zweigelt, den der Arzt an Stelle von Weißwein empfohlen hatte, und hörte den Gesprächen zu. Nur wenige Leute hatten Verwandte oder Freunde, von denen sie am Shabat abgeholt wurden. Die meisten hatten niemanden und nichts außer ihren Erinnerungen. Und was für Erinnerungen! „Jedes Leben eine Filmstory“, dachte Sam, „aber welcher Produzent würde seine Millionen in Leid und Qual investieren?“ Manche sprachen immer wieder von der Vergangenheit, aber es gab auch etliche, denen die Ungeheuerlichkeit des Erlebten den Mund verschlossen hatte. Diese sprach Sam in Jiddisch an, und manchmal antwortete man ihm mit einer Wort- und Tränenflut. Die Therapeutin des Maimonides-Zentrums bedankte sich bei ihm, er habe ihr eine schwere Arbeit abgenommen, denn Reden und Weinen sei hilfreicher als Medikamente bei Altersdepression. Sam hatte die junge Ärztin angesehen und gedacht: „Maidele, was weißt denn du, was die Mammeloschen* alles bewirken kann …“

* Muttersprache

In einem Punkt allerdings hatte sich Sam Burg bei seiner Entscheidung geirrt. Er hatte angenommen, daß sein Leben nun in ruhigen Bahnen verlaufen würde. Dies war nicht der Fall. Im Gegenteil. Die Filmwirtschaft florierte, und die Produzenten baten häufig um seine Ratschläge in Besetzungsfragen.

Sie ersuchten ihn, Kontakte zu Kohner, Wilder oder Lubitsch herzustellen:

„... Sie als ... wie darf man sagen? Glaubensgenosse ... können gewiß mehr erreichen!" hieß es. Sam konnte, und er schmunzelte in sich hinein, denn es tat gut, wenn man im Alter gebraucht wurde.

Er empfand es als angenehm, daß er sein Appartement zusperren und abreisen konnte, ohne die Sorge um Einbruch oder Rohrbruch mitzunehmen. Jeden Tag nahm er sich vor, „kürzer zu treten", und nahm trotzdem zusätzliche Aufträge an. Immer hatte er eine Namensliste von untergetauchten Kriegsverbrechern mit sich. An jedem Ort suchte und forschte er. Es gab Hinweise und Beweise, kleine Teile eines grausamen Puzzles, die er an Simon Wiesenthal oder das Dokumentations-Archiv des Österreichischen Widerstands weiterleitete. Er tat alles ohne Bezahlung, verrechnete keine Spesen.

„Tachrichim macht men on keschenes"* hatte seine Mamme immer gesagt. Aber er dachte weder an Krankheit noch Tod. Sein Tag war ausgefüllt, weil er nach wie vor voller Neugier auf das Leben war. Er hatte so viele verschiedene Menschen kennengelernt, daß er aufgehört hatte, den Kopf über sie zu schütteln oder sich zu ärgern. Zumeist erfüllte ihn eine stille innere Heiterkeit, nur wenn er in einem Beisl einen Wendehals jüdische Witze erzählen hörte, veranstaltete seine Halsschlagader einen Trommelwirbel.

Das war das einzige, was ihn aufregte, denn er hatte das Thema Frauen im letzten Drittel seines Lebens ad acta gelegt. Selbst die Anrufe Vera Kálmáns, die ihn von allen Enden der Welt erreichten, brachten sein seelisches Gleichgewicht nicht mehr in Verwirrung. „Das ist das Schöne im Alter, daß man über das Verlangen in seiner Jugend lächeln kann ...", und er stellte fest, daß es schön ist, nur mit den Augen zu lieben.

„Hallo! Wie geht's, Towarisch?" meldete sich Vera.

---

* Leichentücher macht man ohne Taschen

„Man lebt, Vera Natascha, und Sie?“ antwortete Samy.

„Man reist. Ich fahre morgen nach Moskau. Die Csárdásfürstin hat Premiere – in Russisch. Kommen Sie mit!“

„Spasiva, vielen Dank, aber ich habe einen wichtigen Termin“, log Samy, „warum begleitet Sie niemand? Was machen Ihre Kinder?“

„Was Kinder immer machen, sie sind mit sich selbst beschäftigt. Charly hat geheiratet und lebt in Berlin. Ivonka hat geheiratet und lebt in Scheidung. Lilian hat nicht geheiratet und lebt mit dem Alkohol.

That's it, mein Freund! So ist das Leben ... Die Männer, die mich wollen, wollen meine Millionen. Ich reise mit einer Zofe, Sie wissen, ich reise gern.“

„Ich weiß, Vera Natascha. Sollten Sie wieder einmal nach Wien kommen, ich bin jederzeit zu Ihrer Verfügung ...“

„Danke, Sam“, hatte Vera gehaucht und aufgelegt.

Er hätte ihr gerne beruhigende Worte gesagt, aber diese Frau wurde ihm immer rätselhafter. Was trieb sie nach Rußland? So aufregend konnte doch „Komm, Zigany“ auf Russisch nicht sein. Wußte sie nicht, daß der Kommunismus beinahe so verheerend war wie der Nationalsozialismus? Wollte sie in Rußland ihre eingefrorenen Tantiemen einkassieren? Sie könnte dafür Zobel und Kaviar ausführen, aber wie er Vera einschätzte, bevorzugte sie den persischen, weil er weniger gesalzen war, und den Zobel in Paris verarbeitet, weil er federleicht war. Suchte sie ihre Wurzeln in Perm?

Warum reiste ihre Mutter nicht mit? Die russische Komtesse mit den jüdischen Dokumenten?

Warum hatte er sie das alles nicht persönlich gefragt? – fragte er sich. Und wenn sie ihm wahrheitsgemäß geantwortet hätte? – was hätte es ihm gebracht?

Er lehnte sich in seinem Sessel zurück und sah aus dem Fenster. Es dämmerte, aber er streckte nicht die Hand aus, um die Stehlampe einzuschalten.

„Es gibt nichts Besseres im Alter als ein heiteres Gemüt und ein schmerzfreier Körper ...“, und während er eindöste, dachte er:

„Der mentsch is, wos er is, ober nit, wos er is gewejn ...“ *

* Der Mensch ist was er ist, aber nicht, was er gewesen ist.

35. Kapitel
... welches beweist, dass Lieben ohne Mass niemals das Mass der Liebe ist

Zweifellos war die Zimmerflucht in der Rue Foche eine der elegantesten von Paris. Vera hatte sie für ihre Tochter Lilian eingerichtet und, wie es ihre Art war, an nichts gespart. Orientteppiche aus Isfahan, in die Kinderhände zehntausend feinster Knoten auf einen Quadratmeter eingeflochten hatten, bedeckten den Parkettboden. Antike Möbel bildeten einen reizvollen Kontrast zwischen den Gemälden von Miró und Dalí. Die beiden Maler liebten Vera und ließen es sich nicht nehmen, ihre Einladungskarten mit kleinen, humorigen Skizzen zu versehen.

Die Gemälde hatte Vera ihrer Tochter geschenkt: „Lebe du mit den Bildern, denn du bist seßhafter als ich", hatte sie gesagt.

Polstermöbel, überzogen mit altrosa Damast, in den Bourbonenlilien mit Samtfäden eingewebt waren, standen als Sitzgruppen zwanglos verteilt herum. Sie wurden flankiert von kleinen Abstelltischen mit Platten aus Kristall. In einer Ecke dominierte eine meterhohe chinesische Vase, aus der ein Blütenzweig herausragte, dessen Blätter aus hauchdünnem Rosenquarz geschliffen waren. Alle Räume strahlten einen hemmungslosen Luxus aus. Hier residierte Lilike, eine Frau, die an nichts anderem interessiert war als an erotischen Ausschweifungen. Vera wußte um die nymphomanische Veranlagung ihrer Tochter, aber sie vermied es, sie zur Rede zu stellen. Bei einem liebevollen Versuch hatte Lilian sofort den Spieß umgedreht und Vera eine Szene wegen ihrer Affären gemacht.

„Halte den Mund, Maman!" hatte sie geschrieen. „Du hast mir nichts vorzuwerfen, denke daran, was du Vati angetan hast ..."

Obwohl Emmerich Kálmán seinen Kindern verboten hatte, dieses Thema zu berühren, machten sie davon bei jeder sich bietenden Gelegenheit Gebrauch. Sie wußten, daß dies das einzige Druckmittel war, mit dem sie ihre Mutter unterjochen konnten. Die Szenen, die Vera ertragen mußte, gingen über die Grenze ihrer seelischen Belastbarkeit, und darum wich sie ihnen aus. Man sprach in der Pariser Gesellschaft offen über die Alkoholexzesse und Extravaganzen von

Lilian Kálmán, und die Klatschspalten sparten nicht mit süffisanten Andeutungen.

Vera litt darunter. Es schmerzte sie, daß ihre Tochter, die bald vierzig Jahre alt wurde, keinen Lebensinhalt hatte. Sie arbeitete nicht, sie betete nicht, sie spielte nicht mehr Klavier und war weder in jüdischen noch christlichen Organisationen karitativ tätig. In letzter Zeit hatte sie sich in Bücher über orientalische Mystik und asiatische Liebesmagie eingegraben. Sie war besessen von erotischen Riten, Beschwörungen und Liebestränken. Champagner und Wein hielt sie für ein „Kinderbelustigungswasser" und wechselte zu Gin, den sie aus Wassergläsern in sich hineinschüttete. Um die ausufernde Wirkung zu steigern, tropfte sie Äther in den Gin.

„Die Erotik ist wie eine Flasche Gin, du mußt trinken, trinken, trinken … der Höhepunkt in der Liebe ist das Ende, ein Ende, das nie aufhört", notierte sie.

„Lilike, du verwechselst Sexualität mit Liebe. Das eine hat nichts mit dem anderen zu tun. Ich bitte dich, Kind, komm zu dir! Deine Bettgenossen erniedrigen dich, sie behandeln dich wie ein Lustobjekt, du bist für sie nur eine perverse Nutte! Du, eine Kálmán! Wenn du nicht eine erwachsene Frau wärst, würde ich dich verprügeln!"

Vera war außer sich vor Zorn und Verzweiflung. Sie nahm eine der Vasen, die mit Lilien gefüllt war. „Und dieser Geruch! Überall dieser Geruch von diesen Totenblumen!" Mit beiden Händen schleuderte sie die Vase durch das geschlossene Fenster des Salons. Sie zerschellte auf dem Balkon. Vera erwartete einen Tobsuchtsanfall ihrer Tochter, aber alles blieb still. Lilike hob den Kopf und sah mit starren Augen durch das zerbrochene Fenster. Dann stand sie langsam auf und kam schwankend auf Vera zu. Sie legte beide Arme um ihre Mutter, lehnte den Kopf an ihre Schulter und flüsterte:

„Mamuschka, hilf mir, bitte …"

„Ich helfe dir, wenn du einmal in deinem Leben tust, was ich dir sage. Versprich es mir!"

„Ja, Mamuschka."

„Wir fahren jetzt sofort in die Klinik zu Professor de Beer, und du machst eine Entziehungskur."

„Ja, Mamuschka."

Vera strich ihr liebevoll über das schöne, kupferrote Haar. „Alles wird gut, du wirst wieder ganz gesund, aber du mußt wollen – mußt es ganz fest wollen …“

„Ja, Mamuschka.“ Lilian sah zu, wie Vera einige Spitzennachthemden, einen zartgrünen Kaschmirmorgenmantel und Kosmetika in eine Reisetasche packte, dann ließ sie sich wie eine Marionette zum Wagen führen.

Vera verfolgte die Therapie ihrer Tochter mit Argusaugen. Seit dem Tod ihres Mannes war sie den Umgang mit den berühmtesten und somit auch teuersten Ärzten der Welt gewohnt. Dabei hatte sie gelernt, daß teuer nicht immer gut bedeutet.

Lilike ging es von Woche zu Woche besser. Sie hatte abgespeckt und war „clean“, aber nicht außer Gefahr, wie man im Sanatorium zu sagen pflegte. Sie hatte zu malen begonnen, und Vera beeilte sich, in Fachgeschäften die beste Leinwand, Staffelei, Farben, Pinsel und Palette zu besorgen. Die abstrakten Bilder Lilians, wilde Phantasmagorien in brennendem Rot, verursachten Vera Beklemmungen. Hinreißend scheußlich, dachte sie, aber lächelnd sagte sie zu ihrer Tochter: „Du solltest noch an dir arbeiten, mein Schatz, bevor wir deine Bilder Dali zeigen.“

Professor de Beer hatte Vera beruhigt, als sie ihn fragte, was er in den wirren Farbspritzern Lilians sehe.

„Eine ausgezeichnete Beschäftigungstherapie, Madame Kálmán“, um im Ton eines Oberlehrers fortzusetzen: „Madame, vergessen Sie nie Ursache und Wirkung.“

„Ich weiß, Professor, daß meine Kinder in mir die Ursache ihrer Probleme sehen. Aber ich weise das mit Nachdruck zurück. Viele andere Menschen, nicht nur meine Kinder, sind unter weit problematischeren Umständen aufgewachsen und führen trotzdem ein ordentliches, normales Leben.“

„Was ist schon normal?“ de Beer breitete die Hände aus, wie ein Priester bei der heiligen Wandlung.

„Wenn Sie das nicht wissen, als Therapeut, Herr Professor, dann kann ich Ihnen nur sagen, was nicht normal ist. Ein zielloses Leben, so wie meine Tochter es führt. Jede kleine Verkäuferin im Lafayette ist glücklicher als meine Tochter, die sich jeden Wunsch erfüllen kann. Eine hemmungslose, sich immer mehr steigernde Genußsucht ist doch nicht normal, oder?“

De Beer schwieg und starrte auf seine farblos lackierten Fingernägel.

„Und – Herr Professor – haben Sie eine Erklärung oder einen Anhaltspunkt gefunden für Lilians erotische – wie soll ich sagen – Unersättlichkeit ..."

„Über Therapiebefunde kann ich nicht reden, Sie verstehen, Madame?"

„Nein, ich verstehe nicht. Ich verstehe nicht, warum eine Mutter nichts über – wie Sie so treffend formulierten – Ursache und Wirkung der Sucht ihrer Tochter erfahren darf!"

Der Psychotherapeut erhob sich und breitete wieder segnend seine Hände aus.

„Entschuldigen Sie mich, Madame, ich habe noch Visite."

Vera hatte wieder einen hohen Scheck ausgeschrieben, den de Beer achtlos in der Tasche seines weißen Mantels verschwinden ließ.

Dann beglich sie an der Rezeption des Sanatoriums die Wochenrechnung in der Höhe der Suite in einem Luxushotel. Während sie zu ihrem Wagen ging, fiel ihr ein, daß Lilike keine Anstalten gemacht hatte, ihre monatelangen Behandlungen aus ihrer eigenen Tasche zu bezahlen.

Beim nächsten Besuch kam Lilike Vera strahlend entgegen.

„Mamuschka! Stell dir vor, ich habe hier einen Mann kennengelernt. Wir verstehen uns wunderbar – in jeder Beziehung! Er ist auch clean. Professor de Beer sagt, wenn wir ihm schwören, nicht einmal mehr eine Likörbohne zu essen, würden wir bald zusammen entlassen werden. Ist das nicht wunderbar?"

„Es ist mehr als wunderbar, ein neues Leben beginnt für dich!"

„Für uns", korrigierte Lilian.

„Für euch – natürlich. Wer ist der Mann?"

Lilian geriet ins Schwärmen. „Er heißt Alain Doucet und ist attraktiv und jung und ..."

„Wie jung?" unterbrach Vera die Redeflut ihrer Tochter.

„Er studiert noch. Genau gesagt, er ist achtzehn Jahre jünger als ich, aber das spielt keine Rolle, weder für ihn und schon gar nicht für mich!" lachte sie.

Vera hatte ihre Tochter schon lange nicht mehr so heiter und gelöst gesehen. Sie wollte ihre Stimmung nicht mit Einwänden und

Skizze von Salvador Dalí auf Einladungskarte, 1949

Bedenken zerstören und sagte nur: „Achte auf dich, mein Schatz, und halte dich strikt an die Anordnungen de Beers."

„Keine Sorge, Mamuschka, wir sind jetzt zu zweit und können aufeinander aufpassen."

Auch der Professor schien zuversichtlich zu sein, obwohl er betonte: „Ein Schluck Madame, ein winziger Schluck, wie in einer Likörbohne, und ein Rückfall ist unvermeidlich."

„Sie wissen, daß meine Tochter hier eine Beziehung mit einem Ihrer Patienten begonnen hat?"

„Ich weiß, Madame. Liebe kann alles bewirken oder alles zerstören, hoffen wir das Beste."

„Ja, hoffen wir das Beste", antwortete Vera. Ihr Herz war plötzlich leicht und ihr Sinn unternehmungslustig. Wie immer, wenn sie sich freute, hatte sie das Bedürfnis, die Freude mit anderen zu teilen. Zunächst rief sie Marlene Dietrich an. Sie hatte ihrer Freundin gegenüber ein schlechtes Gewissen, weil sie sie schon längere Zeit nicht kontaktiert hatte.

„Marlene? Hier ist Vera! Stell dir vor, Lilian ist clean! Sie kommt bald nach Hause. Es war ein Alptraum, aber jetzt ist alles gut! Ich freu' mich so!" Mit Marlene sprach sie immer Deutsch, aber eine Stimme in Französisch antwortete: „Excusé, Madame ist nicht zu Hause."

Vera erkannte sofort Marlenes Stimme, obwohl sie sie verstellte, an ihrem Akzent, und sprach weiter in Deutsch: „Menschenskind! Marlenchen! Spielste wieder dein eigenes Dienstmädchen? Wie hat Tucholsky gesagt? 'Ein etwas schräges Französisch' – oder haste wieder deinen Freund Johnny Walker zu Besuch? Wie haben wir damals in Berlin gesagt? Die Liebe und der Suff, det reibt die Weiber uff!" Mitten in Veras Lachen wurde der Hörer aufgelegt.

Ihre gute Laune war wie weggefegt. Sie wußte, daß Marlene trank, aber sie wußte nicht, daß es sie unfähig machte zu reden. Einen Moment dachte sie daran, nochmals anzurufen, und Professor de Beer zu empfehlen, aber sie kannte Marlenes preußische Sturheit, mit der sie sich gegen alle abgeschottet hatte.

„Wie entsetzlich", dachte Vera und erinnerte sich an die vielen Freunde und Freundinnen, die ihre Trinkgewohnheiten nicht mehr steuern konnten und deren Können, Talent und Persönlichkeit in einem Alkoholsee versanken.

Hilflos hatte sie erleben müssen, wie Remarque verfiel. Sie hatte sich für Paulette und Boni geschämt, wenn diese bereits um fünf Uhr nachmittags durch Ascona schwankten. Seinen letzten Brief, den er ihr kurz vor seinem Tod geschrieben hatte, kannte sie auswendig:

„… der Arzt kommt jeden Tag, und ich konnte lange nicht schreiben. Es sind Herz-Kreislaufbeschwerden unbequemster Art, Schwindel und Blutdruckzusammenbrüche etc. Ich kann auch jetzt nur wenig schreiben. Dein Brief war ein Schmetterlingsgruß aus einer schöneren, leichteren Welt, danke Dir tausendmal! Bitte vergiß nicht, daß ich Dich anbete, auch mit einem wackeligen Kopf und einem sehr wackeligen Herzen. Dein alter Troubadour!

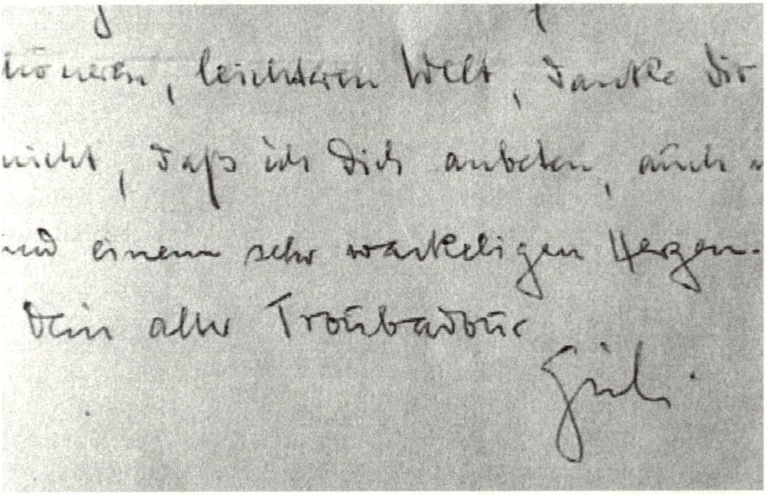
leichteren Welt, danke Dir
daß ich Dich anbeten, auch
einem sehr wackeligen Herzen.
Dein alter Troubadour

„Es wird leer um mich herum“, stellte Vera fest. Aber ihr durch nichts umzubringender Optimismus setzte sich wieder durch. Sie ließ sich mit Wien verbinden und hörte kurze Zeit später die Stimme Sam Burgs.

„Hallo, Samy! Sind Sie nüchtern?“

„Vera Natascha, sind Sie schikker *, weil Sie fragen, ob ich nüchtern bin?“

* betrunken

„Ich könnte mich vor Verzweiflung manchmal zuschütten", antwortete Vera und erzählte Burg eine halbe Stunde lang ihre leid- und freudvollen Familienturbulenzen.

„Ich danke Ihnen, Sam. Verzeihen Sie, wenn ich Sie mit meinen Problemen belästigt habe, aber ich mache mir solche Sorgen, ob Lilike durchhält."

„Nehmen Sie keinen Vorschuß auf Zores, Vera Natascha, Ihre Tochter ist ein erwachsener Mensch."

„Körperlich ja, aber im Kopf, im Kopf?"

„Sind Sie nicht a bissele mitschuld? Haben Sie nicht Ihren Kindern den Zucker in den Toches* geblasen?"

„Ich habe das nie getan, Sam, das war mein Mann. Als er vor zwanzig Jahren starb, wurden die Kinder mit einem Schlag zu vielfachen Millionären."

„Und wußten nicht damit umzugehen, nicht wahr? Szajko sagte in solchen Fällen: Was du ererbt von deinen Vätern hast, erwirb es, um es zu besitzen ..."

„Ein kluger Mann, unser Szajko", sagte Vera.

„Es ist von Goethe", schmunzelte Sam, „sorgen Sie dafür, daß Ihre Tochter arbeitet, irgend etwas, damit sie das Gefühl bekommt gebraucht zu werden, und beobachten Sie sie ständig."

„Ich kann sie doch nicht anbinden! Außerdem wollte sie nie zu Premieren, Verlegern und Intendanten mitreisen. Was soll ich tun?"

„Ich stelle mir vor, daß Sie Ihre Tochter einarbeiten, so daß sie einmal an Ihre Stelle treten kann."

„Nein, Sam, das wäre nicht im Sinne Kálmáns. Mein Mann hat mich in alles eingearbeitet. Ich verfüge über alles und sonst niemand!"

Oiweh, dachte Sam, „da hab ich einen wunden Punkt berührt, und er sagte versöhnlich, „Sie machen es schon richtig, Vera Natascha, aber ich habe den Eindruck, daß Sie sich manchmal von Ihren Kindern als Fußabstreifer benutzen lassen. Verzeihen Sie diese Vertraulich..."

„Nein, nein!" unterbrach sie ihn, „ich bin Ihnen dankbar dafür, daß ich mit Ihnen offen reden kann, ohne daß die Telefone der Klatschtanten heißlaufen. Sie haben recht, meine Kinder kennen viel, nur eines nicht – das 4. Gebot."

* Hintern

Sam schwieg betroffen und wechselte das Thema.
„Wohin geht die nächste Reise?"
„Ich fahre nach Monte Catini."
„Zu einer Premiere?"
„Zu einer privaten – ich treffe einen Freund dort. Einen russischen Großfürsten."
Drunter tut sie's nicht, dachte Sam, und sagte anzüglich: „Dann wünsche ich Ihnen gute Kritiken und viel Applaus!"
„Den hab ich doch immer, das wissen Sie doch!" lachte Vera.
„Das weiß ich seit Berlin. Erinnern Sie sich noch?"
„Und ob, es war eine wunderbare Zeit! Kitty und ich hatten fünf Mark Abendgage, Sie vermittelten uns zehn, und wir hatten damit mehr Spaß als heute mit zehntausend."
„Ständig eine Mark ist besser als selten ein Rubel."
„Bravo, ist das auch von Goethe?"
„Nein, das ist von Szajko!"
„Es tut mir immer gut, mit diesem alten Juden zu sprechen", dachte Vera, nachdem sie aufgelegt hatte.
„Es ist immer ein Vergnügen, ihre Stimme zu hören", dachte Sam. „Sie hat sich nicht verändert. Ein Herz wie Butter, ein Kopf wie Eisen und ein Körper wie … hör auf zu träumen und dein Leben zu komplizieren, Sam Burg! Halte dich an deine kleinen erotischen G'spusis und erhalte dir eine gute Freundin." Er setzte sich an die Schreibmaschine und schrieb:

Hochverehrte Vera Natascha,
ich danke Ihnen für Ihren Anruf und teile mit Ihnen aus ganzem Herzen die Freude über die Genesung Ihrer Tochter. Ich wollte Ihre gute Laune und Ihre Telefonrechnung nicht belasten und schreibe Ihnen deshalb diese Zeilen.
Im Zuge einer Motivsuche für eine Filmgesellschaft, man benötigte ein schönes, kleines Palais für Innen- und Außenaufnahmen, fiel mir die Kálmán-Villa in der Hasenauerstraße ein. Ich läutete und wurde von einer freundlichen, distinguierten Dame eingelassen. Ich brachte mein Anliegen vor, und sie erklärte, daß sich jetzt ein katholisches Studentenheim in diesem Palais befinde. Ich sah allerdings keine Studenten. Es war alles still und wirkte wie ausgestorben. Sie führte mich durch die Räume, die ich noch seit meinem letz-

ten Besuch, vor unserer Emigration, in genauer Erinnerung habe. Es sind allerdings nur noch die perlmutternen Einlegearbeiten in den Türstöcken, der Kamin und das Sternparkett vorhanden. Im ersten Stock hat man eine goldstrotzende Kapelle, in der offensichtlich die Messe gelesen wird, eingerichtet. Wir erhielten die Filmerlaubnis in allen Räumen, außer in der Kapelle. Natürlich gegen Bezahlung. Während der Dreharbeiten sah ich wiederum keine Studenten, entdeckte allerdings einen Anbau hinter dem Palais, in dem manchmal junge Männer, ohne den Blick zu heben, verschwanden. Das befremdete mich, da ein Filmteam immer allerorts die Blicke und das Interesse auf sich zieht. Nach einigem Herumforschen ergründete ich den jetzigen Zweck Ihres ehemaligen Besitzes. Er ist eine Ausbildungsstätte des OPUS DEI. Das ist ein von dem spanischen Priester Escrivá de Balaguer gegründeter Orden, in dem sich junge Männer strengsten Praktiken unterwerfen müssen. Ich schreibe Ihnen das alles nicht, um Ihren Glauben, der, wie ich weiß, sehr stark ist, in Frage zu stellen. Ich schreibe Ihnen, weil ich glaube, daß es Sie interessiert, wie Ihr Haus der Liebe und der Musik, ein Platz, wo alle Wände die Kálmánmelodien gespeichert haben, zweckentfremdet wurde. Ein junger Mann, der das „Studentenheim" verlassen will, hat sich mir, zitternd vor Angst, er könnte bei dem Gespräch mit einem Außenstehenden entdeckt werden, anvertraut. Er würde die aktive Abtötung nicht mehr aushalten, sagte er. Als ich ihn fragte, was das eigentlich sei, erklärte er, daß sie zum Tragen eines Bußgürtels – das ist ein dreireihiges Metallband, welches an der Innenseite scharfe Nägel aufweist – verpflichtet sind. Es wird am Oberschenkel, mit den Nagelspitzen nach innen, festgezurrt, und muß täglich zwei Stunden lang getragen werden. Ich hielt den jungen Mann zunächst für einen „Meschuggenen", und habe ihn noch einige Male abgepaßt. um einiges über die „Numerarier", so heißen die Studenten, zu erfahren. Seine Angaben deckten sich aber mit den Berichten, die ich in einigen kritischen Werken nachlesen konnte. Man macht aus gläubigen Suchenden entweder gläubige Fanatiker oder schwere Neurotiker, wahrscheinlich beides.

Ihr wunderschönes Heim wurde zuerst von der SS Hitlers und jetzt von der SS des Vatikans (wie es in einer Schrift heißt) demontiert.

Obwohl unsere Filmarbeit durch nichts behindert wurde, sah ich statt der Schauspieler Sie, verehrte Vera Natascha, wie Sie mir damals in Ihrem roten Kleid entgegenkamen. In der Halle standen die Größen der Literatur und der Bühne und warteten auf Ira und George Gershwin, und der Maestro hatte die Güte, mich mit ausgestreckten Armen willkommen zu heißen. Und heute das!

In Erinnerung daran werden meine Augen feucht. Zum Teufel mit meiner polnisch-jüdischen Sentimentalität!

Ich hoffe, Ihre Tochter bleibt standhaft -

und ich küsse ergebenst Ihre schönen Hände!

Sam Burg

36. Kapitel
... beschreibt, wohin mentale Verwirrungen führen können

Sie sprachen Russisch, lachten laut, prosteten sich zu, und es störte sie nicht, daß die anderen Gäste befremdet zu ihnen herübersahen. Im Belle Epoque-Speisesaal des Hotel La Pace in Monte Catini pflegte man alles zu sein, blasiert, exzentrisch, überkandidelt – aber nicht lustig. Vera und den Fürsten kümmerte das wenig. Sie hatten zufällig den Pianisten Artur Rubinstein wiedergetroffen. Wie immer, wenn sich russische Freunde im Ausland treffen, ist die Freude echt und groß. Nicht nur die überschäumend gute Laune des Trios erregte Aufsehen, auch Veras Eleganz. Sie trug ein grünes Abendkleid, dessen Farbe auf ihr Smaragdkollier abgestimmt war. Die Ohrringe im gleichen Stil ließen ihre Augen noch grünlicher schimmern, und ihre linke Hand beschwerte ein in Brillanten gefaßter walnußgroßer Smaragd.

„Veruschka, mich wundert, daß du bei diesem Gewicht noch die Gabel zum Mund führen kannst", witzelte Rubinstein.

„Es fällt mir nur deshalb schwer, weil ich noch kein Gegengewicht an der rechten Hand habe", parierte sie.

„Veruschka braucht keinen Schmuck, sie ist ohne Schmuck ein einmaliges Schmuckstück", bemerkte der Fürst.

„Merkst du etwas, Artur? Er will sich elegant um eine kleine Morgengabe von ein paar Karat herumschwindeln."

„Dann kaufe ich dir das Steinchen. Ich habe vorgestern nicht nur eine der höchsten Gagen, sondern auch eine der größten Verblüffungen meines Lebens einkassiert."

„Wen interessieren die Gagen? Verrate uns die Verblüffung", forderte Vera.

Artur nahm einen großen Schluck Champagner, legte seine schlanken Finger ineinander, knackte mit ihnen, wie es seine Art war, und begann: „Es war so ... mein Manager ruft an und teilt mir mit, daß er mich zu einem Solokonzert nach Spanien vermittelt habe. Ich frage nicht viel, denn wenn man mich fragt, wo ich spiele, antworte ich immer: ‘Überall, wo man mich läßt, außer in Deutschland und

Österreich.' Eine spanische Aristokratin wünschte sich zwei Stunden Chopin. Ohne Pause. Kein Problem für mich, sage ich, und steige in den nächsten Flieger. Ein herrliches Schloß, ein herrlicher Saal, ein gottlob herrlich gestimmter Flügel und sonst – Leere! Leeres Entrée, leerer Saal ohne Zuschauerreihen, keine lebendige menschliche Seele, außer einem Diener in Livree, der lautlos hereintänzelt und sagt: „Bitte Maestro, wir beginnen in zehn Minuten."

Ich, verblüfft: „Was heißt beginnen? Wo ist das Publikum?"

Der Livrierte lächelt süß wie die Mona Lisa. 'Man wird Sie hören', und mit diesen Worten legt er ein dickes Kuvert auf den Flügel. 'Ihre Gage, bitte sehr ... also – pünktlich in zehn Minuten', säuselt er noch einmal und will entschweben. Ich sage, Moment, ich trage keine Uhr zum Frack, wie soll ich wissen ...? 'Ich werde das Licht der Kandelaber löschen, dies ist das Zeichen für den Beginn.' Auch gut, denke ich, denn Chopin spiele ich sowieso mit geschlossenen Augen und auswendig. Der sanfte Typ tänzelt davon. Ich nehme das Kuvert und setze mich darauf. Nicht nur, weil es akustisch auf dem Flügel stören würde, sondern weil man ja nie wissen kann, und im Dunkeln schon gar nicht.

Es wird dunkel, ich lasse einige Sekunden vergehen und beginne mit der h-Moll-Sonate Opus 58. Das Hauptthema des ersten Satzes spiele ich immer süß, sinnlich und hingebungsvoll. Das Largo klingt prachtvoll in dem leeren Saal. Ich bemerke, daß mir das Konzert 'from me to me' ein wunderbares Gefühl der Abgehobenheit gibt, und wechsle zur g-Moll-Ballade, steigere mich hinein in die F-Dur und As-Dur Sonaten. Das Instrument war phantastisch, die Akustik großartig, kein Räuspern, kein Husten, kein Rascheln, kein Applaus – wie wunderbar, kein Publikum zu haben und dennoch bezahlt zu werden! Intuitiv ende ich mit dem Nocturne, das mein Landsmann nachts bei Kerzenlicht auf Mallorca komponierte. Die gefühlsmäßige Steigerung in den Nocturnes, die ich in den Begleitstimmen fast schwebend verklingen lasse ..."

„Wie machst du das?" unterbrach ihn Vera.

Rubinstein lachte. „Dir verrate ich mein Betriebsgeheimnis: man hebt nicht die Finger von den Tasten, sondern zieht sie so behutsam ab, als wären es Schmetterlingsflügel. So machte ich es bei den Schlußakkorden. Sekundenlang standen die letzten Töne im Raum. Kein Bravo-Rufen, kein Händeklatschen – nur Chopin und ich, es war einmalig. Langsam gingen die Kandelaber an und ich suche nach dem Ausgang. Hinter einer Tapisserie glaubte ich ein Geräusch zu hören. Ich gehe lautlos zur Wand und hebe den Gobelin einen Augenspalt. Auf einer breiten Chaiselongue liegt eine nackte Frau, sicherlich die Herzogin, in den Armen eines jungen Mannes. Ein Bild zum Niederknien. Na, was sagt ihr dazu?"

Vera lachte. „So etwas kann nur dir passieren! Hoffentlich hast du das Kuvert nicht auf dem Klavierstuhl vergessen?"

„Die Gage vergißt man nie, aber ich hätte auch umsonst gespielt." Rubinstein massierte seine Langfinger. „Gibt es etwas Schöneres, als bei Chopin zu … natürlich nur, wenn ich ihn spiele!" lachte er.

Das Trio wechselte vom Speisesaal in die Bar des Hotels. Und Rubinstein wechselte den Platz mit dem Barpianisten. „Ich muß jedes Klavier ausprobieren, auch wenn das teuerste Hotel von Monte Catini sich nur diesen vorsintflutlichen Klimperkasten leistet."

Er spielte einige Passagen von Mozart und verfremdete die Komposition im Stil Tschaikowskijs. Dann spielte er Tschaikowskij, wie er bei Debussy klingen würde, und diesen wiederum verwandelte er mit brillanter Technik in einen Walzer von Johann Strauß.

„Ein Preisrätsel! 1. Preis eine Flasche Moet Chandon! Wer ist das?"

Die Melodien erklangen schwer und erhaben, im Rhythmus von Isoldes Liebestod.

„Wagner!" rief der Fürst. „Unverkennbar!"

Aber Vera lachte: „Es ist Kálmán! Emmerich Kálmán! Oh, Artur, wenn Imre dich hören könnte …"

„Gewonnen! Der Geliebten Ohr hat ihn gleich erkannt. Dieser Kálmán war mehr als ein Operettenleichtfuß, und keiner soll glauben, daß er leicht zu spielen ist. Eine Flasche Moet!" rief er dem Personal zu, das verstohlen zugehört hatte. Rubinstein winkte ihnen, sich zu setzen, während er mit einer Hand über die Tastatur fegte. Zögernd und verlegen folgten sie der Einladung des weltberühmten Pianisten. Atemlos verfolgten sie sein Spiel. Als er geendet hatte, wagten sie nicht zu applaudieren. Kellner, Köche, Serviermädchen standen wie auf ein geheimes Zeichen zur gleichen Zeit auf und gingen langsam zum Klavier. Die Männer verneigten sich, die Frauen machten einen Knicks, und alle gingen mit glücklichen Gesichtern hinaus.

Vera hatte Tränen in den Augen, der Fürst streichelte ihre Hand.

Rubinstein schloß den Deckel des Klaviers und sagte: „Das war ein Beweis, wie gut auch die einfachen Leute klassische Musik erfühlen. Das Erfühlen in der Kunst ist viel wichtiger als das

Verstehen." Der Fürst goß die Gläser voll: „Nastrowije! Auf daß uns die großen Gefühle nicht verlorengehen!"

„Nastrowije!" rief Vera, „auf die Musik!"

„Auf unsere Freundschaft!" rief Rubinstein. Dann warfen alle drei nach russischem Brauch die Gläser hinter sich. Aus einem Glas, aus dem man in Stunden des Glücks getrunken hat, soll kein anderer trinken. Sie umarmten sich in dem Bewußtsein eines unvergleichlichen Zusammentreffens.

Es war eine lange Nacht. Vera gab Anweisung, sie unter keinen Umständen zu stören. Dennoch läutete frühmorgens das Telefon. Der Portier entschuldigte sich wortreich. Am Telefon war der Kriminalinspektor von Monte Catini.

„Madame Kálmán, ich bedaure unendlich … haben Sie eine Wohnung in Paris, in der Rue Foche?"

„Nein, meine Tochter, Lilian Kálmán. Was ist passiert?" Vera war sofort hellwach.

„Ein Unfall, Madame, vielleicht – oder auch nicht – wahrscheinlich ein …"

„So reden Sie doch! Was ist mit meiner Tochter?"

„Wir wissen nicht, ob es Ihre Tochter ist, Madame. Eine Frau wurde ermordet."

„Ein Mord? In Lilians Wohnung?" Vera geriet in Panik.

„Ja, Madame. Wir ersuchen Sie dringend, sofort nach Paris zu reisen und Ihre … die Tote zu identifizieren."

Vera meldete ein Gespräch nach München an.

„Charly ist schon abgereist", sagte seine Frau Gerda knapp. Es kam ihr kein teilnahmsvolles Wort über die Lippen.

„Eine reizende Familie", dachte Vera, „in furchtbaren Situationen ist jeder gegen jeden, anstatt zusammenzuhalten."

Die Wohnung in der Rue Foche war von zahlreichen Polizisten und Kriminalbeamten bewacht. Vera betrat den Salon und sah zuerst ihren Sohn. Er war mit einem Weinkrampf am Boden zusammengebrochen. Ein Arzt kniete neben ihm. Ihr Unterbewußtsein signalisierte: „Vera, was immer jetzt auf dich zukommt, du darfst nicht umkippen!"

Aufrecht und mit zusammengeballten Händen blieb sie stehen und blickte sich um. Auf den Kristalltischen und auf dem Boden lagen aufgeschlagen pornografische Bücher, dazwischen Blutpfützen, in denen weiße Lilien klebten. Leere Flaschen, Gläser, Strümpfe, Schuhe – ein Drunter und Drüber, das einen penetranten Geruch von Blut, Lilien und Alkohol verbreitete.

Zwei Kriminalbeamten flankierten Vera, und einer fragte leise: „Madame, können Sie uns sagen, ob das Ihre Tochter ist?“

„Wo ist meine Tochter? Ich sehe sie nicht.“

Der Beamte hob wortlos die Hand und deutete auf die große chinesische Vase in der Ecke des Salons.

Vera stieß einen Schrei aus: „Nein!“

„Das ist nicht Lilian Kálmán?“ fragte der Beamte sachlich.

„Sie ist es“, antwortete Vera und schloß die Augen, „es ist Lilike.“

Aus der chinesischen Vase starrte sie der abgeschnittene, geschminkte Kopf Lilians an.

Der Arzt kam und gab Vera eine Beruhigungsspritze. Man bettete sie in einem Nebenraum.

Am nächsten Tag berichteten die internationalen Zeitungen über die Enthauptung Lilian Kálmáns durch ihren Alain Doucet im Drogenrausch. Das Liebespaar war bald nach der Entziehungskur rückfällig geworden. Im Drogenrausch hatte Alain Doucet die Einundvierzigjährige enthauptet und ihren Kopf auf die Vase gesteckt. Er hatte Lilien und brennende Kerzen dazu dekoriert und den nackten, verblutenden Körper ins Schlafzimmer gezogen. Sein Selbstmordversuch mißlang.

Der altgediente Leiter der Pariser Mordkommission hatte den wartenden Journalisten nur einen Satz gesagt: „Das war das Grauenhafteste, was ich in meiner langen Laufbahn erlebt habe.“

Bluttat im LSD-Rausch

Emmerich Kalmans Lieblingstochter enthauptet

Paris. – Elisabeth Daunis-Kalman, 41, die Tochter des weltberühmten Operettenkomponisten Emmerich Kalman, wurde in Paris das Opfer eines Ritualmordes. Der

Deshalb mußte Kalman-Tochter sterben:

Schwarze Messen, Liebe, Perversion

Paris. – Irgendwo in dem dunklen Labyrinth menschlicher Verirrungen, zwischen Liebe und Perversionen, zwischen Drogen und geheimnisvollen Zauberkulten, liegt der Schlüssel zu dem

Letztes Kapitel
Die Zeit eilt, teilt, heilt

Veras Lebenskarussell drehte sich weiter. Manche Freunde und Feinde stiegen aus, andere stiegen ein. Sie dreht sich weiter im immer gleichbleibenden Absolvieren von Kálmán-Premieren, Partys, Interviews und Reisen von Stadt zu Stadt. Sie ist überall zuhause und nirgendwo. Sie hat überall ihre Bezugspersonen und pflegt mit ihnen den ständigen telefonischen Kontakt. Das Handy scheint für sie erfunden worden zu sein. Die stundenlangen Autofahrten entlang der Côte d'Azur sind mit Gesprächen rund um die Welt ausgefüllt. Manchmal erinnern die Telefonate an routinierte Bühnendialoge. Spricht sie mit ihrer liebsten Freundin, der Schauspielerin Valentina Cortese, so wimmelt es von Cara mia und Amore mio in fließendem Italienisch. Ist es ihre liebste Freundin Hildegard Knef, so fragt sie in fließendem Berlinerisch: „Na, Hildchen, wat macht denn der geschenkte Paul?"

Aber es gibt auch tränenreiche, aufrichtige Bekenntnisse, wenn sie mit ihrer liebsten Freundin Edith in Wien telefoniert. In Abwesenheit allerdings werden die liebsten Freundinnen von Vera mit beißendem Spott geschildert.

Ihren Schmuck hat sie in einem Safe in Zürich deponiert. Garnituren von großer Schönheit und ebensolchem Wert. Ein paar Cartieruhren mit Brillanten besetzt, ein paar Ringe und ihre Perlen begleiten sie auf den Reisen. Ihre Garderobe und alle Erinnerungen bewahrt sie in ihrer Wohnung in Monte Carlo auf, in der sie nur wenige Wochen des Jahres verbringt. Dort sind die Wände vom Boden bis zur Decke mit Fotos und Liebeserklärungen berühmter Zeitgenossen gepflastert. Das corpus delicti einer Vielgeliebten.

Um die Jahrhundertwende bauten reiche, russische Aristokraten pompöse Villen an den schönsten Plätzen der Riviera. Darunter auch das Beausoleil, das seinem Namen alle Ehre macht. Ein langgestreckter Bau im Art-Nouveau-Stil schmiegt sich in höherer Lage in den Berg. Er bietet einen unvergleichlich schönen Blick über Monte Carlo, auf das Meer, und liegt höher als das Schloß des Fürsten Rainier. Es heißt, der Vater des Fürsten habe dies als Affront betrachtet. Die

Russen durften ihr Geld im Casino lassen, aber sie wurden nicht ins Schloß gebeten. Man betritt die Villa durch ein Palmenhaus, in dem Palmen, Oleander und Orangenbäume wie in einem gepflegten, exotischen Dschungel blühen. Eine schmiedeeiserne Treppe führt zu den Wohnungen der Aristokraten, die hier ständig oder auch nur im Winter wohnen. Alte Damen, mit Hüten und weißen Glacéhandschuhen, führen langsam asthmatische Pekinesenhunde spazieren. Stubenmädchen, in schwarzen Kleidern, mit weißen Schürzen, gießen lautlos Blumen und grüßen leise: „Bonjour, Madame!“ Hier ist es still, aus keiner Suite hört man Musik oder Stimmen. Manchmal knirscht der Kies, wenn ein Auto die Privatstraße hinauffährt und scharf bremst. Wer hier wohnt, ist unter keinen Umständen bereit, zur Kenntnis zu nehmen, daß die Zeit fortschreitet. Niemand sonnt sich auf den weiten, von Rosen- und Hibiskusblüten umwucherten Terrassen. Es gibt keinen Swimmingpool und keinen Barbecue-Grill. Im stufenförmig angelegten Garten stehen zwischen Mimosenbäumchen und mannshohen Kakteen, unbenützt, weiße, schmiedeeiserne Tische und Bänke. Ein Gärtner zupft im Zeitlupentempo Unkraut.

In dieses unzerstörte Ambiente der Belle Epoque kehrt Vera immer wieder zurück, um nach wenigen Wochen festzustellen, daß es ihr zu langweilig ist.

Ihre Wohnung betritt man durch das Palmenhaus. Im Vorzimmer holt den Besucher ein ratterndes Faxgerät auf einer Barockkommode in die Wirklichkeit zurück. Im Salon sind die Wände vom Boden bis zum Plafond mit Bildern und Briefen der berühmtesten Wegbegleiter Veras gepflastert. Die Garbo neben Clark Gable, Marika Rökk neben Remarque, weltbekannte Politiker, Maler, Börsenspekulanten, hier lächeln sie alle verbindlich auf die Besucher herab. Die Widmungen auf den Fotos verraten die Intimität mit Vera. Und immer wieder Emmerich Kálmán. Der Maestro mit Richard Tauber, Franz Lehár, mit seinen Kindern, und als strahlender Mittelpunkt immer – Vera.

Das Speisezimmer empfängt die Gäste mit einem gedeckten Tisch, der sofort die einstmals begehrteste Gastgeberin verrät. Meeresdelikatessen auf Efeublättern dekoriert, warme Artischocken und kalte Avocados mit feinen französischen Saucen, hauchdünnes Carpaccio, jeder Gaumen findet auf diesem Lunch-Buffet höchste Befriedigung. Zwei Dienstmädchen reichen in Kristallpokalen mit Goldrand Champagner, Madame nimmt einen Wodka, „Nastrowije“!

Das Schlafzimmer ist eine Symphonie in Weiß, Gold und Rosa. Die Wände, mit den verspiegelten Kleiderschränken, bergen nicht nur die Modellkleider, sondern auch zahllose blonde Perücken und Dutzende Parfümflaschen.

Immer wieder wird Vera von der kleinen Bulgarin, die sich selbst als die Gesellschafterin von Madame Kálmán vorstellt, zum Telefon gebeten. Ungeniert hört sie die Gespräche von einem anderen Apparat mit und leitet den Inhalt unaufgefordert an Dritte weiter.

Tochter Ivonne ruft aus Mexiko an. Sie scheint verzweifelt, weil sie dort ihr Lieblingsparfüm „Ma Griffe" nicht bekommen kann. Mutti soll es besorgen und schicken.

„Vesta", ruft Vera, „notieren Sie! Parfüm für Ivonka!"

Sohn Charly meldet sich aus München. Maman soll unbedingt zu seiner Premiere nach Berlin kommen. Maman verspricht es. Irgendwie wird sie es schaffen und zwischen den Bad Ischler Operettenfestwochen und der Kálmán-Premiere in Baden bei Wien nach Berlin jetten. Immer noch ist die Witwe Kálmán der beliebteste Premierenaufputz der Stadttheater-Intendanten.

Sie betritt die Proszeniumsloge, wenn das Publikum bereits Platz genommen hat. Ein Scheinwerfer strahlt sie an, und alle Blicke richten sich auf sie. Man applaudiert. Vera steht auf und dankt verbindlich. Ein schwarzes Modellkleid aus edlem Material, hochgeschlossen, bekräftigt ihren Entschluß: „Ab einem gewissen Alter – kein Décolleté – keine nackten Arme!" Nur ein kleiner koketter Aufputz am kniekurzen Kleid. Schwarze Schwanenfedern umspielen den Saum und lenken die Blicke auf die makellosen Beine in schwarzen Strümpfen, unter denen noch immer das goldene Fußkettchen durchschimmert. Das Haar ist blond und wirkt, verstärkt durch ein Haarteil, doppelt füllig. Unverrutschbar durch ein goldenes Stirnband fixiert. Das sechsreihige Perlenkollier umschließt ihren Hals wie ein Hundehalsband. In der ersten Zeit ihres Aufstiegs ein Zeichen der Liebe und des Reichtum Kálmáns, dient der Schmuck jetzt auch dem praktischen Zweck, die Manipulationen der Schönheitschirurgen zu kaschieren. Ihr Make-up wetteifert mit dem der Sängerinnen auf der Bühne. Ihr Faktotum Vesta, ungeübt in der Kunst der Maquillage, pflastert Madame – deren Augenlicht immer mehr nachläßt – mit Liderblau und Wangenrouge im Stil einer Jahrmarktspuppe. Lange, falsche Wimpern, unprofessionell geklebt, beschatten bereits zur Mittagszeit die Augen. Und dennoch dringt durch die grelle Schminke die starke Ausstrahlung Vera Nataschas durch und läßt hämische Bemerkungen verstummen. Wenn sich auch ihre Augen trüben und ihr Gang unsicher wird, ihr Gedächtnis ist klar und jeder Name auf Abruf parat. Manchmal findet sie es schwierig, sich mit den abstrusen Regieeinfällen der „Operettenerneuerer" einverstanden zu erklären. Dann leistet sie sich im schützenden Dunkel der Loge ein kleines Nickerchen. Das Alter hat sie milde und ein wenig ängstlich gemacht. Im Gegensatz zu Einzi Stolz, Kirschi Benatzky oder Lotte Lenya verzichtet sie darauf, für die absolute Werktreue der Kálmán-Grünwald-Operetten auf die Barrikaden zu gehen. Niemand, auch nicht der Verlag Weinberger, erhebt Einspruch, wenn die Compagnia Italiana di Operetta im Teatro Goldoni in Venedig eine unsagbare Aufführung der 'Contessa di Chìcago' mit Berlusconi-Witzchen verfremdet und die schwebenden Kálmán-Walzer im Tarantellatempo heruntergeklingelt werden. Das zeitlos schöne Gesicht des Ehrengastes bleibt unbewegt. Lächelnd nimmt sie die Hand- und Wangenküsse der Veranstalter entgegen, sagt dem Buffo und der Soubrette, die ihre Liedchen in den Saal riefen, höfliche Worte, und diese fühlen sich dadurch zu legitimen Kálmáninterpreten berufen.

Auch das bringt Tantiemen, die Salami ist nach wie vor dick und rund.

Die Operette ist tot? Nein, es lebe die Operette! Immer dann, wenn musikalische Authentizität, gesangliches und schauspielerisches Können sowie Ballett und Ausstattung eine perfekte Symbiose eingehen, so wie es Hubert Marischka bereits Ende der zwanziger Jahre forderte.

Wie „vor Achtunddreißig", so bereist Vera auch heute noch am liebsten die damals unvergleichliche künstlerische Achse Berlin-Budapest-Wien!

Berlin ist ihre Lieblingsstadt. Muttchen Kroner lebt nicht mehr, aber Kitty hat ihren trockenen Berliner Witz behalten. Und die Freundinnen schwelgen in: „Weißt du noch?"

Budapest besucht Vera wie einen guten Freund, nicht nur weil die dortigen Operettenaufführungen die authentischsten sind. Egal welches politische Regime Ungarn beherrscht, jedes und jeder bemüht sich um sie. Die Bewunderung für einen der größten ungarischen

Komponisten überträgt sich auf die Witwe. Sie wird vom Charme und der hinreißenden ungarischen Gastfreundschaft eingehüllt.

Dort sitzt sie manchmal, versonnen lächelnd, auf einer Bank am Ufer der Donau und sieht hinüber auf die andere Seite des Flusses. Hoch über der Stadt ziert eine überlebensgroße, eiserne Statue den Berg. In den ausgestreckten Armen, die zum Himmel weisen, symbolisiert ein riesiger Palmwedel das Zeichen des Friedens. Die Fama und Vera wissen es besser. Der einsame, eiserne Friedensverkünder stellt Istvan Horthy dar. Als er im Krieg bei einem Flugzeugabsturz ums Leben kam, gab Vater Miklós das Denkmal in Auftrag. Zwar sollte in den Händen ein Teil des Flugzeugwracks zum Himmel weisen, aber das Ende des Krieges vereitelte die väterliche Kunstidee. So stand das Denkmal mit leeren Händen, hilfesuchend da, bis das kommunistische Regime ihm eine Palme des Friedens hineinschweißen ließ. In Künstlerkreisen will man wissen, daß die Propellerteile für Istvans Hände bis heute im Atelier des Bildhauers verrotten.

Vera schüttelt den Kopf: „Hitler, Stalin, Eisenhower, ich habe alle überlebt … dank Istvan … après nous le déluge …“, flüstert sie.

Wien ist ihre Haßliebe geblieben, und dennoch führen sie alle Wege nach Wien. Manchmal residiert sie monatelang im Hotel Bristol am Opernring, in der für sie reservierten Fürsten-Suite. Sie weiß, daß Wien und die Wiener Kálmán großgemacht haben, aber das Langzeitgedächtnis des Alters bringt ihr die Demütigungen von „vor Achtunddreißig“ klarer denn je in Erinnerung.

Ihr erster Weg führt sie zum Grab ihres Mannes. Immer einen großen Strauß roter Rosen im Arm, die sie betend und weinend auf sein Grab legt. Sie gibt sich ganz dem Zwiegespräch mit ihrem Imre hin. „Madame, ich bringe Ihnen einen Hocker“, versucht die Gesellschafterin sich unentbehrlich zu machen.

„Vesta! Verschwinden Sie!“ zischt Vera.

Die Angezischte zieht sich in den nächsten Seitenweg zurück und lauert auf Madame, um sie beim Rückweg zu stützen. Aber Vera scheint neue Kraftreserven aufgenommen zu haben. Sie befiehlt, zum Tor 4 des Zentralfriedhofes zu fahren, und Vesta hat im Wagen zu warten.

Vera schließt die chronisch Neugierige, die ihre Beobachtungen sofort an Ivonne weitergibt, bewußt von diesem zweiten Grabbesuch aus. Niemand, auch nicht ihre Kinder hatten Sam Burg je näher kennengelernt oder erfahren, was sie mit ihm verband. Er, der nie bei gesellschaftlichen Anlässen im Vordergrund stand und sich stets im Hintergrund hielt, war ihr und Imre ein lebenslanger, zuverlässiger Freund und Ratgeber gewesen. Nach Kálmáns Tod waren sie noch enger zusammengerückt. Sie hatten sich geduzt, aber immer die körperliche Distanz gewahrt. Vera hatte es unendlich gutgetan, einen Menschen zu haben, bei dem sie sicher sein konnte, daß er es auf nichts bei ihr abgesehen hatte als auf ein gutes Gespräch.

Sie sprachen über vieles, und Samy riet ihr wiederholt, ihre Biographie zu schreiben. Vera hatte gelacht und geantwortet: „Dann würden mich meine Kinder umbringen, wenn ich das alles aufschreibe! Und außerdem ist schon so viel Quatsch über mich geschrieben worden …“

Samy hatte sie ernst angesehen: „Veruschka, du hast ja Angst …“

„Ja“, hatte sie kleinlaut zugegeben, „du hast recht, sie setzen mir manchmal furchtbar zu. Ich möchte gerne die Wahrheit aufschreiben lassen, die ganze Wahrheit … ich habe doch so viel erlebt …“

„Veruschka, wo ist deine Courage?“

„Weißt du, Samy, ich mußte so alt werden, um zu lernen, daß das Leben keine Operette ist. Es ist wie mit den großen Komikern, die ich kennengelernt habe. Im Rampenlicht hat man über sie gelacht, aber privat waren sie alle ernste Menschen, völlig unkomisch. Ich brauche keine Courage, um mich zu meinem Leben zu bekennen. Derjenige, der es aufschreibt – der …“

„Und was würdest du über mich schreiben?“ unterbrach sie Burg.

„Daß ich glaube, daß du auch ein Gerechter bist.“

„Gott soll abhüten! Schreib, daß ich der potenteste Stier von Chelm war!“

„Wieso von Chelm?“

„Weil die Leute dort alle gern a bissele lügen!“

Vera hatte das Maimonides-Zentrum nachdenklich verlassen. Samy war ihr plötzlich uralt vorgekommen. „Ich bin alt, und er ist uralt“, dachte sie, „aber ein paar Jährchen machen wir's schon noch!“ Wie immer, wenn sie eine Idee hatte, stieg ihre gute Laune.

„Ich werde alles erzählen – après nous le déluge!“

Sie winkte einem Taxi und fuhr ins Hotel.

Sein Grabstein war das genaue Gegenteil des Ehrengrabes aus schwarzem Marmor von Emmerich Kálmán. Ein schmuckloser, grauer Stein, auf dem in hebräischen Buchstaben Samuel Ginzburg stand. Nur ein Name, wie tausend andere. Auf dem Weg zu Samys Grab hatte sie einen Stein aufgenommen und legte ihn auf den Rand des Grabes. Sie folgte damit dem jüdischen Brauch, dem Toten einen Stein zu bringen. Ringsum waren die Gräber mit Steinchen bestückt, nur auf Samys Grab lagen die wenigen, die Vera im Laufe ihrer Besuche hingelegt hatte.

Er hatte einen Schlaganfall erlitten und war nicht mehr aus dem Koma aufgewacht.

„Samy, du fehlst mir …“, dann sagte sie ein russisches Gebet, bekreuzigte sich und ging zum wartenden Wagen.

„Back to the roots“, sagte Vera und stieg in den weißen Rolls Royce des Generalkonsuls Kurt Konrad Rayer. Es war eine freundschaftliche Geste des millionenschweren Ehemannes des Operettenstars Birgit Sarata, Vera für ihre Ausflüge seinen Wagen mit Chauffeur zur Verfügung zu stellen. Diesmal schwebte der Wagen nach Niederösterreich und hielt in einem kleinen Ort vor einem unauffälligen Haus. Das Haus gehört Veras Freunden Valerie und Petja Houdjakov. Sie leiten das weltbekannte Don-Kosaken-Ensemble. Die Gartentür und die Haustür werden gleichzeitig von zwei jungen, hochgewachsenen Männern geöffnet. Durch die Mitte kommt Valerie mit einem Tablett den Gästen entgegen. Brot, Salz und Wodka werden zur Begrüßung angeboten. Petja spricht zuerst russische und dann deutsche Begrüßungsworte. Er umarmt Vera und küßt sie dreimal. In diesem Moment tönt aus dem Haus der vielstimmige Chor der Don-Kosaken. Die Stimmen, nur von einem Akkordeon begleitet, dringen klangvoll nach draußen. In den Nebenhäusern öffnen sich Fenster, Kinder kommen gelaufen, alles lauscht dem Gesang. Wie eine Orgel dröhnen die schwarzen Bässe der Kosaken, um im Pianissimo zu verwehen, wenn der Tenor einsetzt. Brot und Wodka in den Händen, stehen Vera und die Gäste bewegungslos. Der Chor beendet das Lied im Fortissimo und ruft einen russischen Willkommensgruß. Petja bittet die Gäste ins Haus.

Mit liebenswürdiger Selbstverständlichkeit betätigen sich die Sänger nun als Diener und Kellner. Mäntel werden abgenommen, der Chauffeur ebenfalls zu Tisch gebeten, der kleine Hund bekommt eine Wasserschüssel.

Auf dem Wohnzimmertisch dampfen in bunten, russischen Schüsseln und Terrinen Borschtsch, Gemüse, Fleisch, Kartoffeln und Buchweizengrütze. Dazwischen stehen Flaschen mit Bier, Wein, Krimsekt und Wodka. Valerie erklärt, daß die Sänger den ganzen Tag gekocht haben, um Vera ein original-heimatliches Essen bieten zu können. Sie kredenzen Blinis, gefüllt mit Kaviar und einem Klecks saurem Rahm. Jedes halbleere Glas wird sofort nachgefüllt. Immer wieder werden die Speisen angereicht. Jede Geste beweist den Gästen die russische Gastfreundschaft. Vera ist glücklich. In ihrem leuchtendblauen Trapezkleid, mit ihrer Kappe aus Goldzobel, die sie auch bei Tisch nicht ablegt, wirkt sie wie eine Mischung aus Anna Karenina und Katharina der Großen. Während sie mit Appetit von allen Speisen kostet und dabei heimlich dem Hund unter dem Tisch Leckerbissen zusteckt, spielen Anatoli und Vladimir, die Gitarristen der Don-Kosaken, russische Romanzen. Das Essen dauert lange. Man pausiert dazwischen, wenn Petja von seinen Vorfahren erzählt, die noch, wie Isaak Babel, als Kosaken in der Reiterarmee dienten.

„Das Fleisch war so zart, ich nehme an, du hast es unter dem Sattel weichgeritten", neckt Vera Petja. Jede Gesellschaftsattitude, jeder Snobismus ist von ihr abgefallen. Sie plaudert in Russisch, Deutsch und Englisch. Sie legt den Kopf in den Nacken und flüstert: „Wo Russen sind, ist Rußland!"

Warme, duftende Mehlspeisen werden aufgetragen und der obligatorische russische Tee als Abschluß.

Valerie setzt sich zum Klavier. „Ich bringe euch eine russische Romanze der Dichterin Marina Zewtajewa."

Die Don-Kosaken summen, und Valerie singt, während sie sich selbst begleitet:

„Auf Wiedersehn, mein Freund, auf Wiedersehn!
Mein Geliebter, ich trage dich in meinem Herzen.
Auf Wiedersehn, mein Freund – ohne Händedruck, ohne Worte.
In diesem Leben ist es nicht neu, daß man stirbt,
aber es ist auch nicht neu, daß man weiterlebt …"

Es ist sehr still geworden. Vera gibt ein Zeichen mit der Hand, und ein Sänger steht mit ihrem Zobel-Cape bereit. Er legt es ihr behutsam um die Schultern.

Sie schaut zu dem Kosaken auf, dem sie bis zum Herzen reicht.

„Spasiva! Sie singen wunderbar, wirklich einmalig …"

Der junge Mann küßt ihr die Hand. Sie nimmt seinen Kopf in beide Hände und haucht rechts und links drei russische Küsse auf seine Wangen. Dann flüstert sie nahe an seinem Ohr: „Wirklich wunderbar! Aber vergessen Sie nie, das Wunderbarste ist die Liebe …"

Vera Kálmán, 1998

Miguel Herz-Kestranek

Mit Éjzes bin ich versehen

Erlebtes, Erdachtes und Erlachtes

312 Seiten, gebunden, SU, Format
13 x 21,6 cm
DM 48.-, öS 348.-, sFr 48.-
ISBN 3-900436-70-3

Ein Buch des Lächelns – aber eines Lächelns der leisen Wehmut. Ein Buch der Erinnerung – aber kein autobiographisches Buch. Aus eigenem Erleben, aus dem Zuhören von Kind an und aus Erzählungen formt Miguel Herz-Kestranek mit liebevollem Witz und einer selten gewordenen Pointierungskunst ein farbenfrohes Bild österreichischer Lebenswelten, wie sie heute zum großen Teil untergegangen sind, in deren Umfeld und Atmosphäre er aber noch aufwuchs. Vergnüglich und gescheit versteht es Herz-Kestranek, Vergangenes mit Heutigem zu verknüpfen, und subtil gelingt ihm auf diese Weise eine Aussöhnung mit dem unaufhörlichen Fluß des Lebens.

Ein unerhörtes literarisches Debut … dieser Schauspieler kann schreiben, und brillant noch dazu! *Frederic Morton, NY*

Ein „gemein gutes Buch" … *Der Standard*

Éjzes – „bloody good". *Die Presse*

---

www.ibera.at